THOMAS
KOWA

DER MANN OHNE SCHLAF

REMEXAN

IMPRESSUM

Originalausgabe Dezember 2016
2. Auflage Mai 2017

Made in Stuttgart with ♥

REMEXAN

DER MANN OHNE SCHLAF

ISBN 978-3-96087-999-2
E-Book-ISBN 978-3-945298-80-0

Umschlaggestaltung:
Antoneta Wotringer
Unter Verwendung von Abbildungen von
© pixabay.com und 123rf.com
Lektorat:
Daniela Höhne

ÜBER DIESES BUCH

Der Pharmakonzern GENEKNOV bringt mit *Remexan* ein Medikament auf den Markt, das den täglichen Schlafbedarf auf eine einzige Stunde verkürzt. Inmitten einer sich unter dem Diktat der Effizienz rasant verändernden Welt versucht Kommissar Erik Lindberg, den brutalen Mord an einem ehemaligen GENEKNOV-CEO aufzuklären. Der Boss des Pharmakonzerns wurde wie ein Versuchstier mit offenem Schädel und applizierten Elektroden aufgefunden wurde. Waren es militante Tierschützer im Kampf gegen Tierversuche?

Auch der Mord an einer Prostituierten landet auf Lindbergs Schreibtisch, und als er herausfindet, dass sie an einer Remexan-Studie teilgenommen hat, scheinen beide Fälle miteinander verbunden zu sein. Verzweifelt über seine im Koma liegende Freundin und vom Bundespolizeichef unter Druck gesetzt, beginnt Lindberg selbst Remexan zu nehmen. Bald erkennt er, dass wichtige Forschungsergebnisse über das Medikament geheim gehalten werden ...

ÜBER DEN AUTOR

Thomas Kowa ist Autor, Poetry-Slammer, Musikproduzent, manchmal Weltreisender und Mitglied der Schweizer Fußballnationalmannschaft der Autoren. Während in seinen Thrillern fleißig gestorben werden darf, schafft er es in seinen Kurzkrimis, die Leser gleichzeitig zum Lachen und Fürchten zu bringen, und das meist ohne eine einzige Leiche.

In seiner erfolgreichen Thriller-Trilogie *REMEXAN*, *REDUX* und *REAKTOR* ermittelt der charismatische Kommissar Erik Lindberg gemeinsam mit seinem Team. Drei packende, für sich stehende, aber doch miteinander verwobene Fälle, die in Basel auf ihre Auflösung warten.

Mit der humorvollen Liebesgeschichte *Mein Leben mit Anna von Ikea* zeigt Kowa, dass er nicht nur für Gänsehaut, sondern auch für viele Lacher sorgen kann.

Remexan® <*Kunstwort*> das, –s, Warenzeichen der Firma GENEKNOV. Personalisiertes Psychopharmakon zur künstlichen Schlafverkürzung. Durch Einnahme des Arzneimittels wird die durchschnittliche Schlafdauer von acht Stunden auf ca. 60 Minuten reduziert.

1

Noch war Leben in ihr. Still lag sie da, ihre Augen geschlossen, ihr Körper regungslos, nur der Brustkorb senkte und hob sich mechanisch.

Doch sie schlief nicht.

Erik Lindberg beugte sich über sie, ging ganz nah an ihre Lippen heran, aber er spürte ihren Atem nicht.

Mechanisches Surren erfüllte den Raum. Lindberg hasste dieses Geräusch. Obwohl die Ärzte sagten, dass die Apparate, die es verursachten, lebensnotwendig waren. Dabei konservierten sie das Leben nur, bis es gleich dem Sterben war.

Im Karton, den er mitgebracht hatte, maunzte es. Lindberg sprach ein paar beruhigende Worte und schob ein Leckerli hinein.

Paula hatte ihm immer gesagt, dass sie lieber tot wäre, als an einer Maschine angeschlossen.

Doch das sagte sich leicht, wenn man jung und gesund war. Moralisieren war immer einfach, wenn es um Fragen ging, die einen gar nicht betrafen.

Er hatte Paula sogar versprechen müssen, nie zuzulassen, dass ihr Leben an Geräten hing. Auch für ihn war das damals nur eine hypothetische Frage gewesen.

Bis es wirklich geschehen war. Bis der Arzt ihm nur mit seinem Blick mehr über die Diagnose gesagt hatte, als mit allen Worten, die folgten.

Dieser verzweifelte Blick, den kannte Lindberg gut genug. Wenn er vor den Angehörigen stehen und ihnen die bittere Nachricht überbringen musste. Er hatte geglaubt, er wüsste, wie es sich auf der anderen Seite anfühlte.

Erik Lindberg strich sich durch das schwarze Haar. Er musste eine Entscheidung treffen. Hätte Paula eine Patientenverfügung gemacht, wäre ihm diese Last abgenommen worden. Doch sie hatte sich auf ihn verlassen wollen, nicht auf den Staat oder die Ärzte. Vielleicht hatte Paula aber auch der eigenen Entscheidung nicht getraut und sie daher ihm in die Hand gelegt.

Zärtlich streichelte er Paulas Gesicht, jedenfalls soweit es diese verdammte Beatmungsmaske zuließ. Manchmal kam es ihm vor, als sauge dieses hässliche Ding aus Plastik alle Kraft aus ihr, so ausgemergelt wie Paula inzwischen dalag. Wie ein Parasit hatte die Maske sich ausgebreitet, bedeckte Nase wie Mund und hielt Wache, sodass er ihr nicht mal einen Kuss geben konnte.

Nichts von dem war geblieben, was das Leben für sie lebenswert gemacht hatte.

Alle Versuche, sie zurückzuholen, waren gescheitert. Die Blicke der Ärzte waren zwar routinierter geworden, aber nicht zuversichtlicher.

In der Charité in Berlin hatte man ihr das Etikett austherapiert verpasst – nach nur vier Monaten.

Also hatte er Paula in ihre alte Heimat nach Basel verlegen lassen, in der Hoffnung, dass es dort besser wurde.

Doch es hatte sich nur die Klinik geändert und der Dialekt der Pflegerinnen.

Die Ärzte hatten alles versucht. Und er ebenso. Jeden Tag eine andere Idee. Begonnen hatte er damals mit ihrem Lieblingssong, Enjoy the Silence von Depeche Mode, den er ihr mittels iPod auf Ohrhörern vorgespielt hatte, verschiedene Filme waren gefolgt, er hatte die Straße vor ihrem Haus aufgenommen, die Durchsage in dem Zug, mit dem sie immer gependelt war, vor einer Woche hatte er sogar einen Meister für chinesische Akupunktur ins Krankenhaus gebracht, doch Paula hatte jedes Mal dagelegen wie schon gestorben.

Einmal hatte er in Berlin trotz des ausdrücklichen Verbots sogar versucht, Dr. Watson, Paulas Kater, in einer mit Löchern versehenen Kartonbox ins Krankenhaus zu schmuggeln.

Natürlich war er erwischt worden, bevor er Paulas Zimmer überhaupt erreicht hatte.

In der Basler Klinik waren Tiere auch verboten, doch er hatte dazugelernt und die Kartonbox mit dünner Seide umwickelt, als sei es ein Geschenk. Außerdem hatte es einige Übungseinheiten und noch mehr Leckerli gebraucht, bis Dr. Watson sich im Karton endlich still verhielt.

Die Schwester sollte erst in einer halben Stunde wieder auf Visite in Paulas Zimmer kommen, also löste Lindberg das Seidentuch und lupfte den Kartondeckel, begleitet vom leisen Scharren Dr. Watsons.

Der Kater steckte neugierig sein schwarzes Köpfchen aus dem Karton, sprang heraus, ignorierte das Leckerli in Lindbergs Hand, lief über die Bettdecke auf sein Frauchen zu und schleckte ihr die Backen ab.

Paula reagierte nicht.

Dr. Watson stupste sie am Ohr, blickte zu Lindberg, rieb sich an ihrem Kinn und stieg dann über Paula, um sich in ihre Armbeuge zu legen.

Lindberg packte Paulas Hand und streichelte sie, eine Träne fiel auf ihren Oberarm. Er hatte Paula von Anfang an geliebt, abgöttisch, sie waren erst zwei Jahre zusammen gewesen, doch er hatte nie daran gezweifelt, dass sie heiraten würden, Kinder bekommen und irgendwann Enkel.

Er war sich so sicher gewesen.

Doch das Leben hielt sich nicht an Pläne. Jedenfalls nicht, wenn man Kriminalkommissar war. Der Mann, der ihr das angetan hatte, saß im Gefängnis, das wenigstens hatte Lindberg erreicht. Doch das klärte nicht die Schuldfrage, klärte nicht, wie es soweit hatte kommen können.

Musste er seiner Freundin daher nicht wenigstens ihren letzten Wunsch erfüllen?

Erik Lindberg hatte die Entscheidung immer weggedrückt, doch jetzt, während Dr. Watson neben seinem Frauchen lag, spürte Lindberg, dass er nicht länger warten durfte.

Welches Recht nahm er sich heraus, ihren Willen zu ignorieren?

Lindberg hörte vom Flur Schritte. Er flüsterte dem Kater zu, er solle zu ihm kommen, winkte mit dem Leckerli, doch der blieb einfach neben Paula liegen und schien sich mal wieder zu wundern, wie kompliziert die Menschen waren.

Lindberg packte ihn, legte ihn in den Karton, das Leckerli dazu, doch Dr. Watson maunzte trotzdem.

Die Schritte stoppten und schienen sich wieder zu entfernen.

Lindberg kraulte den Kater noch ein wenig, dann schloss er den Karton und wickelte das Seidentuch darum.

Vor Enttäuschung zitternd, strich er mit den Fingern über Paulas Maske und auf einmal wusste er, was sie wollte.

Er schob seine Finger unter die Gummi-Arretierung der Atemmaske und hob sie leicht an.

Das mechanische Atemgeräusch wurde lauter, jetzt, da das Plastik nicht mehr auf das Gesicht drückte. Paula rührte sich nicht und Lindberg hob die Maske stärker an.

Er schob das verhasste Plastikteil nach oben, Zentimeter für Zentimeter.

Und dann sah er mit seinen von Tränen gefüllten Augen, dass die Maske auf dem Kopfkissen lag, doch er fühlte sich, als habe er nichts getan.

Er hörte ein Piepsen, irgendeinen Alarm, doch in seiner Welt war das nur ein Hintergrundgeräusch.

Paula zuckte wie eine Ertrinkende, die keine Luft mehr bekam.

Lindberg wusste, es war nur ein Reflex.

Er strich Paula zur Beruhigung über die Stirn, nahm ihre Hand in die seine, beugte sich über sie und gab ihr einen langen, endlosen Kuss.

2

Trokowski stand in der Tür und lächelte ein falsches Lächeln, weil es für ihr echtes nicht mehr reichte. Drei fettbäuchige Männer kamen die Treppe hoch, zwei mit Glatze, dafür der dritte mit ungewaschenem Haar. Einer mindestens fünfzig, die anderen nahe dran. Zehn, fünfzehn Jahre älter als sie, einer roch nach Schweiß.

Nadja lächelte trotzdem.

Die jüngeren Freier, die Gepflegten, die Gutaussehenden, die mit Manieren, die Nüchternen, das war alles nicht mehr ihre Klientel. Dabei war sie erst siebenunddreißig, bestes Heiratsalter heutzutage. Doch das Leben hatte seine Spuren hinterlassen.

Die drei Männer scannten mit ihren glubschigen Augen jeden Frau, doch ihr schenkten sie nicht mal eine Sekunde.

»Alle viel zu alt«, sagte einer noch, dann gingen sie in die nächste Etage.

Irgendeine Kollegin fluchte auf Rumänisch, die anderen tuschelten miteinander, doch Nadja Trokovski lief schweigend zurück in ihr Zimmer.

Sie öffnete das Fenster und atmete die kalte Luft des Winters. Der Rauch ihrer Zigarette kräuselte sich im Wind und verschwand nach ein paar Umdrehungen in der Dunkelheit. Der Nachthimmel hing voller Wolken und so sehr Nadja auch suchte, sie fand nicht einen Stern.

Früher hatten die Sterne immer für sie geleuchtet. Oder war es ihr nur so vorgekommen, wegen dem Zeug, das sie sich damals durch die Adern geschossen hatte? Wenigstens diese Zeiten waren vorbei. Endgültig.

Sie blickte auf die Gasse vor dem *Magico*. Der schmutzige Schnee der Stadt lag vor der Tür wie nicht abgeholter Müll. Reste bunten Konfettis erinnerten an die gerade zu Ende gegangene Fasnacht. Nadja atmete tief aus, schnippte die Kippe auf die Gasse und schloss das Fenster.

Fröstelnd zog sie ein Wolljäckchen über ihre Berufsbekleidung, die aus nicht viel mehr als einem schwarzen Tanga, halterlosen Strümpfen und einem BH bestand. Ihre roten High Heels lagen einsam auf dem Parkettboden. Nadja war um jeden Moment froh, in dem sie diese Folterwerkzeuge nicht tragen musste.

Falsche Freunde, abgebrochene Schule, das schnelle Geld, ein Leben ohne Grenzen. Wie hatte sie nur glauben können, es würde immer so weitergehen? Wenn man jung war, wollte man nicht auf das hören, was die Alten sagen, und wenn man alt war, nützte es einem nichts mehr.

Im letzten Monat hatte ihr Geld nicht mal gereicht, um das Zimmer zu zahlen, von der Wohnung ganz zu schweigen. Je verzweifelter sie wurde, desto mehr wandten sich die Freier ab. Klar, die wollten ja auch ihr eigenes Leben für einen Moment vergessen, was sollten sie dann mit den Problemen der anderen?

Also hatte Nadja Trokovski sich selbst um ihre Probleme gekümmert. Obwohl sie aus dieser Zeit nur noch einen Namen kannte, von ihr im Delirium hingekritzelt auf ein Stück Papier.

Aber sie wusste, was geschehen war.

Und mit diesem Wissen würde sie das alles hinter sich lassen.

Sie wollte nichts anderes, als ein stinknormales, stinklangweiliges Leben führen.

Mit ein wenig Luxus.

Nadja Trokovski schob eine rote Haarsträhne aus ihrem Gesicht und schaute auf die Uhr. Zwei Uhr nachts. Die Konkurrenz lichtete sich, also gab sie sich noch eine Stunde, schminkte sich nach, tauschte das Wolljäckchen mit einem durchsichtigen Negligé und zog die High Heels an.

Sie hörte Schritte von unten, ein Mann kam die Treppe hoch, offener Wintermantel, seidig glänzender Anzug, viel zu attraktiv, nicht nur für sie, sondern für den ganzen Laden hier. Und doch ging er mit schnellen Schritten auf sie zu.

Nadja atmete tief ein. »Hallo, Darling«, hauchte sie. »Ficken, Blasen achtzig, von hinten hundert.«

Er reichte ihr zwei Hunderter. »Eine Stunde.« Er schien es eilig zu haben in ihr Zimmer zu kommen, ging direkt an ihr vorbei. Ihr Blick streifte sein Gesicht. Er kam ihr irgendwie bekannt vor. Hatte sie ihn schon einmal gesehen?

Ein Blick in seine Augen ließ sie den Gedanken vergessen. An diesem Ort war er sicher noch nie gewesen.

Sie nahm seine Hand. Es war nicht die Hand eines Arbeiters. Seine Fingernägel waren so akkurat gerundet, als seien sie gefeilt und seine Haut war weich wie nach einem Peeling.

»Hast du Champagner?«, fragte er.

Sie nickte. »Kostet fünfzig.«

Er steckte ihr den Schein zu.

Sie öffnete den Kühlschrank, holte eine Flasche Prosecco heraus, schloss die Tür hinter sich ab, zog den Vorhang zu und startete eine CD mit Chill-out. »Mach ruhig lauter«, sagte er.

Und sie tat es, weil fast alle Frauen schon in den eigenen Betten schliefen. Sie öffnete die Flasche und füllte zwei Gläser. Er nippte nur an dem seinen.

Sie stellte sich vor ihn und er zog sich langsam das Jackett aus. »Tanz!«, befahl er.

Der Unbekannte setzte sich auf das Bett und betrachtete sie; er regte sich kaum, sprach kein weiteres Wort, bis alle Hüllen gefallen waren.

Sie setzte sich neben ihn. »Ich möchte, dass du dir die Augen verbindest und dich auf das Bett setzt«, flüsterte er und ging zum Waschbecken in der anderen Ecke des Zimmers.

»Gerne, mein Darling«, hauchte sie. Nadja band sich einen schwarzen Seidenschal über die Augen und wartete auf das, was kommen würde. So hatte sie sich diesen Beruf früher vorgestellt, hübsch und naiv wie sie gewesen war. Damals, vor zwanzig Jahren.

Doch in Wirklichkeit ging es nur um das alte Rein-Raus-Spiel. Und darum, dass die Männer sich potent und attraktiv fühlen konnten, egal wie beschissen sie aussahen.

Sie hörte seine nahenden Schritte und spürte seine warme Hand in ihrem Nacken. Er streichelte ihren Oberkörper, ihr Gesicht und zog sanft die Binde fester. Nadja legte ihren Kopf zurück und seufzte gespielt lasziv. Etwas Kaltes berührte ihre Lippen. »Trink!«, sagte er.

Der Prosecco prickelte in ihrem Mund, auch wenn er ein wenig bitter schmeckte. Wahrscheinlich hatte die Flasche schon ewig im Kühlschrank gestanden. Der Unbekannte drehte die Musik noch ein wenig lauter, fuhr mit seinen Händen langsam um ihren Hals. Er schien sich Zeit zu lassen. Immerhin besser als die Jungs, die eine Stunde buchten, aber schon nach fünf Minuten fertig waren. Und sie durfte sich dann fünfundfünfzig endlose Minuten abmühen, bis das Ding endlich wieder stand und der Typ kam, oder bis er aufstand und ging.

Sie schob ihren Kopf zur Seite, fast schien es, als würde das Bett sich bewegen, Schwindel überkam sie.

Um sich abzulenken, stellte sie sich vor, sie läge an einem endlosen Strand. Ja, sah sie nicht sogar das blaue Meer in der Sonne glitzern?

Doch es war nicht das Meer, das durch den Stoff des Schals funkelte, sondern scharfes, kaltes hartes Metall.

Brennender Schmerz erfasst sie. Sie versuchte dagegen anzukämpfen, wollte schreien, doch es gelang ihr nicht. Es war, als gleite sie davon, als wäre ein Teil ihres Körpers betäubt. Etwas Warmes, Flüssiges lief ihre nackte Brust entlang. Sie versucht sich damit zu beruhigen, dass es Angstschweiß war.

Doch warum war ihr dann auf einmal so kalt?

Sie konnte nicht einmal ihren Kopf bewegen. Oder die Binde vor ihren Augen. Ihre Hände gehorchten ihr nicht mehr. Obwohl sie nichts sehen konnte, schien sich alles um sie herum zu drehen.

Sollte sie es nicht einfach geschehen lassen?

Nein! Etwas tief in ihr sträubte sich dagegen. Sie wollte sich aufbäumen, um Hilfe rufen, den Unbekannten stoppen! Egal wie!

Doch sie konnte nicht einmal ihren Mund öffnen. Sie hatte die Kontrolle über ihren Körper verloren.

Alles war auf einmal so weit, weit weg.

Ihr Leben. Oder wie immer man das nennen sollte.

Langsam kam die Wärme zurück, erst zögerlich und stockend, doch schließlich durchströmte sie auch die letzte Faser ihres Körpers.

Jetzt sah Nadja auch das glitzernde Meer wieder. Sie stand erneut am Strand, dieses Mal ganz nah am Wasser. Sie blickte in den blauen Horizont, keine Wolke störte die Sonne. Sie spürte, wie die Gischt zwischen ihren Zehen kitzelte und den Sand mitriss. Grelle Lichtpunkte tänzelten auf den Wellen, so hypnotisch, dass sie kaum ihren Blick davon abwenden konnte. Sie ging weiter in das Meer hinein, das warme Wasser umschmeichelte ihre Knöchel.

Der Unbekannte kam aus den Wellen gestiegen, und obwohl er hätte nass sein müssen, strahlte er hell wie die Sonne und trug ein trockenes, weißes Sommergewand. Er strich Nadja durch ihr rotes Haar. »Komm«, flüsterte er.

Erst jetzt erkannte sie ihn. Und auf einmal wusste sie, warum der Prosecco so bitter geschmeckt hatte.

Sie wollte flüchten, drehte sich um, doch sie stand schon zu weit im Meer. Die Wellen, die plötzlich vom Ufer zurückflossen, schlugen ihr ins Gesicht. Die Strömung zerrte an ihr und riss ihre Beine vom Boden. Sie verlor den Halt und fiel nach hinten. In die Arme des Mannes, der inmitten der Brandung stand wie ein Fels. Er lächelte diabolisch und zog sie mit festem Griff näher zu sich.

Nadja bäumte sich noch einmal auf, doch das Wasser schlug an ihr hoch wie loderndes Feuer. Der Mann nahm ihre Hand in die seine und das Meer wurde still. Das Wenige, was in ihr noch lebte, ließ es geschehen.

Dann führte er sie tiefer ins Meer und geleitete sie aus dieser in eine andere Welt.

3

Die Tür zum Zimmer wurde aufgerissen und eine Krankenschwester stürmte an Paulas Bett. »Was soll denn das?!«, rief sie. »Wollen Sie Ihre Freundin umbringen?«

Die Pflegerin schob ihn beiseite, nahm die Maske und setzte sie Paula wieder auf. »Der Chefarzt hat Ihnen doch ausführlich erklärt, dass sie die Maske tragen muss, weil es Probleme mit dem Tubus gab!«

Lindberg blickte sie mit ausdruckslosen Augen an. »Ich wollte sie küssen«, sagte er kraftlos. »Ich dachte, das hilft ihr.«

Die Schwester atmete tief aus. Sie hatte anscheinend jeglichen Sinn für Romantik verloren, jedenfalls wenn es um ihren Beruf ging. »Was Ihrer Freundin hilft, und was nicht, das wissen wir am besten!«

Auch wenn er anderer Meinung war, nickte Lindberg. »Ich muss ohnehin los«, sagte er, blickte noch einmal auf Paula, die so ruhig atmend dalag wie zuvor, dann nahm er den Karton und stand auf.

Die Schwester baute sich vor ihm auf. »Was ist das eigentlich für ein Geschenk?«

Und als habe er die Frage gehört, miaute Dr. Watson.

»Herr Lindberg!« Die Schwester stemmte ihre Arme in die Hüfte. »Von einem Polizisten kann man doch eigentlich erwarten, dass er die Vorschriften einhält, oder?«

»Es geht um Leben oder Tod, nicht um Vorschriften.« Er nahm den Karton und ging an ihr vorbei.

»Sie hätten wenigstens mal fragen können.«

»Und was wäre Ihre Antwort gewesen?«

Die Pflegerin kratzte sich an der Nase. »Sie reden nicht viel, oder?«

»In Schweden gelte ich als extrovertiert.«

Sie lächelte. »Also gut, wenn Sie versprechen, dass Sie das nächste Mal fragen, und zwar mich, dann habe ich nichts gesehen.«

Lindberg versprach es, verabschiedete sich, setzte sich in seinen Volvo und fuhr nach Hause.

Er hätte am liebsten mit keiner Menschenseele mehr geredet, sich einfach ins Bett gelegt und auf den Schlaf gewartet.

Doch so lief das nicht. Nicht mehr. Noch bevor Lindberg seine eigene Tür öffnete, ging er zum Nachbarhaus. Wenn er es nicht tat, würde Isabel in fünf Minuten bei ihm klingeln und wissen wollen, wie es gelaufen war. Denn sie kümmerte sich um Dr. Watson, wenn Lindberg im Krankenhaus übernachtete oder auf der Arbeit war.

Isabel war überzeugt gewesen, dass Dr. Watson Paula helfen würde aufzuwachen.

Gerade mal zehn Wochen alt war der Kater gewesen, als Paula ihn aus einem Tierheim geholt hatte. Lindberg wusste es noch genau, es war an ihrem ersten

Jahrestag gewesen. »Du, der Kommissar und Watson, der Assistent«, so hatte sie im Scherz begründet, warum der Kater nicht Felix hieß, Blacky oder wenigstens Napoleon. Denn wie der benahm er sich.

Im Grunde kam Dr. Watson nur noch zum Schlafen und Essen nach Hause, die Zärtlichkeiten holte er sich woanders, als wäre er ein Mann in der Midlife-Crisis.

Das Problem war, das sich auch Isabel nach Zärtlichkeiten sehnte, seit ihr Mann vor zwei Jahren bei einem Tauchunfall ums Leben gekommen war. Und nun saß sie allein daheim, mit dem fünfjährigen Leon und der sechsjährigen Nina und wartete darauf, zum zweiten Mal den Mann ihres Lebens zu finden.

Sie war wie Lindberg einunddreißig, attraktiv, fast schon zu attraktiv und wirkte daher ein wenig künstlich auf ihn. Lindberg hatte zu spät gemerkt, was sich da anbahnte. Weil er in Berlin mit all dem Mitleid, den Ratschlägen und der Tuschelei der Kollegen und Freunde nicht mehr klargekommen war, hatte er in der Schweiz niemandem von Paulas Schicksal erzählt.

Bis auf Isabel.

Er hatte gehofft, ihr damit klarzumachen, dass er vergeben war, und sie hatte es wohl auch verstanden. Aber Verstand und Herz waren nun einmal zwei getrennte Dinge.

Und jetzt konnte er ihr Dr. Watson schlecht wieder wegnehmen. Doch da war noch mehr. Er mochte Leon, ihren Sohn, weil er ihn daran erinnerte, wie es Lindberg in dem Alter gegangen war. Weil er ihm helfen wollte. Und weil der Junge ihn auch mochte.

Lindberg klingelte an der Nachbarstür, die wie immer innerhalb von wenigen Sekunden geöffnet wurde. Isabel strahlte ihn an, die brünetten Haare offensichtlich frisch auf Schulterlänge gekürzt, es stand ihr gut. Obwohl es schon zehn Uhr abends war, hatte sie das Make-up noch nicht abgelegt. »Und, wie war es?«, fragte sie, ein Glas Wein in der Hand.

Er schüttelte nur den Kopf.

»Leon liegt schon im Bett.« Sie deutete nach oben zu den Schlafzimmern der Kinder. »Er war zu müde.«

»Du bist bestimmt auch müde«, antwortete er, anstatt ein Kompliment zu ihrem neuen Haarschnitt zu machen. Doch auch der Anti-Flirt-Modus half nicht mehr, im Gegenteil, er schien sie noch mehr zu befeuern.

»Möchtest du auch noch einen Wein?« Sie schwenkte ihr Glas. »Ein 98er Shiraz. Wäre schade um die angebrochene Flasche.«

Die letzten drei Einladungen hatte Lindberg schon abgelehnt, sich Dr. Watson geschnappt und war gegangen. Außerdem konnte er jetzt ohnehin noch nicht schlafen. Also nickte er und ließ Dr. Watson aus dem Karton.

»Ich hätte übrigens einen Wunsch«, sagte Isabel, kaum hatte er sich auf den Wohnzimmersesseln gesetzt. »Ich weiß, es ist viel verlangt, aber ich habe Angst vor meinem Geburtstag.« Sie blickte ihn mit Verzweiflung in den Augen an. »Festtage erinnern mich daran, dass ich allein bin.«

»Das verstehe ich«, sagte er, obwohl er noch keinen Festtag ohne Paula hatte durchstehen müssen. Er wollte gar nicht daran denken. »Wie kann ich dir helfen?«

»Ich würde gerne mit dir essen gehen, in einem speziellen Restaurant. Wo wir hingehen, ist ein Geheimnis.«

Lindberg blickte sie gespannt an.

»Ich verrate nichts, aber es wird ein tolles Erlebnis«, sagte sie. »Es wäre super, wenn du dir den Dienstagabend freihalten könntest.«

Er nickte. »Danke, dass du auch immer für mich da bist.«

Sie strich sich eine Strähne aus dem Gesicht und nahm einen Schluck Wein. »Es wäre schön gewesen. Wenn wir uns mit unseren Partnern kennengelernt hätten.«

»Ja, es wäre schön gewesen«, sagte er und das meinte er ernst. Er mochte Isabel, aber wenn er nicht bald die Beziehung zwischen ihnen klärte, würde er Paula nicht mehr in die Augen schauen können, wenn sie diese jemals öffnete.

Und darauf wartete er doch so sehr.

Isabel legte ihre Hand auf seine Schulter. »Ich weiß, wie du dich fühlst.«

Nein, das weißt du nicht, dachte er. *Dein Mann ist tot, aber Paula lebt noch.*

Er nahm das Weinglas, leerte es in gerade noch angemessener Zeit, rief Dr. Watson und verabschiedete sich.

Daheim angekommen, reichte seine Kraft nur noch, sich zu entkleiden, ins Bad zu gehen und dann ins Bett zu fallen.

Dort wartete er auf den Schlaf.

4

Er schlug die Augen auf und sah nichts. Sein Kopf schmerzte, sein Gehirn war in einem Nebel gefangen, und bevor er feststellen konnte, wo er sich befand, nickte er wieder weg.

Nach einer Weile kam sein Bewusstsein wieder, kämpfte sich durch den dichten Nebel, orientierungslos. Schmerz war die einzige Empfindung. Sein Kopf, die Schulter, mehr spürte er nicht.

Er atmete ein, auch das tat weh. Etwas drang in seine Nase. Ein Geruch. Es roch nach Treibstoff. Diesel.

Hastig schnappte er nach Luft, er hustete, alles schien in Diesel getränkt. Es war stockdunkel, er spürte, dass er auf einem gepolsterten Sitz saß, dass seine Kleider an ihm klebten und nass waren.

Alles stank nach Treibstoff.

Hektisch blickte er sich um, doch er konnte immer noch nichts sehen, obwohl seine Augen geöffnet waren, obwohl sie brannten von den stechenden Ausdünstungen des Diesels. Er spürte einen handbreiten Gurt auf seine Brust drücken. Saß er in einem Auto?

Er schob seine Hände nach vorn, befühlte das nasse Leder eines Lenkrads. Er suchte rechts an der Lenksäule nach dem Schlüssel, doch der steckte nicht. Er wollte das Licht anschalten, vorne an der Konsole, drückte ein paar Knöpfe, nichts tat sich.

Er langte an den Dachhimmel, fand den Schalter für das Innenlicht, betätigte ihn, doch die Batterie des Autos schien leer. Alles war tot.

Der Dieselgeruch stach ihm wieder in die Nase. Er musste hier raus. Mit der Linken suchte er nach dem Türgriff, fand ihn, rüttelte daran, doch die Tür blieb geschlossen.

Er spannte den Gurt los, beugte sich nach rechts, um den Türgriff an der Beifahrerseite zu greifen und dann erst bemerkte er, dass jemand neben ihm saß.

5

Daniel C. Meyer jagte, weil er sich auf dieser Weise der Natur nahe fühlte. Die Natur brauchte Führung, brauchte eine ordnende Hand, so wie alles im Leben. Wer wollte schon, dass die ganze Welt nur aus Urwald bestand? Klar, es gab noch das Meer und ein paar Gletscher und Berge, aber dort lebte ja niemand.

Was der Mensch schön fand, war überwiegend Kulturlandschaft: Weinberge, Teeplantagen, Wiesen, Olivenhaine, bewirtete Wälder. Natürlich, manche fanden auch den Urwald schön, aber wie wollten sie ihn sehen, wenn nicht jemand wenigstens einen Pfad hindurch schlug?

Und wie sollte ein Wald überleben, wenn sich das Wild planlos vermehrte und alles an Rinde verspeiste, was in seiner Reichweite lag?

Klar, die Natur kontrollierte sich selbst, manches Mal in ein paar Jahrzehnten, doch oft erst in Hunderten oder Tausenden von Jahren.

Doch der Mensch lebte jetzt und konnte nicht warten, bis die Natur eingriff. Deswegen war er gerne Jäger und hatte nicht den Ansatz eines schlechten

Gewissens, wenn er einen Rehbock schoss, einen Hasen oder eine Gämse.

Fachmännisch, ohne unnötige Schmerzen für das Tier.

Trotzdem hatte die Jagd viele Feinde. Feinde, die er auch von seinem Beruf kannte. Bei der Führung eines Pharmaunternehmens lernte man schnell, wer für einen und wer gegen einen war.

Wer seine Argumente verstand, und wer sie nicht verstehen wollte.

Doch sollte er sich deswegen selbst beschränken, weil andere zu beschränkt waren? Nein, es war richtig was er tat, davon war Daniel C. Meyer überzeugt.

Trotz der Anfeindungen in letzter Zeit. Es ging ihm nicht um Geld, er hatte wahrlich genug verdient. Es ging ihm darum, etwas zu verändern. Und das konnte er jetzt noch mehr als zuvor.

Denn er war jetzt nicht mehr CEO eines One-Trick-Pony-Pharmaunternehmens, sondern Forschungschef bei Novartis, einem der größten Pharmakonzerne weltweit.

Wer hätte das gedacht, er, der damals in der siebten Klasse in Biologie mit einem *Ungenügend* abgespeist worden war. Dann hatte der Lehrer gewechselt und er seine Einstellung und endlich hatte er verstanden, wie das funktionierte mit der Natur und dem Menschen.

Meyer hörte ein Geräusch, legte sich flach auf den Boden, nahm sein Jagdgewehr, schaute durch das Zielfernrohr und scannte den Bereich vor sich. Zentimeter für Zentimeter.

Nichts bewegte sich, selbst die Luft schien stillzustehen.

Plötzlich raschelte es im vom Schnee bedeckten Laub, so als habe jemand einen kleinen Ast geworfen, nur ein paar Meter hinter ihm. Meyer blickte sich um, immer noch auf dem Boden liegend.

Da, vor ihm wieder ein Geräusch.

Er drehte den Kopf, schaute nach vorn; etwas bewegte sich, an mehreren Stellen, jetzt kam es wieder von hinten, er hob den Oberkörper, um besser sehen zu können und dann erst entdeckte er das Gewehr, das auf seine Brust gerichtet war.

Im nächsten Moment fiel ein Schuss.

6

Wieder der unerträgliche Dieselgestank, die Dunkelheit. Jemand saß neben ihm; er wollte etwas sagen, doch sein Mund gehorchte ihm nicht.

Er hustete, der Treibstoff brannte in den Augen.

Er strich über den Arm der Person auf dem Beifahrersitz, sie reagierte nicht. Ihre Haut war weich, nass vom Diesel, aber sie fühlte sich vertraut an.

Es war eine Frau. Er spürte ihre Haare, sie klebten unnatürlich, er führte die Hand zu ihrem Hals, befühlte die Kette, die sie angelegt hatte.

Etwas hing daran.

Ein Stein? Ein Amulett? Eine Figur?

Seine Hände zitterten zu sehr, um es zu erkennen.

Wieder versuchte er, etwas zu sagen, doch es fühlte sich an, als hätte er das Sprechen nie gelernt.

Wie lange brauchte man, um einen Wagen samt Insassen mit Diesel zu überschütten und diesen anzuzünden?

Drei, vier Minuten?

Auch wenn er nicht wusste, wann er aufgewacht war und wie lange er hier schon saß, es konnte nicht mehr lange dauern.

Vielleicht nur noch Sekunden.

Er rüttelte am Türgriff, suchte einen Türknopf, fand keinen. War die Doppelverriegelung aktiv? Man konnte diese Funktion von außen per Schlüssel aktivieren, um zu verhindern, dass jemand in das Auto eindringen konnte. Dazu gehörte auch, die Türgriffe zu deaktivieren, damit man an diesen durch einen Fensterspalt nicht per Draht ziehen konnte. Er lehnte sich zur Beifahrertür, auch diese war verschlossen. Und dann, plötzlich, als er über der Frau lehnte, die neben ihm saß, spürte er ihren Anhänger an seiner Schulter. Er fühlte sich vertraut an, die runde Form, der kalte Stein.

Es konnte keinen Zweifel mehr geben, wer neben ihm saß: Paula.

7

Natürlich hätte er Meyer einfach erschießen können, doch das wäre viel zu human gewesen. Nein, er musste sterben, wie auch die Tiere starben. Denn sonst würde seine Botschaft nicht verstanden werden.

Also hatte er Mayer nur betäubt, mit einem gezielten Schuss, so wie man es bei Großwild tat. Schnell, effizient. Meyer hatte nicht mal mehr röcheln können, oder gar etwas sagen.

Aber was hätte er auch sagen sollen, außer die üblichen haltlosen Beschuldigungen, Ausflüchte und Rechthabereien von sich zu geben?

Daniel C. Meyer war der Prototyp eines Managers, dessen Interessen seine Moral bestimmten.

Entweder man war seiner Meinung, oder man lag falsch. Etwas dazwischen gab es nicht.

So hatte Meyer immer geglaubt, Tierschützer wären wie Hunde, die nicht beißen, sondern nur bellen.

Allem Anschein nach hatte er sich getäuscht.

Er lehnte Meyer mit dem Rücken an einen Holzstumpf, holte die Knochensäge aus seiner Tasche und setzte sie am Kopf des Bewusstlosen an, ein paar Zentimeter über den Augen.

Es knirschte ein wenig, als er in den Schädelknochen eindrang.

Kurz darauf hob er die Schädeldecke ab und blickte auf das freigelegte Gehirn seines Opfers. Meyer lebte noch, sein Puls schwach, aber vorhanden. Natürlich wäre es realistischer gewesen, dem Manager bei vollem Bewusstsein den Schädel aufzuschneiden, aber wer ließ das schon freiwillig mit sich machen? Und fixieren konnte er den Mann hier nicht. Das Leben war eben ein einziger Kompromiss.

Und das Sterben auch.

Er wusste grob, welche Bereiche im Hirn für welche Funktionen standen, schaltete erst das Sprachzentrum aus, dann den Teil für die Emotionen sowie das Lustzentrum und schließlich das ganze verdammte Ding.

Meyer hörte auf zu atmen.

Jetzt fehlte nur noch ein Detail, um den Plan perfekt zu machen.

Ein paar Minuten später trat er einen Schritt zurück und betrachtete sein Werk.

Es war perfekt.

Jetzt kann ich mich wohl Serienkiller nennen, dachte er. *Zwei Morde in zwei Tagen. Und niemand wird je erkennen, dass sie zusammengehören. Schließlich habe ich nicht im Affekt getötet, oder aus Mordlust.*

Sondern aus purer Notwendigkeit.

Er spürte, wie sich seine Haare aufstellten. *Okay, ein wenig Mordlust war schon dabei gewesen. Doch ich habe immer die Kontrolle behalten, meinen Plan strikt verfolgt.*

Zwei verschiedene Modi Operandi, zwei verschiedene Täter, die nichts gemein hatten.
Jeder würde das glauben. Denn die Menschen glaubten immer, was sie sahen.
Ob es nun die Realität war, oder eine Illusion.

8

»Schach«, sagte der Mann, den man Gehirnklitschko nannte.

Lindberg blickte auf die Figuren vor sich. Nur mit der Dame und ein paar Bauern konnte er den König nicht befreien. »Das muss ich wohl kämpferisch lösen«, sagte er.

Gehirnklitschko lächelte generös. »In drei Zügen du Schachmatt.«

Lindberg stand auf. »Wenn du nicht in der nächsten Runde auf die Bretter gehst.«

»Mich hat noch niemand k.o. gemacht.«

»Das heißt: k.o. geschlagen«, sagte Lindberg und zog sich die Boxhandschuhe über.

»Ist nur kein Literaturwettbewerb«, antwortete Gehirnklitschko, legte Handschuhe und Mundschutz an und stieg in den Ring. »Aber gib mir zwei Jahre, dann ich gewinne auch.«

Eigentlich war Reden während eines Kampfes verboten und mit dem Mundschutz nicht so einfach, aber Gehirnklitschko konnte einfach nicht still sein. Außerdem trafen sie sich ohnehin nur zum Sparring.

»Ich versteh das nicht«, sagte Lindberg und legte seinen Arm um Gehirnklitschkos Schulter. »Du bist hyperintelligent und arbeitest immer noch bei der Müllabfuhr?«

»Ich entschiede zwische Abgabe Doktorarbeit und Lebe von Familie. Und ohne Abschluss du nix wert in Schweiz.« Er lächelte. »Außerdem ich verdiene gutes Geld hier. Mehr als Professor in Aserbaidschan.«

Kremer vom Tisch nebenan räusperte sich. Er war der uneingeschränkte König im Basler Schachboxclub gewesen, bis Gehirnklitschko aufgekreuzt war. Und ihn nach drei Runden k.o. geschlagen hatte. »Wollt ihr reden oder boxen?«

Inzwischen hatte Gehirnklitschko auch das mit dem Schach gelernt und jetzt war er unbesiegbar. Lindberg mochte ihn, obwohl er über dessen Vergangenheit nicht viel mehr von ihm wusste, als dass er eigentlich Erdin Kourlaev hieß und aus Aserbaidschan geflüchtet war.

Doch die Kämpfe mit ihm waren Lindbergs einziger Ausgleich zwischen den einsamen Nächten an Paulas Bett und der Arbeit. Hier konnte er nachdenken, ohne gleich zu verzweifeln und er konnte seine Aggressionen abbauen, ja zuschlagen, ohne sich dafür rechtfertigen zu müssen. Dank Gehirnklitschko konnte er sogar ab und an lachen.

Und seine Alpträume vergessen, die ihn jede Nacht quälten, wenn ihn der Schlaf endlich holte.

Kaum hatte auch Lindberg seinen Mundschutz angezogen, tänzelte Gehirnklitschko vor ihm herum, als sei er Muhammed Ali. »Aber was du arbeite, ich auch nix verstehe.« Gehirnklitschko deutete mit dem Boxhandschuh an seinen Kopf. »Bist bei höchste Polizei, Bundespolizei und ihr versucht verlorene Urne wiederzufinde?«

»So ähnlich.« Lindberg setzte eine Rechts-Links-Kombination, doch Gehirnklitschkos Deckung stand. »Wir übermitteln bei grenz- oder kantonsüberschreitenden Verbrechen«, sagte Lindberg und wehrte einen Aufwärtshaken ab. »Außerdem sind wir bei Terrorismus zuständig, bei Entführungen und wenn die Sicherheit der Schweiz bedroht ist.«

»Aber es geht bei deine aktuelle Fall um Pharmaindustrie«, entgegnete Gehirnklitschko. »Nicht um Schweiz.«

»Für manche ist es dasselbe.« Lindberg machte einen Ausfallschritt, um einen weiteren Angriff abzuwehren. »Und einige Manager werden eben von Tierschützern bedroht. Da werden Wände beschmiert, Urnen von Angehörigen gestohlen, Drohbriefe geschrieben und Versuchstiere befreit. Also wurden wir eingeschaltet. Damit die Manager sich wieder sicher fühlen.«

»Aber Tierschützer würde doch nicht umbringen Mensch«, widersprach Gehirnklitschko und tänzelte um Lindberg herum. Er war nicht mal außer Atem. »Mensch ist doch auch nur Tier, was glaubt intelligent zu sein, oder?«

Lindberg lächelte. »Das sehe ich auch so. Aber auch ich musste in die Schweiz und nehmen, was ich kriegen konnte.«

Er täuschte einen Aufwärtshaken an, gefolgt von einem rechten Schwinger.

Gehirnklitschko parierte. »Aber du hier gebore«, sagte Gehirnklitschko.

»Deswegen bin ich mir auch zu fein für die Müllabfuhr.«

»Aber dein Vater Schwede?«

Lindberg nickte. »Nur meine Mutter kam von hier.«

Gehirnklitschko tänzelte vor Lindberg auf und ab, blickte kurz in dessen Augen. »Manchmal auch in reiche Land nicht einfach, oder?«

»Vielleicht machen wir es uns auch nur selbst schwer.«

»Was ich letzte Mal schon wollte frage, was das für eine Narbe?« Er deutete auf den Oberkörper Lindbergs wo sich rechts auf Höhe der Niere eine fingerbreite Narbe befand.

»Ist von Kriminelle?«

»Ja, stammt von einem Brand.«

»Ich werde nicht dahin schlage, okay?«

»Du wirst keine Gelegenheit dazu haben.«

Gehirnklitschko grinste. »Aber weswegen du arbeite in Bern und wohne in Basel?«

»Damit ich gegen dich boxen kann.« Lindberg sah die Lücke in der Deckung, schlug zu und traf sein Gegenüber mit einem rechten Haken am Kinn.

Gehirnklitschko wankte. »Du besser geworde in Boxe. Tut schon fast weh.« Er ging ein wenig auf Abstand. »Hat dir schon mal jemand gesagt, dass du sehe aus wie Jude Law, als der noch hatte alle Haare?«

Lindberg senkte verdutzt seine Deckung, und genau in dem Moment schlug Gehirnklitschko eine Rechts-Links-Kombination und der Kommissar ging zu Boden.

9

Der Videowecker projizierte eine dunkle Seenlandschaft auf die Wand. Der Mond lugte blass hinter einer Wolke hervor und spiegelt sich im Wasser des Sees. Leise rauschte ein Bach, ein angeblich beruhigender Effekt, den Lindberg schon häufiger hatte deaktivieren wollen. In der unteren Ecke der Seenlandschaft leuchtete die Uhrzeit: 6:03. Der Sonnenaufgang würde noch eine Stunde auf sich warten lassen, man konnte ihn auf die Minute genau einstellen. Meist kam er jedoch dann, wenn der Kommissar gerade eingeschlafen war.

Lindberg schlief, unruhig, aber wenigstens schlief er.

Bis sich ein Klingeln dazwischen drängte, laut und fies. Er blickte auf den Videowecker, erkannte die Landschaft und seine Augen wanderten zu seinem Diensthandy. Er traf blind die Taste für die Rufannahme. Das Klingeln stoppte.

»Erik, wir haben einen Mord in der Pharma-Geschichte«, dröhnte die raue Stimme Carla Freys aus dem Lautsprecher des Mobiltelefons.

»Einen Mord?« Lindberg richtete sich auf. Seine rechte Backe schmerzte, Gehirnklitschkos Siegtreffer von gestern Abend.

»Daniel C. Meyer, der neue Forschungschef von Novartis.«

»Und es ist wirklich Mord?«, fragte Lindberg.

Carla Frey seufzte. »Die Details kenne ich auch noch nicht, muss aber eindeutig sein.«

»Scheiße.«

»Allerdings. Er war beim Jagen im Bettinger Wald bei Riehen. Die Kollegen von der Basler Kantonspolizei sind schon vor Ort, aber ich glaube, wir sollten uns den Tatort auch anschauen.«

Bei *fedpol*, der Schweizer Bundespolizei, für die Lindberg arbeitete, überließ man häufig die Ermittlungsarbeit den Kollegen vor Ort und delegierte nur. Nicht jedoch wenn es ein Fall von Carla Frey war. Sie war seit vierzig Jahren bei der Polizei und immer noch – oder gerade deshalb – härter im Nehmen, als die meisten Kollegen.

Sie hatte ihren Aufstieg geschafft, als noch niemand über Frauenquoten diskutierte, ja, sie war schon bei der Polizei gewesen, da hatte in der ganzen Schweiz noch nicht einmal das Frauenwahlrecht gegolten.

Und doch war Carla Frey keine Feministin, sie war einfach nur sie selbst. Authentisch, geradeheraus und immer noch ein Stück weit rebellisch. Ihre graue Stoppelfrisur passte jedenfalls wunderbar zu den Kakteen auf ihrem Schreibtisch.

Lindberg ließ sich den Leichenfundort beschreiben und versprach, in einer Stunde in der Zentrale zu sein. Er fühlte sich erschlagen, kein Wunder, wenn er die

Nächte entweder im Krankenhaus verbrachte oder von Alpträumen heimgesucht wurde.

Als er letzte Woche ohne Vorankündigung vom Polizeiarzt zu einer Routineuntersuchung gebeten wurde, hatte der über Lindbergs Alpträume nur gesagt, diese würden bald von allein verschwinden. Stattdessen wurden sie immer schlimmer! Natürlich, der Arzt hatte seine Meinung auch durch nichts begründen können, nur Lindbergs Blut auf ein Ding geträufelt, das aussah wie ein Computerchip und irgendetwas von einer Metabolisierungsrate gefaselt.

Als ob ihm die helfen würde!

Damit er wenigstens einigermaßen wach wurde, stellte Lindberg sich unter die Dusche und drehte sie so heiß auf, dass sein Bad bald einer Sauna glich.

Anschließend zog er einen Anzug an und schob sich zwei Scheiben Knäckebrot in den Mund. Als er die Haustür öffnete, ließ ihn der eisige Wind frösteln. Er zog den Mantelkragen höher.

Schnee türmte sich auf seinem Volvo, er wischte ihn mit blanken Händen von der Scheibe, seine Handschuhe lagen daheim im Warmen. Natürlich befand sich unter dem Schnee eine Eisschicht, die einem Schweizer Winter würdig war.

Obwohl Lindberg halb Schwede und halb Schweizer war, hasste er den Winter.

Aber was konnte man von einem Schweden schon erwarten, der nicht mal blond war? Und einem Schweizer, der nicht mal Ski fuhr? Und sogar noch Höhenangst hatte?

Wahrscheinlich hab ich genau die falschen Eigenschaften angenommen, und trotzdem bin ich bisher gut durchs Leben gekommen.

Bis Paula ins Koma gefallen war.

Er schloss die Augen für einen Moment, nahm dann den Eisschaber aus dem Wagen, kratzte vorne und hinten ein Guckloch frei und setzte sich in den kalten Wagen. Lindberg hatte nie wieder im Auto eingesperrt sein wollen, also hatte es ein Cabrio sein müssen.

Gebraucht, schließlich war er nur Polizist.

Lindberg fuhr mit der Handfläche über das Gebläse und hoffte, dass die Heizung dieses Mal zu arbeiten begann, bevor er ankam.

Kaum hatte er beschleunigt, pfiff der Wind durch das Verdeck. Von der Hochstraße blickte er auf die erwachende Stadt. Der graue Schnee hatte Basel ein gleichförmiges Gesicht gegeben. Nur die Schornsteine der Industrie stachen heraus und zogen vorbei wie Strichmännchen in einem Daumenkino. Er war hier geboren, doch nach all den Jahren im Ausland fühlte er sich in der alten Heimat wie ein Fremder.

Von seiner Wohnung in Basel hätte er in einer Viertelstunde in Riehen sein können, doch die Regularien sahen vor, das man nur mit dem Dienstwagen an den Tatort fuhr. Versicherungstechnischer Unsinn. Andererseits liefen die Toten nicht weg, wie Carla Frey immer sagte.

Also musste Lindberg nach Bern, dort mit den Kollegen in den Dienstwagen steigen und dann wieder nach Basel. Klar hätten die Kollegen ihn unterwegs aufpicken können, aber nicht mal das war ihnen offiziell gestattet.

Die Schweizer hatten die Bürokratie zwar nicht erfunden, aber sie hatten sie definitiv perfektioniert.

Die Zentrale der Bundespolizei *fedpol* befand sich in Bern direkt neben der Autobahn E25, die in den Niederlanden begann und in Palermo endete. Lief man zufällig an der Zentrale vorbei, konnte man nur erkennen, dass es sich um ein Verwaltungsgebäude handelte, selbst die Briefkästen hatte man abmontiert, aus Angst vor Anschlägen.

Als er in die fedpol-Tiefgarage einbog, stand Carla Frey schon vor dem Einsatzwagen. Neben ihr eine Frau mit langen, schwarzen Haaren, schlank, ganz in schwarz gekleidet. Sie schien um die vierzig, Lindberg kannte sie nicht. Er stieg aus dem Wagen, begrüßte Carla.

»Erster Tag nach dem Urlaub und dann so eine Scheiße«, sagte die Schwarzhaarige und rieb sich das Piercing an ihrer rechten Augenbraue. »Ich bin übrigens Katharina Zach.« Sie gab Lindberg die Hand, ihre Jacke rutschte dabei leicht nach oben und Lindberg blickte auf eine Tätowierung in Form eines umgedrehten Kreuzes. »Ich bin die Chefin der Spurensicherung«, sagte sie. »Und du bist der neue Hahn im Korb?«

Das klang, als hätte es schon einige gegeben, doch Lindberg nickte. »Bin seit einem Monat hier, hab vorher in Berlin beim LKA gearbeitet.«

»Tolle Stadt, wenn nur die Berliner nicht wären«, sagte sie. Und dann erst lächelte sie. »Bin dort geboren. Und warum bist du nach Bern gekommen?«

Lindberg stockte. »Wollte zurück in die Schweiz.«

»Da kann nur eine Frau dahinterstecken, oder?«

»Ich pflege meine Eltern.« Lindberg hasste es zu lügen, aber in dem Fall war es das Beste. Niemand stellte weitere Fragen, er hatte einen Grund übernächtigt zu sein und es erklärte, warum er in Basel wohnte. Damit vermied er all das, was Berlin am Ende unerträglich gemacht hatte.

Selbst bei seiner Bewerbung in Bern hatte er die Pflege seiner Eltern vorgeschoben, wer würde schon einen Kommissar anstellen, dessen Freundin im Koma lag? Der Job war schon hart genug.

Genau wie er erwartet hatte, sagte auch Katharina nichts mehr zu dem Thema, sondern sie stiegen schweigend in den Dienstwagen. Carla setzte sich hinter das Steuer, wie immer. Sie gab Dinge eben ungern aus der Hand.

Eine Stunde später kamen sie in Riehen an und bogen auf eine Nebenstraße ab, die der städtische Winterdienst offensichtlich schon länger aufgegeben hatte.

Als sie schon ein paar Hundert Meter in den Bettinger Wald hineingefahren waren, sahen sie endlich die Autos der Kantonspolizei.

Die drei stiegen aus, zogen sich ihre Overalls an und liefen den plattgetretenen Schneespuren der Kollegen nach.

Lindberg spürte ein dumpfes Bauchgrimmen. Obwohl er schon einige Tatorte in seinem Leben gesehen hatte, war er jedes Mal angespannt wie beim ersten Mal. Er konnte sich an vieles gewöhnen, aber nicht an den Tod.

Sie kamen auf eine kleine Lichtung, die mit Polizeiband abgesperrt war, Lindberg zählte mehr als zehn

Männer in Schutzkleidung, am Rand standen verloren ein paar Sanitäter. Offensichtlich hatten sie nichts mehr zu tun.

Dann erst sah er den Toten.

Ihm wurde augenblicklich schlecht.

10

Lindberg hatte bisher angenommen, seine Kollegin Carla Frey könne nichts schockieren, doch jetzt, da er sie anblickte, verriet der Ausdruck in ihren Augen das Gegenteil. Für gewöhnlich blinzelten sie flink und aufgeweckt unter Freys grauen Stoppeln hervor, doch jetzt schienen sie leer und starr. »Das ist mal eindeutig«, sagte sie.

Lindberg musste sich zwingen, nicht wegzuschauen. Der Tote war in Jägermontur gekleidet, er lehnte mit dem Rücken an einem Holzstumpf; jemand hatte ihm die Schädeldecke abgetrennt und zwei Elektroden, die man für gewöhnlich an Affenhirnen verwendete, in die blutige Hirnmasse gesteckt.

»Nette Show«, sagte Zach. »Aber nur vom Abtrennen des Schädels stirbt man nicht. Die Versuchsaffen leben ja auch weiter.«

Lindberg blickte sie überrascht an. Katharina Zach war anscheinend aus ähnlich hartem Holz geschnitzt wie Carla.

Der Kommissar der Basler Kantonspolizei kam zu ihnen und stellte sich vor, doch Lindberg hörte kaum hin und vergaß den Namen schon wieder nach wenigen Sekunden. Er hatte bisher nicht glauben mögen, das Tierschützer, die im Grunde das Leben bewahren wollten, zu so einer Tat fähig waren.

Drohung, Sachbeschädigung, ja, aber Mord?

2009 hatten sich militante Tierschützer den damaligen Novartis CEO Vasella als Zielscheibe ausgesucht, die Urne aus dem Grab seiner Mutter gestohlen, sein Jagdhaus in Brand gesetzt und zwei Kreuze mit seinem Namen und dem seiner Frau auf dem Friedhof seines Heimatdorfs aufgestellt. Schon damals hatte die Bundespolizei ermittelt.

Inzwischen war eine neue Generation Tierschützer nachgefolgt, die härter, brutaler und kompromissloser war.

Sie hatten an Forscher angeblich mit AIDS kontaminierte Handtücher versendet, anhand gefälschter Beweisfotos behauptet, diese Forscher wären pädophil, hatten deren Autos in Brand gesteckt, ja sie hatten sogar den CEO einer deutschen Pharmafirma entführt und ihn über Nacht in der firmeneigenen Tierversuchsstation angekettet, aber gemordet hatten sie noch nicht.

Doch was tat man, wenn all die Provokation nichts nützte? Wenn Drohungen nicht mehr ausreichten?

»War Meyer nicht erst seit Kurzem bei Novartis?«, fragte Lindberg.

Carla Frey nickte. »Er kam von einer kleineren Pharmafirma, war der neueste Shooting-Star der Branche. Es gab einen offenen Brief der FAA an ihn zu seinem Amtsantritt. Er solle alle Tierversuche unverzüglich stoppen, sonst werde man ihn, na ja stoppen.«

Die FAA, 'Free All Animals' war jene militante Tierrechtsorganisation, die den Kampf gegen Tierversuche in der Schweiz vor einem Jahr wieder intensiviert hatte.

»Hatte er Familie?«, fragte Lindberg.

Frey nickte. »Frau und zwei Kinder.«

»Wie wurde er gefunden?«

»Fragen wir mal die Kollegen.« Frey ging zu dem Basler Kommissar. »Gibt es irgendwelche Zweifel an der Identität des Toten?«

Der Kommissar schüttelte den Kopf. »Natürlich ist er noch nicht von den Angehörigen identifiziert worden, aber er hatte sein Portemonnaie samt Ausweis und Kreditkarten bei sich. Und optisch passt das. Außerdem hatte er eine Erlaubnis, in dem Revier zu jagen.«

»Wer hat ihn gefunden?«

»Eine Joggerin, läuft jeden Morgen hier lang. Die ist drüben beim Psychologen. Hat nichts weiter beobachtet.«

»Gibt es andere Zeugen?«

»Ende Februar sind nicht viele hier unterwegs. Und dann ist noch die Woche nach Fasnacht.«

»Das wird ganz schön Wellen machen«, sagte Frey. »Ich will auf keinen Fall, dass Bilder von ihm in die Öffentlichkeit kommen. Auch die Abtrennung der Schädeldecke, der ganze Zirkus, das ist Täterwissen und darf nicht in die Presse.«

»Klar«, antwortete der Basler Kommissar. »Und Sie leiten die Ermittlungen?«

Carla Frey nickte. »Wir sind schon eine Weile an den Tierschützern dran. Die machen nicht vor Kantonsgrenzen oder Staatsgrenzen halt. Nur das hat jetzt ein neues Ausmaß angenommen.«

»Ist gut, wenn wir da entlastet werden«, sagte der Kommissar. »Gab gestern nämlich noch einen anderen Mord in Basel.«

Lindberg schaute ihn überrascht an, das hatte er noch gar nicht mitbekommen. »Ein ähnlicher Fall?«

Der Kommissar schüttelte den Kopf. »Völlig anders, geht um eine erstochene Prostituierte in Klein-Basel. Wahrscheinlich Raubmord.«

»Haben Sie den Täter schon?«

»Nicht mal einen Verdächtigen. Gab Unmengen von Spuren, aber das ist in einem Puff ja kein Wunder. Wir sind noch am Auswerten.«

»Kommt mal!«, rief einer der Spurensicherer. »Hier ist was in seinem Mund.«

Lindberg ging näher an den Toten heran. Jetzt erst fiel ihm die bläuliche Färbung von dessen Hirn auf. Der Spurensicherer hatte eine Pinzette in den Mund des Ermordeten gesteckt und zog vorsichtig an etwas Weißem.

Ein kleines Papierkügelchen, nicht viel größer als eine Botschaft aus einem Glückskeks. Er trug es zu einem Tisch und faltete es vorsichtig mit der Pinzette auseinander. Das Papier war bedruckt, so viel konnte Lindberg sehen. Nachdem der Spurensicherer das Beweisstück in einem Plastiksäckchen abgelegt hatte, ließ Lindberg sich das Teil geben. Die Schrift auf dem Papier war zwar durch den Speichel ausgefasert, aber immer noch lesbar: *Wenn du Tiere tötest, dann töten wir dich!*

11

Lindberg rief Carla Frey zu sich. »Kennst du den Spruch?«

Frey schüttelte den Kopf. »Inhaltlich passt das aber zu unseren Freunden von der FAA. Und eine Visitenkarte wird kaum jemand am Tatort hinterlassen. Nicht bei einem Mord.«

»Und was machen wir?«

»Jetzt, da die Drohungen wahr geworden sind, sollte das für einen Durchsuchungsbefehl ausreichen. Ich rede mit dem Bundesanwalt und dann statten wir denen mal einen Besuch ab.«

Sie blieben noch eine Weile am Tatort, ließen Katharina Zach zurück, die anscheinend gar nicht mehr gehen wollte und bezogen ein temporäres Büro im Basler Waaghof, der Zentrale der Basler Kantonspolizei. Lindberg kannte das Gebäude von früher, jedes Mal, wenn er den Waaghof betrat, fühlte er sich, als sei er im Gefängnis gelandet.

Kein Wunder, denn es war auch eines. In einem Teil des Gebäudes saßen Verbrecher ihre Zeit ab, im anderen Kriminalpolizei und Staatsanwaltschaft. Böse

Zungen behaupteten, es sei die perfekte Symbiose. Und noch bösere, es gäbe einen geheimen Durchgang, der es den Verbrechern ermöglichen würde, tagsüber einer geregelten Arbeit nachzugehen. Meist behaupteten das Personen, die selbst mit dem Gesetz im Konflikt standen, was die Überzeugungskraft dieses Arguments doch beträchtlich schmälerte.

Nachdem sie Meyers Frau und die jugendlichen Kinder informiert hatten – die Frau hatte einen Nervenzusammenbruch erlitten – waren sie der Parole '*Wenn du Tiere tötest, dann töten wir dich!*" nachgegangen. Weder in der Polizeidatenbank noch im Internet ließen sich Hinweise dazu finden.

Trotzdem erhielten sie am Nachmittag Durchsuchungsbefehle für die Wohnungen von mutmaßlichen FAA-Mitgliedern, samt Haftbefehlen.

Lindberg hatte gehofft, erst mit den Tierschützern reden zu können, doch es kam anders. Der neue Chef der Bundespolizei, Beat Graf, der sein Amt eigentlich erst in ein paar Tagen am 01. März antrat, hatte schon ein Wörtchen mitgeredet und für ein hartes Durchgreifen plädiert. Lindberg kannte seinen neuen Vorgesetzten noch nicht und er war sich nicht sicher, ob er ihn überhaupt kennenlernen wollte. Morgen schon stellte sich Graf der versammelten Mannschaft vor, zwei Tage vor Amtsantritt.

Bundesanwalt Schiller war einer Meinung mit dem Chef der Bundespolizei und entschied sich, die Aktivisten die volle Härte des Staates spüren zu lassen.

Und so stürmte ein Sonderkommando die Wohnungen der mutmaßlichen FAA-Mitglieder, verhaftete dreizehn Personen und durchsuchte neun Objekte.

Von den Verhafteten war niemand bereit, ohne Anwalt auch nur seinen Namen zu nennen.

»So läuft das immer«, sagte Carla Frey. »Und wir dürfen dann hinterher die Scherben zusammenkehren und irgendwie versuchen, mit den Verdächtigen ein Vertrauensverhältnis aufzubauen.«

Man fand Propagandamaterial, Hanf unterhalb der Bagatellgrenze und detaillierte Pläne eines Versuchslabors in Italien. Aber Hinweise auf den Mordfall fand man nicht.

Sie hatten nicht einmal herausfinden können, ob einer der Verdächtigen etwas vom Tod Daniel C. Meyers gewusst hatte, und jetzt, da sie alle gewarnt waren, konnte man den Überraschungseffekt abschreiben.

Doch die Öffentlichkeit hatte die ersten Schuldigen präsentiert bekommen und der Druck war für den Moment vom Bundesanwalt genommen.

Politik eben.

Das hatte nur nichts mit echter Polizeiarbeit zu tun. Lindberg fragte sich, wie Carla Frey das solange ausgehalten hatte. War sie eigene Wege gegangen, um dann doch zum Ziel zu kommen? Oder hatte sie irgendwann resigniert?

Carla Frey hatte Lindberg beauftragt, alles über Daniel C. Meyer zu erfahren, seine Familie, Freunde, Feinde, mit wem er telefoniert hatte, welche Termine angestanden waren.

Ein riesiger Wulst an Daten, die irgendjemand sichten musste.

Lindberg blieb bis zehn Uhr abends im Waaghof, entschied sich dann, das Auto in Bern stehen zu lassen und lief die wenigen Hundert Meter in Richtung Basler Bahnhof.

Die Tage, an denen er noch Hoffnung gehabt hatte, tagsüber mit einer positiven Nachricht von der Rehaklinik angerufen zu werden, waren schon lange vorbei.

Seitdem Paula im Koma lag, schlief Lindberg schlecht, er, der früher zu jeder Tageszeit und an jedem Ort ein Nickerchen hatte einlegen können. Einerseits war er völlig übermüdet, andererseits hätte er gerne mehr Zeit an Paulas Seite verbracht und jetzt kam noch ein Fall dazu, der ihm alles abfordern würde.

Dennoch, manche Dinge dürfte er nicht aufgeben. Bei jedem Besuch in der Klinik versuchte er, etwas Neues auszuprobieren, etwas, das Paula vielleicht dazu bringen würde, ihren Zustand zu verlassen.

Irgendwann, hoffte er, würde er damit Erfolg haben.

Er besorgte beim Floristen am Bahnhof Winterjasmin, der früher bei ihnen im Garten immer als erster geblüht hatte und fuhr dann mit der Straßenbahn zur Rehaklinik Neuro-Re.

Wenigstens hatte er eine Vereinbarung mit dem Personal treffen können, das für ihn die normalen Besuchszeiten nicht galten.

Er ging in Paulas Zimmer, schaltete das Licht ein und sah sofort, dass alles unverändert war. Er setzte sich zu ihr aufs Bett, nahm ihre Hand und legte den Winterjasmin auf das Kopfkissen.

Aufgrund der Maske konnte sie die Blumen natürlich nicht riechen, laut der Ärzte war ihr Geruchssinn ohnehin nicht aktiv, genauso wenig wie das Schmerzempfinden. Er hob die Maske trotzdem leicht an, achtete darauf, den Alarm nicht auszulösen und schob die Blumen näher an ihr Gesicht.

Lindberg achtete auf Paulas Mundwinkel, ihre Nase, ihre geschlossenen Augen. Er konnte den Jasmin deutlich riechen, ein angenehmer Duft, der an den beginnenden Frühling erinnerte, an Leben, an Aufbruch.

Doch Paula reagierte nicht.

Er ließ die Maske los und legte sich enttäuscht neben sie, ihre Hand immer noch in seiner.

Er atmete tief aus, dachte noch einmal an den Mordfall, an Carlas Frustration, an den Winterjasmin, an Dr. Watson und irgendwann war er eingeschlafen.

12

Was tat Paula hier? Was machte sie im Auto?

Er hatte Feinde, natürlich, bei seinem Job. Je erfolgreicher er war, desto mehr wurden es.

Aber Paula?

Eine Studentin, gerade hatte sie ihre Doktorarbeit in Geschichte eingereicht. Jung, hübsch, ehrlich. Niemand wollte ihr etwas antun.

Außer es ging um mich.

Lindberg versuchte sich zu erinnern, was geschehen war, bevor er in diesem mit Diesel übergossenen Auto aufgewacht war, aber nicht der kleinste Fetzen der letzten Stunden drang in sein Bewusstsein.

Ermittlungen wegen des brutalen Überfalls auf einen Geldtransporter in Berlin, drei Tote, anderthalb Millionen Euro Beute. Das war das Letzte, was sein Hirn hervorkramte. Doch was nutzte die Vergangenheit, sie mussten hier raus, bevor sich die Dunkelheit in ein Flammeninferno verwandelte.

Er rüttelte erneut am Türgriff, durchsuchte die Taschen seines Jacketts, seiner Hose. Nichts. Kein Schlüssel, kein Hinweis.

Lindberg beugte sich zu Paula, doch sie trug nur ein Kleid ohne Taschen. Er strich über ihre vom Diesel nasse Schulter, aber den Riemen der Handtasche, den er suchte, fand er nicht.

Er schob den Sitz nach hinten, lehnte sich zu den Türen im Fond, doch auch diese waren verschlossen.

Alles fühlte sich vertraut an, es musste sein Auto sein, ein alter Volvo.

Er kannte den Wagen in- und auswendig und er wusste, wenn die Doppelverriegelung aktiv war, gab es nur einen Weg hier raus. Mit Schlüssel.

Er tastete den Wagenboden vor sich ab, fand nichts, blickte wieder nach oben, hörte ein Geräusch.

Und dann sah er durch die Windschutzscheibe die Flamme eines Feuerzeugs.

13

Lindberg erwachte erst, als die Nachtschwester ihn um sechs Uhr morgens weckte. »Ich hab Sie natürlich schon vorher bemerkt«, sagte sie. »Aber ich dachte, das schafft vielleicht eine Vertrautheit bei Paula, wenn Sie neben ihr liegen.«

Lindberg rieb sich den Schlaf aus den Augen. Irgendwann in der Nacht war er nassgeschwitzt aufgewacht, nach dem üblichen Alptraum, doch dann hatte er Paula neben sich gespürt und war wieder eingeschlafen.

In der irrigen Annahme, das alles gut sei.

Daher war das Erwachen in der Realität umso desillusionierender.

Er verabschiedete sich von Paula, lief nach Hause, stellte sich unter die Dusche, wechselte die Kleider und dann erst fiel ihm ein, dass er sein Auto in Bern hatte stehen lassen.

War heute Morgen um acht nicht die Rede von Graf, dem neuen Bundespolizeidirektor? Bei der alle Mitarbeiter anwesend sein mussten?

Lindberg fluchte, hetzte aus dem Haus und verpasste doch den nächsten Zug nach Bern.

Eine halbe Stunde zu spät kam er bei der *fedpol* an. So leise wie möglich öffnete er die Tür zur Cafeteria und lugte hinein. Beat Graf stand schon auf der Bühne. Er war groß, durchtrainiert, sah trotz seiner Glatze jünger aus als die fünfzig Jahre, die in seinem im Intranet veröffentlichten Lebenslauf standen. Auf den ersten Blick wirkte der Polizeidirektor, als hätte er lieber einen Tarnanzug angezogen, als einen von Brioni. »Für Nachzügler haben wir extra die erste Reihe reserviert«, sagte er, als Lindberg den Versammlungsraum betrat.

Neugierig blickten sich die Kollegen nach ihm um. In einigen Gesichtern spiegelte sich Schadenfreude. Lindberg setzte sich direkt neben Carla Frey, die anscheinend auch zu spät gekommen war. »Was habe ich verpasst?«, flüsterte Lindberg ihr zu.

»Bin auch erst seit Kurzem hier«, antwortete sie. »Hatte Wichtigeres zu tun.«

Lindberg blickte auf die Bühne. Graf verglich gerade die Schweizer Kriminalstatistik mit anderen Ländern. *Dafür hätten wir auch noch später kommen können,* dachte Lindberg. Dann erst sah er sie.

»Was machen die drei Männer auf der Bühne?«, fragt er Carla Frey.

»Keine Ahnung, die lagen schon da, als ich kam.«

Lindberg musterte die Männer, sie trugen ihre normale Kleidung und lagen auf je einer Krankenliege. »Schlafen die etwa?«, fragt er.

Carla Frey wollte etwas antworten, doch Graf kam ihr zuvor. »Da die Damen und Herren in der ersten

Reihe die Kriminalstatistik anscheinend so gut kennen, dass Sie mein Vortrag langweilt, können Sie mir vielleicht eine Frage beantworten.« Graf schaute Lindberg an. »Ich habe vorhin erklärt, dass ich die Zahl der Fälle, die wir pro Jahr und Mitarbeiter aufklären, binnen zwei Jahren um fünfzig Prozent erhöhen möchte. Bei gleichzeitiger Senkung der Kosten. Da Sie ja anscheinend schon alles wissen, Herr Lindberg, sagen Sie mir bitte, wie würden Sie dieses Ziel erreichen?«

Wieso weiß der schon, wer ich bin?

»Und, wie lautet Ihre Antwort?«, fragte Graf.

»Ich habe keine Ahnung, wie Sie das bewerkstelligen wollen«, antwortete Lindberg, nur um irgendetwas gesagt zu haben.

»Dann sollten Sie besser mal zuhören«, erklärte Graf und widmete sich wieder seinem Vortrag. Im Publikum war es jetzt so still, dass man nur noch das Surren der Klimaanlage hörte. »Man sagt von mir, ich sei ein Mann mit Visionen«, erklärte Graf. »Und ja, ich habe eine Vision für die Bundespolizei. Erlauben Sie mir, diese mit Ihnen zu teilen.«

Auf der Leinwand erschien das Bild einer violett-schwarzen Medikamentenschachtel. Aus ihr lugte ein Blisterstreifen heraus, der leuchtend rote Kapseln enthielt. Auf der Schachtel prangte der Name des Medikaments: Remexan.

»Wie Sie sicher wissen, hat dieses Arzneimittel vor gut einer Woche die Zulassung in der Schweiz erhalten«, erklärte Graf. »Mit Remexan ist es für jeden Menschen möglich, seine Schlafperiode selbst einzuleiten und auf maximal sechzig Minuten zu verkürzen. Es ist absolut sicher, hat keine Nebenwirkungen und wird seit zwei Monaten von der New Yorker Polizei eingesetzt.«

Graf lächelte. »Die Herren sind uns da leider zuvorgekommen. Aber wir werden sie schon bald überholen.« Er sprach nun lauter und eindringlicher. »Stellen Sie sich das einmal vor! Sie müssen nur noch eine Stunde am Tag schlafen. Jeder Tag hat plötzlich sieben Stunden mehr! Ist das nicht faszinierend?«

Das ist nicht sein Ernst, dachte Lindberg und blickte Carla Frey an. Sie schloss die Augen, doch er erkannte ihre Anspannung an ihren leicht flatternden Händen. Das Getuschel aus den Sitzbänken hinter ihnen deutete darauf hin, dass auch die Kollegen das nicht erwartet hatten.

»Mit Remexan treten Ermüdungszustände so gut wie nicht mehr auf«, sagte Graf. »Sie werden leistungsfähiger und konzentrierter sein, besser und zuverlässiger arbeiten.« »Anscheinend geht es ihm vor allem darum, aus Menschen Maschinen zu machen«, brummelte Carla.

»Über die medizinischen Details möchte ich nicht allzu viele Worte verlieren«, sagte Graf. »Darüber wird Sie der polizeiärztliche Dienst ausführlich informieren. Aufgrund meiner eigenen Erfahrungen kann ich Ihnen aber jetzt schon sagen: Remexan ist besser als der Schlaf selbst!«

»Ich finde, das Schweizer Fernsehen ist immer noch das beste Schlafmittel«, flüsterte jemand hinter Lindberg, als habe er schon wieder vergessen, was hier mit Störenfrieden geschah.

»Wie wird uns dieses Medikament helfen, unsere Vision umzusetzen?«, fragte Graf und gab die Antwort gleich selbst. »Zwei Buchstaben sind dabei wichtig: MP, Medizinische Produktivitätssteigerung. Dabei handelt es sich um ein Pilotprojekt des Bundes, das zum Ziel hat, die Schweiz zum effektivsten und produktivsten Land Europas zu machen. In diesem Prozess wird die Bundespolizei den Stoßtrupp bilden. Wir wollen die Ersten sein, die das Medikament flächendeckend anwenden.«

Graf nahm ein Glas Wasser und nippte daran. »Eine Behandlung mit Remexan kostet pro Polizist zweitausend Franken im Monat.« Er verzog sein Gesicht, als müsste er das selbst bezahlen. »Die Kosten tragen der Bund und die staatlichen Stellen, die das Remexan einsetzen. Teilnehmer des Programms erhalten das Medikament selbstverständlich kostenlos.«

Graf machte eine kurze rhetorische Pause und blickte in das Publikum, bis alle Aufmerksamkeit auf ihn gerichtet war. »Darüber hinaus bekommen die Teilnehmer eine Einmalzahlung in Höhe von dreitausend Franken.«

Diesen Satz verstand nun wirklich jeder. Selbst Lindberg bemerkte, wie seine Skepsis ein wenig schwand. Nur Carla Frey schaute stur geradeaus.

Graf genoss den Moment der Überraschung, legte aber schon beim nächsten Satz wieder ein ernstes Gesicht auf. »Eine solche Investition muss sich für den Bund allerdings lohnen, gerade in finanziell schwierigen Zeiten wie diesen.«

»Achtung, jetzt kommt der Haken«, flüsterte jemand rechts von Lindberg.

»Durch die Einnahme des Remexans sparen Sie dank unseres Engagements durchschnittlich sieben Stunden Schlaf am Tag, die Sie uneingeschränkt nutzen können. Die Behörde erwartet als Gegenleistung einen erhöhten Arbeitsanteil von anfangs zwei Stunden täglich. Das heißt, Sie haben jeden Tag fünf Stunden mehr Freizeit! Gleichzeitig sind Sie erholter und ausgeglichener! Das ist gewissermaßen die erste Arbeitszeitverkürzung bei vollem Lohnerhalt!« Graf machte eine Pause, als erwarte er an dieser Stelle Beifall. Doch niemand regte sich.

Außer Carla Frey. »Ich hätte eine Frage«, sagte sie und erhob sich. »Unser Gesamtarbeitsvertrag geht über 41 Wochenstunden. Wollen Sie den einfach ignorieren?«

»Der wird natürlich nicht ignoriert, sondern angepasst«, sagte Graf. »Im Rahmen des Pilotprojektes wurde vom Gesetzgeber die Möglichkeit geschaffen, die gesetzliche Maximalarbeitszeit von 50 Wochenstunden temporär zu überschreiten.«

Lindberg erinnerte sich, davon gehört zu haben. Bisher hatte er gedacht, diese Ausnahmeregelungen zur Arbeitszeit beträfen nur irgendwelche staatlichen Forschungslabore und ein paar Abteilungen der Remexan-Herstellerfirma GENEKNOV.

»Und wenn die Gewerkschaft den Arbeitsvertrag nicht anpassen will?«, fragte Frey.

»Auch die Gewerkschaft hat Interesse an einer produktiven Schweiz«, antwortete Graf. »Sie hat der 50-Stunden-Woche Änderungen im Rahmen des Pilotprojektes zugestimmt. Ihre Arbeitsverträge werden entsprechend aktualisiert.« Graf holte kurz Luft. »Zudem laufen momentan auf Bundesebene Verhandlungen, die Normalarbeitszeit für Beschäftigte in einem

Remexan-Programm auf 60 Wochenstunden zu erhöhen. Wir rechnen damit, dass diese Änderungen bis zum Sommer verabschiedet werden.«

»Und dann arbeiten wir 60 Stunden die Woche?«, fragte Frey.

Graf nickte. »Bedenken Sie, dass Sie inklusive Wochenende fast 50 Stunden pro Woche mehr zur Verfügung haben werden. Wenn Sie dann 19 Stunden mehr arbeiten, ist das ein fairer Deal ...«

»Das ist ein Scheißdeal!«, unterbrach ihn Frey. *Carla, halt dich zurück*, dachte Lindberg und legte seine Hand auf ihre. Er wusste wie impulsiv seine Kollegin sein konnte, wenn ihr etwas nicht passte. Doch Frey war noch nicht fertig. »Wir müssen dieses Medikament schlucken und fünfzig Prozent mehr arbeiten. Was soll daran fair sein?«

»Frau Frey, ich verbitte mir solche Kommentare!« Graf warf ihr einen gereizten Blick zu. »Wir können das gerne später bei mir im Büro diskutieren. Nach der Veranstaltung. Und bringen Sie Ihren Kollegen mit. Sie arbeiten ja gerade an einem Fall, bei dem uns mehr Engagement gut anstände!«

Lindberg biss sich auf die Lippe. *Da haben wir uns ja richtig gut beim neuen Chef eingeführt.*

»Da wir im Rahmen des Pilotprojektes neue Kapazitäten in erheblichem Umfang gewinnen, werden wir in den nächsten Jahren auf jegliche Neueinstellungen verzichten«, fuhr Graf fort, als sei nichts gewesen. »Ausscheidende Mitarbeiter werden nicht ersetzt. Und ich werde mich persönlich um die Ermittlungen im Fall Daniel C. Meyer kümmern.«

Lindberg unterdrückte den Fluch, der ihm auf den Lippen lag. Carla Frey brummelte etwas, das irgendwie nach Kündigung klang.

»Wie Sie sehen, gehe ich mit gutem Beispiel voran«, lobte sich Graf. »Ich bin gewissermaßen der erste Mitarbeiter, der am MP-Programm teilnimmt.«

Das war dann selbst Lindberg zu viel. »Ich hätte eine Frage.« Er erhob sich. »Was geschieht mit den Mitarbeitern, die nicht an dem Programm teilnehmen?«

Der neue Direktor trank einen Schluck Wasser und lächelte. »Die Teilnahme an dem Programm ist freiwillig«, antwortete er. »Wer sich innerhalb eines Monats dazu entscheidet, erhält die Einmalzahlung von dreitausend Franken. Danach gilt für alle Beschäftigten die neue Arbeitszeit von 50 Stunden, unabhängig davon, ob sie Remexan nehmen oder nicht.«

»Was ist denn daran freiwillig?«, antwortete Lindberg. »Wenn wir so oder so 50 Stunden arbeiten müssen?«

»Sie haben die Möglichkeit, sich auf eine andere Dienststelle mit altem Arbeitszeitmodell versetzen zu lassen«, antwortete Graf. »Im Rahmen des Pilotprojektes ist das temporär möglich.«

»Und wenn ich mich nicht versetzen lassen will?«

Grafs Blick verhärtete sich. »Das Leben ist kein Wunschkonzert. Es kommen neue Zeiten auf uns zu und wem das zu schnell geht, der muss sich anderweitig orientieren.«

Lindberg hatte verstanden. Da es in der Schweiz im Prinzip keinen Kündigungsschutz gab, würden die Mitarbeiter, die sich weigerten einfach entlassen.

Endlich begann die Menge zu diskutieren. »Das können Sie nur mit uns machen, weil wir keine Beamten mehr sind!«, rief ein Mitarbeiter von hinten. Vielleicht hatte er recht, aber es war ein wenig zu spät, etwas dagegen zu tun. Die Schweiz hatte den Beamtenstatus schon zur Jahrtausendwende abgeschafft.

Graf klopfte auf sein Pult und bat um Ruhe. »Denken Sie bitte auch an die gesellschaftlichen Veränderungen, die das Remexan unweigerlich mit sich bringen wird: Die Nacht wird zum Tag, die Menschen werden in jeder Stunde gleich aktiv sein, gleich gefährdet und gleich kriminell!« Er hob erneut seine Stimme. »Darauf müssen wir reagieren! Schon deshalb führt kein Weg an dem Medikament vorbei. Früher oder später wird jede Polizeieinheit Remexan einsetzen. Sie haben das Privileg, zu den Ersten zu gehören. Sie sind die Pioniere und können die unglaublichen Möglichkeiten dieses Medikaments vor allen anderen kennenlernen. Sie werden aktiv dazu beitragen, dass die Bundespolizei zur Elite gehört!«

Graf schaute auf seine Uhr und zeigte auf die drei Männer, die auf der Bühne lagen. »Unsere Freiwilligen werden bald aufwachen. Haben Sie noch Fragen, während wir auf die Herren warten?«

»Wie kann ich mich für das Pilot-Programm melden?«, fragte ein Kriminaltechniker aus Zachs Gruppe. Es gab immer einen Streber, der sich bei solchen Gelegenheiten in den Vordergrund spielen musste.

»Die Details können sie den Informationsmappen entnehmen, die am Ausgang bereitliegen«, schloss Graf und wartete auf weitere Fragen.

Eine sehr jung wirkende, schmale Rothaarige erhob sich. Lindberg hatte sie vor Kurzem schon einmal in der Cafeteria gesehen und sie für eine Praktikantin gehalten. »Ist das rechtlich überhaupt zulässig?«, fragte die junge Frau. »Soweit ich weiß, wurde von einem Berner Professor für Arbeitsrecht eine Klage gegen die Ausweitung der Arbeitszeit eingereicht.«

»Wir haben das von einer externen Kanzlei prüfen lassen«, antwortete Graf. »Sie ist zum Schluss gekommen, dass der Mann sich nur profilieren will. Wir sind uns sicher, dass unsere Position Bestand hat. Vergessen Sie nicht, dass der Bundesrat einvernehmlich beschlossen hat, dieses Pilotprojekt durchzuführen.«

Einer der Männer auf der Bühne regte sich. Lindberg glaubte, ihn aus dem Archiv zu kennen. Der Mann hob den Kopf, rieb sich die Augen, blickte sich um und setzte sich auf das Bett. Er wirkte ein wenig desorientiert, aber wach.

Graf ging zu ihm und klopfte dem Mann auf die Schulter. »Das war ihr erster Schlaf mit Remexan«, sagte er. »Wie fühlen Sie sich?«

»Sehr gut«, antworte der Mann. Er stand auf, streckte sich, grinste zufrieden. »Ich bin sofort wachgewesen, keine Müdigkeit mehr.«

»Und wie war der Schlaf?«, fragte Graf.

»Ganz normal, nur dass meine Frau nicht geschnarcht hat.«

Lindberg hörte ein paar Lacher und schloss genervt die Augen. *Was soll dieser Hokuspokus? Das ist ja wie auf einem Erweckungsgottesdienst.*

»Haben Sie etwas geträumt?«, fragte Graf.

»War alles ganz normal, kann mich nicht erinnern.«

Nun regten sich auch die anderen beiden Männer auf der Bühne. Sie wirkten noch schneller wach und äußerten sich ähnlich positiv wie der erste Kollege. Graf wies noch einmal auf die ausliegenden Broschüren hin und darauf, dass für jeden Mitarbeiter beim polizeiärztlichen Dienst eine kostenlose Probepackung Remexan bereitstand. Dann schloss er die Sitzung.

Die Mitarbeiter verließen die Cafeteria, manche still, manche geschockt, manche diskutierend. Nur die drei Freiwilligen schienen glücklich, sowie die paar Kollegen, die sie fragend umgaben.

Als Carla Frey zurück ins Büro lief, kam Lindberg kaum hinterher. »Ich habe nur noch ein paar tausend Stunden abzuleisten«, sagte sie schließlich. »Wenn Graf nur eine mehr will, dann ohne mich!«

14

Lindberg blieb geschockt stehen. »Das ist nicht dein Ernst?!«

»Mir war noch nie etwas so ernst wie das.« Carla Frey stemmte die Arme in die Hüfte. »Ich hab nicht vierzig Jahre gearbeitet, um mich am Ende mit Psychopharmaka vollstopfen zu lassen. Solange ich nicht an Krebs, einem Herzinfarkt oder Altersschwachsinn leide, kommen nur Globuli in meinen Körper.«

Mit Globuli meinte Carla Frey homöopathische Zuckerkügelchen, deren Krankenkassenerstattung sich die Schweizer sogar per Volksabstimmung in die Verfassung hatten schreiben lassen. Obwohl deren Wirksamkeit in keiner einzigen wissenschaftlichen Studie bewiesen war.

Aber sie schadeten auch nicht. Und es gab viele Patienten, die auf die Globuli schworen und deren Wehwehchen nach der Einnahme verschwanden, ob nun durch erfolgreiche Selbsttäuschung oder eine tatsächliche Wirkung war im Grunde ja egal, solange man wieder gesund wurde.

»Willst du dich etwa versetzen lassen und Akten ordnen?«, fragte Lindberg. »Graf setzt uns eiskalt die Pistole auf die Brust!«

»Und du lässt dich erpressen?«

Lindberg rieb sich die Stirn. Er wusste, Carla Frey hatte im Grunde recht. Aber das hieß noch lange nicht, dass er dieselbe Entscheidung treffen musste. Es war schwer genug gewesen, den Job bei der Bundespolizei zu bekommen, bei der Basler Kantonspolizei hatten sie schon seit Längerem Einstellungsstopp. Und wenn sie ihn irgendwo in die Innerschweiz versetzten, würde er noch weniger Zeit mit Paula verbringen. Andererseits, wie sollte das funktionieren, nur eine Stunde Schlaf am Tag, ohne Nebenwirkungen?

»Und jetzt müssen wir auch noch zu dem Idioten«, sagte Carla und atmete frustriert aus.

»Weißt du, was auf Schwedisch Hölle heißt?«, fragte Lindberg.

Carla Frey blieb stehen und schüttelte den Kopf.

»Helvete«, sagte Lindberg.

»Ach deswegen heißt es Helvetia?«, fragte Carla Frey. »Jetzt ist mir endlich klar, warum ich in diesem Land seit zweiundsechzig Jahren mit dem Kopf an die Wand laufe.«

An Grafs Büro angekommen, bat seine Sekretärin sie, darin zu warten. Die Kommissare setzten sich auf die Gästestühle vor Grafs Schreibtisch. Die Wände des Zimmers waren gesäumt von Aktenschränken, hinter dem Schreibtisch hingen drei abstrakte Gemälde. Sie waren fast komplett in Weiß gehalten.

»Schau dir diesen Quatsch an«, sagte Frey. »Früher haben hier die Porträts der Polizeidirektoren gehangen.«

Bevor Lindberg antworten konnte, kam Graf hinein und schloss die Tür hinter sich. »Mir ist klar, dass es nicht einfach ist, wenn man mit tiefgreifenden Veränderungen konfrontiert wird. Ich verstehe daher Ihre Reaktion«, begann er, während er Frey und Lindberg die Hand gab. »Aber ich hoffe, Sie verstehen auch meine.«

Die beiden schwiegen.

»Ich habe viel Gutes von Ihnen gehört und würde Sie gerne bei dem Programm dabeihaben.« Graf blickte sie aufmunternd an. »Ich weiß Ihren Einsatz zu schätzen.«

Frey und Lindberg schwiegen immer noch.

»Meinen Sie nicht auch, dass Sie den Mörder mit höherem Zeiteinsatz früher überführen könnten?« Graf schenkte zwei Gläser Wasser ein. Er reichte sie den Kommissaren und blickte sie fragend an.

»Mit ein wenig mehr Fingerspitzengefühl hätten wir vielleicht ein paar Verdächtige, die reden, anstatt sich hinter ihren Anwälten zu verschanzen«, entgegnete Frey. »Wir haben nichts gegen die Gruppierung in der Hand. Das ändert sich auch nicht, wenn wir doppelt so viel arbeiten!«

»Mörder kooperieren nicht«, sagte Graf. »Ach was Mörder, das sind Terroristen!«

»Wir behandeln sie wie Terroristen«, sagte Frey. »Ob sie es sind, wissen wir nicht.«

»Deswegen müssen wir so viel wie möglich über sie herausfinden, über die Hintergründe der Tat, mögliche Verbindungen. Und das braucht Zeit. Und die bekommen wir dank des Remexans geschenkt! Ich hoffe, ich kann dabei auf Sie zählen. Je schneller desto besser.« Graf holte eine Akte hervor. »Ihre Routineuntersuchung, die ich habe vorziehen lassen, bestätigt übrigens, dass Sie beide geeignet sind, das Remexan zu verwenden.«

Lindberg blickte Carla an, die genauso überrascht schien wie er.

»Sie sind beide kerngesund.« Graf lächelte und schob ihnen einen farbigen Zettel zu. »Und damit Sie das Medikament ausprobieren können, bevor Sie sich entscheiden, habe ich Ihnen vom Polizeiarzt schon mal ein Rezept ausstellen lassen.«

Lindberg blickte konsterniert auf das Rezept. Das ging ihm alles viel zu schnell.

»Die Anfangsphase einer Ermittlung ist immer die Wichtigste«, sagte Graf. »Daher erwarte ich Ihre Entscheidung bis Freitag.«

Frey schwieg wie ein trotziges Kind. Lindberg wollte antworten, doch der Polizeidirektor erwartete anscheinend gar keine Antwort und redete einfach weiter. »Ich war anfangs genauso skeptisch wie Sie«, sagte er. »Aber ich nehme das Medikament jetzt seit einem USA-Besuch vor vier Wochen. Und ich frage mich schon, wie es jemals ohne Remexan gegangen ist. Das ist eine Revolution wie das Handy, das Internet.«

Schließlich stellte er noch ein paar Fragen zum aktuellen Fall und erhob sich dann. »So, und nun darf ich Sie bitten, wieder an die Arbeit zu gehen.« Er gab den Kommissaren die Hand. »Die Herren von der Kantonsregierung kommen nämlich gleich und wollen sich über unser neues Programm informieren.«

Lindberg und Frey verließen wortlos das Büro. »Wenigstens findest du den Kerl auch so Scheiße wie ich«, sagte Frey als sie außer Sichtweite waren. »Stimmt's?«

»Ich bin mir nur nicht sicher, ob wir nicht die Einzigen sind.«

»Da hast du leider recht«, nickte Carla Frey. »Es wird genug Kollegen geben, die sich profilieren wollen und bei dem Mist mitmachen.«

»Und einige, denen nichts anderes übrig bleibt.«

»Plus die ganzen Schleimer, die hoffen, dass Graf in den Nationalrat kommt und sie mit ihm aufsteigen.«

»Graf kandidiert für das Parlament?«

»Es ist nur ein Gerücht«, sagte Frey. »Aber wenn schon an seinem ersten Arbeitstag die Kantonsregierung vorbeikommt, hat er offensichtlich gute Verbindungen. Ich sag dir, wenn das Programm ein Erfolg wird, zündet er die Karriererakete.«

Lindberg rieb sich das Kinn. »Also hat Graf das Remexan-Programm nicht nur aus Überzeugung lanciert.«

»Wenn er glaubt, ich fange den Täter für sein Scheiß-Programm, hat er sich getäuscht«, sagte Frey.

Lindberg schaute seine Kollegin irritiert an. So missmutig hatte er sie noch nie erlebt.

»Ich fange ihn, weil sich so ein brutaler Mord nicht wiederholen darf.« Carla Freys Augen funkelten. »Also, dann lass uns mal unsere kleine Terroristengruppe verhören.«

»Meinst du, das bringt was?«, fragte Lindberg. »Keiner der Kollegen hat auch nur ein Wort aus ihnen herausgebracht.«

»Ich hab da meine eigene Methode«, sagte Frey. »Gib mir drei Minuten und er redet.«

Lindberg lupfte eine Augenbraue. »Na, da werde ich gleich eine Menge lernen.« Er musterte seine Kollegin, die eher wie ein junges Großmütterchen wirkte, als wie eine knallharte Polizistin. »Vermöbeln wirst du ihn ja kaum können, oder?«

»Lass dich überraschen.« Sie lächelte. »Übrigens, du lässt dich auch durch nichts entmutigen, oder?«

»Wie meinst du das?«

»Wir bekommen einen Rüffel vom Chef vor versammelter Mannschaft, müssen dieses Psychozeugs schlucken und gleich ein paar Verdächtige verhören, für die wir nur Abschaum sind. Und du steckst das einfach weg, als ob nichts wäre.«

Lindberg nickte, aber irgendwie konnte er nicht glauben, dass Carla mit ihrer Bemerkung recht hatte. Nein, er wusste, dass sie unrecht hatte. Es war nur eine Frage der Zeit.

15

Eine Viertelstunde später saßen Frey und Lindberg im Vernehmungszimmer, ihnen gegenüber ein junger Student namens Jörg Egger, mutmaßlicher Kopf der FAA, von 'Free All Animals'. Neben ihm der unvermeidliche Anwalt, ein Pflichtverteidiger, den Lindberg nicht kannte. Ein rot blinkendes Diktiergerät lag auf dem Tisch, es sollte die Vernehmung protokollieren.

Eggers Wohnung war inzwischen durchsucht worden, bemerkenswerterweise lag sie nicht in der Natur, sondern in einem Hochhaus im Basler Vorort Pratteln.

Außer Plakaten und Flyern hatte man nichts gefunden, ein erster Scan von Eggers Computer und seines Handys hatte zwar eine Menge noch zu überprüfender Kontakte ergeben, aber keinen Hinweis auf die Tat.

»Sie wissen, weswegen Sie hier sind?«, fragte Carla Frey.

Der Student nickte, die Lippen geschlossen.

»Ich will ganz offen zu Ihnen sein«, sagte Carla Frey. »Die Maßnahme, die FAA hochgehen zu lassen, war bei uns in der Bundespolizei heftig umstritten.«

Der Student blickte sie mit großen Augen an.

»Ich war beispielsweise dagegen, mein Kollege hier auch. Ich glaube nicht daran, dass Sie die Tat begangen haben.«

Die Augen des Studenten wurden immer größer. »Und was mache ich dann hier?«

Lindberg lächelte in sich hinein. Carla war raffiniert.

»Das Problem ist«, sagte Carla Frey. »Dass wir beide in dem Laden ziemlich allein dastehen. Die Führung will eine schnelle Lösung, die Bevölkerung beruhigen, die Pharmaindustrie, et cetera.« Sie reichte dem Studenten ein Glas Wasser. »Wir aber wollen den Täter.«

»Ich kenne den Täter nicht.«

»Das hab ich auch nicht erwartet. Ich muss den Chefs irgendetwas liefern, das beweist, dass ihr unschuldig seid. Dass du unschuldig bist.« Sie machte eine kurze Pause, um ihre Worte wirken zu lassen. »Wenn ihr schweigt, kann ich nichts liefern. Wenn wir bei den Durchsuchungen nichts finden, wird man das nur als Bestätigung sehen, wie professionell und durchtrieben ihr seid. Dabei seid ihr nur eine Studentengruppe, die für ihre Ideale einsteht.«

»Das ist jetzt ein Witz, oder?«, sagte Egger. »Sie tun so, als wären Sie auf meiner Seite, und hinterher verpfeifen Sie mich!«

Carla Frey schaltete das Diktiergerät aus und legte es wieder auf den Tisch. »Was in diesem Raum besprochen wird, bleibt unter uns. Nichts wird protokolliert. Ich will diesen Fall klären und dazu brauche ich deine Hilfe! Genauso um euch hier rauszuholen!«

Lindberg war beeindruckt, Carla Frey hatte erst eine Brücke gebaut, geschickt zwischen dem 'Sie' und 'Du' gewechselt und zeigte dem Verdächtigen nun eine Lösung auf, ohne ihn anzugreifen.

Jörg Egger blickte seinen Anwalt an. »Wenn das ein informelles Gespräch ist, können Sie auf alle Fragen antworten«, sagte dieser. »Sie können aber auch Fragen verweigern und belasten müssen Sie sich ebenso wenig.«

»Fangen wir mal mit den einfachen Fragen an«, sagte Carla Frey. »Wo warst du gestern Nacht?«

»War mit einem Kumpel im Ausgang.«

»Der würde das bezeugen?«

Egger nickte. »Er hat nichts mit uns zu tun. Er heißt Stefan Reeder, wohnt drei Stockwerke über mir.«

»Wie lange wart ihr unterwegs?«

»Bis fünf oder sechs.«

»Und wo?«

»In ein paar Bars in Basel. Meine Freundin hat sich von mir getrennt und ich musste mal Abstand gewinnen.«

»Habt ihr irgendwo mit Kreditkarte bezahlt?«, fragte Carla Frey. »Das wäre für ein Alibi von Vorteil.«

»Ich glaube schon, Stefan hat die letzte Runde übernommen.«

»Das sieht doch schon mal ganz gut aus.« Carla Frey nickte. »Jetzt müssen wir noch ein wenig konkreter zu dem Mordfall kommen. Kennst du Daniel C. Meyer?«

»Wie man eben jemanden kennt, der Forschungschef von Novartis ist.« Egger zuckte mit den Schultern. »Also nur aus den Medien.«

»Du bist ihm nie persönlich begegnet?«

»Nein.«

Lindberg lupfte eine Augenbraue. Wenn man Eggers DNA am Tatort fand, hatte man ihn soeben der Lüge überführt. Er würde sich nicht mehr herausreden können, Meyer vorher schon einmal getroffen zu haben. Carla hatte ihm diese wichtige Aussage einfach so entlockt, ohne Widerstand.

»Auch nicht, als er noch CEO von GENEKNOV war?«

Egger schüttelte den Kopf. »Auch da kannte ich ihn nur aus den Medien. Mr. Remexan, so hat irgendeine Zeitung ihn genannt.«

»Und deine Kollegen, kannten die ihn?«

»Nicht, dass ich wüsste. Klar, wir waren mal auf der Novartis Hauptversammlung, aber da wird man ja nur wie Stimmvieh behandelt und in unserem Fall niedergebrüllt.«

»Aber da war Meyer noch gar nicht bei Novartis, oder?«

»Richtig«, der Student nickte.

Carla Frey blickte Egger direkt in die Augen. »Kennst du den Slogan: 'Wenn du Tiere tötest, dann töten wir dich'?«

Egger rutschte unsicher auf seinem Stuhl hin und her. »Die Frage möchte ich nicht beantworten.«

»Das ist auch eine Antwort«, sagte Frey. »Ich werte das mal als ja. Weißt du, welche Organisation den Slogan verwendet?«

»Ich möchte die Frage nicht beantworten«, sagte Egger wieder, lehnte sich zurück und verschloss demonstrativ seine Lippen.

16

»Ich bin beeindruckt«, sagte Lindberg, als sie wieder allein im Verhörzimmer saßen.

»Ist nicht auf meinem Mist gewachsen«, sagte Carla Frey. »Kennst du Hanns Scharff?«

»Nie gehört.«

»Das ist genau das Problem«, sagte sie. »Er war ein Verhörspezialist der Deutschen Luftwaffe im zweiten Weltkrieg. Und er hat jeden feindlichen Bomberpilot zum Reden gebracht. Jetzt könnte man denken, er hätte das mit Folter getan, klar, war ja ein Nazi.«

Lindberg nickte.

»Nein, er hat den amerikanischen und englischen Piloten erzählt, er will ihnen da raushelfen. Das war glaubwürdig, weil er mit einer Engländerin verheiratet war, und weil er wusste, das die Soldaten, genau wie er, nur Befehle befolgten.« Carla Frey räusperte sich. »Er hat den Piloten klar gesagt, wir haben brutale Herrscher und viele möchten euch tot sehen, weil sie euch für Spione halten. Eure einzige Chance ist, dass ich sie überzeugen kann, dass ihr keine Spione seid.

Und dafür brauche ich eure Hilfe. Dafür müsst ihr mir etwas verraten, was das beweist.«

»Und er hatte Erfolg?«

»So sehr, dass die Amerikaner ihn sofort nach dem Krieg in die USA geholt haben und er im Pentagon Schulungen in Verhörtechnik gegeben hat.« Sie biss sich auf die Lippe. »Leider sind die Amis inzwischen der Meinung, sie könnten mit Folter bessere Antworten bekommen. Das ist totaler Blödsinn. Damit schaffst du dir nur Feinde. Und hier glaubt man inzwischen ja auch wieder, mit Gewalt etwas erreichen zu können.«

»Und du führst deine Verhöre immer so?«

»Ich kann sie nur so führen, wenn ich auch eine gewisse Sympathie für mein Gegenüber habe. Wenn es nicht authentisch ist, machst du dich nur lächerlich.« Sie strich sich durch ihre grauen Stoppelhaare. »Ohne Drohkulisse übrigens auch. Aber die ist ja ohnehin immer gegeben, niemand geht gerne ins Gefängnis.«

»Egger kannte den Slogan, oder?«

»Das glaube ich auch. Und wer auch immer dahintersteckt, Egger bringt ihm mehr Loyalität entgegen als uns.«

»Kein Wunder, wir stehen ja auch für die Bewahrung des Systems, das er ändern will.«

»Da kommt dann jede Verhörtechnik an ihre Grenzen. Aber jetzt schauen wir erst mal, ob Egger uns überhaupt die Wahrheit gesagt hat. Wer überprüft sein Alibi?«

»Ich muss heute Abend eh nach Basel, ich kann das tun.«

Vier Stunden später wusste Lindberg, dass Egger zumindest in dem, was er ihnen erzählt hatte, nicht gelogen hatte. Der Freund des Tierschützers hatte alles bestätigt und im Gegensatz zu Egger hatte er sein Handy nicht ausgeschaltet gehabt, was Lindberg ermöglichte, die Angaben zu verifizieren. Auch hatte der Freund zweimal mit Kreditkarte gezahlt, doch das hätte er auch alles allein tun können, viel wichtiger war, Zeugen hatten die beiden Männer zusammen gesehen.

Lindberg wollte gerade Feierabend machen, zur Rehaklinik fahren, und danach sofort ins Bett, als er eine SMS bekam. »Denkst du noch an heute Abend? Wir müssten um 19 Uhr los. Isabel.«

Verdammt, das hab ich total vergessen! Lindberg war hundemüde, aber er konnte Isabel nicht absagen, nicht jetzt, an ihrem Geburtstag. Obwohl er nicht mal ein Geschenk hatte. Er würde etwas besorgen, das Essen hinter sich bringen und später zu Paula in die Klinik gehen.

Schon der erste Punkt gestaltete sich schwierig. Was schenkt man einer einunddreißigjährigen verwitweten Frau, die nur eine gute Freundin ist und es auch bleiben sollte? Isabel war auch noch Psychologin, was es nicht einfacher machte. Die interpretierten selbst dort etwas hinein, wo gar nichts war.

Blumen? Schieden aus.

Alkohol? Musste später noch zusammen getrunken werden.

Kinokarten? Brachten neue Verpflichtungen mit sich.

Endlich hatte er eine Idee, ging in eine Buchhandlung, schließlich noch in eine Apotheke, um das Rezept einzulösen und fuhr dann nach Hause.

Genaugenommen betrat er die eigene Wohnung nicht einmal, sondern ging direkt zu Isabel.

Schon als sie die Tür öffnete, merkte er, dass sie geweint hatte. »Alles Gute zum Geburtstag!« Er gab ihr einen Kuss auf die Backe.

Dr. Watson kam um die Ecke und strafte ihn mit Ignoranz. »Wann müssen wir los?«, fragte er.

Sie schaute auf die Uhr. »Eigentlich jetzt.«

»Wo sind denn die Kleinen?«

»Ich hab sie mit Schweizer Schokolade bestochen und sie liegen ganz brav im Bett.«

»Und wohin gehen wir jetzt?«

Sie grinste. »Das wirst du gleich sehen.«

Er zeigte auf seinen Anzug. »Bin ich passend gekleidet?«

Sie legte ihm den Arm auf die Schulter. »Das ist heute so was von egal, das kannst du dir nicht vorstellen.«

17

Draußen erwartete sie die Kälte des Winterabends. Ihr Ziel lag nicht weit entfernt und so liefen sie. Der Schnee knirschte unter ihren Schuhen und der Abendhimmel sah aus, als würde er weitere Flocken bringen. Der Wind blies die Kälte bis unter ihre Mäntel und Isabel legte ihren Arm um seine Schulter. »Danke, dass du mitkommst. War heute nicht einfach.«

»Das hab ich gemerkt.« Er schenkte ihr einen aufmunternden Blick. »Irgendwann wird alles wieder gut.«

Doch selbst er wollte nicht so recht daran glauben. Dann erst merkte er, dass er ihr noch gar nicht das Geschenk gegeben hatte. Er reichte ihr einen kleinen Umschlag, nicht größer als eine Kreditkarte. »Ist noch für dich.«

»Hier laufen Mörder durch die Stadt und du findest Zeit, mir ein Geschenk zu kaufen?« Sie lächelte und sie war schön, wenn sie lächelte. »Ich glaube, du brauchst das Remexan doch nicht.«

»Ist nur eine Kleinigkeit.«

»Ich packe es später aus, ist das okay?«

»Klar.«

Eine Viertelstunde später betraten sie das Restaurant, nur ein paar Kerzen erhellten die Bar, die Tische dahinter lagen im Halbdunkel.

»Es wird dir gefallen«, sagte Isabel und legte den Mantel ab.

Eine ältere Frau kam auf sie zu. »Die anderen Gäste sind schon am Platz, aber das macht nichts. Maria wird Sie in das Restaurant begleiten. Bitte legen Sie Uhren und Handys ab, damit sie nicht stören, ich werde die Sachen im Safe für Sie verwahren.«

Maria war eine nette rundliche Frau mit einem knallroten Kurzhaarschnitt. Sie trug eine verdunkelte Sonnenbrille. »Stellen Sie sich hinter mich und halten Sie Ihre Hände an meine Schulter«, sagte sie zu Isabel. »Ihr Begleiter soll dann dasselbe bei Ihnen tun.« Sie ordneten sich an wie bei einer Polonaise und wurden von Maria zu einem dichten, schwarzen Vorhang geführt. Maria öffnete den Vorhang.

Dahinter erwartete sie nichts als Dunkelheit. Nach einem weiteren schwarzen Vorhang betraten sie den Speisesaal des Restaurants. Die Welt war hier tiefschwarz, gleich, ob man die Augen öffnete oder schloss. Nicht das geringste Flimmern war zu sehen, nicht einmal Marias knallrote Haare.

Einzig die Bedienungen wie Maria konnten sich hier orientieren, weil es ihre gewohnte Welt war, eine Welt ohne Licht. Alle anderen, die sonst immer so sicher schienen, waren bei ihrem Ausflug in dieses nachtfarbene Land auf Menschen wie Maria angewiesen, auf Menschen, die nicht sehen konnten. Hier konnten diejenigen, die sonst Hilfe benötigten, die Starken sein und Hilfe geben.

Sie gingen Meter für Meter in das Restaurant hinein. Das Gemurmel der anderen Gäste irritierte Lindberg, es klang in der Dunkelheit laut und fremd. Maria hatte ihnen erzählt, dass sich gut zwanzig Personen in dem Raum aufhielten, doch das Stimmengewirr prallte auf Lindberg ein, als wären es doppelt so viele.

Maria blieb stehen und rückte einen Stuhl nach hinten. »Greifen Sie an die Lehne, dann können Sie sich hinsetzen«, flüsterte sie. »Vor Ihnen steht der Tisch. Passen Sie auf, dass Sie die Gläser nicht umwerfen.«

Lindberg tastete sich zum Stuhl und setzte sich. Die Sitzfläche wirkte ungewohnt hart und kalt. Seine Hände fuhren unschlüssig an der Tischkante entlang, schließlich legte er sie auf den Holztisch und tastete nach Messer und Gabel. Die Serviette schien aus dickem, grobem Stoff zu sein, fast wie Jute. Oder übertrieben seine Sinne, jetzt, da sie um einen reduziert waren? Er bewegte vorsichtig seine Hände weiter von sich weg und fand ein dickbauchiges Glas. Es fühlte sich leer an.

»Und, hab ich zu viel versprochen?«, fragte Isabel und schien dabei zu lächeln.

»Nein, eher zu wenig.«

»Ist alles in Ordnung?«, fragte sie.

»Ja«, antwortete Lindberg, doch selbst ihm fiel auf, dass es eher wie ein *Nein* klang. »Es erinnert mich nur an einen Traum, das ist alles.«

»Das geht vorbei, du wirst dich daran gewöhnen«, antwortete sie. »Ich dachte, das bringt uns auf andere Gedanken.«

Er antwortete nicht, hätte am liebsten nach ihrer Hand in der Dunkelheit gesucht, doch er ließ es bleiben. Eine Bedienung kam und schenkte ihnen Wasser ein. Lindberg war überrascht, dass er sofort erkannt hatte, dass es nicht Maria war. Sie bewegte sich anders, geräuschvoller.

Langsam begann er sich an die Situation zu gewöhnen und bestellte einen Rotwein. Kurz darauf stellte Maria zwei Gläser auf den Tisch und schenkte den Wein mit mehr Treffsicherheit ein, als mancher Sehende in einem normalen Restaurant. Lindberg tastete den Tisch ab und führte die Hand zu dem dünnen Stiel des Weinglases. Er musste es erst ein wenig ausbalancieren, doch dann führte er das Glas sicher zum Mund und schnupperte vorsichtig.

Der Wein duftete intensiv nach Rosen und Vanille. »Wollen wir anstoßen?«, fragte Isabel.

»Rechts oder links?«

»Find es heraus«, antwortete sie und hielt ihm ihr Glas hin. Er führte es in die Mitte nach vorne, doch dort wartete nur die Leere. Er schob das Glas nach rechts, fand ihren Arm, dann der Klang zweier Gläser, ein Kichern und Stille. Der Wein schmeckte vollmundig und mit Tiefe.

»Siehst du, ich wusste, dass es dir gefällt.«

»Ja, das war eine gute Idee.« Lindberg nahm einen weiteren Schluck.

Doch kaum hatte er sich ein wenig entspannt, spürte er wieder die Müdigkeit.

An den vorderen Tischen wurde die Vorspeise gereicht. Das Aroma von Balsamico und Olivenöl breitete sich im ganzen Raum aus. Es roch, als hielten sie ihre Nase in einen frisch angemachten Salat.

Maria brachte nun auch ihnen den Salat und der Geruch des Dressings schien jetzt noch intensiver. Lindberg fiel auf, dass er heute fast nichts gegessen hatte. Sein Magen war kurz davor, komische Geräusche zu machen. Lindberg konnte es kaum erwarten, mit dem Essen zu beginnen, obwohl noch nicht alle am Tisch einen Teller bekommen hatten. *Es sieht ja ohnehin niemand*, dachte er und er biss in den knackigen Salat.

»Hast du etwa ohne mich angefangen?«, fragte Isabel.

»Das ist doch mein Nachbar«, antwortete Lindberg mit vollem Mund und musste lachen. Isabel lachte mit, nur der Sitznachbar Lindbergs räusperte sich pikiert. Doch dem Kommissar war das egal. Der Salat schmeckte so frisch, wie er duftete und Lindberg verspeiste ihn mit einem Genuss, den er schon lange nicht mehr erlebt hatte.

Auch die Hauptspeise, ein grünes Crevetten-Curry mit Parfümreis und Mango-Chutney war so frisch und erlesen gewürzt, als befänden sie sich auf einem indischen Wochenmarkt.

Kaum hatte Lindberg den letzten Happen verschlungen und sich zurückgelehnt, holte ihn wieder die Müdigkeit ein. Die Schlaflosigkeit der letzten Tage rächte sich nun, verstärkt durch die totale Dunkelheit. Er kämpfte noch eine Weile, hörte Isabel etwas murmeln, doch dann döste er weg.

18

Die Flamme des Feuerzeugs kam näher, er sah eine Hand, die sie hielt. Männlich, klobig.

Etwas in seinem Gehirn regte sich, sendete Signale der Erinnerung, doch sie versandeten irgendwo in seinen Synapsen.

Hektisch beugte er sich wieder nach unten, suchte den Fußraum erneut nach dem Schlüssel ab, fand ihn nicht, beugte sich zu Paula, doch auch dort konnte er nichts ertasten.

Er ging wieder nach oben, sah das Feuerzeug, die Hand, die es hielt. Sie schien sich zu entfernen.

Woher kenne ich diese klobige Hand?

Der Überfall auf den Geldtransporter, ein Verdächtiger, befreundet mit dem Fahrer. Nachdem dieser seine Schuldigkeit getan hatte, endete die Freundschaft mit einem Schuss ins Genick.

Jetzt erinnerte er sich wieder: Er war dem Täter auf der Spur gewesen, kurz davor, ihn zu verhaften.

Aber wer es war, das wusste Lindberg nicht.

Lindberg starrte das Feuerzeug an, die Hand, die nun mehrere Meter entfernt war und dann sah er nur noch einen Schweif auf sich zukommen, es tat einen Schlag und die Welt um ihn herum brannte lichterloh.

Bevor die Flammen alles einkesselten, blickte er noch einmal in die Richtung aus der das Feuerzeug geworfen worden war.

Und dann sah er dieses grobschlächtige Gesicht, die schwarzen Haare, die Koteletten.

Der Mann, der den Geldtransporter überfallen hatte.

Udo Wohlers.

19

Lindberg schreckte hoch. Was hatte er eben gehört? Diese Stimme! Er lauschte dem Geraune hinter sich. Eine Frau sprach, dann eine weitere, schließlich ein Mann. Hatte er sich das nur eingebildet? Oder geträumt?

Lag es an seinem Alptraum?

Dann hörte er das Lachen, tief und hart.

Die Haare auf seinen Armen richten sich auf, seine Narbe neben der Niere schmerzte. Er blickte sich um, doch die Dunkelheit verbarg den anderen vor ihm.

»Wird Zeit, dass der Nachtisch kommt, diese Kinderportion war ja auf dem Teller kaum zu sehen«, rief die Stimme, gefolgt von dem markanten Lachen und dem Kichern zweier Frauen. Der leichte Berliner Akzent, die Überheblichkeit in der Stimme, alles passte. Lindberg dachte an Berlin. An Paula, an das Koma.

Aber Udo Wohlers saß im Gefängnis! Er konnte nicht hier sein!

Wahrscheinlich hatte der Alptraum ihn irritiert, die Dunkelheit, seine Müdigkeit. Wenn er den Mann sehen könnte, der sprach, dann wäre ihm die Ähnlichkeit der Stimmen bestimmt gar nicht aufgefallen.

Trotzdem zitterten Lindbergs Hände. Er nahm das Weinglas trank einen Schluck und tastete dann nach Isabel. Seine Hand griff ins Leere. Panik erfasste ihn.

»Isabel?«, flüsterte er, doch er hörte nur das dumpfe Lachen des Unbekannten als Antwort.

Seine Hände suchten hastig den Tisch ab, stießen ein Glas um und spürten, wie das kalte Wasser über seine Hände lief. Sein Herz pochte so laut, dass er glaubte, der ganze Raum könne es hören. Er stand auf, doch er fand keine Orientierung jenseits seines Tisches. »Maria?«, rief er, doch die Bedienung antwortete nicht.

»Haben Sie ... nein, wissen Sie, wo meine Begleitung ist?«, fragte er seinen Sitznachbarn.

»Ich habe sie nicht gesehen«, antwortete dieser und lachte auch noch ob seines blöden Scherzes.

Lindberg hielt sich am Tisch fest, unfähig einen klaren Gedanken zu fassen.

Dann endlich hörte er Maria. »Wir sind gleich da«, sagte sie, während sie näher kam.

»Isabel?«, rief Lindberg eine Spur zu laut.

»Erik?«, antwortete sie irritiert. »Bist du wieder wach?«

Im Hintergrund war Gekicher zu hören. Isabel setzte sich, er brauchte irgendetwas Echtes, Lebendes, Sicherheit. Er suchte ihre Hände, fand sie. »Ich war nur kurz draußen«, sagte sie und strich über seine Finger. »Der Wein ... Maria hat mich begleitet und ich wollte dich nicht wecken. Du hast doch geschlafen, oder?«

»Ich hatte einen Alptraum.« Er ließ ihre Hände los. Er horchte ins Dunkel, doch im Stimmenchaos der anderen klang alles so nah, so übertrieben, so unecht.

Maria führte noch weitere Gäste auf die Toilette, die außerhalb des Restaurants neben der Bar lag. Lindberg bemühte sich zu hören, ob der Unbekannte mit nach draußen gebracht wurde, doch die Gehenden tuschelten so leise, als sei es ihnen peinlich, Hilfe zu benötigen. Nach wenigen Minuten kamen sie wieder, die Stimmen schwollen erneut an, doch die eine, die hörte er nicht mehr.

Hatte er sich getäuscht? Oder spielte seine Fantasie verrückt?

Doch seine Brandnarbe schmerzte, als wisse sie es besser.

Maria kam an ihren Tisch und teilte mehrere Tonschalen mit zuckrig duftendem Inhalt aus. »Das ist *Crème brûlée*«, erklärte sie. »Schauen Sie genau hin.«

Um sich irgendwie abzulenken, probierte Lindberg das Dessert. Es knackte beim Kauen und schmeckte süß.

»Hast du das gesehen?«, rief Isabel. »Winzige Funken, das gibt's doch gar nicht.«

Jetzt erst blickte auch Lindberg auf den Tisch und sah, wie sich beim Durchbrechen der Karamellschicht mit dem Löffel kleine Funken bildeten, als reibe jemand einen Feuerstein im Dunkeln. Lindberg schaute sich um, doch die Funken waren so schwach, dass man sie nur aus der Nähe sah. Im Raum selbst war es immer noch stockdunkel. Der Geräuschpegel und die Begeisterung an den Tischen verrieten jedoch, dass jeder fasziniert das kleine Schauspiel beobachtete.

Jeder, nur nicht Lindberg. Er suchte immer noch nach der einen Stimme, die er zuvor gehört hatte. Doch sie war nicht mehr im Raum.

20

Als es an der Tür klingelte, ließ Claudia Römer gerade ein Bad ein. Sie wollte den Knopf für die Sprechanlage drücken, da klopfte es schon an der Haustür. »Claudia?«

Eine männliche Stimme.

Sie öffnete die Tür einen Spalt weit. »Was machst du denn hier?«

Er blickte sie mit einer Mischung aus Charme und Dominanz an. »Wir müssen reden.«

»Es ist spät.« Sie hielt die Tür fest in der Hand. »Außerdem hab ich mir gerade ein Bad eingelassen.«

»Wir brauchen nur fünf Minuten«, sagte er. »Ich möchte dir nur erklären, was damals geschehen ist.« Er strich sich nervös über die Stirn. »Du musst mich zumindest anhören, bevor du mich verurteilst.«

Sie biss sich auf die Lippe und bat ihn herein. »Ich bin keine Richterin.«

»Aber du hast dir sicher ein Urteil gebildet.«

Sie nickte, führte ihn ins Wohnzimmer.

»Ich habe gehört, du warst noch mal in Erzenberg?«, fragte er. »Was hast du dort gemacht?«

»Ich wollte wissen, ob diese ermordete Prostituierte etwas mit uns zu tun hatte.«

Seine Augen verengten sich. »Hast du mit jemandem darüber geredet?«

Sie schüttelte den Kopf. Erst in dem Moment wurde ihr klar, dass sie sich in höchster Gefahr befand. Ihr Atem stockte, doch ihr Herz raste. »Ich glaube es ist besser, du gehst.«

»Nicht bevor ich dir meine Sicht der Dinge dargelegt habe.«

Sie spürte, wie ihre Hände zu zittern begannen. Er musste hier weg. »Hast du eine Remexan?«, fragte sie. »Ich hab meine Packung auf der Arbeit vergessen.«

Er holte einen Blister aus seinem Jackett, drückte eine Tablette heraus, doch er behielt sie in der Hand. »Du bist aber leichter als ich und hast vermutlich ein anderes Geschlecht.« Er lächelte.

»Hast du vergessen, dass ich die Studien zur Personalisierung des Remexans geleitet habe?«, fragte sie. »Ich sollte also wissen, was ich tue.«

Er schien einen Moment nachzudenken, dann gab er ihr die Tablette.

»Ich hol mir gerade was zu trinken«, sagte sie, ging in die Küche, ließ die Tablette ins Besteckfach zu den Fleischermessern fallen, nahm sich eines heraus und hastete zurück in den Flur.

Verdammt! Wo war er? Sie lief ins Wohnzimmer, vorbei an der Badzimmertür, wollte sich gerade drehen, weil die Tür nur angelehnt war, da stand er schon hinter ihr und drückte ihr den Lauf einer Pistole in den Rücken. »Das mit dem Messer lassen wir mal schön bleiben.« Er schob sie in Richtung Küche. »Das legst du brav wieder zurück und dann unterhalten wir uns.«

Sie schob das Messer wieder zurück in das Fach, in dem auch die Remexan-Tablette lag.

»Warum könnt ihr die Vergangenheit nicht einfach ruhen lassen?«, sagte er. »Es hat doch niemand etwas davon.«

»Doch«, antwortete sie. »Die Patienten.«

»Als ob die jemanden interessieren.« Er lachte. »Nimm ein Glas aus dem Schrank, füll es mit Leitungswasser und stell es auf die Anrichte.«

Sie tat was er befohlen hatte, ihm immer noch den Rücken zugewandt. Er schüttete etwas ins Glas, ohne die Waffe von ihr zu nehmen. »Und jetzt trink!«

»Was ist das?«

»Trink einfach!«

Und so trank sie.

Zum letzten Mal in ihrem Leben.

21

»Udo Wohlers?«, fragte der ehemalige Kollege aus Berlin. Lindberg drehte die Freisprechanlage in seinem Auto lauter. »Genau der.«

»Ich dachte, das weißt du? Stand doch überall in der Presse.«

»Vielleicht in Berlin, hier hab ich nichts mitbekommen.«

»Wie läuft es eigentlich in Bern?«

»Erzähl ich dir ein anderes Mal.« Lindberg wechselte die Spur. Es war mal wieder Stau auf dem Weg nach Bern. »Wann ist Wohlers ausgebrochen?«

»Vor gut zwei Wochen.«

»Wie hat er das eigentlich geschafft?«, fragte Lindberg. »Der saß doch im Hochsicherheitstrakt!«

»Er ist auf einem Gefangenentransport entkommen. Sie waren zu dritt. Die Mistkerle haben die Wärter erschossen und sind abgehauen. Wir verdächtigen ihn, dass er letzte Woche in Karlsruhe eine Bank überfallen hat, dann hat sich die Spur verloren. Wie kommst du ausgerechnet jetzt auf ihn?«

»Ich dachte, ich hätte ihn gehört«, antwortete Lindberg.

»Gehört? Das ist ein bisschen dünn, oder?«

»War in einem Blindenrestaurant.«

»Wo?«

»Vergiss es.« Lindberg verabschiedete sich und schaltete die Freisprechanlage aus. War Wohlers wirklich über die grüne Grenze in die Schweiz gekommen? Ausgerechnet nach Basel? Womöglich, weil er ihn damals verhaftet hatte?

Nein, so dreist würde selbst Udo Wohlers nicht sein. Der lag doch sicher schon mit ein paar Bunnys und einer Nase voll Koks an der Copacabana und schlürfte einen Cocktail nach dem anderen.

Schließlich hatten sie seine Beute nie gefunden, anderthalb Millionen Euro. Wohlers hatte lieber eine längere Strafe in Kauf genommen, als auch nur einen einzigen Hinweis zu liefern, wo sich die Beute befand.

Wie man jetzt wusste, aus gutem Grund.

Nur warum hatte er dann in Karlsruhe eine Bank überfallen?

Das passte alles nicht zusammen. Wenn er ihn gestern Abend nur hätte sehen können! Er und Isabel waren noch an der Bar des Restaurants geblieben, bis auch der letzte Gast gegangen war; Wohlers war nicht darunter gewesen. Maria, ihre Bedienung, hatte ihnen noch erzählt, drei Gäste seien früher gegangen, zwei Frauen und ein Mann aus Deutschland. Die Frauen hätten sich sehr anzüglich verhalten, zumindest soweit sie das beurteilen könne, als Blinde. *Möglicherweise Prostituierte,* dachte Lindberg, *das würde zu Wohlers passen. Aber trotzdem, was will der Kerl in Basel? Der holt höchstens seine Beute und haut ab. Er hat keine Rechnung offen, im Gegensatz zu mir.*

Die Autos vor Lindberg waren jetzt endgültig zum Stehen gekommen, *er* lehnte sich erschöpft im Fahrersitz zurück. Spät in der Nacht war er noch in der Rehaklinik gewesen und hatte Paula vorgelesen, aus dem Buch, das er am Abend zuvor gekauft hatte. 'Der Kleine Prinz', sie hatte einmal davon erzählt. Es hatte nichts genützt, außer, das er unendlich müde geworden war.

Wenigstens hatte er diese Nacht daheim geschlafen, wenn auch nur ein paar Stunden. Er hatte keine Remexan nehmen wollen, irgendetwas sträubte sich in ihm dagegen.

Er war auch so rechtzeitig aufgestanden, doch jetzt saß er hier im Stau und würde zu spät kommen.

Bundespolizeidirektor Graf wollte um acht Uhr morgens über den Stand des Falls informiert werden, Lindberg hatte die Einladung erst heute Morgen gesehen, Graf hatte sie gegen 22 Uhr versendet. In seiner Welt war das offensichtlich genügend Vorlaufzeit.

Eine halbe Stunde zu spät erreichte Lindberg endlich die Zentrale der Bundespolizei und hastete in Grafs Büro.

Er war überrascht, nur Carla Frey und den Polizeidirektor dort zu sehen. Beide saßen da, angespannt und mit verbissenem Blick. »Soll ich später noch mal kommen?«, fragte Lindberg.

»Wenn Sie jetzt schon mal da sind, können Sie auch bleiben.« Graf deutete auf Carla Frey. »Kommissarin Frey verlässt uns übrigens Ende März.«

»Was?« Lindberg blickte seine Kollegin schockiert an. »Warum das denn?«

»Sie wird nicht an dem MP-Programm teilnehmen, lehnt eine Versetzung ab und hat noch jede Menge Überstunden.« Auf Grafs Stirn pochte eine dicke Ader. »Außerdem haben wir grundsätzliche Meinungsverschiedenheiten, was die Arbeitsweise der Bundespolizei angeht. Und ich kann nur Mitarbeiter gebrauchen, die meinen Kurs bedingungslos unterstützen.«

»Wir sind keine Sklaven, die ihr Hirn an der Pforte abgeben«, sagte Frey.

»Das hat niemand behauptet ...«

»Wenn mir vorgeschrieben wird, wie ich ein Verhör zu führen habe«, entgegnete Frey. »Dann ist das für mich nichts anderes.«

»Sie können doch nicht einfach ein Gespräch mit dem Hauptverdächtigen nicht protokollieren ...«

»Das ist kein Hauptverdächtiger!« Frey stand auf, ihre Stimme überschlug sich fast. »Das ist nicht mal ein Zeuge, jedenfalls nicht bei dem Mord! Sie glauben, der Fall ist schon gelöst, nur weil die Öffentlichkeit beruhigt ist. Aber was machen Sie, wenn wir morgen an einen neuen Tatort gerufen werden?«

Lindberg blickte die beiden konsterniert an, sie waren anscheinend kurz davor, aufeinander loszugehen. Er räusperte sich. »Kann ich etwas zum Stand der Ermittlungen sagen?«

Graf atmete tief aus. »Bitte.«

»Jörg Egger, der mutmaßliche Kopf der FAA hat ein Alibi, ich habe es gestern im Detail überprüft. Wir haben unabhängige Zeugen, die seine Aussage bestätigen.«

»Er kann den Mord auch delegiert haben.«

»Wir glauben eher, dass Egger uns wertvolle Hinweise geben könnte, welche Gruppierung tatsächlich hinter dem Mord steht. Oder zumindest die Parole verwendet: 'Wenn du Tiere tötest, dann töten wir dich!'«

Graf schüttelte den Kopf. »Er wird seine Gesinnungsgenossen kaum verraten.«

»Das hängt davon ab, was wir ihm anzubieten haben.«

»Was soll das sein?«

»Freilassung aller Mitglieder der FAA und Einstellung der Ermittlungsverfahren gegen sie.«

»Jetzt kommen Sie auch noch mit so einem Unsinn!« Graf schüttelte ungehalten den Kopf. »Das ist eine terroristische Gruppe, die Manager und Politiker bedroht. Und die haben wir in einer konzertierten Aktion ausschalten können. Wo ist da das Problem?«

»Erstens sind das keine Terroristen«, sagte Frey. »Zweitens war unsere Reaktion völlig unangemessen. Und drittens haben wir einen Mörder zu finden und keine ideologischen Grabenkämpfe zu führen.«

»Der Bundesanwalt und ich waren uns in der Beurteilung der Lage völlig einig.«

Carla Frey verschränkte ihre Arme. »Weil Sie beide keine Ahnung haben.«

Das war sehr unklug, Carla, dachte Lindberg. »Können wir ...«

»Was wollen Sie damit sagen, Frey?« Graf schoss hoch, seine Zornader pochte noch heftiger.

Carla Frey lehnte sich trotzig zurück. »Wir brauchen in der Führung einen Kriminalisten und keinen Opportunisten.«

Graf beugte sich nach vorne, deutete mit dem Finger auf Carla Frey. »Sie meinen also, ich hänge mein Fähnchen in den Wind? Ich sag Ihnen mal was, ich scheue mich nicht davor, unpopuläre Maßnahmen zu ergreifen. Sie sind mit sofortiger Wirkung vom Dienst suspendiert!«

Als hätte Carla Frey nur darauf gewartet, stand sie auf, feuerte Polizeimarke und Dienstwaffe auf Grafs Schreibtisch und stürmte nach draußen. Sie schlug die Tür mit einer solchen Wucht hinter sich zu, dass die Sekretärin im Vorzimmer erschrocken aufschrie.

22

Lindberg wollte Frey hinterher, mit der Kollegin reden, stand auf, blickte Graf an.

»Sie bleiben noch hier.« Der Polizeidirektor stand da, als hätte man seine Füße mit Sekundenkleber fixiert und schien bis zehn zu zählen, wohl um sich wieder zu beruhigen. »Weswegen sind Sie eigentlich zu spät gekommen?«, fragte er schließlich.

»Ich stand von Basel ab im Stau.«

»Sie wohnen in Basel? Und arbeiten hier?«

Lindberg biss sich auf die Lippen. »Ich pflege dort meine Eltern.«

»Dann können Sie mehr Zeit ja gut gebrauchen. Haben Sie das Medikament schon genommen?«

Lindberg schüttelte den Kopf. »Ich hoffe, es löst mehr Probleme, als es schafft.«

»Da können Sie ganz beruhigt sein«, sagte Graf. »Die Zulassungsbehörden haben das Medikament intensiv geprüft.«

Lindberg blickte Graf an, die Zornader pochte nur noch verhalten. »Wollen Sie sich das mit Frau Frey nicht noch einmal überlegen? Sicher hat sie überreagiert, aber ...«

»Niemals!« Graf ballte die Fäuste. »Und wenn ich jeden verfügbaren Polizisten für den Fall abstellen muss, Carla Frey wird für uns nicht mehr ermitteln!«

Lindberg atmete tief aus. »Wenn nichts mehr ist, würde ich jetzt gern an die Arbeit gehen.«

Graf ließ ihn gehen und als Lindberg zurück in sein Büro kam, hatte Carla Frey schon einen Karton auf ihren Schreibtisch gestellt und räumte ihre persönlichen Dinge hinein.

Lindberg ging zu ihr und legte seine Hand auf ihre Schulter. »Graf hat sich nicht mehr umstimmen lassen.«

»Damit hätte er mir auch keinen Gefallen getan«, erwiderte sie. »Ich werde dem Kerl nicht in den Arsch kriechen. Jemand musste ihm mal die Meinung sagen!«

»Meinst du, er hat sie verstanden?«, fragte Lindberg. »Den interessiert doch nur das Ansehen der Behörde und seine eigene politische Karriere. Das ist ein Hardliner, den kannst du nicht ändern.«

»Er mich aber auch nicht.« Sie schaute Lindberg trotzig an. »Und du? Machst du den Unsinn mit dem Medikament mit?«

»Carla, was glaubst du, wie lange es dauert, bis auch die letzte Polizeiwache auf Remexan umgestellt hat?«

Frey verschränkte die Arme. »Das Pilot-Projekt kann immer noch scheitern.«

»Es wird erfolgreich sein, zumindest kurzfristig«, antwortete Lindberg. »Hauptsache die Kosten sinken, alles andere ist den Verantwortlichen doch egal.«

Frey nickte nachdenklich. »Ich hab hier jahrelang gegen Widerstände gekämpft«, sagte sie. »Ich fange nicht noch mal von vorn an. Dafür bin ich zu alt.« Sie räumte ihre kleinen Kakteen in eine Box. Eine Träne kullerte über ihre Wange. Sie wischte sie hastig ab, als wolle sie diese verstecken.

»Lässt du mir einen Kaktus da?«, fragte Lindberg. »Wird sonst sehr einsam hier.«

»Klar, bekommst den stacheligsten von allen.« Sie versuchte ein Lächeln. »Damit du dich an mich erinnerst.«

Frey reichte ihm einen kleinen Tontopf. Lindberg bemerkte, wie die Kollegin dabei zitterte, doch er sagte nichts. Er nahm den Kaktus und stellte ihn behutsam auf seinen Schreibtisch. »Was wirst du jetzt tun?«

»Ich weiß nicht. Kam alles ein bisschen schnell.« Lindberg biss sich auf die Lippen. Mit den anderen Kollegen hatte er in den paar Wochen bisher nur oberflächlich Kontakt gehabt. Lediglich Katharina Zach war da eine Ausnahme. Doch er kannte sie kaum. Frey war für ihn hingegen wie eine verständnisvolle ... Nein, Lindberg sträubte sich, den Gedanken weiterzudenken.

Carla Frey seufzte. »Schon als ich Graf das erste Mal gesehen hab, wusste ich, das geht nicht gut.« Ihre Stimme flatterte. »Im Grunde hab ich auch genug von diesem ... wie heißt noch mal Scheiß-Arbeit auf Schwedisch?«

»Pissjob.«

»Genau das Wort hab ich gesucht.« Sie legte den Deckel auf den Karton und blickte Lindberg direkt in die

Augen. »Wenn du bei dem Fall Hilfe brauchst, bin ich jederzeit für dich da.«

»Danke.« Lindberg ging zu seiner Kollegin und umarmte sie als wäre es das letzte Mal.

23

Nachdem Carla Frey gegangen war, setzte Lindberg sich vor die Akte, in der aufgelistet war, mit wem der Forschungschef in den letzten vier Wochen telefoniert oder Mailverkehr gehabt hatte und wen er laut seinem Kalender getroffen hatte. Lindberg schrieb sich einige Telefonnummern aus Meyers Verbindungsnachweis auf, die er nicht zuordnen konnte und meldete sie den Basler Kollegen zur Überprüfung.

Als er gerade beim Mittagessen saß und den ersten Bissen nehmen wollte, kam Katharina Zach an seinen Tisch. »Sag mal, wo steckt denn Carla?«, fragte sie. »Ich hab sie überall gesucht und auf dem Handy erreiche ich sie auch nicht.«

»Graf hat sie gekündigt und anschließend suspendiert.«

»Das ist nicht dein Ernst.« Katharina Zach setzte sich.

»Doch, leider. Sie sind ziemlich aneinandergeraten.«

»Das Remexan, oder?«

Lindberg nickte.

»Und wer leitet jetzt die Ermittlungen?«

»Offiziell Graf, aber der kommt eh damit zu mir.«

Katharina Zach zupfte an den Ärmeln ihre Bluse, sodass man ihre Tattoos auf den Unterarmen sehen konnte. »Dann lass dir dein Essen besser mal einpacken.«

»Was?«

»Die Basler Kollegen haben mich vorhin informiert. Es gibt ein neues Opfer.«

Fünf Minuten später saßen sie im Dienstwagen, Lindberg fuhr. »Das Opfer heißt Claudia Römer«, sagte Katharina Zach. »Sie ist 42, Biologin und alleinstehend. Eine Nachbarin hat ihre Leiche entdeckt. Gärbergasse, mitten in der Basler Altstadt.«

»Und wie kommen die Kollegen auf uns?«

»Sie arbeitet bei einem Pharmaunternehmen«, antwortete Zach. »Mehr weiß ich auch noch nicht, die Kollegen wollten keine voreiligen Schlüsse ziehen.«

Das Haus in der Gärbergasse maß nur drei Fenster breit, ein gut erhaltener Altbau in bester Wohngegend. Das Funkeln des Schnees, der hier heller schien als anderswo, gab der Gasse ein freundliches Gesicht.

Im Erdgeschoss des Hauses befand sich ein Café im Stil eines Coiffeurgeschäfts oder aber ein Coiffeur im Stil eines Cafés. Manchmal verschmolz selbst das miteinander, was nicht zusammengehörte. Ein Haar in der Suppe oder zumindest im Cappuccino war hier sicher häufiger zu finden.

Neben der Ladenfront führte eine hölzerne Tür zu den Wohnungen, gesichert von einem Polizisten in Uniform. Obwohl dieser Zach kannte, kontrollierte er die Dienstausweise der beiden peinlich genau und ließ sie erst dann passieren.

Sie betraten den schmalen Flur, der direkt in eine Treppe aus altem, aber gepflegtem Holz überging. Ein weißer Pudel kam ihnen kläffend entgegen. Im weichen Licht der antiken Deckenbeleuchtung glänzte sein Fell wie Seide. Er hätte putzig ausgesehen, wenn nicht das Blut gewesen wäre.

Wie am Mund eines Raubtiers klebte es an der kleinen Schnauze und befleckte den Pudel mit der traurigen Brutalität des Lebens. Der Hund rannte an den Kommissaren vorbei durch die offene Haustür. Auf der Gasse blickte er sich um, als wolle er Hilfe holen und wisse nicht wohin. Schließlich blieb er stehen und bellte so laut er konnte.

Im ersten Stock angekommen, betraten Zach und Lindberg die Wohnung, eine kleine schmucke Bleibe in der Altstadt mit Blick auf die Fußgängerzone. Ein flüchtiger Veilchenduft lag in der Luft, passte so gar nicht zu dem, was die Kommissare erwartete. Die mit antiken Möbeln eingerichtete Wohnung der Ermordeten wirkte aufgeräumt und sauber, Türen und Fenster schienen unbeschädigt. Das Badezimmer lag ein Stockwerk höher, es war für das kleine Appartement ungewöhnlich geräumig und beherbergte einen Jacuzzi. Dieser bot Platz für zwei Personen und ließ keinen Zweifel am Wohlstand seiner Besitzerin.

Lindbergs Blick fiel auf die Wand hinter dem Jacuzzi, sie war mintgrün gekachelt, verziert mit einem Blumenmuster. Und mit blutgetränkten Lettern: '*Wenn du Tiere tötest, dann töten wir dich!*'

Dann erst schaute Lindberg in den Jacuzzi. Es konnte keinen Zweifel geben, es war derselbe Täter. Die rote Färbung des Badewassers kontrastierte mit der weißen Keramikwanne des Jacuzzis. Und mit dem freigelegten Hirn Claudia Römers samt hineingesteckter Elektroden.

Der mattgraue Kachelboden war mit Blutspritzern übersät. Sie sahen aus, wie von einem Aktionskünstler arrangiert.

Lindberg wurde erst jetzt klar, wie spät sie an den Tatort gekommen waren. Die Basler Spurensicherer begannen schon, die Leiche aus der Wanne zu heben. Ein dunkles Gemisch aus Blut und Wasser perlte von der Haut der Toten und gab frei, was durch das Wasser bisher verborgen geblieben war. Claudia Römer musste mehr als ein paar Stunden darin gelegen haben, ihre Haut war aufgequollen wie ein zerrissener Waschlappen.

»Tja, da habt ihr gestern wohl die Falschen festgenommen«, sagte Katharina Zach und machte sich an die Arbeit.

24

Lindberg blieb nicht allzu lange am Tatort, er wollte der Spurensicherung nicht im Weg stehen und der Eindruck, den er gewonnen hatte, reichte ihm.

Der Täter war äußerst professionell und äußerst brutal. Hatte er beim ersten Mord die Parole noch dezent versteckt, hatte er sie dieses Mal in die Welt hinausgeschrien.

Vor allem gab Lindberg jedoch zu denken, dass er ohne Carla Frey ermitteln musste. Ohne ihre langjährige Erfahrung, ohne ihre Kompetenz, ohne ihr Wissen über die militanten Tierschützer.

Und das, obwohl sie recht behalten hatte.

Er brauchte jemanden, der sich mit den Tierschützern auskannte. Nur wen?

Auf alle Fälle war es an der Zeit, wieder mit Egger zu reden. Vielleicht hatte der zweite Mordfall die Lage verändert. Und es war eine gute Gelegenheit, Carlas Verhörtechnik auszuprobieren.

Als er dem Studenten gegenübersaß, gleiches Verhörzimmer, gleicher Pflichtverteidiger, fiel sein Blick auf Carlas leeren Stuhl. Er hatte schon viele Verhöre geleitet, aber wie er jetzt wusste, hatte er eine Menge Fehler dabei gemacht. Er ließ das Diktiergerät demonstrativ ausgeschaltet.

»Wo ist die ältere Kommissarin?«, fragte Egger.

»Sie wurde heute vom Dienst suspendiert«, antwortete Lindberg. »Der Bundespolizeichef verlangt, dass wir hart gegen euch durchgreifen und das wollte sie nicht mittragen.«

»Und Sie tragen das mit?«

»Nein.« Lindberg deutete auf das ausgeschaltete Diktiergerät. »Aber wenn auch ich gehe, dann wird das vollends zum politischen Prozess. Du kannst dir sicher vorstellen, was das bedeutet. Es gibt einige, die wollen euch wegen Landesverrat anklagen.«

»Das ist doch totaler Schwachsinn!«

Lindberg rieb sich die Stirn. »Heute ist eine weitere Pharmamanagerin ermordet worden. Jetzt könnte man meinen, ihr seid unschuldig, schließlich seid ihr in Gewahrsam. Doch tatsächlich ist man der Auffassung, man hat euch nur noch nicht hart genug angepackt.«

»Es gab einen weiteren Mord?« Egger blickte unsicher seinen Anwalt an. »An wem?«

»Claudia Römer, Forscherin bei GENEKNOV, dem Remexan-Hersteller.« Lindberg zeigte ihm ein Foto. »Sie ist nicht mal mittleres Management, hat auch nichts mit Tierversuchen zu tun. Eine wie du und ich.«

Egger wurde bleich.

»Kennst du sie?«

»Ich hab den Namen nie gehört.«

»Ist GENEKNOV in eurem Fokus? Immerhin hatte auch Meyer vor seinem Wechsel zu Novartis dort gearbeitet, als CEO.«

»Wir haben mitbekommen, was sie machen, aber wir konzentrieren uns auf die Großen. Wenn Novartis umkippt, haben die anderen keine Ausrede mehr. Und wir bringen niemanden um, nur um das noch mal klarzustellen!«

»Und wie erklärst du dir dann die Parole: 'Wenn du Tiere tötest, dann töten wir dich'?«

»Wie ich schon sagte, sie ist nicht von uns.«

»Wenn ich wüsste, welche Organisation diese Parole verwendet, würde das den Druck von euch nehmen und wir hätten eine Chance den Täter zu finden. Bevor er weitere Menschen umbringt.«

»Ich kann euch da nicht weiterhelfen.« Egger lehnte sich zurück, so wie das letzte Mal, seine Lippen verschlossen.

Lindberg wusste, jetzt würde sich zeigen, ob er wirklich etwas von Carla gelernt hatte. »Ich weiß, es mag für dich unpassend klingen, wenn ein Polizist von Moral redet, aber ich könnte nicht damit leben, wenn noch mehr Menschen sterben, und ich deren Tod hätte verhindern können. Was machst du, wenn wir den Täter irgendwann finden – und wir werden ihn finden – und er stammt aus der Organisation, die den Slogan verwendet? Wirst du das dann nicht dein ganzes Leben bereuen?«

Egger schaute an die Wand. »Das Problem ist, ich traue euch nicht.«

Lindberg beugte sich vor, sprach ruhig, aber mit eindringlicher Stimme. »Ich traue *uns* auch nicht«, sagte er. »Carla hatte prophezeit, dass weitere Morde geschehen werden und sie wurde entlassen. Wenn ich dem Polizeidirektor nichts liefern kann, werde ich auch abgezogen und du bekommst Besuch von einem dieser rechten Arschlöcher, die euch kleinkriegen wollen, nur weil ihr den Finger in die Wunde legt.«

Egger atmete tief aus, starrte an die Wand. »Was ist, wenn ich euch den Namen nenne und ihr lasst die Gruppe genauso hochgehen wie uns? Und sie sind auch unschuldig?«

Lindberg schloss kurz die Augen und atmete tief durch. »Ist es für dich okay, wenn der Anwalt kurz den Raum verlässt?«

Der Anwalt wollte protestieren, doch Egger nickte. »Sie können gehen.«

Der Kommissar wartete, bis der Anwalt die Tür hinter sich geschlossen hatte. »Danke, dass ich ihn da nicht mitreinziehen muss«, sagte er. »Was ich dir jetzt sage, muss unter uns bleiben. Sonst bin ich am nächsten Tag kein Polizist mehr.« Lindberg rieb sich die Stirn. »Ich schaue mir die Organisation an und gebe dir mein Wort, dass ich ihren Namen nur dann an meinen Vorgesetzten weitergebe, wenn es Beweise gibt, dass sie etwas mit der Tat zu tun haben.«

»Warum tust du das?«

»Weil ich keinen Bock auf politische Spielchen habe. Und weil ich diesen verdammten Mörder finden will.«

Egger starrte auf den Tisch, seufzte, dann erst blickte er Lindberg an. »Als die Parole zum ersten Mal verwendet wurde, waren wir selbst überrascht und ich habe mich umgehört. Niemand wusste etwas Genaues, aber dann wollte jemand bei uns mitmachen, der sich brüstete, bei der Organisation gewesen zu sein, ja, er habe den Spruch sogar miterfunden. Ich weiß nicht mehr, wie der Typ heißt, es ist ein paar Monate her, aber ich weiß noch, wie er die Organisation genannt hat: 'Tierarmeefraktion'.«

25

Tierarmeefraktion. Direkt nach dem Verhör setzte sich Erik Lindberg vor seinen Computer und suchte nach dem Begriff. In der Polizeidatenbank fand er nicht einen Eintrag, aber es gab ja noch das Internet.

Schon bald erkannte er, dass die Gruppierung keine Homepage besaß, keine Facebook-Seite, in Tierschutzforen wurde sie nicht erwähnt, ja es gab nicht mal Suchergebnisse bei Google, so als würde die Organisation gar nicht existieren.

Hatte Egger die Gruppierung erfunden, um den Verdacht von sich abzulenken?

Gegen Abend war Lindberg immer noch nicht zu Ergebnissen gekommen und verließ resigniert die Zentrale.

Früher waren Lindberg über Nacht immer die besten Ideen gekommen, doch inzwischen schien sein Unterbewusstsein vollauf damit beschäftigt zu sein, ständig denselben Alptraum zu replizieren.

Er musste dringend auf andere Gedanken kommen, und er wusste, was da helfen würde: Schachboxen.

Lindberg rief Gehirnklitschko an, der ließ seinen Deutschkurs an der Volkshochschule ausfallen und sie trafen sich im Boxclub.

»Du hättest ruhig in den Deutschkurs gehen können«, sagte Lindberg und eröffnete das Spiel. »Schließlich willst du mal den Literaturnobelpreis gewinnen, oder?«

»Ich nie Nobelpreis«, antwortete Gehirnklitschko. »Egal in welche Fach. Ich nix Genie genug.« Er zog mit seinem ersten Bauern zwei Felder nach vorn. »Und auch nix wahnsinnig genug.«

Lindberg musste lachen und zog mit einem zweiten Bauern nach vorn.

»Außerdem ich lerne mehr bei Schachboxen, als in Schule«, sagte Gehirnklitschko. »Die andere Ausländer alle spreche gebroche Deutsch, so ich nie werde verstehe, was ist richtig.«

Nach drei Runden, in denen Lindbergs Hirn ein paarmal touchiert worden war, fühlte es sich irgendwie nicht mehr so blockiert an. »Und was macht die Müllabfuhr?«, fragte er.

»In Winter ist besser zu arbeite«, antwortete Gehirnklitschko. »Dann Müll stinke nicht so sehr. Und ich nicht muss halbe Stunde dusche, um rieche wieder wie normale Mensch.« Er eröffnete die vierte Runde mit einer Rochade. »Und du habe zu tun mit die drei Morde?«

»Mit zwei davon.«

»Sind komische Tierschützer in Schweiz, die gehe über Leiche.«

»Gibt es bei euch in Aserbaidschan auch Tierschützer?«

»Wir habe genug zu tun, uns selbst zu schütze.« Gehirnklitschko runzelte die Stirn. »Dabei ware wir früher einmal progressiv, obwohl Aserbaidschan islamisch, wir ware bei der erste Länder weltweit, die hatte Frauenwahlrecht, noch vor Deutschland, USA und natürlich vor die Schweiz. Was war so ziemlich letztes Land wo eingeführt, das Fraue genau wie Männer könne Kreuz an falsche Stelle mache.«

Lindberg musste lachen und vergaß den Zug, den er sich gerade überlegt hatte.

»Ich selbst auch war progressiv«, sagte Gehirnklitschko. »Ich schon mit vierzehn gehört Modern Talking statt aserbaidschanische Volksweise.«

»Modern Talking?«

»Du kenne? You're my heart, you're my soul ...«

»Ja, ich kenn das«, unterbrach Lindberg ihn.

»Du finde nix gut?«

Lindberg schüttelte den Kopf. »Wie kann ein Mann mit einem IQ von 180 Fan von Modern Talking sein?«

»Sie ware in Aserbaidschan so groß wie die Beatles.«

»Das spricht jetzt aber nicht für Aserbaidschan«, sagte Lindberg. »Aus dem Land wäre ich auch geflüchtet.«

»Ihr Europäer seid komisch«, sagte Gehirnklitschko. »Mögt eigene Sache nicht, wenn erfolgreich.«

Lindberg nickte. »Und du? Als du hier im Club vor ein paar Wochen ankamst, konntest du kaum Schach. Aber ist das nicht eine Art Volkssport bei euch?«

»Stimmt.« Gehirnklitschko nahm einen Turm, setzte ihn aber noch nicht auf das neue Feld. »Kasparow ist sogar gebore wie ich in Baku, aber ich habe lieber gespielt Fußball. Damals ich denke ganze Tag in Schule und Studium, also ich nix noch wolle denke bei

Spiel. Jetzt umgekehrt.« Er grinste und schlug mit dem Turm Lindbergs Springer. »Aber du wolle rede über Tierschützer. Was ist Problem?«

»Ich komme nicht an sie ran.« Lindberg zog seine Dame beiseite damit der Turm sie nicht auch noch holte. »Sie operieren im Untergrund.«

»Tierschützer operiere Tiere?«

Lindberg lachte. »Nein, operieren meint in dem Fall etwas anderes, so wie im Englischen.«

»Deutsche Sprache komisch«, sagte Gehirnklitschko. »Für lebensnotwendige Sache wie Operation nicht mal habe eigenes Wort.« Er setzte die Dame mit einem Springer unter Druck. »Wenn sie sind in Untergrund, wo du habe gesucht?«

»In den Polizeiakten, im Internet ... in den Gelben Seiten stehen sie leider nicht.« Er zog seine Dame ein Feld nach links.

»Warum du nicht mache, was ich hab getan, als ich wollte finde Verein für zu übe Boxe?«

»Was hast du denn getan um uns zu finden?«

»Ich bin an Universität und habe geschaut auf ... wie heißt das, schwarze Brett? Obwohl ist weiß?« Gehirnklitschko zuckte mit den Schultern. »Da du finde komischste Sache. So wie Klub wo könne gleichzeitig Boxe und spiele Schach.«

Hätte Lindberg in dem Moment im Boxring gestanden, wäre er sicher wieder ausgeknockt worden.

So aber stand nur sein König im Schach.

26

Die Flammen schlugen um das Auto, als gäbe es draußen keine andere Welt mehr. Als gäbe es nur noch diesen einen Flammenball, der alles andere schon vernichtet hatte.

Der kein anderes Ziel hatte, als in seinen Volvo einzudringen und auf das in Diesel getränkte Innere zu treffen.

Auf Paula und ihn.

Udo Wohlers, der Mann, der den Geldtransporter überfallen hatte, Lindberg erinnerte sich wieder. Er war ihm auf der Spur gewesen, hatte dessen Wohnung observiert. Ohne Erfolg. Anschließend war er mit der Zivilstreife zurück zum Präsidium, war in den eigenen Wagen gestiegen und hatte Paula an der Uni abgeholt.

Hier endete seine Erinnerung und begann wieder in seinem nach Diesel stinkenden Volvo, der brannte, der verschlossen war und der jeden Moment den von außen züngelnden Flammen nachgeben würde.

Panisch drückte Lindberg den Türhebel, doch es war nun mal der Sinn der Doppelverriegelung, dass sich die Türen nicht öffnen ließen, weder von innen, noch von außen, sondern nur mit dem Schlüssel. Und den hatte er nicht.

Lindberg hatte auf einer Polizeischulung gelernt, dass Autos nicht von allein explodierten, dass die Tanks gut abgedichtet waren, doch das half alles nichts, wenn das Auto schon brannte.

Diesel hatte eine höhere Zündtemperatur als Benzin, aber irgendwann war der Punkt erreicht, an dem es sich entzündete, oder an dem jede Schweißnaht platzte, jedes Glas zersprang und das Innerste zum Äußeren wurde.

Die Flammen erhellten den Innenraum, das Plastik an den Armaturen wurde glänzend weich und stank verbrannt. Lindberg musterte den Fahrzeugboden, die Fußmatte aus Gummi warf Blasen, er beugte sich zu Paula, kam an den metallenen Knauf der Gangschaltung, schreckte hoch, weil er sich daran verbrannt hatte, blickte zum Fahrzeugboden auf Paulas Seite, sah keinen Schlüssel, drehte sich schon weg und schaute dann doch noch mal hin.

Unter ihrem Sitz lag etwas, der schmale Tragegurt ihrer Handtasche! Hatte Paula die Tasche unter dem Sitz versteckt?

Lindberg beugte sich hinab, griff nach dem Riemen, kam mit der Hand an die metallene Halterung der Sitze, schreckte vor Schmerz zurück, roch die verbrannte Haut, doch er angelte die Handtasche unter dem Sitz hervor.

Er klappte sie auf, wühlte darin, fand ein schmorendes Mobiltelefon, einen Geldbeutel, Schminksachen, einen Kamm.

Und dann spürte er den Schlüssel.

Er packte ihn, obwohl er glühend heiß war und drückte auf den Knopf zum Öffnen des Autos.

Nichts.

Er drückte fester, alle Knöpfe, die er fand.

An seiner Seite der Tür schob sich eine Flamme ins Fahrzeuginnere, nahm ihm die Luft. Irgendetwas klickte, seine Kleidung fing Feuer, geistesgegenwärtig langte er nach dem glühend heißen Türgriff, verlor den Schlüssel, doch das interessierte ihn nicht mehr, denn der Griff gab nach und Lindberg warf sich aus dem Auto.

Er riss sich Jackett und Hemd vom Leib, die Fahrertür fiel zu, er rannte um das Auto herum, wollte die Beifahrertür öffnen, doch sie war verschlossen.

Der Schlüssel! Verdammt, er lag auf der kokelnden Fußmatte!

Das Feuer schoss in den Innenraum, Lindberg versuchte es hinten links an der Tür, am Kofferraum, rechts, auf der Fahrerseite, doch er kam nicht hinein.

Paula saß auf dem Beifahrersitz, sah ihn mit vor Schock geweiteten Augen an.

Und dann verbrannte sie.

27

'The world never sleeps – Remexan' prangte auf einem Videodisplay, an dem Lindberg auf dem Weg zur Arbeit vorbeifuhr. Für gewöhnlich wechselten die Bildsequenzen der Werbung darauf so hektisch wie der daran vorbeifahrende Verkehr, doch jetzt bildeten sie einen Pol der Ruhe, zeigten nächtliche Aufnahmen jagender Eulen, Eichhörnchen, die Nüsse stibitzten und Fledermäuse beim Füttern ihrer Jungen, begleitet von dem prägnanten Slogan.

'The world never sleeps' – sollte es wirklich so weit kommen? Bis auf die Überflutung der Medien mit Berichten über das gerade eingeführte Wundermittel hatte sich noch nicht viel geändert. Waren sie wirklich die Pioniere? Wer würde es außer ihnen noch einnehmen? Nachtschwestern, Piloten, die Werbeszene? Oder am Ende jeder, der es sich leisten konnte?

Vielleicht würden mit dem Remexan seine Albträume enden? Möglicherweise konnte er gleichzeitig mehr Zeit an Paulas Krankenbett und mit der Aufklärung des Falles verbringen? *Ein echtes Paradoxon,* dachte er. *Und doch passt es perfekt in diese Zeit.*

Nach seinem Besuch in der Rehaklinik hatte Lindberg gestern noch sämtliche Schwarzen Bretter der Universität abgeklappert. An der biologischen Fakultät war er schließlich fündig geworden. Ein einfaches Blatt Papier, auf dem nichts stand, als ein Wort: 'Tierarmeefraktion'. Darunter hingen abreißbare Telefonnummern, doch Lindberg hatte gleich das ganze Blatt mitgenommen. Die Versuchung war groß gewesen, die Nummer sofort anzurufen, aber er wollte erst mehr dazu herausfinden. Er hatte in der Nacht noch recherchiert und war dann irgendwann eingeschlafen, ohne eine Remexan zu nehmen.

Es hätte am liebsten sofort weiter ermittelt, doch er war mal wieder zu spät. Polizeidirektor Graf wollte ihn in fünf Minuten sprechen, verlangte jetzt schon eine Entscheidung, ob er nun an dem Remexan-Programm teilnehme. Fehlte nur noch, dass Graf diesen künstlichen Zeitdruck damit begründete, dass die Arbeit nach Carlas Entlassung nicht weniger geworden war.

Obwohl Gehirnklitschko ihn gestern Abend nicht niedergeschlagen hatte, sondern nur Schachmatt gesetzt, herrschte in Lindbergs Kopf ein Chaos wie in einem Kinderzimmer nach dem Urlaub der Eltern.

Sollte er das Remexan in Zukunft wirklich nehmen?

Er parkte in der Tiefgarage der Bundespolizei und mit jedem Schritt, den er näher an Grafs Büro kam, zweifelte er stärker daran, dass er überhaupt in der Lage war, das Ausmaß seiner Entscheidung zu beurteilen.

Was wusste er schon über Risiken eines Medikaments, über Langzeiteffekte, Nebenwirkungen?

Am liebsten hätte er diese verdammte Entscheidung weggedrückt wie ein Pop-up-Fenster. Doch genauso hartnäckig wie ein Pop-up würde die Entscheidung sich immer wieder in den Vordergrund drängen, wenn er sich ihr jetzt nicht stellte. Entweder er war von Anfang an dabei, oder er ließ es gleich bleiben.

Lindberg kam ein paar Minuten zu spät an Grafs Büro. Die Sekretärin deutete auf die Uhr und ignorierte ihn dann so gut sie konnte, während sie geschäftig auf den Tasten ihres Laptops herumtippte. Endlich wurde Lindberg hereingerufen.

»Haben Sie gut geschlafen?«, fragte Graf.

»Ich habe das Medikament noch nicht genommen. Ich ... wollte erst mal das Gespräch mit dem Polizeiarzt abwarten.«

Graf lupfte eine Augenbraue. »Was gibt es Neues zum Fall?«

»Wir haben nach wie vor nichts, was Egger oder die FAA belasten würde.«

»Jetzt wissen wir wenigstens, dass sie es nicht waren.« Graf winkte ab. »Außerdem haben die genügend anderen Dreck am Stecken.«

Lindberg sagte nichts. Einen Dogmatiker konnte man nicht bekehren.

»Jetzt treffen Sie erst mal die richtige Entscheidung bezüglich des MP-Programms und dann werden Sie den Fall schon lösen.«

Lindberg atmete tief aus. Er wollte hier so schnell wie möglich wieder raus. »Ich weiß nicht, ob es die richtige Entscheidung ist«, sagte er. »Aber ich bin dabei.«

»Perfekt.« Graf öffnete seine Schublade und reichte Lindberg den geänderten Arbeitsvertrag.

Der Kommissar überflog das Papier. Er hatte den Entwurf schon mehrfach gelesen, seine Bauchschmerzen waren mit jedem Durchgang größer geworden.

Er blätterte zur letzten Seite, nahm den Stift, hielt kurz inne und schloss die Augen. *Das ist ein Fehler*, dachte er. *Ein Fehler, dem ich nicht ausweichen kann.*

Graf blickte ihn an, als dauerten ihm die paar Sekunden Bedenkzeit schon zu lange.

Lindberg setzte seine Unterschrift unter den Vertrag und ließ ihn schweigend über den Tisch gleiten.

Der Polizeidirektor legte das Papier zu den Akten. »Es freut mich, dass Sie weiterhin dabei sind.« Er nickte zufrieden. »Jetzt kann ich Ihnen auch mitteilen, was ich noch mit Ihnen vorhabe. Ich glaube, Sie sind ein guter Mann, Sie brauchen nur noch ein wenig Führung, aber mit der Zeit wird das schon. Daher werde ich Sie in Nachfolge von Carla Frey zum Leiter der Ermittlungsgruppe befördern. Sobald feststeht, wer an dem MP-Programm teilnimmt, erhalten Sie einen neuen Partner.«

Lindberg war es unangenehm von dem Mann gelobt zu werden, den er am liebsten für immer aus diesem Büro oder noch besser aus seinem Leben verbannt hätte. Dummerweise war der Kerl sein Vorgesetzter.

Der Kommissar bedankte sich tonlos. Graf erhob sich und gab ihm zum Abschied die Hand. »Sie melden sich Morgen um acht Uhr beim polizeiärztlichen Dienst. Der wird dann Ihre Bedenken ausräumen.« Er klopfte Lindberg auf die Schulter. Der Kommissar ließ es so missmutig über sich ergehen, wie ein kleiner Junge den Kuss der Erbtante.

Als Lindberg zurück ins Büro kam, fühlte er sich, als habe er seine Ideale verkauft. War es wegen der Beförderung? Oder weil er sich von einem Medikament abhängig machte? Er wusste es nicht und es war nicht einmal jemand da, mit dem er darüber reden konnte.

Nur Carlas Kaktus stand einsam auf seinem Schreibtisch.

Der konnte zwar auch nicht reden, aber dafür erzählte er im Gegensatz zu Graf wenigstens keinen ideologisch verbrämten Unsinn.

Lindberg konnte jetzt kein Verhör führen, keines, das so wichtig war, wie das, was ihm bevor stand. Kurzentschlossen ging er zu Katharina Zach.

»Kannst du Gedanken lesen?«, fragte sie ihn, als er das Büro der Kriminaltechnikerin betrat.

»Weshalb?«

»Ich wollte dich gerade anrufen. Wir haben einen ersten Hinweis.«

»Schieß los.«

»Claudia Römer besaß eine stattliche Schmucksammlung. Sie hat antiken Schmuck aus den 20er Jahren des vorigen Jahrhunderts gesammelt und über jedes Schmuckstück genau Buch geführt. Die Aufstellung liegt uns vor, aber es fehlt noch das Bijou ihrer Sammlung.«

»Das Bijou?«

»Ein diamantbesetzter 24-Karäter, der ist gut und gerne 100'000 Franken wert, unter Liebhabern eventuell noch mehr.«

»Der Täter weiß, was gut und teuer ist.« Lindberg runzelte die Stirn. »Wie konnte sie sich den Ring leisten?«

»War ein Erbstück.« Katharina Zack zuckte mit den Schultern. »Und der Täter dachte wohl, der Diebstahl würde nicht auffallen, wenn er alles andere zurücklässt.«

»Und wenn sie den Ring vor Kurzem verkauft hat?«

»Dann müsste das Geld irgendwo sein und es einen Käufer geben.«

»Besitzen wir ein Foto des Ringes?«

»In den Unterlagen des Opfers haben wir eines gefunden«, antwortete Frey. »Würde mir auch gefallen.« Sie zeigte Lindberg ein Foto. Der Ring sah fast aus wie ein Siegelring, nur ein wenig runder, in der Mitte des Ringes war ein fingernagelgroßer Diamant eingelassen. »Wir sollten die lokalen Juweliere und Antiquitätenhändler informieren«, sagte sie. »Wenn der Täter das Ding verkaufen will, haben wir ihn.«

»Das werde ich sofort erledigen.«

»Ich hab aber noch was anderes«, sagte sie. »Wir haben etwas Merkwürdiges in der Wohnung von Claudia Römer gefunden. Etwas, das nicht dahin gehört.«

»Was denn?«

»Eine Remexan-Tablette.«

»Sie ist Forscherin bei GENEKNOV, sie wird das Medikament selbst einnehmen, oder?«

»Wir haben die Tablette aber in ihrer Messerschublade gefunden, unverpackt.«

»Dann ist sie ihr da reingefallen und sie hat es nicht gemerkt.«

»Genau das hab ich auch gedacht«, sagte Katharina Zach. »Aber so kann es nicht gewesen sein.« Sie lächelte triumphierend. »Denn Remexan ist ein personalisiertes Medikament.«

»Bedeutet das, jeder hat seine eigene Wirkstoffdosis?«

»Ganz so ist es nicht«, sagte sie. »Das Medikament gibt es in sechsunddreißig Varianten, abhängig von Gewicht, Geschlecht und Metabolisierungsrate, damit jeder nur eine Stunde schläft und nicht zwei, oder nur eine halbe.«

Lindberg blickte sie fragend an. »Metabolisierungsrate?« Er hatte das schon mal gehört, er wusste nur nicht mehr wo. »Was ist das denn?«

»Vereinfacht gesprochen ist es die Rate, die angibt, wie schnell und wie stark ein Wirkstoff im Körper umgesetzt wird, das ist von Mensch zu Mensch unterschiedlich, und GENEKNOV hat da drei Untergruppen gebildet: schnelle, langsame und normale Metabolisierer.«

»Und das heißt, die Dosierung des Medikaments passt nicht zu Claudia Römer?«

Katharina Zach nickte. »Exakt. Wir haben die Wirkstoffmengen analysiert und nach Rücksprache mit GENEKNOV wissen wir, die Tablette war für einen Mann vorgesehen, in der Gewichtsklasse zwischen sechzig und achtzig Kilogramm, Schnell-Metabolisierer.«

»Das heißt, wir könnten ein erstes Täterprofil haben«, sagte Lindberg. »Wenn auch ein recht grobes.«

Katharina Zach lächelte und strich sich über ihr Augenbrauen-Piercing. »Was wolltest du eigentlich von mir?«

»Hat sich erledigt«, sagte Lindberg, stürmte aus dem Büro und setzte sich in seinen Wagen.

28

Philipp Farner. So hieß der Student auf den das Prepaidhandy zugelassen war, dessen Nummer am Schwarzen Brett der Universität gehangen hatte. Er studierte Jura, lebte im Basler Quartier St. Alban, war vierundzwanzig, kein Eintrag im Strafregister. Ein unauffälliger junger Mann, wäre sein Vater nicht ehemaliger Bundesrichter in Bern gewesen.

Lindberg fuhr nach St. Alban, jenen Teil der Altstadt, den man auch das kleine Venedig Basels nannte. So wie wohl jeden Ort der Erde, durch den ein paar Kanäle fließen. St. Alban war wenigstens eines der schöneren Möchtegern-Venedigs. Inmitten der zugefrorenen Kanäle, die in den Rhein mündeten, lag eine alte Mühle. Das Mühlrad war halb verfallen und sah aus, als würde es nur noch von Eiszapfen zusammengehalten. Einige Kinder tummelten sich auf der Eisfläche und freuten sich am Winter.

So beschaulich St. Alban auch wirkte, so auffallend kontrastierte es mit der gegenüberliegenden Rheinseite. Denn dort herrschte die pharmazeutische Industrie, gekrönt vom Roche-Hochhaus, welches wie eine halbierte Pyramide in die Wolken stieß. Es war so hässlich wie eine Betonburg für Pauschaltouristen, nur ohne Strand und ohne Meer. Dafür gab es in der Bar im obersten Stockwerk angeblich Cocktails.

Ein ungewöhnlicher Ausblick für einen Tierschutzaktivisten, dachte Lindberg, als er an Farners Altbau am Mühlegraben kam. Er klingelte. »Wer ist da?«, dröhnte es aus der Gegensprechanlage.

»Erik Schneider, ich arbeite für das Greenpeace Magazin und würde Sie gerne sprechen. Ich wollte Sie eigentlich anrufen, aber jetzt war ich gerade in der Gegend.«

»Moment, ich öffne die Tür«, tönte es aufgeregt von der anderen Seite. Lindberg verzichtete auf den Lift und nahm die Treppen. Das war ohnehin authentischer.

Als er oben ankam, stand Farner vor der Tür seiner Wohnung und erwartete ihn. Der Student war eher klein, Lindberg schätzte ihn auf 65 kg, also passend zu dem hinterlassenen Medikament. Farner war mit einer markanten Nase gesegnet, die von seinem lockigen, blonden Haar ablenkte. Ein grüner Wollpullover, der fast zwei Nummern zu groß schien, bedeckte seinen schmächtigen Oberkörper. »Kann ich Ihren Presseausweis sehen?«, fragte der Student und lächelte entschuldigend.

»Sicher«, nickte Lindberg und schob dem jungen Mann seinen Polizeiausweis hin.

»Was soll das?«, fragte Farner.

»Sagen wir, das ist ein informelles Gespräch unter Freunden.«

»Unter Freunden?«

»Nicht jeder Polizist ist Ihr Gegner.« Lindberg reichte dem Studenten die Hand.

»Und was soll dann der Spruch mit dem Greenpeace Magazin?« Farner ließ die ausgestreckte Hand des Kommissars in der Luft verhungern.

»Hätten Sie mich sonst reingelassen und wir würden uns hier unterhalten?« Lindberg grinste entwaffnend.

»Na, Sie haben zumindest Ahnung von Ablenkungsmanövern.« Der Student nahm die Hand des Kommissars und schüttelte sie. »Wenn Sie Ihr Handy ausschalten und den Mantel draußen lassen, können Sie reinkommen. Soll ja wirklich informell sein, oder?«

Lindberg nickte, hängte seinen Mantel über den Türknauf, schaltete sein Handy aus und ließ es in die Manteltasche fallen. »Sie dürfen mich auch durchsuchen.«

»Ein bisschen Vertrauen habe ich schon«, sagte Farner und bat Lindberg hinein. Die Wohnung wirkte klein, zwei Zimmer, die Wände über und über mit Plakaten und Postern beklebt, die von einer besseren Welt träumten.

Sie erinnerten Lindberg an seine eigene Vergangenheit. Wie viele Stunden hatte er als Jugendlicher damit verbracht, sich eine neue Weltordnung herbeizufantasieren, in der es keine Ungerechtigkeit mehr gab? Inzwischen war er zu dem Teil der Gesellschaft geworden, der dafür arbeitete, das Alte zu erhalten. War er noch auf dem richtigen Weg? Er blickte Farner an, der seinen Idealismus zu leben schien.

Oder war das alles nur Fassade?

In einer tönernen Schale auf der Fensterbank des Küchenfensters hatten sich ein paar Kräuter durch die Blumenerde gekämpft und trotzten dem Winter aus sicherer Distanz. Farner räumte einen Wäscheständer mit Joggingklamotten beiseite und bot Lindberg einen Platz an einem unlackierten Kieferntisch an. »Ich hab grad Kaffee gemacht. Möchten Sie einen Espresso?« Der Student wartete gar nicht erst auf die Antwort und reichte Lindberg eine Tasse. »Der ist aus Nicaragua. Direkt vom Bauernkollektiv.«

Der Kommissar nippte daran. »Schmeckt gut«, sagte er. »Scheint von glücklichen Bohnen zu stammen.«

»Oder von glücklicher Hände Arbeit«, schmunzelte Farner. »Weshalb sind Sie hier?«

»Ich hab Ihren Anschlag am Schwarzen Brett der Universität gefunden. 'Tierarmeefraktion', das klang interessant.«

Farner nickte. »Und jetzt wollen Sie Mitglied werden oder was?«

»Dann hätte ich kaum meinen Polizeiausweis gezeigt«, sagte Lindberg. »Und meine Vorgesetzten würden das auch nicht so witzig finden.« Er räusperte sich. »Wie Sie vielleicht mitbekommen haben, wurden zwei Pharmamanager ermordet.«

Farners Augen verengten sich. »Und was wollen Sie da von mir?«

Lindberg nahm eines der ausliegenden Magazine, holte einen roten Stift heraus und schrieb quer über das Cover '*Wenn du Tiere tötest, dann töten wir dich*'. »Kommt Ihnen das bekannt vor?«

»Jetzt sagen Sie mir nicht, Sie kommen wegen so einer Scheiße!« Ruckartig stand Farner vom Tisch auf. »Ich dachte, das ist ein Gespräch unter Freunden!«

»Das ist es auch.« Lindberg hob beschwichtigend seine Hand. »Wenn Sie ein paar Pharmabonzen ärgern, hätte es mich zwar von Amts wegen zu interessieren, aber irgendwie sehe ich gerade auf dem Auge nicht so gut. Ich ermittle ausschließlich in den Mordfällen.«

»Und ... und wie kommen Sie da auf mich?«

»An beiden Tatorten wurde dieser Slogan hinterlassen«, sagte Lindberg und deutete auf das Magazin. »Ich weiß nicht, wie Ihnen das geht, aber ich persönlich kann mir nur schwer vorstellen, dass jemand Tiere retten will und dafür Menschen tötet.«

»Das wäre auch gegen meine Prinzipien.« Farner setzte sich wieder.

»Nur der Slogan droht genau das an, was Sie eben verurteilt haben.«

»Manchmal muss man provozieren, um die Aufmerksamkeit der Medien zu bekommen.«

»Es stimmt also, dass der Slogan von Ihrer Gruppierung verwendet wird, von der Tierarmeefraktion?«

»Das hier gleicht irgendwie immer mehr einem Verhör«, sagte Farner. »Meinen Sie ich bin blöd, und merke das nicht?«

»Sorry.« Lindberg nippte erneut an seinem Espresso. »Haben Sie mitbekommen, was mit der FAA geschehen ist?«

»Ja, und deswegen hätte ich Sie gar nicht reinlassen sollen!«

»Darf ich dazu etwas sagen?«, fragte Lindberg. »Meine Kollegin und ich waren gegen die Verhaftung, aber der Bundesanwalt und der Bundespolizeichef wollten unbedingt staatliche Härte demonstrieren. Meine Kollegin ist inzwischen entlassen worden. Als ich einen Tipp bezüglich Ihrer Organisation bekommen habe, hatte ich zwei Möglichkeiten: Ich gebe ihn wie es meine Aufgabe wäre, an meine Vorgesetzten weiter und dann stände jetzt unten ein Sonderkommando.« Er blickte Farner direkt in die Augen. »Oder ich behalte alles für mich und unterhalte mich erst mal mit Ihnen.«

Farner schwieg.

»Ihnen brauche ich ja nicht zu sagen, was es bedeutet, wenn der Bundesanwalt ermittelt. Da kann Ihnen Ihr Vater auch nicht weiterhelfen.«

»Und was wollen Sie jetzt von mir?«

»Kennen Sie jemanden, der den Slogan wörtlich nimmt?«

»Sie glauben, ich verpfeife jemanden?« Farner hatte die Falle gewittert wie ein scheues Reh.

»Würden Sie wirklich einen Mörder decken?«

»Wir sind nur eine kleine Gruppe, für die lege ich meine Hand ins Feuer. Zu anderen Aktivisten habe ich keinen Kontakt.« Farner erhob sich wieder. »Ich kann Ihnen da nicht weiterhelfen.«

»Es ist ein offenes Geheimnis, das Ihre Organisation den Slogan verwendet«, sagte Lindberg. »Wenn Sie damit nichts zu tun haben, stellt sich die Frage, wer hat diese Wörter am Tatort zurückgelassen?«

»Woher soll ich das wissen?«

»Vielleicht will jemand Ihnen die Schuld in die Schuhe schieben?« Lindberg leerte den Kaffee. »Wer könnte das sein?«

Der Student zuckte mit den Schultern und schwieg.

»Herr Farner, ich möchte nur von Ihnen wissen, ob es schon einmal vorgekommen ist, dass sich andere Ihres Slogans bemächtigt haben?«

»Nein«, antwortete Farner. Es war ihm anzumerken, dass er die Antwort selbst etwas vorschnell fand, doch er machte keine Anstalten sie zu korrigieren.

»Sie haben also keine Ahnung, wer den Slogan verwendet hat?«

Farner kaute an seinen Fingernägeln und schüttelte den Kopf. Lindberg stand auf, stellte die Tasse in die Spüle, als sein Blick fiel auf einen Flyer fiel, der auf der Küchenanrichte lag. 'Remexan tötet!', stand darauf.

»Warum Remexan?« Lindberg zeigte auf den Flyer.

»Weil es ein Lifestyle-Medikament ist!« Farner ließ seine blauen Augen aufblitzen. »Niemand braucht es! Das Medikament ist die Inkarnation des Turbo-Kapitalismus!«

»Es schadet auch niemandem, oder?«

»Sind sie wirklich so naiv?«

»Angeblich hat es keine Nebenwirkungen«, sagte Lindberg.

»Das hängt immer von der Dosis ab. Wissen Sie, was LD50 heißt?«

»Nein.«

»Das ist die letale Dosis. Also die Dosis, bei der 50 Prozent der Versuchsobjekte krepieren.« Farners Stimme klang nun scharf, unbeherrscht. »Sie wird für jedes Medikament ermittelt, also auch für Remexan. Und wie Sie sich denken können, macht man das nicht am Menschen, sondern am lebenden Tier! Also gilt der Satz: Remexan tötet!«

29

Als Lindberg gegen Abend wieder in sein Büro kam, saß eine junge, rothaarige Frau an seinem Schreibtisch. »Ich wollte Ihnen gerade eine Nachricht hinterlassen«, sagte sie, stand auf und deutete auf eine Post-it. »Ich bin Mia Adam.«

»Erik Lindberg«, antwortete er. Die junge Frau war nicht größer als eins sechzig, schmal, roter Bubikopf, überall Sommersprossen. Kannte er sie nicht von der Vorstellung des Bundespolizeichefs? »Es geht um diesen Slogan«, sagte sie. »Den der Mörder am Tatort hinterlassen hat.«

Lindberg war überrascht, dass sie mit dem Fall vertraut war, aber die Sonderkommission war so groß, dass er nicht jedes Mitglied kannte.

»Wenn du Tiere tötest, dann töten wir dich«, sagte sie. »Ich habe den Spruch in der Datenbank gesehen, und dass wir keine Hinweise dazu haben.«

»Das stimmt mehr oder weniger«, sagte Lindberg.

»Ich hatte eine Idee dazu.« Mia Adam schaute auf den Boden. »Vielleicht ist sie aber auch blöd.«

»Davon würde ein Mann nie ausgehen«, sagte Lindberg. »Dass seine Ideen blöd sind.« Er lächelte und zeigte auf seinen Kopf. »Und es sind eine Menge bescheuerte Ideen hier drin. Also, was haben Sie sich überlegt?«

»Ich habe vermutet, dass der Spruch vorher vielleicht schon mal verwendet wurde, aber im Internet war nichts zu finden.«

»Das hab ich auch festgestellt.«

»Also habe ich mir überlegt, wenn jemand etwas über Graffiti weiß, dann die Firmen, die sie beseitigen müssen.«

Lindberg nickte. Schon wieder eine Idee, die so nahe lag, dass er nicht darauf gekommen war. War das alles zu viel für ihn? Die Alpträume, Paulas Koma, die Mordfälle?

»Also habe ich mir die Firmen herausgesucht und angerufen.«

So viel Eigeninitiative hatte Lindberg nicht erwartet. »Und?«

»Eine Firma gab an, sie hätten vor einem halben Jahr ein solches Graffito entfernt. Sie wussten nur nicht mehr den genauen Wortlaut, nur dass es um 'Tiere töten' gegangen sei. Das sei ihnen aufgefallen, weil normalerweise wären die Graffiti ja kaum zu entziffern. Aber hier sei es klar und deutlich dagestanden.«

»Und die Firma weiß auch noch, bei wem das Graffito entfernt wurde?«

»Sie haben sich ihre Rechnungen angeschaut und mir drei mögliche Kunden genannt.« Sie reichte Lindberg einen Zettel mit drei Adressen.

»Und was war daran jetzt eine blöde Idee?«, fragte er. Sie strich sich verschämt durch den roten Bubikopf. »Ich hätte mich nicht getraut, damit anzukommen, wenn ich die Idee nicht überprüft hätte.«

Lindberg blickte auf den Zettel. »Eine davon ist eine Arztpraxis«, sagte er. »Das könnte passen.«

Er bedankte sich und blickte Mia Adam dabei noch einmal genauer an. Waren es die Sommersprossen in ihrem Gesicht, die sie wie siebzehn aussehen ließen? Das war sicher nicht einfach für sie, sich in diesem Laden durchzusetzen. »Woran arbeiten Sie eigentlich gerade?«

»Ich bin frisch mit der Kommissar-Ausbildung fertig«, antwortete sie. »Ich kann ganz gut mit Computern umgehen und helfe bei der Dateneingabe und Auswertung mit, bis Graf mich fest einem Team zuweist. Momentan ist ja alles im Umbruch wegen des Remexans.«

»Allerdings.« Lindberg verabschiedete sie und setzte sich an seinen Schreibtisch. Es war so unreal, dass er bald dieses Medikament nehmen musste, das eine immer größere Rolle in dem Fall einzunehmen begann.

Mit jeder Sekunde, die verstrich, wuchs das Gefühl in ihm, dass er mit seiner Entscheidung für das Remexan-Programm einen Fehler gemacht hatte.

Einen Fehler, der nicht wiedergutzumachen war.

30

Als Erik Lindberg spät abends nach Hause kam, hatte er seit dem Morgen nichts mehr gegessen, das übliche Polizistenlos. Zwar hatte er sich in der Kantine etwas zum Mitnehmen besorgt, aber dann war alles andere wichtiger gewesen. Nach Feierabend hatte er noch Paula in der Rehaklinik besucht und jetzt trieb ihn der Hunger so sehr, dass er beschloss, Dr. Watson erst später zu holen.

Er packte das Essen auf einen Teller und stellte diesen in den Refresher, den er vor zwei Wochen gekauft hatte. Das Gerät erwärmte Essen angeblich schonender als jede Mikrowelle.

Er hatte nie eine Mikrowelle besessen, aber es waren jetzt eben andere Zeiten.

Keine zwei Minuten später klingelte es an seiner Tür. Er blickte durch den Spion. Es war Isabel.

Er seufzte und öffnete die Tür.

»Ich hoffe, ich störe nicht«, sagte sie. »Aber ich wollte mich noch für das Geschenk von gestern bedanken.« Sie lächelte unsicher. »Gute Idee mit dem Museumspass. Ich wusste gar nicht, dass man damit in der ganzen Schweiz alle möglichen Museen besichtigen kann, kostenlos.«

»Gern geschehen.« Dr. Watson schlüpfte an ihm vorbei, ohne ihn zu beachten.

»Im Fernsehen lief übrigens gerade ein Report über Remexan«, sagte sie.

»Willst du reinkommen?« Er deutete auf den Küchentisch. »Ich mache mir nur gerade essen warm, bin am Verhungern.«

»Wenn es dich wirklich nicht stört?«

Er schüttelte den Kopf. »Willst du einen Rotwein?«

Sie nickte.

Er öffnete eine Flasche und goss den Inhalt in einen Dekanter. »Und was haben sie über das Remexan erzählt?«

»Die streiten sich darüber, ob die Bevölkerung in Zukunft noch dicker wird, da man mit Remexan neben Frühstück, Lunch und Abendessen zusätzlich ein Mitternachtsdinner einnimmt.« Sie grinste. »Oder ob wir jetzt alle dünner werden, da man sich im Schlaf nicht so viel bewegen würde wie im Wachzustand.«

»Ich kenne Leute, die bewegen sich im Fernsehsessel weniger als im Bett.« Lindberg starrte durch die Glasscheibe des Refreshers. Heiße Luft zirkulierte in dem kleinen Ofen, alle zehn Sekunden wurde das Essen mit Dampf bestrahlt, wohl um es nicht auszutrocknen. »Haben sie auch was Sinnvolles diskutiert?«, fragte er.

»Du meinst einen Beitrag, der thematisiert, dass wir mit Remexan am Beginn einer der größten gesellschaftlichen Umwälzungen der letzten Jahrzehnte stehen?«, entgegnete sie.

»Ja genau.«

»Den gab es natürlich nicht, wo denkst du hin?« Isabel lupfte eine Augenbraue. »Wir reden schließlich vom Fernsehen!«

Lindberg lachte. Der Refresher piepste und der Kommissar nahm gespannt den Teller aus dem Gerät. Das Essen dampfte, doch das Fleisch sah so grau aus wie eine tote Maus. Wenigstens das Gemüse hatte sich ein bisschen aufgerappelt.

»Wie war denn die Tendenz? Für oder gegen das Teufelszeug?« Lindberg schnitt sich ein Stück Entrecote ab.

»Eher dafür. Sie haben auch gar nicht so schlechte Argumente, finde ich.«

»Du als Psychologin?« Lindberg blickte sie erstaunt an. »Die Bewahrerin der menschlichen Seele?« Er biss in das Fleisch. Es war trocken und zäh.

»Sie behaupten, die Infrastruktur würde optimal ausgenutzt, es gäbe weniger Staus, alles verteile sich besser. Man steht nicht mehr an, Filme laufen im Kino rund um die Uhr, Geschäfte haben immer geöffnet und man kann alles in weniger Hektik erledigen. Jede Stunde ist gleich viel wert, ein echter Vierundzwanzigstundentag.«

»Dreiundzwanzig! Du musst immer noch schlafen.«

»Na gut«, antwortete sie. »Aber es gäbe keine Müdigkeit, kein Verschlafen und keine Schlaflosigkeit mehr. Weltweit wären immer alle zu jeder Zeit erreichbar und könnten miteinander kommunizieren.«

»Und wer soll das alles bezahlen, wenn er wegen des Remexans entlassen wird?« Lindberg goss den Wein in ihre Gläser.

»Angeblich wäre das gar nicht so schlimm«, sagte sie. »Da wir dann fast dreißig Prozent mehr Zeit zum Konsumieren haben, braucht man mehr Personal, um diese Bedürfnisse zu befriedigen. Außerdem wird unser Export boomen, weil wir neben den Amerikanern die erste Nation sind, die das Medikament großflächig anwenden.« Sie nippte an dem Rotwein. »Ein Wissenschaftler meinte sogar, Schlaf sei unproduktiv und passiv und deshalb ein echtes Ärgernis für unsere Dauerkonsumkultur. Die Logik des Systems fordere das Medikament geradezu. Und im Grund hat er recht, auf den ersten Blick nutzlose Zeitintervalle kommen immer mehr unter Druck.« Sie räusperte sich. »Wer hat heute noch Zeit, sich einfach mal nur auszuruhen? Und wenn man das mal tut, muss man es gleich Wellness nennen und teuer bezahlen.«

»Da hast du recht«, sagte Lindberg und stieß mit ihr an. »Hat jemand auch gegen das Remexan argumentiert?« Er spießte ein Stück Zucchini auf seiner Gabel auf, das noch recht ordentlich aussah. Nach nur einem Bissen schob er das Gemüse missmutig auf die Seite des Tellers, auf der auch schon das Fleisch gelandet war. Es schmeckte wie dreimal eingefroren und wieder aufgetaut. Der Refresher schien nichts anderes als eine Mikrowelle zu sein, alter Wein in neuen Marketing-Schläuchen.

»Eigentlich waren alle dafür«, sagte Isabel und zuckte mit den Schultern. »Sie halten die Entwicklung für unaufhaltsam.«

»Und die Risiken?«, fragte er, während er den Teller abräumte.

»Hat's nicht geschmeckt?«

Lindberg schüttelte den Kopf.

»Ich hätte drüben noch Mousse au Chocolat. Ist eigentlich für morgen, aber du kannst einen Bissen haben.«

Hätte sein Magen eine Stimme, hätte er *ja* geschrien. Niemand konnte Mousse au Chocolat so gut wie Isabel. Aber er schüttelte den Kopf.

»Komm schon, deine Augen sagen ja. Und es passt super zu dem Wein.«

Er sparte sich die typisch Schweizerische Art, sich erst noch fünf Mal bitten zu lassen und nickte direkt. »Okay, aber ich stelle Dr. Watson nur noch was zu essen hin.«

»Er hat schon.« Isabel zuckte mit den Schultern. »Ich wusste ja nicht, ob du noch kommst.«

Daher kam die neue Ignoranz. Aber solange es Dr. Watson gut ging, wollte er sich nicht beklagen.

Sie gingen in die Nachbarwohnung, Dr. Watson, dem es allein immer zu langweilig war, kam mit und Isabel stellte einen riesigen Topf Mousse au Chocolat vor Lindberg auf den Tisch. »Bedien dich.«

Schon der erste Bissen schmeckte, als wäre er im Himmel zubereitet worden. »Und was ist jetzt mit den Risiken des Remexans? Macht es so dick wie die Mousse?«

»In Maßen macht nichts dick«, sagte sie. »Außerdem hab ich schon mal dein Sixpack gesehen. Du kannst das vertragen.«

»Ich kann nichts für das Sixpack«, sagte er. »Ist genetisch bedingt. Haben angeblich alle schwarzhaarigen Schweden.«

»Wie viele gibt es denn von euch?«

»Nur mich und diesen Fußballer.«

»Von dem hab ich auch schön gehört.« Sie lächelte.

»Und was ist jetzt mit dem Remexan?« Er musste an sein morgiges Gespräch mit dem Polizeiarzt denken, das er noch abwarten wollte, bevor er das Medikament nahm. »Ist das wirklich sicher?«

»Klar, ich habe mir übrigens auch schon überlegt, es zu nehmen.«

»Du?«

»Ich könnte wieder Vollzeit arbeiten, vielleicht noch mal studieren. Weißt du, der Job in der Parfümerie füllt mich nicht gerade aus. Ich meine, ich bin Psychologin, kein Beauty-Model.«

Lindberg nickte. Früher oder später würde sich jeder solche Gedanken machen. »Aber keine Kritik, das klingt für mich nach Gleichschaltung.«

»Das hängt vielleicht damit zusammen, dass Remexan in der Schweiz entwickelt wurde und produziert wird. Selbst in der Zeitung habe ich bisher kaum Negatives gelesen.«

»Willst du was in die Richtung hören?«, fragte er. »Meine zweiundsechzig Jahre alte Kollegin wurde entlassen. Graf schmeißt früher oder später jeden raus, der sich nicht an dem Remexan-Programm beteiligt. Das werden andere Firmen genauso tun, weil sich die Ausgaben für das Remexan rechnen müssen. Also kommt es erst einmal zu Entlassungen. Und selbst wenn ich meinen Job behalte, wie soll ich dreißig Prozent mehr konsumieren, ohne auch dreißig Prozent mehr Geld zu verdienen?«

»Sie hätten besser dich zu der Diskussion eingeladen«, sagte sie.

»Stimmt.« Er schwenkte sein Rotweinglas. »Dann hätte ich ihnen am Beispiel des Alkohols einmal verdeutlicht, was dreißig Prozent mehr Konsum bedeuten.« Er lächelte, genau bis zu dem Moment, in dem ihm einfiel, dass bald sein einsames Bett auf ihn wartete.

Und der Alptraum, der jede Nacht kam.

31

Er riss sich Jackett und Hemd vom Leib, die Fahrertür fiel zu, er rannte um das Auto herum, wollte die Beifahrertür öffnen, doch sie war verschlossen.

Der Schlüssel! Verdammt, er lag auf der kokelnden Fußmatte!

Das Feuer schoss in den Innenraum, Lindberg versuchte es hinten links an der Tür, am Kofferraum, rechts, auf der Fahrerseite, doch er kam nicht hinein.

Paula saß auf dem Beifahrersitz, sah ihn mit vor Schock geweiteten Augen an.

Und dann verbrannte sie.

Lindberg schreckte hoch, langte hastig neben sich.

Kein Auto, er lag im Bett.

Allein.

Seine Lunge schmerzte, als habe er geschrien, seine Narbe brannte, und er hätte schwören können, sie sei aufgerissen. So wie damals nach der Operation, als er zu früh wieder begonnen hatte zu arbeiten.

Lindberg legte seine zitternden Finger auf die Narbe, spürte die Nässe und erschrak. War das Blut? Panisch zog er die Hand zurück und hielt sie vor sein Gesicht.

Nein, selbst im Dämmerlicht konnte er erkennen, dass es nur Schweiß war, der seine Narbe bedeckte. Doch sein Atem ging immer noch schnell und sein Herz raste, als sei er wirklich in Gefahr.

Lindberg blickte auf die Projektion des Videoweckers. Die vertraute Seenlandschaft gab ihm ein wenig Sicherheit. Die Uhr zeigte sechs Uhr morgens. Er versuchte ruhiger zu atmen, wischte sich den Schweiß von der Stirn.

Einatmen. Ausatmen.

Ja, er hatte Paula gerettet, die Beifahrertür war auch entriegelt worden, er hatte sie aus dem Auto gezerrt, ihr das brennende Kleid vom Körper gerissen und die Flammen gelöscht. An ihr und an sich. Hatte sie weiter geschleppt, weg von dem Auto, das bald darauf explodiert war.

Immer noch bewusstlos, äußerlich im Grunde unversehrt hatte Paula die Entführung überstanden, wie bei ihm nur Verbrennungen zweiten Grades, reversibel, nicht mal eine Narbe war bei ihr zurückgeblieben. Doch in seinem Traum, da brannte Paula immer.

So viel zur Frage der Schuld.

32

Lindberg stellte sich unter die Dusche und drehte das Wasser auf, so heiß, bis es schmerzte. Aber es brachte ein wenig Leben zurück und es würde ihn eine Zeit vor der Kälte schützen, die ihn draußen erwartete.

Er zog sich an, ging in die Küche, holte eine alte Saftpresse aus dem Schrank, teilte eine Orange und schob eine Hälfte in die Presse. Lindberg drückte den metallenen Hebel hinunter und wiederholte die Prozedur, bis das Caipirinha-Glas voll war. Er trank den Saft in drei, vier Schlucken und dann erst fiel ihm ein, dass er heute einen Termin beim polizeiärztlichen Dienst hatte. Um wie viel Uhr war das noch mal gewesen?

Acht, es würde mal wieder knapp werden.

Er lief zu seinem Volvo, der natürlich ordentlich ausgekühlt war und fuhr nach Bern. Es schneite heftig und sein Verdeck knirschte im Fahrtwind, als habe es auch genug vom Winter. Dieses Jahr wollte der kalte Gesell anscheinend überhaupt nicht gehen.

Punkt acht traf Lindberg beim polizeiärztlichen Dienst ein, doch er wurde erst mal ins Wartezimmer geschickt. Darin standen nur Stühle und ein Tisch, keine Zeitschriften, keine Prospekte, nichts.

Lediglich ein großformatiger Kalender mit Hautkrankheiten hing an der Wand. Wahrscheinlich fanden Mediziner so etwas interessant, oder lachten sogar darüber. Der März zeigte ein überaus schleimiges Ekzem und auch der April hielt nichts Besseres bereit, wie Lindberg beim Umblättern feststellte. Die restlichen Monate sparte er sich.

Endlich wurde Lindberg in den Untersuchungsraum gerufen, der ähnlich karg ausgestattet war wie das Wartezimmer. Der Raum bestand aus nicht viel mehr als einer Pritsche, ein paar Arztschränken und einem Schreibtisch. Sowie einer zweiten Ausgabe des Kalenders.

Lindberg hatte den Arzt bei einer Untersuchung zuvor schon einmal gesehen, er war klein, schlank, seine Augen wirkten kalt. Er hieß irgendetwas mit Franken, Lindberg hatte nicht so genau hingehört. *Vielleicht Frankenstein*, dachte er, während der Mediziner Lindberg auf eine Waage bat. »Und, wie finden Sie das Remexan?«

»Ich habe es noch nicht genommen«, sagte Lindberg. »Ich wollte erst mit Ihnen reden. Schlaf ist so wichtig in unserem Leben, dass ich mir nicht vorstellen kann, dass man ihn einfach durch ein Medikament ersetzen kann. Ich meine, jeder Embryo schläft, jeder Mensch, fast jedes Tier. Und die bisherigen Schlafmittel ...«

»Vergessen Sie alles, was Sie jemals über Schlafmittel gehört haben. Wussten Sie, dass die REM-Phasen bei Babys die Hälfte der Schlafenszeit einnimmt, bei Erwachsenen aber nur noch ein Fünftel? Und das ältere Menschen auf weniger als eine Stunde Tiefschlafphase pro Nacht kommen? Remexan ändert den Schlaf nicht, er konzentriert ihn nur. Auf das Wesentliche.«

»Was ist mit meinen Träumen?«, fragte Lindberg. »Ich dachte, der Mensch muss träumen, um nicht wahnsinnig zu werden?«

»Das ist korrekt«, antwortete Frankenstein und blickte so versonnen an Lindberg vorbei auf den Hautkrankheitenkalender an der Wand, als sei dieser von Pirelli. »Die Traumverarbeitung wird durch das Remexan nicht negativ beeinflusst, sondern beschleunigt. Die essenziellen Schlafzyklen vollziehen sich durch das Medikament in konzentrierter Form und somit wesentlich schneller als beim herkömmlichen Schlaf. Der so wichtige REM-Schlaf bleibt fast vollständig erhalten.«

Lindberg wurde auf die Untersuchungspritsche gebeten, er kam sich vor, als sei er beim Psychiater. »Was geschieht, wenn ich unter Albträumen leide?«, fragte er.

»Ihre Albträume sind ab heute Abend Geschichte.« Der Arzt trat näher an Lindberg heran. »Das Medikament hat schon vielen schlafgestörten Patienten geholfen, so paradox das auch klingen mag. Sie werden sich nach dem Aufstehen wie ein junger Gott fühlen.« Er blickte Lindberg in die müden Augen. »Na ja, zumindest werden Sie ausgeschlafener aussehen als heute Morgen.«

»Wie kann es sein, dass ich mit Remexan körperlich genauso erholt bin, wie nach einer achtstündigen Nacht?«, fragte Lindberg.

»Die Taschenmaus benötigt rund zwanzig Stunden Schlaf am Tag, die Giraffe aber nur 1,9 Stunden. Die Natur ist da also flexibel und wir können es jetzt auch sein. Denn der Körper erkennt mit Remexan schlichtweg keinen Unterschied zu einem normalen Schlaf. Alle Untersuchungen zeigen, dass die Leistungsfähigkeit nach einem Remexan-Schlaf voll und ganz wiederhergestellt ist. Ähnliche Effekte kennt man von Amphetaminen oder ganz trivial vom Power-Napping.«

»Ist Remexan ein Amphetamin?« Lindberg richtete sich auf.

»Nein.« Frankenstein nahm einen kleinen Hammer in die Hand, offensichtlich um Lindbergs Reflexe zu testen. »Aber es ist mit den Amphetaminen chemisch verwandt, natürlich ohne zur Abhängigkeit zu führen.«

Lindberg setzte sich auf die Pritsche. »Und es gibt wirklich keine Nebenwirkungen?«

»Schlaf selbst hat doch auch keine Nebenwirkungen«, antwortete der Arzt und klopfte Lindberg mit dem Hammer auf eine Stelle unterhalb des Knies. »Das Medikament gibt es übrigens in sechsunddreißig verschiedenen, quasi personalisierten Varianten. Sie erinnern sich an den Bluttest, den ich das letzte Mal mit Ihnen gemacht habe?«

Lindberg nickte.

»Sie sind Schnell-Metabolisierer, bauen Medikamente also sehr rasch ab. Deswegen haben Sie die Variante

M60S erhalten. Männlich, 60-80 Kilo, Schnell-Metabolisierer.«

War das nicht die Variante, die man bei Claudia Römer gefunden hatte? Anscheinend kam sie häufiger vor.

Frankenstein, oder wie immer der Arzt nun hieß, versicherte, alles wäre unbedenklich und die Pilotanwender würden bestens überwacht. Lindberg unterschrieb einen Anhang zum Arbeitsvertrag, in dem er bestätigte, dass er die Regeln für die Anwendung des Remexans verstanden hatte und sich an die Vorschriften zur Einnahme halten werde.

Als er die Medizinstation verließ, fühlte er sich von dem Vortrag des Arztes eher verunsichert, denn beruhigt. Heute Abend sollte er das Remexan zum ersten Mal einnehmen. Er wusste immer noch nicht, ob er das wirklich tun würde.

33

Lindberg kam sich vor, als betreibe er Ärzte-Hopping, denn direkt nachdem er den Polizeiarzt verlassen hatte, fuhr er zum nächsten. Dr. Robert van Gelsen, der Arzt, bei dem ein Graffito hinterlassen worden war. Er wohnte und arbeitete in Allschwil, einem ebenso ruhigen wie teuren Viertel der Stadt nahe der französischen Grenze.

Basel besaß viele Gesichter, das der Industrie und der Betonklötze, aber auch das der Altstadt und jenes der Natur. Es zeigte sich in den Vororten und nahm hier seinen Anfang. Kleine, weiß befleckte Wäldchen wechselten sich mit schneebedeckten Wiesen ab. Urige Holzhäuser ließen den Betrachter glauben, er befände sich schon mitten in den Alpen, statt nur in deren Vorland.

Doch die Tentakel der Stadt drangen immer weiter in die Natur vor. An manchen Stellen blieb gerade mal noch der postkartengerechte Ausschnitt einer schönen Landschaft übrig.

Dr. van Gelsens Praxis befand sich im älteren Teil von Basel-Allschwil. Sie war weit genug entfernt von jenen Neuzuzüglern, welche die Idylle suchten und sie damit zerstörten. Das Anwesen lag etwas versteckt hinter hohen Büschen, und obwohl es bestimmt mehr als hundert Jahre alt war, strahlte der rote Sandstein noch wie am ersten Tag. Auf dem mit dunklem Ton gedeckten Dach thronten zwei kleine Türmchen, die von einer kräftigen Esche überragt wurden. Schneemassen drückten auf die mächtigen Äste des Baumes, als glaubten sie, diese brechen zu können. Neben dem offen stehenden Hoftor verwies ein großes, goldenes Schild auf die Arztpraxis, ein weiteres auf eine Firma namens *Perfectrial*.

Ohne zu klingeln ging Lindberg in den Garten und an der Hauswand entlang um das Gebäude herum. Auf dessen Rückseite blieb er stehen und betrachtete die Wand. Ja, das waren die Umrisse eines entfernten Graffitos. Das Lösungsmittel hatte zwar die Schrift abgelöst, aber im roten Sandstein seine eigenen Spuren hinterlassen. Es dauert ein wenig, bis Lindberg den Schriftzug entziffern konnte: *'Wenn du Tiere tötest, dann töten wir dich!'*. Der Kommissar nickte zufrieden, Mia Adam hatte sich nicht getäuscht.

Dann erst sah er die beiden Überwachungskameras auf Höhe des zweiten Fensters.

Er ging wieder nach vorn, klingelte an der Tür und betrat die Praxis. Eine Sprechstundenhilfe, die mit ihren High Heels und dem Hosenanzug eher wie eine Empfangsdame wirkte, öffnete die Tür und begleitete ihn in das mit Stuck verzierte Wartezimmer, die Einrichtung wirkte wie eine Werkschau moderner Designer.

So konnte ein Wartezimmer also auch aussehen. Lindberg ließ sich in die Le-Corbusier-Couch fallen, die schon ein paar Jahre auf dem Buckel hatte. Sie stand einsam in einer Ecke und wirkte etwas deplatziert. Gerade deshalb sagte sie Lindberg zu.

Auf den Zeitschriften, die für eine Arztpraxis bemerkenswert ungelesen aussahen, lagen einige Prospekte einer Klinik für Schönheitsoperationen, daneben Merkblätter für Vorsorgeuntersuchungen. An der Wand hing ein Plakat für ein Kinderhilfsprogramm der UNICEF. Nach wenigen Minuten wurde Lindberg in das Behandlungszimmer gerufen.

Ein großer Mittdreißiger mit dunklem Haar und sportlicher Figur hieß ihn willkommen. Van Gelsen wirkte, als sei er einer TV-Serie entsprungen. »Was führt Sie zu mir?«, fragte der Arzt und schüttelte dem Kommissar die Hand. »Offensichtlich fehlt ihnen nichts, hat mir meine Sprechstundenhilfe gesagt.«

Der Kommissar nickte, setzte sich in den Besucherstuhl und wünschte sich sofort die Le Corbusier des Wartezimmers zurück. So unbequem, wie der Stuhl war, konnte es sich nur um moderne Kunst handeln. »Ich arbeite an der Aufklärung eines Mordfalles.« Lindberg lehnte sich leicht nach vorn, sodass wenigstens die Rückenlehne nicht mehr drückte. »Sie könnten mir dabei eventuell behilflich sein.«

»Ich?« Van Gelsen wirkte überrascht. »Wenn es in meiner Macht steht ...« Er erhob sich und bot Lindberg ein Glas Wasser an.

Der Kommissar nahm dankend an. »Vor Kurzem wurden in Basel zwei Mitarbeiter von Pharmafirmen ermordet«, erklärte Lindberg. »Ich nehme an, Sie haben das mitbekommen. In der Wohnung des zweiten Opfers hat der Täter eine Parole hinterlassen: 'Wenn du Tiere tötest, dann töten wir dich!'. Sagt der Spruch Ihnen etwas?«

Van Gelsen riss die Augen auf. Lindberg glaubte fast spüren zu können, wie die Gedanken im Hirn des Mediziners umherschossen.

»Ich verstehe nicht, wie Sie auf mich kommen«, sagte van Gelsen schließlich und blickte scharf an Lindberg vorbei. »Aber Sie haben recht.« Er nippte an seinem Glas Wasser. »Man hat mir diese Parole auf die Hauswand geschmiert.«

»Wann war das?«

»Vielleicht vor einem halben Jahr, ich weiß das nicht mehr so genau.«

»Sie haben keine Anzeige erstattet?«

»Eine Anzeige?« Der Arzt schüttelte den Kopf. »Nein, ich wollte den Fall nicht aufbauschen. Diese militanten Tierschützer gieren doch nur nach Aufmerksamkeit. Die bekommen sie von mir nicht. Ich habe das Graffito entfernen lassen und die Sache war erledigt.«

»Sie haben jemanden in Verdacht?«

Der Arzt überlegte kurz. »Früher kamen die Tierschützer häufig mit Billigfliegern aus England eingeflogen, haben eine Aktion durchgeführt und sind wieder verschwunden. Angesichts der deutschen Parole glaube ich aber eher, es sind welche von hier, die Szene ist ja sehr aktiv in letzter Zeit.«

Lindbergs Privathandy klingelte, eine unterdrückte Nummer. Lindberg stellte das Gerät auf lautlos. »Haben Sie die Täter vor Ihrem Haus eigentlich beobachtet?«

»Nein, das war mitten in der Nacht.«

»Sie haben doch sicher eine Überwachungskamera hinter dem Haus?«

»Die hab ich erst installieren lassen, nachdem das vorgekommen ist«, antwortete der Arzt. »Aus Schaden wird man eben klug.«

»Und Sie wollen nach wie vor keine Anzeige erstatten?«

Van Gelsen schüttelte den Kopf. »Meine Meinung hat sich nicht geändert.«

»Ich müsste Ihnen nur die Kriminaltechniker vorbeischicken, damit die im Garten, dem Tor und an der Wand nach eventuellen Spuren suchen. Vielleicht deckt sich das ja mit etwas, das wir am Tatort gefunden haben.«

Van Gelsen schien zu überlegen, was er sagen sollte, doch nach wenigen Sekunden lächelte er. »Wenn Sie das an einem Wochenende machen könnten, habe ich kein Problem. Mir wäre recht, wenn das meine Patienten nicht mitbekommen. Da wird ja schnell getuschelt.«

»Klar, das können wir berücksichtigen.« Lindberg rieb sich die Stirn. »Weshalb sind Sie eigentlich in das Visier der Tierschützer geraten? Sie sind doch kein Mitarbeiter einer Pharmafirma, oder?«

Van Gelsen zuckte mit den Schultern. »Ich habe mit Tierversuchen so viel zu schaffen wie sie oder jeder andere hier in Basel.«

»Aber es muss doch einen Grund für das Graffito geben. Haben Sie eine Vermutung?«

»Ich bin vor einigen Wochen in einer Talkshow zum Thema Remexan aufgetreten«, sagte der Arzt. »Ich habe in der Talkshow meine Meinung als Mediziner vertreten und erklärt, Tierversuche seien kein Mord, sondern sie würden Leben retten. Das hat den Tierschützern wohl nicht gepasst.«

»Ein Schlafmittel rettet auch kein Leben, oder?«

Van Gelsen verschränkte die Arme. »Das Medikament wird die Welt verändern, nicht mehr und nicht weniger. Sich dagegen zu wehren ist sinnlos.«

»Und was halten Sie als Mediziner davon?«

»Ich nehme es selbst. Ich denke, das sagt alles.« Van Gelsen zeigte auf einen Medikamentenschrank. »Übrigens machen wir gerade eine Anwendungsbeobachtung. Falls Sie also das Medikament mal ausprobieren wollen, kann ich Ihnen nach kurzer Untersuchung eine Musterpackung geben.«

»Wir bekommen das Medikament bald selbst.«

Van Gelsen nickte beeindruckt. »Ich hätte nicht gedacht, dass die Polizei so progressiv ist.«

»Hat das Remexan wirklich keine Nebenwirkungen?«

»Herr Lindberg, wir leben nicht mehr im letzten Jahrhundert«, antwortete der Arzt. »Ein Medikament, das heute auf den Markt kommt, muss perfekt sein, sonst erhält es keine Zulassung. So einfach ist das.«

»Aber es ereignen sich doch immer wieder Arzneimittelskandale?«

»Davon ist vieles übertrieben.« Van Gelsen machte eine abfällige Handbewegung. »Außerdem betrifft das meistens Medikamente, die aus der pharmakologischen Steinzeit stammen. Wir sind heute technisch viel weiter. Sie fahren doch auch keinen Käfer mehr, oder?«

Lindberg nickte, auch wenn es ihm manchmal so vorkam. »Das wäre es dann«, sagte er.

Der Arzt begleitete ihn hinaus. »Wie sind Sie eigentlich auf mich gekommen?«

»Über die Firma, die das Graffito entfernt hat«, antwortete Lindberg. »Sie konnten sich an den Slogan erinnern.«

Van Gelsen blickte ihn überrascht an. »Sie gehen bei einem Fall so sehr ins Detail?«

»Es sind zwei Menschen ermordet worden«, sagte Lindberg. »Wenn wir da nicht genau hinschauen, wann sollten wir es dann tun?«

34

Lindberg saß kaum im Auto auf dem Weg zurück nach Bern, da vibrierte sein Privathandy, erneut eine unterdrückte Nummer. Er schaltete die Freisprechanlage an und nahm das Gespräch an.

»Hallo, Lindberg«, meldete sich eine tiefe Stimme. Der Tonfall war fordernd und hart.

»Wer ist da?«, fragte der Kommissar in seine dunkle Vorahnung hinein.

»Das weißt du doch«, flüsterte die tiefe Stimme. »Du hast mich doch schon in dem Restaurant erkannt. Da will man sich mal inkognito vergnügen und schon läuft einem ein Bulle über den Weg.«

»Was willst du, Wohlers?«

»Och, nur ein bisschen plaudern.«

Der Kommissar hätte am liebsten aufgelegt, wäre all dem ausgewichen. Wohlers riss genau die Wunden auf, die Lindberg mühsam unter Verschluss hielt. Anderseits ergab sich durch den Kontakt eventuell die Möglichkeit, ihn wieder festzunehmen.

»Es wird dir übrigens nichts nützen, wenn du weißt, von woher ich dich anrufe«, sagte Wohlers. »Heute hier, morgen da. Das kennst du doch von früher.«

»Da hab ich dich auch erwischt.«

»Aber zu welchem Preis?« Wohlers lachte. »Wie geht es deiner Freundin? Immer noch scheintot?« Wieder dieses Lachen. »Und wie du siehst, hat es nicht mal was gebracht.«

»Wenn du das nächste Mal in den Bau wanderst, kommst du nie wieder raus.«

»Deswegen werde ich mich dieses Mal auch nicht erwischen lassen.« Wohlers schien sich eine Zigarette anzuzünden. »Übrigens, ich hab gehört, du hast da einen interessanten Fall in Basel.«

Lindberg konnte nicht glauben, was er soeben gehört hatte.

»Ich kenne da eine merkwürdige Geschichte zu«, sagte Wohlers. »Ich würde sie dir ja am Telefon erzählen, aber was hab ich dann davon?«

»Was weißt du darüber?«

»Dachte ich mir doch, das du Interesse hast!« Wohlers blies den Rauch ins Telefon. »Es ist ganz einfach, ich helfe dir und du hilfst mir.«

Lindberg wollte antworten, doch er hörte nur noch das Tuten in der Leitung.

Er forderte eine Identifikation der Nummer an, die ihn gerade angerufen hatte, eine Lokalisierung der vergangenen Bewegungsdaten sowie eine Überwachung der Rufnummer.

Bis die Überwachung genehmigt und die Bewegungsdaten ausgewertet waren, würden mindestens zwei Tage vergehen, zumal auch noch das Wochenende vor der Tür stand. Bis dahin konnte Wohlers schon in einem anderen Land sein und er war sicher nicht so blöd, das Handy weiter zu verwenden. Er bekam an jeder Ecke eines, mit der er exakt einen Anruf tätigen konnte und das Spiel begann von vorn.

Lindberg informierte die Kollegen im LKA in Berlin und erfuhr, dass man die beiden Komplizen, mit denen Wohlers geflüchtet war, inzwischen an der tschechischen Grenze aufgegriffen hatte. Sie behaupteten, Wohlers in der Nacht ihres Ausbruchs das letzte Mal gesehen zu haben. Über seine Ziele habe er nie gesprochen, ebenso wenig über seine Vergangenheit. Doch jeder im Knast wusste, dass man sich besser nicht mit Wohlers anlegte.

Er war der Letzte, den man wegen guter Führung entlassen hätte. Das Problem hatte Wohlers inzwischen ja gelöst.

Lindberg verschwieg, dass Wohlers ihm Informationen angeboten und Hilfe verlangt hatte. Wahrscheinlich war das ohnehin nur ein Bluff.

Er hätte gerne alles daran gesetzt, Wohlers wieder festzunehmen, doch er wusste, es war hoffnungslos den Mann zu finden, solange es keine konkrete Spur von ihm gab.

Und solange er nicht dessen Ziel kannte.

Was wollte Wohlers von ihm? Weswegen war der nicht schon lange abgehauen? Kam er nicht mehr an die Beute ran? Aber wie sollte Lindberg daran etwas ändern?

Der Kommissar war noch mitten in Gedanken, als sein Handy erneut klingelte. Es war einer der Kollegen von der Basler Kantonspolizei. »Sie haben doch bei uns verschiedene Telefonnummern angefragt«, sagte dieser. »Sind Sie sicher, dass Ihnen da kein Fehler unterlaufen ist?«

»Was stimmt denn nicht?«, fragte Lindberg.

»Eine der Telefonnummern gehört zu einem anderen Fall.«

»Was?«

»Eine Handynummer, die Sie uns zur Überprüfung geschickt haben, gehört der am Wochenende ermordeten Prostituierten.«

35

Lindberg hätte am liebsten direkt auf der Autobahn gewendet, aber weil das Leben kein Hollywoodfilm ist, musste er bis zur nächsten Ausfahrt warten.

Derweil erzählte ihm der Kollege von der Basler Kantonspolizei, was sie über den Mord herausgefunden hatten. Die Tote hieß Nadja Trokovski, 38, wurde in ihrem Zimmer im Bordell *Magico* erstochen, wo sie seit zwei Jahren gearbeitet hatte. Ihr Portemonnaie samt Einnahmen und ihr Handy fehlten, weswegen man von einem Raubmord ausgegangen war. Trokovski war vor achtzehn Jahren aus Polen gekommen und hatte eine langjährige Karriere als Prostituierte und Drogensüchtige hinter sich gehabt.

Die anderen Prostituierten hatten allerdings ausgesagt, sie sei inzwischen clean gewesen. Beobachtet hatten sie jedoch nichts, es war kaum jemand in der Nacht im Bordell gewesen, am Samstag nach Fasnacht hatte auch im horizontalen Gewerbe Flaute geherrscht.

Vom Verbindungsnachweis wusste Lindberg, dass Nadja Trokovski zweimal die Nummer des Pharmamanagers Daniel C. Meyer gewählt hatte, fünf und drei Tage vor dessen Mord. Meyer hatte nicht abgenommen. Zwei Tage später war Nadja Trokovski selbst ermordet worden.

Gemeinsamkeiten mit den anderen beiden Basler Morden waren laut dem Kollegen niemandem aufgefallen, auch nicht dem Pathologen im Rechtsmedizinischen Institut Basel, der alle drei Fälle untersucht hatte.

Lindberg beschloss, dort anzusetzen. Wenn es sich um denselben Täter handelte, dann konnte am ehesten der Pathologe die Verbindung herstellen.

Eine halbe Stunde später betrat Lindberg die Basler Rechtsmedizin, der Eingangsbereich roch nach Formaldehyd, es war eisig kalt. Die Klimaanlage hatte anscheinend noch nicht mitbekommen, dass Winter war und brummte wie im Hochsommer.

Lindberg ging in den Umkleideraum, zog sich einen grünen Plastikkittel, Hand- und Überschuhe an und öffnete die Tür zum Obduktionsraum. Das Neonlicht dort war so grell, das Lindberg die Augen zusammenpressen musste. Ein Mann stand in der Mitte des Raumes und beugte sich über einen Stahltisch.

Der Kommissar ging zu ihm. »Ich bin Erik Lindberg«, sagte er. »Sind Sie Dr. Molet?«

Der Mann blickte von der Leiche auf dem Stahltisch auf und deckte sie zu ohne etwas zu sagen. Er war um die Fünfzig, groß und asketisch schlank. Seine grauen Haare steckten unter einem Haarschutz, aber sein bleiches Gesicht ließ erahnen, dass er in diesem Keller mehr Zeit verbrachte, als ihm gut tat.

»Ich hab angerufen.« Lindberg reichte Dr. Molet die Hand.

Der Pathologe blieb hinter der Leiche auf dem Untersuchungstisch stehen und machte keine Anstalten, seine blutbefleckten Einweghandschuhe auszuziehen. »Vor einer Viertelstunde Sie 'aben angerufen«, sagte er, mit starkem französischem Akzent.

»Ich habe erst vorhin von der Verbindung der drei Mordfälle erfahren.« Lindberg lächelte entschuldigend.

»Und ich 'abe gesagt, ich bin beschäftigt mit Obduktion.«

Lindberg nickte. »Von Claudia Römer. Also können Sie gleich nach möglichen Gemeinsamkeiten suchen.«

Molet sagte kein Wort und ließ Lindberg einfach stehen. Er erinnerte sich, dass Carla Frey einmal von Dr. Molet als 'Le 'Obbydiktator' gesprochen hatte. Damals hatte Lindberg sich noch gewundert, doch jetzt ahnte er den Grund.

Lindberg hörte, wie sich eine Metallklappe öffnete, kurz darauf kam Molet wieder und schob eine weitere Stahlliege in den Raum. Darauf lag ein zweiter, abgedeckter Körper.

Molet stellte die Liege neben den Obduktionstisch und deckte mit einer schwungvollen Handbewegung die Körper der Opfer auf.

Der Anblick des bläulich kalten Gesichts Nadja Trokovskis traf Lindberg wie ein Schlag. Normalerweise hatten Leichen ein ausdrucksloses Gesicht, doch jenes schien im grellen Neonlicht des Obduktionsraums um Hilfe zu schreien.

Lindberg spürte auf einmal jede Sekunde des fehlenden Schlafs, er spürte seinen Blutdruck absacken, spürte, wie seine Gedanken verschwammen. Er verlor das Gleichgewicht und hielt sich gerade noch rechtzeitig am Obduktionstisch fest.

»Die Autopsie ist nichts für Amateure.« Molet machte Anstalten, die Leichen wieder zuzudecken.

Lindberg atmete tief durch und richtete sich wieder auf. »Ich hab nur schlecht geschlafen.« Er blickte Nadja Trokovski wieder an. Ein tiefer Schnitt ging von der rechten Halsseite hinunter zu linken Brust, mehr nicht. Auf den ersten Blick sahen die Leichen völlig unterschiedlich aus, bei Claudia Römer die abgetrennte Schädeldecke mit dem freiliegenden Hirn, bei Nadja Trokovski nur ein einziger Schnitt.

»Wo sehen Sie da Gemeinsamkeiten?«, fragte Molet und deutete auf beide Leichen.

»Ich bin nicht der Fachmann«, sagte Lindberg. »Ich sehe nur das, was offensichtlich ist. Aber Sie erkennen sicherlich viel mehr.«

»Eben«, sagte Molet trotzig. »'ier simples Messer, dort chirurgische Mordwaffe, 'ier eine lieblos zurückgelassene Leiche, dort ein Ritualmord. Bei der Prostituieren ein schlampiger Schnitt, bei den beiden anderen mit fachmännischer Präzision.«

»Und wenn der Täter ein Chirurg ist?«, fragte Lindberg. »Wüsste er dann nicht auch, wie er schneiden müsste, damit die Tat anfängerhaft aussieht?«

»Natürlich man kann alles simulieren«, sagte Molet. »Aber Serienmörder normalerweise zeigen ihre 'andschrift bei jedem Mord.« Er verschränkte die Arme. »Der Täter muss auch kein Chirurg sein, es reicht, wenn jemand gesehen 'at Obduktion oder Operation. Könnte auch sein Krankenschwester.«

»Aber Nadja Trokovski und Daniel C. Meyer kannten sich anscheinend«, sagte Lindberg. »Gibt es denn keine Gemeinsamkeiten zwischen ihnen?«

»Eine«, sagte Molet. »Laut Blutanalyse 'aben die beiden in der Nacht vor dem Tod Remexan genommen.«

»Die Prostituierte auch?«

Dr. Molet nickte. »Sie 'at das Medikament kurz vor ihre Tod genommen, möglicherweise wurde sie im Schlaf ermordet. Und sie 'at Remexan schon früher genommen, bei ihr 'abe ich als einzige Rückstände davon bei der 'aaranalyse gefunden.«

»Was meinen Sie mit früher? Das Medikament ist doch erst seit zwei Wochen auf dem Markt?«

Molet zuckte mit den Schultern. »Wie Sie vielleicht wissen, kann man Drogen noch lange in 'aaren nachweisen. Und die 'aare von Nadja Trokovski lassen auf massiven Methamphetamin-Konsum schließen. Entweder sie war auf Crystal Meth, aber so sieht ihr Körper nicht aus, oder sie muss genommen 'aben Remexan monatelang.«

36

Als Lindberg wieder in der Zentrale der Bundespolizei in Bern ankam, hielt es ihn nicht lange in seinem Büro. Er ging zu Katharina Zach in die Kriminaltechnik und erzählte ihr von dem telefonischen Kontakt Nadja Trokovskis mit Daniel C. Meyer.

Katharina Zach blickte ihn erstaunt an. »Eine Prostituierte, die ihren Freier anruft?«

»Das ist zumindest ungewöhnlich«, sagte Lindberg. »Zumal Meyers Ehefrau meint, er wäre niemals zu einer Prostituierten gegangen.«

Katharina Zach lachte. »Das glauben die meisten Frauen. In der Schweiz gibt es schätzungsweise fünfzehntausend Prostituierte, die leben sicher nicht nur von vereinsamten Singles.«

»Er hat die Anrufe jedenfalls nicht angenommen.« Lindberg rieb sich das Kinn. »Machst du eigentlich bei dem Remexan-Programm mit?«

»Klar«, nickte sie. »Wenn es Drogen schon mal umsonst gibt.« Sie strich sich über ihr Augenbrauen-Piercing. »Nein, im Ernst, ich bin zu jung, um schon wie Carla in Rente zu gehen. Und du?«

»Ich bin dabei.« Er seufzte. »Laut Dr. Molet haben übrigens Trokovski und Meyer Remexan genommen. Sie schon monatelang bevor das Medikament überhaupt zugelassen wurde.«

Katharina Zach strich sich durch ihr pechschwarzes Haar. »Er war ja früher bei GENEKNOV. Vielleicht hat er sie damit versorgt?«

»Das ist doch keine illegale Droge«, sagte Lindberg. »Man wird nicht high davon, es gibt keinen Kick. Warum sollte sie das Medikament also nehmen?«

»Vielleicht ging sie auf den Pharmastrich?«

»Wie meinst du das?«

»Angeblich rekrutieren einige Pharmafirmen ihre Probanden in Asylbewerberheimen, im Ausland, auf dem Strich. Früher gab es da in Basel einige Fälle.«

»Du meinst, sie könnte an einer Remexan-Studie teilgenommen haben?«

Katharina Zach nickte.

»Dann hat sie Meyer vielleicht deswegen kontaktiert.«

»Möglicherweise weil sie ihn erpressen wollte.«

Lindberg kniff die Augen zusammen. »Nur was ist der Grund für die Erpressung?«

»Vielleicht hat das Remexan ein paar Nebenwirkungen?«

»Die stehen doch im Beipackzettel«, sagte Lindberg. »Oder glaubst du, GENEKNOV hält Informationen zurück?«

»Für GENEKNOV steht einiges auf dem Spiel.« Katharina Zach blickte aus dem Fenster auf die gegenüberliegende Wohnsiedlung. »Vielleicht geht es sogar um die Existenz der Firma.«

»Meinst du?«

»Remexan ist mit Abstand ihr erfolgreichstes Medikament. GENEKNOV hätte es an einen der großen Pharmakonzerne lizenzieren können, aber sie wollten das Geschäft selbst machen und zu einem 'Big Player' werden. Jetzt sind sie von dem Medikament abhängig wie ein Drogensüchtiger von neuem Stoff.«

»Was weißt du noch über die Firma?«

»GENEKNOV ist momentan der absolute Shootingstar an der Börse«, erklärte Zach. »Natürlich aufgrund des riesigen Potenzials des Remexans. Ihr Börsenwert ist nicht nur höher als der von Novartis und Roche, sie sind auch wertvoller als die meisten internationalen Konkurrenten.«

»Und alles hängt an einem Medikament?«

»Die Börse ist nun mal irrational«, sagte Katharina Zach. »GENEKNOV hat zwar auch andere Medikamente in der Pipeline, aber wenn Remexan scheitert, können sie die Firma dicht machen. Ein riskantes Spiel, wenn man bedenkt, dass niemand dieses Zeug wirklich braucht.«

»Im Grunde braucht auch niemand das Internet«, entgegnete Lindberg. »Trotzdem hat es die Welt verändert.«

Katharina Zach nickte. »GENEKNOV wird versuchen, so viel Geld wie möglich mit dem Medikament zu verdienen, solange es kein Konkurrenzprodukt gibt.«

»Aber es gibt doch auch andere Aufputschmittel wie Provigil?«

Zach winkte ab. »Damit brauchst du vielleicht zwei Tage keinen Schlaf, aber dann holt sich der Körper, was er braucht. Da kannst du gleich Speed nehmen.«

Lindberg atmete tief aus. »Warum werde ich eigentlich dieses verdammte Gefühl nicht los, dass die Mordfälle etwas mit dem Remexan zu tun haben?«

»Da gibt es nur zwei Möglichkeiten«, sagte Katharina Zach. »Entweder weil du deine Gefühle nicht unterdrückst, wie es jeder normale Mann tun würde oder weil du recht hast.«

37

Wieder im Büro rief Lindberg in der Zentrale von GENEKNOV an. Natürlich war nach den Morden das Umfeld der Opfer durchleuchtet worden, ehemalige Arbeitskollegen und Vorgesetzte hatte man befragt. Doch dabei war es nicht um die Rolle der Firma gegangen oder um das Remexan.

Die Frau in der Zentrale versprach, Lindberg sofort weiterzuverbinden, doch erst als die Warteschleifenmusik dreimal durchgelaufen war, nahm jemand den Hörer ab.

Erneut meldete sich eine Frauenstimme. »Sie sprechen mit Angelia Bernard«, sagte sie. »Entschuldigen Sie bitte, dass Sie warten mussten. Ich bin die Leiterin der Public Relations Abteilung von GENEKNOV. Wie kann ich Ihnen behilflich sein?«

Lindberg hatte eigentlich mit dem Leiter der Forschungsabteilung sprechen wollen, die für die Remexan-Studien zuständig war, doch wahrscheinlich war es von Vorteil, wenn jemand Internes die Kontakte herstellen konnte. Er erzählte von den Morden und den Verbindungen zum Remexan. Für ein paar Sekunden schien Bernard sprachlos, Lindberg wollte schon fragen, ob sie noch in der Leitung war, dann erst räusperte sie sich. »Ich bin der Auffassung, wir sollten uns unverzüglich treffen«, sagte sie schließlich. »Wie wäre es heute Nacht, um zwei Uhr in meinem Büro?«

Lindberg glaubte, sich verhört zu haben. »Mitten in der Nacht?«

»Ich habe bis dahin leider einen vollen Terminkalender«, sagte Bernard. »Bei der Bundespolizei nehmen Sie doch inzwischen Remexan, oder?«

»Ich beginne heute damit.«

»Umso besser, dann erfahren Sie gleich am eigenen Leib, wie perfekt es wirkt.«

»Und wenn ich verschlafe?«

»Sie werden nicht verschlafen.« Bernard klang sehr überzeugt. »Durch die Personalisierung der Medizin schläft jeder exakt zwischen 50 und 70 Minuten.«

»Dann bin ich um zwei Uhr bei Ihnen.«

»Melden Sie sich am Empfang, die Kollegen vom Werksschutz werden Sie dann nach oben begleiten.« Bernard räusperte sich. »Und darf ich Sie bitten, bis zu unserem Gespräch nicht mit der Presse über die Einnahme des Remexans durch die Opfer zu reden? Ich bin mir sicher, wir finden dafür eine plausible Erklärung.«

Lindberg hatte ohnehin nicht vor, die Presse zu informieren, aber er wunderte sich, dass Bernard Einfluss auf die Öffentlichkeitsarbeit der Polizei nehmen wollte. Wahrscheinlich war sie das als PR-Managerin einfach gewöhnt. Vielleicht hatte sie aber auch ein anderes Verständnis davon, was die Aufgabe der Bundespolizei in diesem Fall war.

Es ging nicht darum, einheimische Firmen zu schützen, sondern darum, die Wahrheit aufzudecken und einen Mörder festzunehmen.

Und es ging darum herauszufinden, ob sich ein Geheimnis hinter dem Remexan verbarg.

38

Erik Lindberg erblickte Mia Adam in der Cafeteria sofort, sie wartete am Eingang, musterte unsicher die Hereinströmenden. Sie trug ein grünes Kleid, dazu geblümte Springerstiefel. Er hatte sie angerufen, weil er nicht wieder vor dem Computer essen wollte, oder noch schlimmer, allein daheim, das Kantinenessen aufgewärmt vom Refresher. Und da er sich ohnehin mit ihr unterhalten wollte, konnte er das auch beim Essen tun.

Lindberg hatte ihr noch am Telefon das 'Du' angeboten, in der Schweiz tat man das häufig schon nach drei Sätzen.

»Ich wollte mich noch mal bei dir für den Hinweis mit dem Arzt bedanken«, sagte er, während sie an die Essensausgabe gingen. »Der Slogan war tatsächlich an seiner Wand zu finden.«

»Wusste der Arzt, von wem er stammt?«

Lindberg schüttelte den Kopf. »Hat ihn auch nicht sonderlich interessiert.« Er bestellte das Tagesgericht, Schnitzel mit Pommes. »Kennst du dich mit Tierschützern aus?«

»Klar, ich bin bei Greenpeace.«

Das war nicht unbedingt die Antwort, die er hatte hören wollen. »Und du findest es gut, wenn Aktivisten Gewalt anwenden?«

»Hallo? Es heißt Greenpeace, nicht Greenwar.« Sie ließ sich an der Ausgabe einen Salat geben.

»Bist du Vegetarierin?«

Sie nickte. »Aber auch da nicht militant.« Mia Adam zeigte auf seinen Teller. »Darfst dein Schnitzel also essen.« Sie grinste. »Jedenfalls wenn du es aushältst, dass ich dir ein schlechtes Gewissen mache.«

So unsicher und jung sie auf den ersten Blick wirkte, so frech war sie auf den zweiten. Das würde Bundespolizeidirektor Graf gar nicht gerne sehen. »Was hältst du davon, dass man die Pharmamitarbeiter abgeschlachtet hat wie Versuchsaffen?«, fragte Lindberg.

»Wenn es ein Tierschützer ist, der die Morde begangen hat, trete ich ihm persönlich in die Eier.« Sie deutete auf ihre Springerstiefel. Wollte sie mit den Dingern ihr jugendliches Aussehen kaschieren?

»Es ist richtig, zu provozieren, Schwächen und Fehler aufzuzeigen, den Finger in die Wunde zu legen«, sagte sie. »Davon bin ich überzeugt. Aber es ist falsch, dasselbe zu tun wie unsere Gegner. Dann sind unsere Ideale nämlich auch nichts mehr wert.«

»Und wieso bist du bei der Bundespolizei?«

»Du findest, das schließt sich aus?«

Lindberg schüttelte den Kopf. »Nein, sonst wäre ich nicht hier.«

»Aber du hast auch Zweifel?«

Lindberg biss sich auf die Lippe. Bis zu Carlas Entlassung hatte er nur selten Zweifel verspürt. »Was hältst du eigentlich von dem Remexan?«, fragte er.

»Das Zeug ist schlimmer als Koks.« Sie blickte ihn ernst an. »Du arbeitest wie bekloppt, zerstörst dein Privatleben, aber wirst nicht einmal high davon.« Dann erst lachte sie und Lindberg lachte mit.

»Hast du es schon genommen?«

Sie schüttelte den Kopf. »Ich habe Graf erst heute gesagt, dass ich bei dem Programm dabei bin. Ich hätte lieber darauf verzichtet, aber bei dem Einstellungsstopp, den jetzt alle verkünden, kann ich sonst nie als Kommissarin arbeiten.«

Lindberg überlegt, ob er ihr sagen wollte, weswegen er sie um das Gespräch gebeten hatte.

Er war sich nur nicht sicher, ob sie die Richtige war.

Sie hatte bei der Sache mit dem Graffito Eigeninitiative bewiesen, war fraglos clever. Doch er konnte sie schlecht einschätzen, sie schien irgendwo zwischen einer umweltbewussten Idealistin und einer linksradikalen Feministin zu schwanken.

Und mit Feministinnen konnte er genauso wenig anfangen wie mich Machos oder Patriarchen.

»Ist es eigentlich schwer, sich hier durchzusetzen?«, fragte er. »Wenn man so jung aussieht wie du?«

»Mit den Männern geht es eigentlich«, sagte sie. »Die halten mich meist für eine Praktikantin, aber sie ignorieren mich wenigstens nicht.« Sie blickte auf den Boden. »Nur mit einigen Frauen hier komme ich nicht klar. Die sind ganz schön stutenbissig.«

In dem Moment wusste Lindberg, dass er sie fragen würde.

39

Als Lindberg auf dem Heimweg nach Basel an der Video-Leinwand mit der meditativen Remexan-Werbung vorbeifuhr, erinnerte sie ihn daran, wie absurd es war, heute um zwei Uhr nachts noch einen Termin bei GENEKNOV zu haben. Freitagsabends.

Arbeitete die ganze Firma rund um die Uhr, wie ein eigenes kleines Paralleluniversum? Und würde es ihnen bald genauso gehen, als Pioniere, die sie laut Graf waren? Doch was war mit der normalen Bevölkerung? Bisher hatte Lindberg noch nicht viel davon gespürt, dass Remexan die Welt auch für sie veränderte.

Man diskutierte lediglich darüber, ob die Züge und Straßenbahnen auch nachts fahren sollten und ob man die Ladenöffnungszeiten nicht abschaffen musste. Die einzig konkrete Veränderung bestand bisher darin, dass manche Discos wie in den 90ern zu Raves geladen hatten, bei denen bis zum Morgen durchgetanzt wurde.

Da Lindberg noch nicht wusste, wie er Paula heute überraschen sollte, hielt er unterwegs an einer Brockenstube. Das war eine typisch schweizerische Einrichtung, ein Second-Hand-Laden für Alltagsgegenstände, die meist zu karitativen Zwecken verkauft wurden.

Er fand dort ein rundes, unten offenes Drahtgestell, das man für Kopfmassagen verwenden konnte und kaufte es.

Sein Blick fiel auf eine alte Akustikgitarre, die ihm spontan gefiel und er nahm sie mit, obwohl er nicht spielen konnte.

Er fuhr zur Neuro-Re-Klinik, das Kopfmassagegestell unter dem Arm, sowie ein paar kleine Boxen und ging zu Paulas Zimmer.

Der schwerste Moment war es jedes Mal, die Tür zu ihrem Zimmer zu öffnen und sie daliegen zu sehen, ohne Reaktion. Es war, als wäre er gar nicht anwesend. Als seien seine Besuche zu nichts nütze.

Er atmete tief durch und öffnete die Tür. Nur das mechanische Pumpen der Beatmungsmaschine war zu hören. Und Paula lag da wie immer.

Er hatte ihr bestimmt schon zehn verschiedene Nachthemden gekauft, damit wenigsten der Anblick nicht immer der Gleiche war, doch meist zogen ihr die Krankenschwestern die Leibchen der Rehaklinik an, genau wie heute.

Wie immer setzte er sich neben sie, hielt ihre Hand und gab ihr einen Kuss auf die Stirn.

Und wie immer spürte er keine Reaktion bei Paula. Tränen schlichen sich in seine Augenwinkel, doch inzwischen hatte er genügend Übung sie wegzudrücken.

Es war wichtig den Schmerz rauszulassen, aber es war auch wichtig, irgendwann damit aufzuhören.

Lindberg erzählte Paula, was sich heute getan hatte, denn irgendetwas musste er ja sagen, damit sie seine Stimme hören konnte.

Er redete vom Remexan, davon, dass er Graf vorgeschlagen hatte, Mia Adam zu seiner neuen Ermittlungspartnerin zu ernennen. Sie war begeistert gewesen, aber Graf hatte stattdessen einen älteren Kollegen namens Hodler ins Gespräch gebracht, von dem Lindberg nur wusste, dass er pausenlos mit seiner rechten Parteizugehörigkeit hausieren ging.

Da ermittelte er lieber allein weiter. Graf wollte Morgen mit Mia Adam reden, dann würde er eine Entscheidung treffen.

Lindberg hoffte, dass Mia nicht nur eine aufmüpfige Seite hatte, sondern auch eine diplomatische.

Schließlich, als er nicht mehr wusste, was er Paula erzählen sollte, nahm er seinen iPod und schloss die Boxen an. Er startete das Album 'Violator' von Depeche Mode mit

'World in my eyes', auch so ein unfreiwillig passender Titel wie 'Enjoy the silence' von derselben CD.

Dann nahm er das Gestell für die Massage und führte es über Paulas Kopf. Zuvor hatte er es an sich selbst ausprobiert, die kleinen Kügelchen am Ende der gebogenen Drähte verursachten einen kribbelnden, angenehmen Effekt.

Er schob das Gestell langsam über Paulas Kopf, versuchte jeden Zentimeter zu massieren, den Nacken und begann wieder von vorn.

Doch Paula rührte sich nicht.

Das blieb so, bis 'Enjoy the silence' kam. Erst glaubte Lindberg, ein leichtes Flattern in Paulas Augenlidern bemerkt zu haben, doch als der Song zu Ende war, hielt er das nur noch für eine Täuschung.

Mit jeder Sekunde die das Album lief, schmolz Lindbergs Hoffnung dahin wie bei einem Lottospieler, wenn bei der Ziehung schon die erste Zahl danebenliegt.

Als der letzte Ton erklang und er das Massagegerät von ihrem Kopf schob, wusste er, dass wieder eine seiner Ideen nicht funktioniert hatte.

Er schloss die Augen, versuchte, an irgendetwas Positives zu denken, doch selbst die Erinnerung an die lebensfrohe Paula, die spontane Chaotin, die sich ihre Kindlichkeit bewahrt hatte und doch so erwachsen sein konnte, sie half nicht mehr. Stattdessen bedrückte sie ihn, weil die Stimmen in ihm immer lauter wurden, dass es nie wieder so werden würde.

Er öffnete die Augen und blickte auf die Uhr.

Dreißig Minuten vor Mitternacht. Das Warten auf Paulas Reaktion hatte ihn müde gemacht, die Resignation ihn erschöpft. Doch er hatte einen Fall zu klären und einen Mörder zu finden. Wenn er bei GENEKNOV einigermaßen fit sein wollte, musste er eine Remexan-Tablette nehmen. Sollte er nach Hause fahren, nur um eine Stunde zu schlafen? Warum nahm er die Tablette nicht gleich hier? Die Nachtschwester kam nie vor zwei Uhr und so konnte er sich neben Paula legen, ohne dass es auffiel.

Lindberg nahm die Probepackung Remexan aus seinem Jackett, holte den Blisterstreifen heraus und hielt ihn gegen das kalte Neonlicht der Deckenlampe. Er drückte eine Kapsel aus dem Streifen und musterte das rote, länglich-ovale Medikament, als könne es ihm sein Geheimnis offenbaren.

Er legt den Blisterstreifen auf den Nachttisch, stellte sicherheitshalber seinen Wecker auf ein Uhr, schenkte sich ein Glas Wasser ein und atmete tief aus.*Wenn es schief geht, bin ich wenigstens am richtigen Ort.*

Unsicher drehte er die Tablette zwischen Zeigefinger und Daumen hin und her.

Sein Lieblingsonkel war Alkoholiker gewesen und gestorben als Lindberg sieben gewesen war. Vielleicht hatte Lindberg deshalb nie irgendwelche Drogen genommen. Natürlich trank er gerne mal ein Bier, einen Wein oder einen guten Gin Tonic und in geselliger Runde konnte es auch einer zu viel werden, aber der ganze Rest hatte ihn nie gereizt. Er kam sich deswegen fast ein wenig spießig vor, andererseits war die Verherrlichung von Drogen nichts als Show. Von denjenigen, die den Rock 'n' Roll Mythos in die Welt gesetzt hatten, lebte ihn niemand mehr.

Die Damen und Herren waren entweder tot oder inzwischen abstinent.

Im Grunde glaubte nur, wer beschränkt war, eine Bewusstseinserweiterung zu brauchen. Doch das Medikament versprach ja keinen Kick, sondern nichts anderes als den perfekten Schlaf.

Besser als die Natur es eingerichtet hatte.

War das nicht naiver Fortschrittsglaube, wie ihn die Menschen in den 50ern und 60ern gezeigt hatten?

Andererseits konnte Lindberg sich kaum mehr erinnern, wann er das letzte Mal durchgeschlafen hatte. Wann er keine Alpträume gehabt hatte.

Irgendwann in diesem anderen Leben, bevor Paula ins Koma gefallen war.

Kurzentschlossen schluckte er die Kapsel und spülte sie mit einem kräftigen Schluck hinunter. Sie schmeckte ein wenig bitter, das war alles. Er zog seine Schuhe aus, löschte das kalte Neonlicht und legte sich neben Paula. Dann erst merkte er, dass sein Herz schlug wie ein Technobeat. *So werde ich niemals einschlafen! Ich bin wach wie eine Nonne im Mönchskloster.*

Die Tabletten im Blisterstreifen auf dem Nachttisch fluoreszierten violett-rot, offensichtlich, damit man sie selbst im Dunkeln finden konnte. Lindberg musterte die geheimnisvoll schimmernden Kapseln, in der Dunkelheit strahlten sie eine nahezu hypnotische Wirkung auf ihn aus.

Oder lag es daran, dass er sich schon fühlte, als ziehe ihn jemand weg aus dieser Welt?

Sein Herzschlag schien nur noch im Hintergrund zu pochen, er gähnte. Seine Aufregung wurde von einer schleichenden, aber stetig wachsenden Schläfrigkeit übertönt. Er schmiegte sich an Paula, spürte ihren warmen Körper, hörte das Beatmungsgerät nur noch, wenn er sich darauf konzentrierte.

Nach fünf Minuten hatte seine Müdigkeit so überhandgenommen, dass er ein letztes Mal herzhaft gähnte. Keine zehn Sekunden später war er eingeschlafen.

40

Erik Lindberg lag in Seitenlage auf dem Krankenhausbett, seine Beine leicht angewinkelt, seine Hände ruhten auf Paulas Oberkörper. Er atmete ruhig, doch seine Augenlider bewegten sich hastig.

Er träumte wirr und abstrakt, in schnellen Bildfolgen, als sähe er einen *Film Noir* mit gedrückter Vorspieltaste. Irgendwann zuckten seine Augenlider nur noch unregelmäßig, er atmete ruhiger und das Schlafkino verschwand im Nebel seiner Erinnerungen.

Er blinzelte, sein rechtes Auge öffnete sich, sofort darauf sein linkes.

Wo bin ich?

Er spürte Paula neben sich, suchte den Lichtschalter für die Nachttischlampe und schaltete sie an.

Bis auf die Maske lag sie da wie schlafend, doch sie schlief nicht.

Sein Blick fiel auf den Blisterstreifen auf dem Nachttisch. Lindberg fühlte sich, als hätte er das Ende eines langen Tunnels erreicht. Doch er hatte keine Erinnerung an den Weg, den er in diesem Tunnel zurückgelegt hatte.

Lindberg wollte sich den Schlaf aus den Augen reiben, doch da war nichts.

Er streckte sich und bemerkte, dass er dabei nicht einmal gähnen musste, ja, er fühlte sich ungewohnt erholt und ausgeschlafen. Die Müdigkeit war aus seinem Körper verbannt, als würde sie nie wiederkommen.

Die einzige Nebenwirkung des Medikaments, die er verspürte, war seine Euphorie.

Und davor hab ich Angst gehabt?

Lindberg sprang vom Bett, zog sich die Schuhe an, gab Paula einen Kuss auf die Stirn, hielt zum Abschied kurz ihre Hand und ging. Er fühlte sich wie im Flow; als würde die Zeit stehenbleiben, während er agierte.

Er stieg in seinen Wagen und raste die Schnellstraße entlang. Der Mond hing einsam über ihm, einige Wolken bedeckten den Sternenhimmel. Die Scheinwerfer seines Autos zogen die gespenstisch ruhigen Häuser aus der Dunkelheit. Noch war es eine Nacht wie jede andere. Doch aufgeweckt von einem rastlosen Geist, dem mit jedem Tag weitere folgen sollten, würden die dunklen Stunden bald für immer aus dem Stadium der Ruhe erwachen.

Ein paar Industrieschornsteine und ebenso hässliche Betonquader säumten Lindbergs Weg zum Baseler Vorort Muttenz. Die Stadt Basel und ihr Umland waren schon seit vielen Jahrzehnten eine der Hochtechnologieregionen Europas. Die beiden Platzhirsche Roche und Novartis hatten die Industrieflächen der Stadt unter sich aufgeteilt, also blieben für neue Emporkömmlinge wie GENEKNOV nur deren Randbereiche. GENEKNOV war einst als Spin-off der Basler Universität gegründet worden und vor wenigen Jahren aus dem Science-Park im Norden der Stadt auf ein größeres Firmengelände gezogen. Es lag inmitten des Muttenzer Waldes oder genau genommen in dem, was von ihm übrig geblieben war.

Aus der Ferne sah das GENEKNOV-Werk aus wie eine futuristische Stadt mit taghell beleuchteten Gebäuden und Straßen. Inmitten des Geländes thronten drei verspiegelte Hochhäuser mit pyramidenförmigen Spitzen. Der mittlere Turm schien etwas höher und breiter als die anderen. Schornsteine erkannte Lindberg nur drei in einer anderen Ecke des Werkes, ganz so, als würde hier gar nichts produziert, sondern nur vermarktet.

Lindberg war ein wenig zu früh, aber er ging trotzdem ans Haupttor und zeigte seinen Ausweis. Obwohl er seine Dienstwaffe im Auto gelassen hatte, musste er einen Körperscanner passieren.

Nachdem er auch sein Handy hatte abgeben müssen, damit er damit nicht fotografieren konnte, führte ihn ein Wachmann über das Werksgelände zur Public-Relations-Abteilung.

Das ganze Gelände war taghell beleuchtet, ganz so als wolle GENEKNOV die Existenz der Nacht negieren. »Befindet sich die Produktion auch auf dem Areal?«, fragte Lindberg. Er hatte sich eine pharmazeutische Firma ganz anders vorgestellt.

Der Wachmann nickte und deutete auf die weiß rauchenden Aluminiumschornsteine am anderen Ende des Werks. »Die Produktion benötigt nur zehn

Prozent des Geländes«, sagte er. »Der Rest ist Forschung, Marketing, Vertrieb und Logistik.«

Sie gingen in den mittleren Turm, in dem sich auch die Konzernleitung befand. Jedes Gebäude war mit Zugangsterminals ausgestattet, die sich nur öffneten, wenn ein entsprechender Eintrag auf dem Firmenausweis gespeichert war.

Der Turm schien nur aus Glas und Metall zu bestehen, vereinzelt standen Pflanzen in den Büros, doch Lindberg war sich nicht sicher, ob es nicht Attrappen waren, aus Seide oder Plastik.

Sie fuhren mit dem Lift in den 25. Stock. Man sah auf den ersten Blick, dass hier keine einfachen Angestellten arbeiteten. Der Boden war mit hellem Parkett ausgelegt und die Wände blassgrün gestrichen. An der Decke hingen Lampenschirme aus Opalglas, die für eine warme und unauffällige Beleuchtung sorgten.

Kurz vor zwei Uhr nachts standen sie schließlich vor Angelia Bernards gläserner Bürotür im 25. Stock, an der sich auch ein Zugangsterminal befand. Noch nie hatte Lindberg einen Termin zu dieser Uhrzeit vereinbart. Doch es fühlte sich völlig normal an. Er war nicht im Geringsten müde und hätte er keine Uhr angehabt, hätte er schwören können, es sei mitten am Tag.

War das noch die Realität oder schon eine Illusion?

41

Der Wachmann führte einen Ausweis in das Terminal und Lindberg trat in ein Büro von fast monumentalen Ausmaßen. In einer großen Bodenvase standen definitiv echte Lilien, der Parkettboden glänzte neu. Hinter einem riesigen Holzschreibtisch, der an den Seiten mit Aluminium versehen war, saß Angelia Bernard. Bei dem Gedanken daran, wie erst der CEO von GENEKNOV residieren müsste, kam Lindberg sich ausgesprochen unbedeutend vor.

Angelia Bernard stand auf und begrüßte ihn. Sie war kaum älter als er, trug einen konservativ geschnittenen grauen Hosenanzug und hatte ihre blonden Haare streng nach hinten gekämmt. Ihre ganze Erscheinung war die einer typischen Karrierefrau, selbstbewusst bis in die Haarspitzen. Auf den ersten Blick schien sie charmant, aber auch ein wenig kühl.

Wie Wachleute standen neben ihr zwei Männer, die in ihren dunkelblauen Anzügen so uniform aussahen, als seien sie geklont. Selber Schneider, selber Haarschnitt, selbes Solarium. »Das ist Herr Gerber von unserer internen Rechtsabteilung«, sagte Bernard und zeigte auf den Mann neben ihr. »Und das ist Herr Wagner von der Kanzlei Oppenheimer & Partner.« Sie deutete auf Anwalt Nummer zwei, der eine Brille trug, das einzige Unterscheidungsmerkmal zu seinem Kollegen.

Lindberg gab beiden die Hand, hatte aber schon im nächsten Moment vergessen, wer nun Gerber und wer Wagner war.

Bernard bot ihm einen Cappuccino an. Der Kommissar lehnte ab. Er fühlte sich wach wie selten zuvor. »Können Sie mir etwas zur Wirkungsweise des Remexans erzählen?«, fragte er.

Die beiden Anwälte blickten sich an und nickten, sie schienen die Frage für unverfänglich zu halten.

»Ihre Behörde startet gerade damit, Remexan einzusetzen, nicht wahr?«, fragte Bernard.

»Das ist korrekt, ich habe es vorhin zum ersten Mal genommen.« Lindberg setzte sich auf die Besuchercouch.

»Und wie war es?« Bernard blickte ihn gespannt an.

»Bisher sehr beeindruckend«, gab Lindberg zu. »Ich fühle mich wie ein Teenager, der die ganze Nacht durchtanzen kann. Wie funktioniert das Medikament?«

»Remexan basiert auf einem neu synthetisierten Methamphetaminderivat.« Bernard strich sich mit der flachen Hand über ihr zurückgekämmtes Haar. »Wir haben den Wirkstoff durch diverse biotechnologische Kniffe so optimiert, dass die Wirkungsleistung optimal ist ...«

»Moment, da komme ich nicht mit«, sagte Lindberg. »Mein Arzt hat mir erzählt, es sei kein Amphetamin, es hätte nur eine ähnliche Wirkung.«

»Er hat im Prinzip recht. Remexan gehört nur dem Namen nach in die Gruppe der Amphetamine, die chemische Terminologie können wir leider nicht ändern«. Bernard lächelte. »Methamphetamine waren ursprünglich für ihre aufputschende, aber auch süchtig machende Wirkung bekannt. Wir haben das Gute daran weiterentwickelt und das Schlechte eliminiert.«

»Aber wie kann aus Speed ein Schlafmittel werden?«, fragte Lindberg. »Das verstehe ich nicht.«

»Auf das Medikamentendesign kann ich natürlich nicht im Detail eingehen, aber verkürzt dargestellt hat Remexan zwei Wirkungsphasen«, erklärte die Managerin. »Die Initialwirkung des Medikaments basiert auf modifiziertem Melatonin, dem Hormon das den Tag-Nacht-Rhythmus steuert. Es sorgt dafür, dass der Schlaf direkt nach der Einnahme eintritt, innerhalb der ersten fünf Minuten. Das war doch auch bei Ihnen so, oder?«

Lindberg nickte.

»Dass Sie wach bleiben, ohne zu ermüden, ist in der Tat auf die Ähnlichkeit zu den Amphetaminen wie Speed zurückzuführen. Das ist die verzögerte Wirkung oder auch Retard-Wirkung genannt.«

»Sie haben also aus einer Droge ein Medikament gemacht, richtig?«

»Jede Droge hat auch positive Seiten, sonst würde sie ja niemand nehmen«, lächelte Bernard. »Das Problem sind die negativen Eigenschaften der Drogen und die haben wir im Fall von Remexan eliminiert. Außerdem hat Speed oder genauer Meth selbst als Medikament begonnen und wurde erst später zur Droge.«

»Speed war mal ein Medikament?«

Bernard nickte. »Eines der ersten Medikamente aus der Gruppe der Amphetamine hieß Pervitin.« Sie lehnte sich in ihrem Stuhl zurück, als genieße sie es, ihr Wissen zu demonstrieren. »Das Medikament wurde millionenfach im Zweiten Weltkrieg bei deutschen Bomberpiloten und Frontsoldaten eingesetzt. Es diente dazu, deren Ängste zu reduzieren, die Leistungsfähigkeit zu erhöhen und den Schlafbedarf herabzusetzen. Der ganze 'Blitzkrieg' basierte im Grunde auf Pervitin.«

Lindberg lupfte eine Augenbraue. Das hatte er nicht gewusst.

»Die Leistungssteigerung gelang damals allerdings nur temporär«, sagte Bernard. »Irgendwann brauchten die Soldaten den Schlaf und man musste die Dosis immer weiter erhöhen. Außerdem machte das Medikament süchtig. Erst Jahrzehnte später wurden Methamphetamine als Droge und Aufputschmittel bekannt. Es wurde noch bis vor einigen Jahren in der US-Armee eingesetzt. Das ist jetzt glücklicherweise nicht mehr notwendig.« Sie lächelte. »Übrigens wird Methamphetamin immer noch als Medikament eingesetzt, bei Narkolepsie und bei Kindern mit Aufmerksamkeitsdefizit, weil es sie paradoxerweise beruhigt. Und Teile dieser Wirkungsweise findet man eben auch in Remexan.«

»Und Remexan macht wirklich nicht süchtig?«

»Nein, natürlich nicht, wo denken Sie hin?« Bernard hob abwehrend die Hände. »Unsere Studien haben klar gezeigt, dass ein Abhängigkeitspotenzial oder gar ein Suchtverhalten bei keinem einzigen Patienten festgestellt werden konnte.«

Bernard öffnete eine Flasche, die wie ein Parfümflacon wirkte, und goss sich ein Glas Wasser ein, sie reichte Lindberg ein zweites. Lindberg nippte daran, das Wasser schmeckte wie eine mit Kohlensäure versetzte Pfütze. Er stellte das Glas beiseite und berichtete Bernard über die Details des Remexan-Gebrauchs der Ermordeten.

Die Managerin hörte interessiert zu und machte sich Notizen. Genau wie die Anwälte. »Sind Sie absolut sicher, dass diese Prostituierte das Medikament über Monate eingenommen hat?«, fragte sie schließlich. »Das kann bei der Analyse aufgrund der Ähnlichkeit leicht mit Speed oder Chrystal Meth verwechselt werden.«

»Laut Zeugen war Frau Trokovski seit fast zwei Jahren clean, wir haben auch keine Auswirkungen von Drogenmissbrauch in letzter Zeit bei ihr gefunden.«

»Sie kann auch sehr reinen Stoff benutzt haben, die Folgewirkungen treten häufig aufgrund gestreckter oder verunreinigter Drogen auf.«

»Nehmen wir mal an, sie hat Remexan genommen«, sagte Lindberg. »Wie hätte sie an das Medikament rankommen können? Schließlich wurde es erst vor zwei Wochen in der Schweiz eingeführt.«

»Vielleicht hat sie das Medikament aus den USA. Dort ist es schon länger auf dem Markt.«

»Zweieinhalb Monate«, sagte Lindberg. »Nadja Trokovski hat es aber über mindestens sechs Monate eingenommen, über einen längeren Zeitraum war der

Nachweis an ihren Haaren wegen deren Länge nicht möglich. Sie kann es also auch schon seit zwei Jahren nehmen. Also, woher kann sie das Remexan haben?«

Die Anwälte räusperten sich. Bernard schielte auf ein Päckchen Zigaretten, das auf ihrem Schreibtisch lag. Sie bemerkte Lindbergs Blick und schaute weg. Er glaubte einen Moment, Risse in ihrer coolen Fassade zu spüren.

»Ich kann Ihnen die Frage nicht beantworten«, sagte sie. »Jedenfalls hat sie es nicht von uns.«

»Existiert in Basel nicht so etwas wie ein Pharmastrich?«

Bernards Miene versteinerte. »Ich verstehe nicht, worauf Sie hinauswollen.«

»Es kann doch sein, dass Frau Trokovski an einer Remexan-Studie teilgenommen hat.«

»Eine Drogenabhängige? Niemals!« Bernard verschränkte ihre Arme.

»Ich habe doch gesagt, dass wir keine Anzeichen von Drogenmissbrauch bei ihr festgestellt haben. Also widerspricht das nicht der Teilnahme an einer Studie.«

Der Anwalt mit der Brille räusperte sich, doch Bernard ignorierte ihn. »Das kann ich mir beim besten Willen nicht vorstellen«, sagte sie und blickte bissig. »Unsere Studienteilnehmer gehören keinen Risikogruppen an und müssen allesamt gesund sein.«

Das Gespräch wurde Lindberg zu konfrontativ und führte ins Nichts, vielleicht war es besser, erst einmal das Thema zu wechseln. »Remexan ist mit Abstand Ihr wichtigstes Medikament, oder?«

»Das ist korrekt«, sagte sie. »Remexan ist mehr als ein *Blockbuster*. Ende des Jahres wird es das weltweit umsatzstärkste Medikament sein. Natürlich ist der Erfolg der Firma in hohem Maße von den Absatzzahlen bei Remexan bestimmt. Daran hängen viele Arbeitsplätze, vor allen Dingen hier in der Region.«

»Aber Sie erzielen trotzdem einen ordentlichen Gewinn, oder?«

»Wie in der Pharmabranche üblich, orientiert sich der Preis für ein Medikament am Gegenwert der erbrachten Leistung. Die Herstellkosten sind aufgrund der Komplexität des Arzneimittels beachtlich und auch unsere Forschungsaufwendungen waren immens. Unsere Aktionäre und Investoren haben fast eine Milliarde Franken in die Entwicklung und Produktion des Medikaments investiert. Und sie wollen für dieses Risiko mit einer angemessenen Rendite entschädigt werden. Und die bieten wir ihnen. GENEKNOV ist momentan das profitabelste Pharmaunternehmen der Welt.« Stolz klang in ihrer Stimme und mit einem Anflug von Überheblichkeit fügte sie hinzu: »Wohlgemerkt bei branchenüblichen Gewinnmargen von zwanzig Prozent und mehr.«

Angelia Bernard erkannte, dass sie ein wenig zu viel Selbstlob platziert hatte und fuhr in verhaltenerem Tonfall fort: »Wir sind uns unserer gesellschaftlichen Verantwortung natürlich voll und ganz bewusst. Wir unterstützen sozial schwache und benachteiligte Personen, sodass auch diese vom Remexan profitieren und ihre Chancen auf dem Arbeitsmarkt verbessern können.«

Solche Alibiübungen macht jede Pharmafirma, dachte Lindberg, doch er sparte sich den Kommentar.

»Das würden wir alles gefährden, wenn Remexan unschuldig in die Mordfälle mit hineingezogen würde«, schloss Bernard.

»Nun, die Verbindung haben nicht wir geknüpft«, antwortete Lindberg.

»Aber Sie müssen die Wirkung auf die Öffentlichkeit bedenken«, entgegnete sie. »Wenn publik würde, dass die Morde in irgendeinem Zusammenhang mit unserem Medikament stehen, würde die Öffentlichkeit völlig falsche Schlüsse ziehen. Es ist schon schlimm genug, dass eine Kollegin ermordet wurde.«

»Kannten Sie Claudia Römer?«

»Nur sehr flüchtig«, antwortete Bernard. »Wir beschäftigen mehr als zweitausend Mitarbeiter allein hier am Standort. Es ist so furchtbar, was mit ihr passiert ist.« Sie fuhr mit ihren Fingern unter ihrem Augen entlang, Lindberg konnte aber keine Tränen entdecken. »Meinen Sie, diese Tierschützer haben etwas damit zu tun?« Aus Bernards Mund klang der Ausdruck Tierschützer wie ein Schimpfwort.

»Wir ermitteln in alle Richtungen«, antwortete Lindberg so unkonkret, wie es Polizisten nun einmal gegenüber Zeugen oder Verdächtigen tun mussten. »Sie und Römer sind sich nie begegnet?«

»Vielleicht einmal in der Kantine oder auf einem Meeting. Ich habe nicht so viel Kontakt zu den einzelnen Forschern.«

»Hat sie an einer Remexan-Studie gearbeitet?«, fragte Lindberg.

»Sie hat deren Durchführung koordiniert«, antwortete Bernard. »Jedenfalls soweit ich das weiß. Wie gesagt, kannte ich sie kaum.«

»Und Daniel C. Meyer?«

»Wir haben uns häufiger auf den Vorstandssitzungen getroffen«, sagte sie. »Bevor er zu Novartis gewechselt ist.«

»Seitdem hatten Sie keinen Kontakt mehr?«

Bernard schüttelte den Kopf. »Er war ja dann bei der Konkurrenz.«

»Warum konnte er eigentlich übergangslos wechseln?«, fragte Lindberg. »Gilt bei Top-Managern normalerweise nicht ein Konkurrenzverbot?«

Bernard zuckte mit den Schultern. »Daniel war von Anfang an bei GENEKNOV dabei, da hat man bei den Verträgen noch nicht an ein Konkurrenzverbot gedacht. Damals waren wir nicht einmal fünfzig Mitarbeiter.«

»Hat er das Remexan erfunden?«

»Einen klassischen Erfinder gibt es nicht mehr«, sagte sie. »Ein Einzelner kann eine Medikamentenentwicklung unmöglich stemmen. In unserer Forschung arbeiten über 700 Mitarbeiter. Und jeder hat seinen Anteil an dem Erfolg des Medikaments.«

»Bei fünfzig Mitarbeitern und als CEO muss sein Anteil aber recht groß gewesen sein«, sagte Lindberg. »Die Presse hat ihn als Mr. Remexan bezeichnet.«

»Die Presse vereinfacht Dinge häufig sehr stark«, antwortete sie. »Er hatte seinen Anteil, aber auch nicht mehr.«

»Weswegen hat er GENEKNOV verlassen?«

»Forschungschef bei Novartis zu werden ist ein ganz schöner Karrieresprung«, sagte sie. »Die Chance wollte er ergreifen.«

»Er war vorher CEO, hatte das Sagen und jetzt ist er nur noch Forschungschef.«

»Auch ein CEO kann nicht machen, was er will. Im Grunde bestimmen die Aktionäre und Investoren den Kurs der Firma.«

»Oder war Meyer das Risiko in einer Firma mit nur einem Medikament zu groß?«

»Das hätten Sie ihn selbst fragen müssen«, sagte Bernard. »Im Übrigen ist unsere Forschungspipeline gut gefüllt.«

Lindberg blickte ihr direkt in die Augen. Es war an der Zeit, konkreter zu werden. »Das Medikament ist ja personalisiert«, sagte er. »Wir haben bei Claudia Römer eine Tablette gefunden, die einem Mann gehören müsste, 60 bis Kilogramm schwer, Schnell-Metabolisierer. Können Sie sich erklären, wie sie zu dieser Tablette gekommen ist?«

»Die würde ihr kein Arzt verschreiben«, sagte Bernard. »Und die Mitarbeiter hier wissen, dass sie das Medikament nur in ihrer Dosis einnehmen sollten.«

»Ist es denn möglich, anhand der Tablette festzustellen, wann sie hergestellt und ausgeliefert wurde?«, fragte Lindberg.

Angelina Bernard nickte. »Wir können die Chargennummer für jede Tablette anhand diverser Marker ermitteln. Das machen wir aus Gründen der Fälschungssicherheit.«

»Gibt es Fälschungen von Remexan?«

»Noch nicht«, sagte Bernard. »Aber sie wären ohnehin wirkungslos. Die Rezeptur ist unser bestgehütetes Geheimnis. Wir haben bewusst darauf verzichtet, alle Details zu patentieren. Dann was man patentiert, ist öffentlich zugänglich.«

Hier waren fraglos Profis am Werk, die wussten, wie man eine Pharmafirma zu führen hatte. »Und anhand der Chargennummer können Sie mir sagen, wohin das Medikament geliefert wurde?«, fragte Lindberg.

Bernard nickte zustimmend. »Ich würde mir da allerdings nicht so viele Hoffnungen machen. Wir produzieren täglich mehrere Millionen Tabletten, schließlich wollen wir gewappnet sein, wenn das Medikament weltweit eingeführt wird.«

»Aber Sie liefern noch nicht so viele aus«, sagte Lindberg. »Und wir müssen jedem Hinweis nachgehen, sei er noch so klein.«

»Lassen Sie uns die Tablette zukommen und innerhalb von zwei Tagen haben Sie ein Resultat.«

Die Anwälte blickten sich irgendwie unzufrieden an, sagten jedoch nichts.

»Können wir Ihnen sonst noch behilflich sein?«, fragte Bernard lächelnd, ganz der PR-Profi.

»Können Sie uns eine Aufstellung der in den letzten zwei Jahren entlassenen Mitarbeiter und Prozessgegner geben?«

»Weswegen wollen Sie diese Information?«, fragte der Anwalt ohne Brille.

»Vielleicht will sich jemand an der Firma oder an den ermordeten Mitarbeitern rächen«, antwortete Lindberg.

»Ich kann mir das zwar nicht vorstellen«, sagte Bernard und seufzte leicht genervt. »Aber Sie bekommen die Aufstellung.«

»Ich hätte noch einen weiteren Wunsch«, sagte Lindberg. »Ich möchte die Zulassungsstudien zu Remexan einsehen.«

Bernard zog die Zigarettenschachtel näher an sich heran, als wolle sie eine Mauer damit errichten. »Ich verstehe Ihren Wunsch nicht«, sagte sie. »Die zulassungsrelevanten Studien wurden alle bei der *Swissmedic* und der *FDA* eingereicht. Die Aufsichtsbehörden haben Remexan ohne jegliche Einschränkung zugelassen. Es gibt keinen Grund, an der Sicherheit des Medikaments zu zweifeln.«

»Hat Nadja Trokovski an so einer Studie teilgenommen?«

»Wie ich schon gesagt habe, werden Medikamententests nicht an Risikogruppen vorgenommen«, antwortete Bernard. »Im Übrigen führen wir die Studien nicht selbst durch und dürfen personenbezogene Daten nicht weitergeben.«

»Wenn ich ermordet würde«, sagte Lindberg. »Wäre mir der Datenschutz ziemlich egal. Ich wollte, dass man den Täter fasst.«

»Der Patient selbst erhält einen Nachweis, dass er an der Studie teilgenommen hat, damit er bei eventuellen Komplikationen an uns herantreten kann«, sagte Bernard. »Finden Sie den und wir können uns noch einmal unterhalten.«

»Gab es Komplikationen bei den Remexan-Studien?«

»Nein.« Die Managerin lächelte triumphierend.

»Wenn es Millionen von Anwendern gibt, können Sie unmöglich alle Nebenwirkungen in einer Studie mit nur ein paar Teilnehmern erkennen. Das wollen Sie doch nicht bestreiten, oder?«

»Die maßgeblichen Studien wurden an über fünftausend Patienten durchgeführt«, widersprach Bernard. »Dabei haben sich keinerlei Auffälligkeiten gezeigt. Also ist das Medikament sicher! Sonst hätten wir die Zulassung nicht uneingeschränkt erhalten.«

»Wird GENEKNOV erpresst?«

Jetzt räusperten sich beide Anwälte.

»Wie kommen Sie denn darauf?«, fragte Bernard.

»Würden Sie bitte meine Frage beantworten?«

»Frau Bernard muss auf diese Frage nicht antworten«, sagte der Anwalt mit Brille.

»Wenn wir erpresst würden, hätten wir doch wohl die Polizei informiert«, entgegnete Bernard. Sie sprach nun so eindringlich, als wolle sie den Kommissar nur mit der Kraft ihrer Worte aus dem Büro drängen.

»Warum haben Sie dann ein Problem damit, wenn ich wissen möchte wer an den Studien teilgenommen hat?«, fragte Lindberg. »Und ob es dabei zu Komplikationen kam.«

Bernard schielte wieder zu ihren Zigaretten. Sie schloss kurz die Augen, schien sich zu bemühen, zu einem ruhigen Tonfall zurückzufinden. »Aus Geheimhaltungsgründen kann ich Ihnen die Studien nicht zur Verfügung stellen«, sagte sie. »Die Gefahr, dass die Unterlagen an unsere Konkurrenz gelangen, können wir nicht eingehen.«

Lindberg holte tief Luft. Je stärker Bernard sich bei dem Thema verhärtete, desto stärker weckte sie sein

Interesse. »Ich könnte mir doch die Studien unter Aufsicht anschauen. Hier, bei Ihnen in der Firma.«

Bernard schaute den Mann von der internen Rechtsabteilung an, Mister Ohne-Brille. »Das genehmigen wir grundsätzlich nicht«, sagte er. »Schon aus börsenrechtlichen Gründen dürfen wir geschäftsrelevante Daten nicht an Externe weitergeben oder ihnen Einblick gewähren.«

»Kann ich Sie oder Ihre Abteilung sonst in irgendeiner Form unterstützen?«, fragte Bernard. »Fehlt es an Ausstattung oder Kapazitäten?«

Das klang gerade so, als wollte Bernard sich freikaufen. »Mein Job ist die Ermittlung in einem Mordfall, nicht die Beschaffung von Ressourcen«, entgegnete Lindberg und stand auf. Es widerstrebte ihm, Bernard und den Anwälten die Hand zu reichen, aber er tat es trotzdem. »Sie werden von uns hören.«

Kaum hatte Lindberg die Firma verlassen, nahm er sein Handy um Graf über die neue Entwicklung zu informieren. Wenn einer mitten in der Nacht noch arbeitete, dann sein Vorgesetzter.

42

Genau so war es. »Wir müssen uns intensiver mit dem Remexan beschäftigen«, begann Lindberg. »Zwei der Opfer haben bei GENEKNOV gearbeitet und das dritte hat das Medikament über mehrere Monate eingenommen, ich vermute, aufgrund einer Studie.«

»Was folgern Sie daraus?«

»Das Remexan ist der Schlüssel zur Lösung des Falles. Ich habe mich mit GENEKNOV in Verbindung gesetzt, um von der Firma mehr über das Medikament und die Studien zu erfahren.«

»Ich weiß«, sagte Graf. »Frau Bernard hat mich gerade angerufen.« Er räusperte sich. »Es wäre in Zukunft hilfreich, wenn Sie vorher mit mir über solche Themen sprechen. Zum Glück ist GENEKNOV sehr kooperativ und wird uns zusätzlich mit einem wesentlichen Beitrag in unserer Arbeit unterstützen. Das ist für uns ...«

»Was ist mit den Studien?«

»Ich war noch nicht fertig, Herr Lindberg.« Grafs Ton wurde eine Spur schärfer. »Ich möchte nochmals klarstellen, dass jegliche Verlautbarungen gegenüber der

Presse nur über mich erfolgen und dass Vermutungen oder Ermittlungsdetails keinesfalls an die Öffentlichkeit dringen dürfen! Wir werden zu gegebener Zeit in vollem Umfang informieren. Ich habe mit sofortiger Wirkung eine Nachrichtensperre verhängt!«

»Hat Frau Bernard genehmigt, dass ich die Studien zu Remexan einsehen darf?«, wiederholte Lindberg seine Frage.

Graf atmete seufzend aus. »Ich bin in diesem Punkt mit Angelia Bernard einer Meinung. Es kann nicht unsere Aufgabe sein, die Arbeit der Zulassungsbehörden zu überprüfen. Falls das erste Opfer wirklich an einer Studie teilgenommen hat, ist es purer Zufall.«

»Woher wollen Sie das wissen?«

»Frau Bernard hat mir versichert, es gab keine Komplikationen, also sind die Studien irrelevant.« Graf sprach nun lauter, wahrscheinlich pochte seine Zornader auf der Stirn schon wieder. »Im Übrigen haben wir Besseres zu tun, als medizinische Studien zu lesen, die wir ohnehin nicht verstehen.«

»Claudia Römer hat die Studien koordiniert«, erwiderte Lindberg. »Nadja Trokovski hat wahrscheinlich an einer teilgenommen und Daniel C. Meyer hat das Medikament entwickelt und dann die Firma verlassen. Und alle drei sind tot. Und das soll Zufall sein?«

»Das sind nur Vermutungen.«

»Wir arbeiten immer nur mit Vermutungen, solange bis wir Beweise haben.«

»Dann besorgen Sie welche«, sagte Graf. »Und dass eines klar ist: Die Zusammenarbeit mit GENEKNOV läuft in Zukunft ausschließlich über mich!«

Lindberg legte auf, startete sein Auto und fuhr los.

Die Digitalanzeige des Wagens zeigte drei Uhr morgens. Normalerweise schlief er zu dieser Zeit oder versuchte es zumindest. Jetzt war er hellwach. Und kam trotzdem nicht weiter.

Zu Hause angekommen, setzte er sich vor den Fernseher. Gelangweilt zappte er durch die Kanäle. Offenbar gingen die Programmplaner der Fernsehsender noch nicht auf die Bedürfnisse der Remexan-Anwender ein. Das Nachtprogramm bestand mal wieder nur aus Wiederholungen und dem, was man so Dummenfang nennt.

Schon nach fünf Minuten schaltete er den Fernseher wieder aus, er konnte jetzt einfach nicht untätig sein. Es war, als drehte sich die Welt in Zeitlupe und er müsse sie anschieben.

Er dachte ein paar Minuten nach, dann wusste er, was er tun musste. Es gab jemanden, der ihm helfen könnte. Lindberg kämpfte nicht weiter gegen seine Unruhe, setzte sich wieder in seinen Volvo und fuhr davon.

43

Die eisige Luft während der Fahrt tat gut, ausnahmsweise. In St. Alban angekommen, ging Lindberg direkt zu Philipp Farners Wohnung. Es brannte noch Licht und er drückte auf den Klingelknopf; dreimal, als sei es ein verabredetes Zeichen.

»Ja?«, tönte es aus der Gegensprechanlage.

»Ein alter Freund.«

Die Tür öffnete sich, Lindberg stieg die Treppe hoch. »Ihr hattet auch schon bessere Arbeitszeiten«, sagte Farner.

»Wir sind jetzt auf Remexan«, antwortete Lindberg. »Zwangsverordnet. Und Sie, so spät noch auf ohne Remexan?«

»Ich gehöre zu den nachtaktiven Menschen, das hat manche Vorzüge.«

»Die sich langsam in Luft auflösen, oder?«

»Das stimmt leider«, gab Farner zu. Auf dem Tisch lag ein juristisches Kompendium, in welchem er offensichtlich gelesen hatte. »Was führt Sie zu mir?«

»Ich suche jemanden, der mir etwas über pharmazeutische Studien erzählen kann«, sagte Lindberg. »Sie kennen sich da ganz gut aus, oder?«

»Kann man so sagen. Ich bin übrigens Philipp.« Farner reichte Lindberg die Hand.

Lindberg wusste, Farner konnte ein Verdächtiger sein. Doch wie er von Carla gelernt hatte, waren die unkonventionellsten Methoden manchmal die besten. »Und ich bin Erik«, antwortete er und schüttelte Farners Hand. »Also Philipp, wie werden Zulassungsstudien für ein Medikament erstellt?«

»Neue Wirkstoffe durchlaufen ein dreiphasiges Zulassungsverfahren«, begann der Student. »In der ersten Phase misst man die grundsätzliche Verträglichkeit am Menschen, die man trotz der zuvor durchgeführten Tierversuche nicht garantieren kann. Das weiß man schon seit dem *Contergan-Skandal*, trotzdem hat man noch nicht viel daraus gelernt.«

»Welcher Skandal?«

»Der Skandal um das Schlafmittel Contergan«, erklärte Farner. »In den Sechzigern des vorherigen Jahrhunderts kamen in Europa urplötzlich eine ganze Reihe von missgebildeten Kindern auf die Welt. Ihre Gliedmaßen waren nur unvollständig ausgebildet. Man fand heraus, dass ihre Mütter Contergan eingenommen hatten. Im Tierversuch mit dem Medikament war übrigens keine einzige Beanstandung aufgetreten. Der Mensch ist eben keine 80-Kilo-Maus.«

»Wie hat man damals reagiert?«

»Aufgrund des Skandals wurden die meisten der heute gültigen Zulassungsvorschriften überhaupt erst beschlossen und Versuche am Menschen eingeführt.

Natürlich, ohne die an Tieren abzuschaffen.« Farner klang verbittert.

»Wenn das Medikament Phase I überstanden hat, was passiert dann?«, fragte Lindberg. Das Thema war interessanter, als er gedacht hatte.

»In der zweiten Phase wird die Dosierung des Medikaments festgelegt. Diese Studien werden nur mit sehr wenigen Testpersonen durchgeführt, um grundsätzlich zu klären, ob das Mittel verträglich ist und das hält, was man sich von ihm verspricht«, erklärte Farner. »Interessant wird es dann bei Phase III. Hier wird die Wirksamkeit des Medikaments an bis zu 5'000 Patienten überprüft.«

»Wie genau geht man da vor?«

»Es existiert ein Standardverfahren, die sogenannte *Doppelblindstudie.*« Farner goss dem Kommissar ein Glas Wasser ein. »Ein Teil der Patienten erhält*Placebos* ohne Wirkstoffe, ein anderer das echte Medikament. Keiner weiß, wer was nimmt, erst bei der Auswertung werden die Karten auf den Tisch gelegt.«

»Und eines ist wirkungslos, aber das andere hilft.«

»Ganz so einfach ist es nicht«, erwiderte der Student. »Denn es gibt noch den Placebo-Effekt.«

»Placebo-Effekt?«, wiederholte Lindberg.

»Im Regelfall tritt die zu erwartende Wirkung des Medikaments nicht nur bei den damit behandelten Personen ein, sondern mehr oder weniger stark auch bei der mit wirkungslosen Tabletten behandelten Kontrollgruppe.«

»Stimmt, davon habe ich schon einmal gehört.« Lindberg leerte das Glas mit einem Schluck. Das Leitungswasser schmeckte Klassen besser als Bernards

Luxusbrühe. »Was sind die Bedingungen, damit ein Medikament zugelassen wird?«

»Wenn es besser wirkt als die Placebos oder vergleichbare Medikamente«, erklärte Farner. »Und wenn die Nebenwirkungen im vertretbaren Rahmen bleiben.«

»Was geschieht nach der Zulassung?«

»Es wird eine Phase IV Studie durchgeführt, in der die Nebenwirkungen erfasst werden, die erst durch die massenhafte Anwendung erkannt werden können. Bei Remexan zum Beispiel dürfte da noch nicht viel gelaufen sein, weil das Medikament erst seit Kurzem am Markt ist.«

»Wie werden die Probanden ausgewählt?«, fragte Lindberg.

»Stichprobenartig, sie sollten sich nach Alter, Geschlecht und Ethnie unterscheiden, aber das ist nicht immer der Fall.«

»Weil es einen Pharmastrich gibt?«

Farner nickte. »Manchmal nehmen die Institute, welche die Studien durchführen, jeden, den sie kriegen können. Das geschieht sogar häufig hinter dem Rücken der Hersteller.«

»Wie kann ich herausfinden, ob jemand an einer Studie teilgenommen hat?«

»Das wird sehr schwer, die Daten sind anonymisiert. Häufig wissen nicht einmal die Probanden selbst, welches Medikament ihnen verabreicht wird, zumindest vorher nicht. Außerdem werden die meisten Studien nicht veröffentlicht.«

»Was? Wieso das denn?«, fragte Lindberg.

»Würdest du als Hersteller eine Studie veröffentlichen, in der dein Medikament nicht hält, was du versprochen hast?«

Farner wartete gar nicht erst auf die Antwort, sondern erzählte weiter. »Man spricht in dem Zusammenhang von '*Publication bias*'. Da nur positiv verlaufende Studien publiziert werden, wird ein verzerrtes Abbild der Wirklichkeit erzeugt. Denn kaum jemand erfährt von den fehlgeschlagenen Studien, aber jeder von den erfolgreichen.«

»Aber was ist mit den beteiligten Wissenschaftlern?« Lindberg trank einen Schluck Wasser. »Lassen die das einfach zu?«

»Wer zahlt, bestimmt. Die Auftraggeber haben kein Interesse an negativer Publicity.«

»Du meinst die Pharmafirmen?«, fragte Lindberg nach.

»Ja, sie selbst oder von ihr bezahlte Institute. Die Studien werden häufig von Subunternehmern durchgeführt, darunter sind Kliniken, Ärzte und einige darauf spezialisierte Firmen. Die Wissenschaftler erhalten unabhängig vom Ausgang der Untersuchungen ihren Lohn, verpflichten sich aber, die Ergebnisse nur mit Genehmigung des Auftraggebers zu veröffentlichen.«

»Wie häufig kommt das vor?«

»Man vermutet, dass dreißig bis fünfzig Prozent der begonnenen Studien nie veröffentlicht werden«, antwortete Farner. »Du kannst zu fast jedem Medikament Studien finden, die abgebrochen wurden oder nie erschienen sind.«

»Aber die Pharmaindustrie kann doch Nebenwirkungen nicht einfach totschweigen«, sagte Lindberg. »Früher oder später kommt das doch raus, oder?«

»Wohl eher später«, sagte Farner. »Bei dem Schmerzmittel Vioxx hat es beispielsweise fünf Jahre gedauert, bis die Nebenwirkungen – eine Verdopplung der Herzinfarkte und Schlaganfälle – publik wurden. Nebenwirkungen, welche die Herstellerfirma, der amerikanische Konzern Merck & Co von Anfang an kannte und in den Zulassungsstudien verschwiegen hatte. Erst 2004 wurde das Medikament vom Markt genommen, bis dahin hatte die Firma weltweit geschätzte 15 Milliarden US Dollar mit dem Medikament verdient. Für Schadensersatzklagen und Strafen musste sie nicht mal die Hälfte davon bezahlen.«

»Klingt so, als ob sich Kriminalität in dem Fall auszahlt«, sagte Lindberg.

Farner nickte. »Zumal die verantwortlichen Manager straffrei davonkamen und ihren Bonus, den sie aufgrund der Rekordumsätze erhalten hatten, nicht zurückzahlen mussten.«

»Und die Politik macht nichts dagegen?«

»Man redet schon seit Jahren davon, alle Studien publizieren zu lassen und Forschern Einblick zu gewähren, aber bisher wurden noch alle progressiven Entwürfe von den Handlangern der Lobbyisten in den Parlamenten wieder kassiert.«

»Glaubst du, dass auch zu Remexan unveröffentlichte Studien existieren?«

»Davon kannst du ausgehen. Wenn ein Arzneimittel das Potential zum Blockbuster hat, kommen einige in Versuchung, unangenehme Wahrheiten totzuschweigen. Es ereignen sich nicht ohne Grund jedes Jahr mehrere Arzneimittelskandale.«

»Und ich dachte immer, Medikamente wären tausendfach getestet und sicher.«

»Weißt du, was Voltaire gesagt hat?« Der Student wartete gar nicht erst auf Lindbergs Antwort. »Ärzte geben Medikamente, von denen sie wenig wissen, in Menschenleiber, von denen sie noch weniger wissen, zur Behandlung von Krankheiten, von denen sie überhaupt nichts wissen.« Farner blickte Lindberg direkt in die Augen. »Daran hat sich nicht viel geändert.«

»Wir wissen heute ein bisschen mehr als Voltaire.«

»Trotzdem sind nach offiziellen Statistiken in den westlichen Ländern Medikamente die dritthäufigste Todesursache nach Herzkrankheiten und Krebs«, sagte Farner. »Sie helfen in vielen Fällen, aber oft können sie auch Schaden verursachen. Vor allem in Kombination miteinander.« Farner seufzte. »Aber zurück zu den Studien und GENEKNOV. Solange der potentielle Gewinn größer ist als der mögliche Verlust, wirst du in jeder Firma Manager finden, die kriminell genug sind, wider besseres Wissen zu handeln. Die Frage ist nur, ob sie sich intern durchsetzen.«

»Wie kann ich herausfinden, ob zu Remexan unveröffentlichte Studien existieren?«, fragte Lindberg.

»Durchsuch die Firma.«

»Was?«

»Du hast mich schon richtig verstanden. Freiwillig rücken die sie nie raus.«

»Da bekomme ich nie einen Durchsuchungsbefehl.« Lindberg winkte ab.

»Dann lass dir halt was einfallen. Aber der Spruch mit dem Greenpeace-Magazin kommt dort nicht so gut.« Farner grinste spitzbübisch.

Lindberg lachte, bedankte sich für das Gespräch, und ging hinaus in die Kälte. Spielte GENEKNOV wirklich ein verdecktes Spiel? Oder waren das nur die üblichen Verschwörungstheorien, die sich als haltlos erwiesen, sobald man sie näher untersuchte? Lindberg wusste es nicht. Wie so vieles in diesem Fall.

Nur eines, das wusste er genau: Das Remexan würde ihm noch einige schlaflose Nächte bescheren, so absurd das auch klingen mochte.

44

Obwohl es noch einige Stunden dauern würde, bis die Sonne aufging, fuhr Lindberg nach Bern zur Arbeit. Er schaffte es in Rekordzeit, kein Wunder, die Autobahn war leer und er fühlte sich immer noch topfit.

Hatte Graf mit seiner Einschätzung des Medikaments doch recht? Das Remexan wirkte schließlich und die Taten sahen nicht gerade danach aus, als sei jemand in Folge des Remexans durchgedreht und Amok gelaufen.

Dafür waren sie zu kontrolliert, zu durchgeplant.

Im Büro angekommen, setzte Lindberg sich an seinen Computer und überprüfte, was Philipp Farner behauptet hatte.

Alles entsprach der Wahrheit, Contergan, Vioxx, die Problematik mit den abgebrochenen Studien, Farner hatte nicht übertrieben. Doch bewies das im Grunde nicht nur, wie clever der Tierschützer war? Hatte er Lindbergs Absichten schon lange durchschaut, gab sich nach außen hin moderat, aber führte im Geheimen einen brutalen Kampf gegen die Pharmaindustrie?

Lindberg sah, dass Katharina Zach schon online war, ging zu ihr und erzählte ihr von dem Gespräch bei GENEKNOV. »Wie wirkt bei dir das Remexan?«, fragte er schließlich.

»Perfekt«, sagte sie. »Hatte auch keine Nebenwirkungen.«

»Welche Nebenwirkungen denn?«

»In der Packungsbeilage steht, dass man in den eineinhalb Stunden nach Einnahme des Medikaments kein Auto fahren darf. Man könnte schläfrig werden.«

»Toll, wäre ich nie drauf gekommen.«

»Und keine Flugzeuge steuern, Mondlandefähren und Atomreaktoren.«

Lindberg lachte. »Ist wenigstens Sex erlaubt?«

»Sicher«, entgegnete Katharina Zach. »Wenn es deine Beziehung verträgt, dass du mittendrin einschläfst.«

Lindberg blickte auf den Boden. »Gibt es sonst Neuigkeiten?«

»Bei der Haaranalyse von Claudia Römer haben wir jetzt auch Spuren von Remexan gefunden«, sagte sie. »Aber das war ja keine Überraschung.«

»Seit wann hat sie das Medikament genommen?«

»Wohl erst seit zwei Wochen. Das Medikament wurde auch bei GENKENOV nicht vorab verteilt. Inzwischen erhalten die Mitarbeiter es kostenlos.«

»Haben die Durchsuchungen bei den festgenommenen Tierschützern der FAA etwas gebracht?«, fragte Lindberg.

Katharina Zach schüttelte den Kopf. »Zwanzig Kollegen waren rund um die Uhr am Auswerten, aber wir haben kein einziges Indiz gefunden, dass die Gruppe etwas mit den Morden zu tun hat.«

»Allmählich gehen dem Staatsanwalt die Haftgründe aus«, sagte Lindberg. »Wenn es überhaupt jemals welche gab.«

»Das ist dein Job, welche beizubringen.«

»Ich kann nichts erfinden, wo nichts ist.«

Katharina Zach lächelte. »Du bist schon so widerspenstig wie Carla.«

»Das verbuche ich gerne als Lob.«

»Hast du eigentlich etwas von den Juwelieren und dem Ring gehört?«, fragte sie.

Lindberg schüttelte den Kopf. »Der Täter war wohl nicht so blöd, ihn gleich zu verkaufen. Und Claudia Römer hatte ihn vorher auch nicht verkauft, jedenfalls an keinen der Juweliere.«

»Ich hab hier übrigens noch die Krankenakte von Nadja Trokovski, keine Ahnung, warum die bei mir gelandet ist.« Sie reichte Lindberg eine dünne Mappe und schob sich eine schwarze Strähne aus dem Gesicht. »Und was ist jetzt unsere vielversprechendste Spur, die wir verfolgen?«

Lindberg musste seine Gedanken selbst erst einmal sortieren. Wie bei jedem Fall waren Unmengen an Hinweisen, Indizien und Vermutungen auf sie eingeprasselt, die sie bewerten mussten, um den Spuren zu folgen, die den Täter entlarvten. »Die Remexan-Tablette, die wir bei Claudia Römer gefunden haben«, sagte er schließlich. »Sie führt uns entweder zum Täter oder zu jemandem, der das Opfer gut kannte.« Lindberg wollte noch etwas hinzufügen, doch in dem Moment klingelte sein Handy. Es war kurz vor fünf

Uhr morgens, wer rief ihn um diese Uhrzeit an? Die Rehaklinik?

Nein, es war eine unterdrückte Nummer.

Er ging aus Katharina Zachs Büro, stellte sich in eine ruhige Ecke und nahm das Gespräch an.

»Hallo, Lindberg«, sagte eine tiefe Stimme, die der Kommissar nur zu gut kannte.

»Was willst du?«

»Es ist Zeit für unseren Deal.«

»Ich weiß von keinem Deal.«

Wohlers lachte. »Das wird sich gleich ändern.«

Die Erinnerung an Berlin kam wieder hoch, das brennende Auto, Paula. Lindberg musste gegen seinen Fluchtreflex ankämpfen, am liebsten hätte er einfach aufgelegt.

»Du musst mir etwas besorgen«, sagte Wohlers.

»Warum sollte ich das tun?«

»Weil ich weiß, wo deine Freundin liegt.«

Lindberg schloss die Augen. *Hörte das denn nie auf?*

»Also hör zu«, sagte Wohlers. »Ich brauche etwas, das ihr mir abgenommen habt. Du bringst es mir und ich verlasse den Kontinent. Für immer. Ein fairer Deal.«

Lindberg schwieg immer noch.

»Willst du gar nicht wissen, was du mir besorgen sollst?«

»Ich werde dir gar nichts besorgen.«

»Ach, Lindberg.« Wohlers seufzte. »Selbst wenn dein Tag jetzt dreiundzwanzig Stunden hat, kannst du nicht rund um die Uhr auf deine Freundin aufpassen. Und gleichzeitig noch einen Serienmörder verhaften.«

»Was ich kann und was ich nicht kann, ist mein Problem.«

»Aber ich kann dir helfen, deinen aktuellen Fall zu lösen. Denn ich weiß etwas über das Medikament, das du jetzt schluckst, das der Täter auch weiß.«

»Du bluffst.«

»Ihr blufft«, antwortete Wohlers. »Ihr tappt total im Dunkeln. Du kannst zwei Fliegen mit einer Klappe schlagen und niemand wird es mitbekommen.«

»Was willst du?«

»Oh, du wirst es gar nicht glauben.« Wohlers schien sich eine Zigarette anzustecken. »Ein ganz unauffälliges Ding. Und doch brauche ich es. Und zwar bis Dienstag. Sonst ist deine Freundin endgültig Geschichte.«

»Komm nur und du landest sofort wieder hinter Gittern.«

»Meinst du, ich bin so blöd, den Job selbst zu erledigen?« Wohlers schien auf den Boden zu spucken. »Du bringst mir bis Dienstag, was ich will und deine Freundin darf weiterleben ... oder wie immer man das nennen ...«

»Was willst du?«, unterbrach ihn Lindberg.

»Etwas, das du mir garantiert nicht zugetraut hättest.« Wohlers ließ sein tiefes Lachen erschallen. »Ich vermute mal, du findest es in der Asservatenkammer in Berlin. Es ist ...« Wohlers machte eine kurze Pause. »Ein Sudoku-Heft.«

45

Als Mia Adam erwachte, wusste sie im ersten Moment nicht, wo sie sich befand.

Und im zweiten auch nicht.

Mia blickte an sich herab, sie trug das Kleid von gestern Abend, dicke, graue Wollstrumpfhosen, keine Schuhe. Ihr Rücken schmerzte. Irgendjemand forderte sie auf, sie anzurufen, penetrant, frivol.

Liege ich auf der Couch?

Sie richtete sich auf, ihr Blick streifte den Fernseher, irgendwelche nackten Brüste mit 0190er-Nummern wurden eingeblendet.

Ich bin auf der Couch eingeschlafen.

Mia Adam schaltete den Fernseher aus und schaute auf die Uhr. *5 Uhr morgens.*

Das Remexan! Ich hab vergessen es zu nehmen. Und vier Stunden durchgepennt.

Sie quälte sich aus der Couch, drückte den Rücken durch und machte sich einen Kaffee. So viel Zeit musste sein, obwohl Graf sie sprechen wollte, heute Morgen, gleich um sechs Uhr, schließlich sei sie jetzt im Remexan-Programm.

Wahrscheinlich würde er ein hyperaktives, freudestrahlendes Duracell-Häschen erwarten und keine verschlafene, schlecht gelaunte graue Maus mit roten Haaren und roten Augen.

Dabei wollte sie den Job unbedingt! Mit ihrem Abiturschnitt hätte sie alles werden können, ja sie hatte sogar aus Spaß den Medizinertest abgelegt und so locker bestanden, dass sie erst einen Fehler bei der Auswertung vermutet hatte. Doch das war ohnehin egal, sie wollte Kommissarin werden. Weil sie das Böse im Menschen kannte und trotzdem an das Gute glaubte.

Während der Kaffee durchlief, wechselte sie ihre Klamotten und legte ein Parfüm auf, das ihr normalerweise zu aufdringlich war.

Wahrscheinlich würde es Graf nicht mal auffallen.

Sie leerte den Kaffee mit einem Schluck, zog sich Handschuhe und Schal an, verließ die Wohnung, schwang sich auf ihr Fahrrad und hoffte darauf, dass die Kälte sie wach rüttelte.

Als sie in der Nussbaumstrasse ankam, war sie ausgekühlt, aber immer noch müde.

Sie stellte ihr Fahrrad in die Tiefgarage und ging die Treppe hinauf zu Grafs Büro.

Mia Adam klopfte an die Tür, hörte ein viel zu dynamisches 'Herein!' und trat ein.

Graf blickte sie skeptisch an, doch er ließ keine entsprechende Bemerkung folgen, als er sie begrüßte. Sie setzen sich, er bot ihr nicht mal einen Kaffee an. »Erik Lindberg hat mir vorgeschlagen, Sie als seine Assistentin einzusetzen«, sagte er. »Was befähigt Sie denn dazu?«

Mia Adam hatte sich auf das Gespräch vorbereiten wollen, vier Stunden hätte sie dafür gehabt, wenn sie das Remexan nicht vergessen hätte. Und jetzt fiel ihr nichts sein. »Ich verkaufe mich ungern selbst«, sagte sie.

»Wir müssen unsere Arbeit aber verkaufen«, widersprach Graf. »Ob wir wollen oder nicht.«

Sie rieb sich die roten Augen. »Ich denke, Erik Lindberg wird Ihnen Gründe genannt haben, weswegen er mich für die Aufgabe als geeignet ansieht.«

Graf musterte sie einen Moment zu lang. »Haben Sie eigentlich noch nicht mit dem Remexan-Programm begonnen?«

Mia Adam atmete tief aus. »Doch, das hab ich«, antwortete sie. »Aber ich bin vor dem Fernseher eingenickt, bevor ich eine Tablette nehmen konnte.«

Der Polizeidirektor schaute sie an, als habe sie eine unverzeihliche Dummheit begangen. »Wir können es uns nicht leisten, mit unseren Ressourcen schlampig umzugehen.«

Hätte ich nicht einfach sagen können, dass ich die Nacht durchgearbeitet hab? Schließlich entsprach das der Wahrheit, wenn man von der kurzen Pause vor dem Fernseher absah, die ungeplant länger geworden war. »Das wird nicht wieder vorkommen«, antwortete sie.

»Vielleicht ist es besser, wenn Sie erst einmal nur als Springer arbeiten«, sagte Graf. »Dann können Sie noch Erfahrung sammeln.«

Mia Adam wollte widersprechen, doch ihr fiel nichts ein, das nicht nach purem Protest klang. »War es das?«, fragte sie stattdessen und stand auf. Viel zu schnell, viel zu emotional.

»Sie können gehen«, sagte Graf.

Irgendwie schaffte sie es, die Tür hinter sich zu lassen, ohne sie zuzuschlagen. »Ich bin die jüngste Kommissarin, die dieses Jahr abgeschlossen hat. Also kann ich sehr wohl mit meinen Ressourcen umgehen«, hätte sie sagen können. »Und ich habe schon während der Ausbildung mit einer Studentengruppe in meiner Freizeit an unerledigten Mordfällen gearbeitet, von denen wir einen sogar aufgeklärt haben.« Doch sie hatte von all dem nichts gesagt. Während Männer in solchen Situationen häufig blufften oder eiskalt logen, war ihr nicht einmal das eingefallen, was tatsächlich stimmte.

46

Früher hatte er an einem Samstagmorgen Paula das Frühstück ans Bett gebracht, frisch duftender Kaffee, ein perfektes 5-Minuten-Ei, Obst mit ein wenig Müsli.

Und jetzt saß er schon seit drei Stunden auf der Arbeit. Obwohl ihn niemand zwingen konnte hierzubleiben. Was hatte Graf gesagt? Mit Beginn des Remexan-Programms wurden nicht mehr als fünfzig Stunden die Woche von ihnen erwartet. Die hatte er diese Woche locker schon voll.

Also könnte er sich frei nehmen. Aber was sollte er dann tun? Einfach nach Berlin fliegen, seinen alten Dienstausweis zücken in die Asservatenkammer spazieren und ein Sudoku-Heft mitnehmen?

Im Rahmen der internationalen Polizeikoordination war es ihnen erlaubt, Akten des Falles einzusehen, dem sie zuarbeiteten, doch Beweismittel konnten sie nicht anfordern.

Doch selbst wenn er in die Asservatenkammer kam, mitnehmen durfte er das Heft auf keinen Fall.

Natürlich hätte er einen der ehemaligen Kollegen anrufen können, aber es war schon damals nicht einfach gewesen. Während sich bei den Geldtransportmorden alle auf einen rumänischen Einbrecherring konzentriert hatten, war er der Einzige gewesen, der Wohlers für den Täter hielt.

Er hatte recht behalten und teuer dafür bezahlt. Nachdem Paula im Koma gelegen war, hatte man ihm vorgeworfen, zu selbstzerstörerisch an den Fall heranzugehen, er war sogar beurlaubt worden, doch er hatte nicht aufgegeben, bis er Wohlers verhaftet hatte.

Nur um dann festzustellen, das Paula davon nicht wieder wach wurde. Wenn die ehemaligen Kollegen nun hörten, was Wohlers von ihm wollte, würden er das Sudoku-Heft nie bekommen.

Er konnte sich nur dunkel daran erinnern, dass Wohlers es bei sich getragen hatte, ein unpassendes Detail, dem er nicht nachgegangen war.

Etwas verdammt Wichtiges musste in diesem Heft stehen, etwas, ohne das Wohlers nicht an seine Beute herankam. Eineinhalb Millionen Euro.
Wahrscheinlich war das der Grund, warum Wohlers sich immer noch in der Gegend aufhielt. Insofern war es sogar glaubwürdig, dass Wohlers verschwinden wollte, sobald er das Magazin hatte.

Er holte sich ein Croissant in der Kantine und als er in sein Büro zurückkam, hatte er immer noch keine Entscheidung getroffen. Dachte er jedenfalls. Doch dann begann er, im Internet Flüge nach Berlin zu suchen. Während die Suchanfrage lief, blickte er auf Nadja Trokovskis Krankenakte. Schon nach der zweiten Seite wusste er nicht mehr, was er zuerst tun sollte.

47

Das Sanatorium Erzenberg war 1896 zur Tuberkulose-Therapie errichtet worden, doch nach mehreren Umnutzungen jahrelang selbst dahingesiecht, bis es 1953 schließlich geschlossen wurde. Vor wenigen Jahren war es fast am selben Standort wieder aufgebaut worden, allerdings als Nervenheilanstalt; dem einzigen Krankheitsbild, bei dem die Nachfrage auf lange Sicht gegeben schien.

Das inzwischen von einem katholischen Orden geführte Sanatorium lag in der Nähe des ehemaligen Luftkurortes Langenbruck, gut vierzig Kilometer vor den Toren Basels. Von außen wirkte das Anwesen exakt wie ein Laie sich eine Irrenanstalt vorstellte: ein betonschwangeres, dreistöckiges Gebäude mit vergitterten Fenstern, so trostlos, wie der mentale Zustand der Bewohner.

Vielleicht lag das aber auch am Schnee, der das ganze Anwesen in eintöniges Weiß tauchte. Vor dem Gebäude lag ein Park, der den Kampf gegen den Winter schon lange verloren hatte, einsam spazierten ein

Pfleger und eine Patientin auf einem notdürftig geräumten Weg.

Lindberg kam es vor, als sei eine Unmenge an Zeit verstrichen, seit er erfahren hatte, dass der Mord an Nadja Trokovski mit ihrem Fall zusammenhing. Dabei war es erst gestern gewesen. Lag es am Remexan, dass die Zeit so raste? In Nadja Trokovskis Krankenakte stand, dass sie vor zwei Jahren in Erzenberg einen Drogenentzug absolviert hatte, erfolgreich. Es war der letzte Eintrag ihrer dünnen Akte. Vielleicht wusste jemand im Sanatorium, wer sie hinterher als Arzt betreut hatte und ob sie damals schon Remexan genommen hatte, möglicherweise im Rahmen einer Studie.

Lindberg betrat das Sanatorium und ging zu einer jungen Nonne an der Pforte. Sie trug ein schwarzes Gewand und eine einfache, weiße Haube. Lindberg zeigte seinen Ausweis. »Ich würde gerne mit der Oberin sprechen«, sagte er. »Es geht um einen Mordfall.«

Die Nonne schaute ihn mit geweiteten Augen an. »Haben ... haben Sie einen Termin?«

Lindberg schüttelte den Kopf. »Ich habe nur ein paar Fragen zu Ihrer ehemaligen Patientin Nadja Trokovski.«

Die Nonne drehte sich weg, blickte zur Seite, zu einer rechts von der Pforte liegenden Tür, als erwarte sie dort Hilfe. »Warten Sie bitte einen Moment«, sagte sie, ging zu dieser Tür und öffnete sie.

Lindberg stellte sich so, dass er die Nonne durch den Türspalt beobachten konnte. Sie unterhielt sich mit einer älteren Nonne, die schon nach wenigen Worten vom Entsetzen gepackt schien. Sie blickte auf Lindberg und schloss die Tür.

Was geht hier vor? Aus dem Raum drangen Stimmen, doch der Kommissar verstand nicht mal ein paar Wortfetzen. Nach einer Weile kam die junge Nonne wieder und bedeutete Lindberg, er solle Platz nehmen. »Oberin Aurelia ist gleich bei Ihnen«, sagte sie und verschwand mit schnellen Schritten in den Gängen der Anstalt.

Ein paar Minuten, nachdem die junge Nonne gegangen war, kam die Oberschwester aus ihrem Büro. Sie war von hagerer Gestalt, trug ihr Gewand mit fast aristokratischem Gestus. Ihre Haube war ausladend geschwungen und von glänzendem Stoff. Ein großes Kreuz prangte auf ihrer Brust. Zur Begrüßung gab sie Lindberg ihre blasse und kalte Hand, lediglich das matte Rot in ihrem Gesicht verriet ihre Aufregung. »Guten Tag, Herr Kommissar«, begann sie. »Ich bin die Oberin unseres Heims, Schwester Aurelia.«

Erik Lindberg stellte sich vor. »Ich bin wegen Nadja Trokovski hier«, sagte er. »In ihrer Krankenakte steht, dass die Patientin im Sanatorium Erzenberg auf Drogenentzug war, vor zwei Jahren. Können Sie das bestätigen?«

Die Oberin schloss die Augen und schien zu überlegen, was sie antworten sollte. »Ich glaube, ich kenne den Namen«, sagte sie schließlich. »War das eine Rothaarige, eine Gefallene?«

Er nickte. »Am Ende ihrer Zeit hier, war sie da clean?«

»Das weiß ich nicht mehr, Herr Kommissar.« Die Oberin blickte ihn verunsichert an. »Sie kommen hier einfach vorbei ...«

»Können Sie das herausfinden?«, unterbrach er sie. »Es ist wirklich wichtig.«

»Wir haben ihre Akte nicht mehr.« Sie rückte ihre Haube zurecht. »Aber wir entlassen niemanden, der nicht geheilt ist. Normalerweise bleiben die Patienten drei Monate im Haus.«

»Eine ziemlich lange Zeit für einen Entzug, oder?«

»Wir machen hier auch nicht nur die Entwöhnung, sondern wir sorgen dafür, dem Patienten wieder neuen Halt zu geben.« Die Oberin faltete ihre Hände. »Was ist mit dieser Frau geschehen?«

»Sie ist tot«, entgegnete er und bemühte sich, nicht allzu kühl zu klingen.

»Die Drogen?«, fragte Schwester Aurelia und bekreuzigte sich.

»Nein«, antwortete Lindberg. »Das Remexan.«

»Wie meinen Sie das?«

»Nadja Trokovski wurde ermordet und wir haben den Verdacht, dass der Mordfall in Zusammenhang mit dem Medikament steht.«

»Mit Remexan?«

»Wir vermuten, dass Nadja Trokovski an einer Remexan-Studie teilgenommen hat, möglicherweise in Ihrem Haus. Können Sie das bestätigen?«

Die Oberin wurde leicht weiß im Gesicht. »Es gab eine Studie«, sagte sie. »Aber die wurde abgebrochen.«

»Weswegen?«

Die Oberin biss sich auf die Lippen. »Das kann ich nicht sagen.«

»Sie können oder Sie dürfen es nicht?«

»Nach den Gründen für den Abbruch müssen Sie die Herstellerfirma fragen.«

»Warum wurde mit den Patienten überhaupt eine Studie durchgeführt?«

»Man wollte wohl wissen, wie psychisch labile Personen auf das Medikament reagieren und ob es auch hartnäckige Schlafstörungen beseitigen kann.«

»Und was ist dabei herausgekommen?«

»Auch das müssen Sie GENEKNOV fragen, wir wurden zur Verschwiegenheit verpflichtet.«

Lindberg nickte. Irgendetwas war hier vorgefallen. Nadja Trokovski war eine Zeugin gewesen, eine Zeugin, von welcher man damals wohl angenommen hatte, sie würde sich mit der Zeit ganz von selbst erledigen. »Frau Trokovski war ja eine Weile hier«, sagte er. »Hatte sie hier mit anderen Patienten Kontakt, war sie mit jemandem befreundet?«

Die Oberin blickte auf ihre Finger als könne sie diese damit vom Zittern abhalten. »Ich weiß nicht recht. Das ist lange her ...«

»Schwester Aurelia, es geht hier um einen Mordfall. Möchten Sie, das der Mörder ungesühnt davonkommt?«

»Gott wird ihn richten.«

»Und macht er Nadja Trokovski auch wieder lebendig? Und die anderen, die der Täter ermordet hat und vielleicht noch umbringen wird, wenn wir ihn nicht fassen?«

Die Schwester atmete tief aus. »Es gab einen Patienten, Roland Burger. Man munkelte, die beiden seien ein Paar gewesen.«

»Ist dieser Roland Burger noch hier in Behandlung?«

Sie nickte. »Er ist ein Patient der geschlossenen Abteilung.«

»Ich würde gerne mit ihm reden.«

»Das ist nicht möglich«, sagte sie. »Roland Burger leidet an einer multiplen Persönlichkeitsstörung. Wenn er gerade eine seiner Scheinpersönlichkeiten durchlebt, ist er ausgesprochen aggressiv.«

»Das sind wir von unserer Klienten gewöhnt«, sagte Lindberg. »Auch ohne Scheinpersönlichkeit.«

»Sein Erinnerungsvermögen ist aber geschädigt«, entgegnete sie. »Er weiß oft nicht mal mehr, dass er auf der Bank gearbeitet hat.«

»Ich würde es trotzdem gerne versuchen.«

Die Oberin seufzte. »Dann kommen Sie bitte mit.« Ohne auf ihn zu warten, trippelte sie los. Zeit schien hier noch kostbar zu sein.

Die beiden gingen einen langen, kahlen Gang entlang, der auf der einen Seite von vergitterten Fenstern flankiert wurde, auf der anderen von den Zimmern der Patienten. »Seit wann wohnt Herr Burger hier?«, fragte Lindberg.

»Seit drei Jahren. Er war früher Anlageberater, hat dann aber im Verfolgungswahn seine Frau mit einer Pistole bedroht. Nur dem Herrn ist es zu danken, dass er vorbeigeschossen hat. Er kam in Behandlung und ist seitdem hier im Sanatorium.«

»Wie viele Persönlichkeiten hat Herr Burger?«

»Vier«, sagte die Oberin und blickte starr nach vorn. »Ein Kind, eine übervorsichtige Mutter, er selbst und seit einiger Zeit auch ein Teufel.«

»Ein Teufel?«

»Ja, er ist überaus gewalttätig und hat mit dem Roland Burger, den wir hier kennenlernen durften, nichts gemein.« Sie warf Lindberg einen sorgenvollen Blick zu. »Die anderen Persönlichkeiten sind verglichen damit harmlos, die Mutter ist nur dann gefährlich, wenn sie sich verfolgt fühlt.«

»Wie lange ist er schon in der geschlossenen Abteilung?«

Schwester Aurelia nahm einen Schlüssel und öffnete die schwere Gittertür vor ihnen. »Er ist hier seit ungefähr zwei Jahren, seit sich der Teufel gezeigt hat.« Sie gingen über eine Treppe in das obere Stockwerk, welches ebenfalls mit einem Stahlgitter verschlossen war. Dahinter stand ein bulliger Pfleger, dem seine Mitgliedschaft im Club der Anabolika-Schlucker aus dem T-Shirt quoll. Er ließ sie hinein und führte sie einen langen Gang entlang. Durch die vergitterten Fenster fiel das fahle Licht des ausbleibenden Frühlings.

»Das ist die geschlossene Abteilung«, erklärte die Oberin. »Niemand kommt hier ohne uns raus.«

»Ist schon einmal jemand aus dem Sanatorium geflohen?«

Schwester Aurelia schloss einen kurzen Moment die Augen. »Es haben sich schon mehrere Fluchtversuche ereignet, alle waren erfolglos.«

»Aber?«

Sie bekreuzigte sich und blickte nach oben. »Einer endete ausgesprochen tragisch. Ein Patient ist im Wahn aus den Toilettenräumen der geschlossenen Abteilung gesprungen. Man wollte das Haus offen gestalten und so gab es damals noch keine Gitter an den Fenstern.« Sie seufzte schwer. »Gott habe ihn selig.«

Vor einer weißgestrichenen Stahltür stoppte Schwester Aurelia und schaute durch ein Guckloch. Sie nickte dem Pfleger zu, der einen Schlüssel aus seinem dicken Bund nahm und die Tür öffnete.

In dem kleinen Zimmer saß ein grau gelockter Vierzigjähriger in einem hellblauen Overall, sein Blick starr auf den Bildschirm gerichtet.

»Hallo, Roland, ich habe dir Besuch mitgebracht«, sagte die Oberin. »Möchtest du mit ihm in den Aufenthaltsraum gehen?«

»Wer ist es?«, fragte Burger, ohne seinen Blick von der Billardübertragung abzuwenden.

»Mein Name ist Erik Lindberg«, sagte der Kommissar. »Darf ich Ihnen ein paar Fragen zu einem Mordfall stellen? Sie könnten ein wichtiger Zeuge sein.«

»Ein Mord? Hier?« Burger drehte sich um. Sein Gesicht war blass, doch seine Augen funkelten hell und intensiv.

»Nein, nein, keine Angst.« Lindberg hob beschwichtigend die Hände.

Burger nickte und stand auf. Sie gingen in den puritanisch eingerichteten Aufenthaltsraum. Einem Bild der Jungfrau Maria an der Wand schien die Rolle zugedacht worden zu sein, Wärme auszustrahlen. Das Porträt der Mutter Gottes wirkte auf Lindberg in den kargen Räumen aber eher wie ein Televisor aus '1984'.

Burger setzte sich an einen weißen Resopaltisch, Lindberg nahm den Platz ihm gegenüber ein. Schwester Aurelia brachte eine Kanne mit Tee und ein paar Tassen. Der Pfleger blieb unbeteiligt in der Tür stehen.

»Kennen Sie eine Frau namens Nadja Trokovski?« Lindberg zeigte ihm ein Foto von ihr.

Roland Burger zog seine Augenbrauen zusammen, blickte angestrengt auf das Bild. Nichts schien sich in ihm zu regen. »Ist das meine Frau?«

Lindberg schüttelte den Kopf. »Es war eine Patientin hier, eine Freundin von Ihnen.«

»Ich bin immer allein hier.«

»Wie lange sind Sie denn schon hier?«

Burger blickte die Oberin fragend an. »Ich bin nicht gut in solchen Dingen. Die letzten paar Wochen war ich auf alle Fälle hier.«

»Schauen Sie noch mal auf das Bild. Kennen Sie die Frau wirklich nicht?«

Burger strich mit den Fingern über das Bild, als wolle er die Person ertasten. »Da ist nichts.«

Lindberg rieb sich die Stirn. So würde das kaum funktionieren. »Nehmen Sie Remexan?«, fragte er.

Zu seiner Überraschung nickte Burger.

»Wie vertragen Sie das Medikament?«

»Der Schlaf ist damit sehr kurz. Und nachts ist es hier extrem langweilig.«

»Weshalb nehmen Sie dann das Medikament?«

Burger blickte wieder zu Schwester Aurelia.

Sie nickte. »Herr Burger hat an der Remexan-Studie teilgenommen und seitdem erhält er das Arzneimittel.«

»Spüren Sie Nebenwirkungen? Werden Sie beispielsweise davon aggressiv?«

Bevor Roland etwas sagen konnte, antwortete wieder Schwester Aurelia. »Das hätten wir mitbekommen. Haben Sie weitere konkrete Fragen?«

Lindberg lupfte eine Augenbraue. »Nein«, sagte er und verabschiedete sich von Burger, der vom Wärter wieder in seine Zelle gebracht wurde.

»Warum sollte ich Roland Burger nicht danach fragen, ob das Remexan ihn aggressiv macht?«, fragte Lindberg, als sie die geschlossene Abteilung verlassen hatten.

»Seine Persönlichkeiten sind sehr instabil, ich wollte ihn nicht auf falsche Gedanken bringen.«

»Hat das etwas mit der Studie zu tun?«

Die Nonne presste ihre Lippen zusammen und schwieg.

Lindberg nahm sein Diensthandy und zeigte der Oberin ein Foto von Claudia Römer. »War diese Mitarbeiterin von GENEKNOV hier im Sanatorium, wegen der Studien?«, fragte er.

Schwester Aurelia blickte ihn mit offenem Mund an. »Ja, das war sie«, antwortete sie. »Sogar erst vor zwei Wochen. Sie hat sich Krankenakten angesehen.«

»Das ist Claudia Römer«, sagte er. »Sie wurde auch ermordet. Wollen Sie mir jetzt meine Frage beantworten? Haben die Persönlichkeiten von Roland Burger etwas mit der Remexan-Studie zu tun?«

Die Oberin faltete ihre Hände und hielt sie wie zum Schutz vor ihr Kinn. »Die Persönlichkeit, die wir 'Teufel' nennen, ist erst nach Abschluss der Studie bei Roland Burger aufgetreten«, antwortete sie leise. »Nachdem wir das Remexan abgesetzt hatten, ist er jede Nacht aus dem Schlaf heraus in dieses furchtbare Stadium gefallen.«

»Wie äußerte sich das?«

»Er wurde sehr vulgär und gewalttätig. Er versuchte mitten in der Nacht die Tür aufzubrechen, er verstümmelte sich selbst und fluchte, wie vom Beelzebub besessen. Nach ein paar Stunden Schlaf verschwand die Persönlichkeit wieder und er erinnerte sich an nichts mehr. Es war, als würde sein Hirn von innen aufgefressen.«

»Was wurde dagegen unternommen?«

»Diese Mitarbeiterin von GENEKNOV kam in das Sanatorium, untersuchte ihn und verabreichte ihm Remexan. Daraufhin schlief er ohne Probleme ein und wachte ganz normal wieder auf. Seitdem nimmt er das Medikament regelmäßig.«

»Und seine Erinnerungslücken?«

»Die sind geblieben. Im Prinzip funktioniert nur noch sein Kurzzeitgedächtnis.«

»Was wollte Frau Römer genau von Ihnen wissen?«, fragte Lindberg. »Weswegen war sie vor zwei Wochen in Erzenberg?«

»Sie hat die Krankenakten eingesehen. Mehr weiß ich nicht.«

»War auch die Akte von Nadja Trokovski dabei und die von Roland Burger?«

Die Schwester nickte.

»Sie haben nicht mit Claudia Römer gesprochen?«

»Ich habe ihr nur die Akten gebracht. Sie ist dann plötzlich aufgebrochen, ohne sich zu verabschieden. Die Akten hat sie mitgenommen.«

Und wir haben sie nicht gefunden, dachte Lindberg. *Also hat sie der Täter.* »Ist der Teufel in Roland Burger noch einmal aufgetreten?«, fragte er.

»Nein«, antwortete die Schwester. »Das Remexan scheint das irgendwie zu unterdrücken.«

»Erhalten momentan weitere Patienten Remexan?«

»Roland ist der Einzige«, antwortete sie.

»Weswegen nur er?«

»Es ist besser, die Bewohner schlafen nachts«, antwortete die Oberin. »Wir können nicht rund um die Uhr nach ihnen schauen.«

»Sie könnten das Medikament auch Ihren Mitarbeitern geben.«

»Das können wir uns nicht leisten«, erklärte sie. Sie blickte wieder auf ihre Fingernägel. »Außerdem ... gibt es noch einen anderen Grund.«

»Und der wäre?«

»Diese Frau hat uns angewiesen, keinem anderen Patienten Remexan zu geben.«

»Weshalb?«, fragte Lindberg.

»Das weiß ich nicht.« Die Schwester seufzte und legte die Stirn in Falten.

»Aber Sie haben eine Vermutung?«

»Ich ... ich glaube, bei psychisch Kranken kann es zu Komplikationen kommen.« Sie sprach so leise, als verrate sie etwas Verbotenes. »Deswegen wurde die Studie auch abgebrochen. Das war zumindest meine Vermutung.«

Lindberg nickte. Das Remexan barg also doch ein dunkles Geheimnis. Er musste dringend mit Angelia Bernard reden. »Demnach hat das Remexan die neue Persönlichkeit geschaffen, die Sie Teufel nennen, richtig?«

Die Oberin schüttelte den Kopf. »Es gab noch ein anderes Ereignis, welches ich für bedeutsamer halte.«

»Welches war das?«

Schwester Aurelia hielt kurz inne, als zweifle sie daran, dass es gut sei, die Wahrheit auszusprechen. »Ich habe Ihnen doch von dem Patienten erzählt, der sich aus dem Fenster gestürzt hat«, sagte sie schließlich. »Herr Burger hat den Vorfall beobachtet. In derselben Nacht hat sich das erste Mal der Teufel in ihm gezeigt. Es war die erste Nacht nach Beendigung der Studie, ein dummer Zufall.«

»Litt der andere Patient auch an einer multiplen Persönlichkeitsstörung?«

»Ja«, antwortete sie leise. »Er trug mehrere böse Geister in sich.«

»Hat dieser Patient auch an der Studie teilgenommen?«

Aurelia wurde blass. Sie presste die Lippen aneinander. »Ich möchte das nicht vermuten, wenn ich es nicht weiß«, sagte sie. »Ich war damals noch nicht zuständig und kenne die Details nicht.«

»Kann ich die Schwester sprechen, die damals verantwortlich war?«

»Sie ist nicht mehr hier. Sie hat uns verlassen.«

»Sie wissen doch bestimmt, wo sie sich jetzt aufhält?«

Die Oberin bekreuzigte sich. Tränen schossen in ihre Augen. »Sie weilt nicht mehr unter uns. Bitte gehen Sie jetzt.«

48

Als Erik Lindberg am Sonntagmorgen am Berliner Flughafen sein Handy einschaltete, poppte sofort eine Nachricht auf. Polizeidirektor Graf hatte versucht, ihn zu erreichen. Der konnte warten. Direkt nach dem Besuch im Sanatorium hatte Lindberg Angelia Bernard angerufen, doch die PR-Managerin hatte sich verleugnen lassen. Drei Mal.

Danach war Lindberg zur *fedpol* gefahren, hatte Graf über die neue Entwicklung informieren wollen und als der nicht im Büro gewesen war, hatte er die Flugtickets gekauft.

Und *jetzt* hatte er keine Zeit mit Graf über das Thema zu reden. Wahrscheinlich wollte der ihm ohnehin nur mitteilen, was er schon von Katharina Zach wusste: Alle Mitglieder der FAA, inklusive deren Anführer Egger, waren still und heimlich entlassen worden. Gerüchten zufolge hatte es zwischen dem Bundesanwalt und den Anwälten der Tierschützer einen Deal gegeben, der diese für ihren Schaden entschädigte, aber nur, wenn sie nicht an die Öffentlichkeit gingen und auf Regress verzichteten.

Doch spätestens beim nächsten Mordfall würde die Presse unbequeme Fragen stellen, nach Verdächtigen verlangen und den Druck auf die Polizei weiter erhöhen.

Deshalb musste er seinen Weg der Ermittlung weiterverfolgen, egal was Graf glaubte.

Lindberg musste an Schwester Aurelia denken. Anscheinend konnte die Oberin ihn nicht belügen, doch für die Wahrheit reichte ihre Kraft ebenso wenig. Er war sich sicher, dass an der Remexan-Studie nicht nur Roland Burger und Nadja Trokovski teilgenommen hatten, sondern auch der Mann, der aus dem Fenster gesprungen war, Dieter Dräger, wie er inzwischen herausgefunden hatte. Das alles sollte vertuscht werden.

Lindberg wählte die Nummer des Kollegen von der Kantonspolizei Basel-Land, der gemäß Akten den Selbstmord von Dieter Dräger untersucht hatte. »Können Sie sich an den Suizid im Sanatorium Erzenberg vor zwei Jahren erinnern?«

»Erzenberg«, sagte der Kollege. »Ja, da war etwas. Aber welchen Selbstmord meinen Sie?«

»Gab es denn mehrere?«

»Wenn ich mich recht erinnere, ein Patient und eine Ordensschwester, kurz nacheinander.«

Lindberg runzelte die Stirn. »Haben Sie damals beide Fälle untersucht?«

»Ja.«

»Und wie war Ihr Eindruck?«

»Suizid, eindeutig«, erklärte der Kollege. »Der Mann ist im Wahn aus den Toilettenräumen des obersten Stockwerks gesprungen und hat sich das Genick gebrochen. Es gab keinerlei Spuren einer Fremdeinwirkung. Und er war nicht ohne Grund in der Nervenheilanstalt.«

»Und die Ordensschwester?«

»Wenn ich mich recht erinnere, war sie die zuständige Oberin und fühlte sich für den Tod des Patienten verantwortlich. Sie war massiven Schuldzuweisungen ihrer Untergebenen ausgesetzt. Drei Tage später hat sie dem Druck nicht mehr standgehalten und Zyankali genommen.«

»Wieso gab es Schuldzuweisungen?«

»Das ist schon eine Weile her«, sagte der Kollege. »Aber ich glaube, die Vergitterung der Toilettenräume wurde von der Oberschwester gegen die Meinung ihrer Mitarbeiter abgelehnt, weil sie ein offenes Haus wollte. Sie hatte eben Gottvertrauen.«

»Gab es einen Abschiedsbrief?«

»Es existierte eine Art Vermächtnis«, sagte er. »Sie hat nicht direkt Bezug zu dem Unfall genommen, aber jedem war klar, er war der Auslöser.«

»Vielleicht hat man der Oberin auch Vorwürfe gemacht, weil die Patienten an einer Medikamentenstudie teilgenommen haben.«

»Was denn für eine Studie?«

»Damit sollte die Wirkung von Remexan bei psychisch Kranken untersucht werden.«

»Dieses neue Hallo-Wach-Mittel? Moment, ich ruf mal die Akte auf.« Der Kollege legte den Hörer beiseite.

Eine Minute später meldete er sich wieder. »Von einer Studie steht da nichts. Wenn da was war, hat man uns das verheimlicht.«

Aus den Akten wusste Lindberg, dass Dieter Dräger alleinstehend war, von der Oberin durfte man das ebenso annehmen. Also hatte nach deren Tod niemand unbequeme Fragen gestellt. Es bestand ja auch kein Zweifel, dass die beiden sich umgebracht hatten.

Die Frage war nur, weshalb hatten sie das getan?

Und war das Grund genug für drei weitere Morde?

Es musste noch mehr dahinter stecken.

Er versuchte es noch einmal bei Angelia Bernard, hinterließ eine Nachricht und stieg in ein Taxi. Je näher sie dem Landeskriminalamt kamen, desto unruhiger wurde er.

Zu viele Erinnerungen.

Obwohl er nur zwei Jahre in Berlin gearbeitet hatte. Davor war er in Genf bei der Mordkommission gewesen, hatte in London hospitiert und in Basel seine Ausbildung absolviert. Er war nie lange an einem Ort geblieben, nicht aus Unruhe, sondern weil er es spannend fand, etwas von der Welt zu sehen.

Genau wie Paula.

Und jetzt steckten sie in Basel fest und er wusste nicht einmal, ob seine Freundin jemals wieder ihr Bett verlassen konnte.

Der Besuch gestern Abend hatte wie immer keine Besserung gebracht.

Der Taxifahrer hielt am Landeskriminalamt, Lindberg stieg aus und blickte sich zögernd um. Zwar war es Sonntag, aber da sich Kriminelle nicht an die normalen Bürozeiten hielten, erging es Polizisten notgedrungen genauso. Wenn er Pech hatte, waren also einige ehemalige Kollegen vor Ort. Er hatte keine Ahnung, was er ihnen erzählen sollte, wenn er sie traf. Zufällig kam man hier schließlich nicht vorbei.

Lindberg ging zum Portier, zeigte seinen Ausweis der Schweizer Bundespolizei und behauptete er habe einen Termin bei einem ehemaligen Kollegen. Ohne Nachfrage durfte er die elektronische Durchlasskontrolle passieren.

Er ging zu seinem ehemaligen Büro, im Büromaterialraum daneben befand sich der Schlüssel für die Asservatenkammer. Jedenfalls war das vor sechs Monaten noch so gewesen.

Es war hier nicht wie in den amerikanischen Filmen, in denen ein verknitterter Polizist die Beweisstücke bewachte und nur gegen Unterschrift herausgab. Hier traute man den Kollegen.

Wollte man etwas mitnehmen, musste man natürlich trotzdem einen Antrag ausfüllen und unterschreiben.

Lindberg ging über die Treppe in den zweiten Stock, lugte in den Gang und stellte erleichtert fest, dass sich dort niemand aufhielt.

Schnellen Schrittes lief er zum Büromaterialraum, öffnete erst die Tür, dann den Schlüsselkasten und musste sich beherrschen, vor Erleichterung nicht aufzuschreien. Der Schlüssel hing immer noch an seinem angestammten Platz.

Lindberg packte ihn, ging denselben Weg zurück und dann die Treppe weiter hinab in den Keller. Er steckte den Schlüssel ins Schloss, die Tür knarzte und öffnete sich. Es sah noch genauso aus wie früher, diverse Reihen von Stahlregalen, in denen Umzugskartons standen, meist mehrere zu einem Fall. Hier wurden nur Gegenstände aufbewahrt, die keinen größeren Wert besaßen und keine besonderen Lagerbedingungen benötigten, wichtigere Beweismittel wie Drogen oder Blutproben lagerten hingegen gesondert in Tresoren oder gar in der Rechtsmedizin.

Aber er brauchte ja nur ein Sudoku-Heft.

Lindberg legte Einweghandschuhe an und ging zum Übersichtsplan. Wohlers Fall belegte drei Umzugskartons in einem Regal nahe am Eingang. Lindberg hob die Kartons aus dem Regal, stellte sie auf den Boden und öffnete den ersten.

In dem Moment klingelte sein Handy. Lindberg nahm es aus seiner Anzugstasche. Es war Graf. Lindberg hätte das Gespräch am liebsten weggedrückt, aber vielleicht war es cleverer, den Polizeidirektor schnell abzuwimmeln.

»Wo stecken Sie denn?«, fragte Graf.

Bin ich dein Leibeigener oder was? »Es ist Sonntag, ich bin im Krankenhaus bei meinen Eltern.«

»Wann können Sie hier sein?«

Lindberg hatte erst am Abend einen Flug zurück nach Basel bekommen. Selbst wenn er wollte, er konnte nicht früher wieder in Bern sein. »Ich brauch mal eine Pause«, sagte er. »Ich bin seit Montag ununterbrochen an dem Fall dran, gestern allein zwanzig Stunden.«

»Wann können Sie hier sein?«

»Morgen früh.«

»GENEKNOV hat die Liste mit den ausgeschiedenen Mitarbeitern geschickt.«

»Und ist jemand dabei, den wir kennen?«

»Dazu brauche ich eben Sie.«

»Ich bin, wie gesagt, morgen früh im Büro. Meinen Eltern geht es nicht gut.«

Graf brummelte noch etwas und legte dann auf.

Lindberg seufzte. Als Kommissar wurde es einem manchmal unmöglich gemacht, ein Privatleben zu führen. Jedenfalls wenn man sich nicht wehrte. Oder sich mit Notlügen behalf.

Erst als er wieder auf den Umzugskartons mit den Beweisstücken Wohlers blickte, fiel ihm auf, dass es hier nicht nur um sein Privatleben ging, sondern auch um einen weiteren Fall.

Jeder Gegenstand war in braunem Packpapier eingepackt und mit einer Archivierungsnummer versehen. Lindberg erkannte schnell, dass sich im ersten Karton kein Sudoku-Heft befand.

Er öffnete den nächsten, fand ein paar Fachzeitschriften über Waffen, Autos und nackte Frauen, ein Tablet, Handy sowie zwei Sonnenbrillen.

Blieb noch der dritte Karton. Ein schmales, A5-großes Päckchen steckte in der Seite zwischen zwei Aktenordnern. Er wickelte das Packpapier auf und hielt eine Ausgabe der Sudoku-Welt in den Händen.

Als er durch das Heft blätterte, mit seinen von Einweghandschuhen geschützten Fingern, kam er sich vor wie ein Einbrecher.

Auf den ersten Blick konnte er nichts Außergewöhnliches an dem Heft entdeckten.

Er nahm sich erneut Seite für Seite vor. Jede war ausgefüllt, teilweise mit verschiedenen Kugelschreibern, aber immer mit der gleichen Schrift. *Füllten die Leute ihr Sudokus nicht mit Bleistift aus, um sich mögli-*

che Lösungen aufschreiben zu können, die dann nach und nach eliminiert wurden?

Nirgends befand sich ein Kommentar oder eine Anmerkung, auch nicht am Rand der Seiten. Hatte Wohlers etwas so triviales wie unsichtbare Schrift verwendet? War das nicht überprüft worden?

Er musste es herausfinden.

Lindberg nahm aus der Innentasche seines Mantels ein Sudoku-Heft heraus, das er am Flughafen gekauft hatte.

Während des Fluges hatte er nicht mal drei Rätsel geschafft, dann war ihm langweilig geworden. Es war wie Schach ohne Gegner, statisch, vorhersagbar.

Es hatte ein leicht anderes Format als das von Wohlers, war dünner und kaum beschrieben, aber es war ein Sudoku-Heft. Lindberg löste den Aufkleber mit der Archivierungsnummer von Wohlers Magazin, klebte es auf das seine, sodass man das neuere Veröffentlichungsdatum nicht sehen konnte, wickelte es in Packpapier ein und stellte den Karton zurück ins Regal.

Wohlers Heft schob er in die Innentasche seines Mantels, knöpfte ihn zu und verließ die Asservatenkammer, nicht ohne sie abzuschließen.

Niemals hätte er gedacht, dass er sich nur noch zu helfen wusste, indem er ein Beweismittel entwendete.

Doch er hatte auch nicht gedacht, dass seine Freundin im Koma lag und trotzdem von einem mehrfachen Mörder bedroht wurde.

Natürlich wäre es am einfachsten gewesen, den Schlüssel einfach in der Tür stecken zu lassen, aber es war am sichersten, wenn niemandem auch nur das

Geringste auffiel, also musste er den Schlüssel wieder zurückbringen.

Lindberg lief wieder in den zweiten Stock, in den immer noch leeren Gang und war schon auf halbem Weg, als sich ein paar Meter vor ihm eine Tür öffnete.

Er drehte sich vorsichtshalber ein wenig zur Seite, blickte an die gegenüberliegende Wand und lief weiter.

Lindberg hörte Schritte, die ihm entgegenkamen, ein Mann und eine Frau unterhielten sich, er hastete an ihnen vorbei, war schon fast am Büromaterialraum, als er plötzlich hörte, wie sich jemand umdrehte. »Erik? Erik Lindberg?«

49

Es war für ihn keine Überraschung, dass die meisten Mörder geschnappt wurden. Nein, nicht diejenigen, die daheim die Erbtante mit dem Kissen erstickten, oder den Mann mit Kaliumchlorid an einem fast natürlichen Herzstillstand sterben ließen. Von denen gab es genug, die entkamen. Aber das war ja auch anspruchslos, einen Mord an einem Vertrauten so aussehen zu lassen, als sei derjenige eines natürlichen Todes gestorben.

Das klappte einmal, vielleicht auch zweimal, doch spätestens beim dritten Todesfall in der Familie wurde selbst der begriffsstutzigste Hausarzt misstrauisch.

Und wenn der auf dem Todesschein einen nicht natürlichen Tod angekreuzte, dann wurde unweigerlich eine Autopsie durchgeführt.

Erst dann begann die Suche nach einem Mörder.

Doch bei seinen Opfern war von Anfang an klar, dass es sich um Mord handelte. Es hatte schnell gehen müssen, im Alleingang und die Opfer waren zu jung gewesen, um friedlich zu entschlafen.

Also war das Entdeckungsrisiko bei Taten wie den seinen ungleich höher.

Weswegen eben viele Mörder geschnappt wurden.

Doch das geschah nur aus einem Grund: Weil sie ihre Feinde nicht kannten.

Weil sie nicht dachten, wie die Polizei dachte.

Weil sie erst dann einen Ausweg suchten, wenn die Polizei schon vor der Tür stand.

Dann war es meist schon zu spät.

Er hingegen hatte seine Feinde rechtzeitig ins Visier genommen. Und das galt es jetzt zu vertiefen. Er musste wissen, was dieser Lindberg tat, wie er es tat und aus welchem Grund.

Wenn er das wusste, konnte ihn niemand mehr aufhalten. Denn ein Polizist, der stets den Täter suchte, rechnete nie damit, dass der Täter ihn suchte.

Die Kommissare gefielen sich darin, ein Netz um den Täter zu ziehen und merkten selbst nicht, wenn jemand anderes begann, sie damit zu umspinnen.

So wie jetzt.

Er stieg aus seinem Auto, blickte kurz auf die Straßennamen und wusste, dass er exakt vier Parallelstraßen von Lindbergs Haus entfernt geparkt hatte. Niemandem würde sein Auto hier auffallen.

Es war ein weiterer Fehler der Anfänger, eine Observation nachts durchzuführen. Nachts, wenn sich der von der Boulevardpresse aufgehetzte Bürger ohnehin bedroht fühlte. Nachts, wo jeder Fremde verdächtig war und jedes Auto sofort bemerkt wurde, das nicht dort parkte, wo es hingehörte.

Tagsüber hingegen war kaum jemand zu Hause, das reduzierte die Anzahl der Zeugen, außerdem wurden

Passanten nicht misstrauisch beäugt, sondern als willkommene Abwechslung wahrgenommen.

Deswegen kam er exakt um die Mittagszeit. Er ging auf ein älteres, zweistöckiges Einfamilienhaus mit Giebeldach zu, weiß verputzt, rot-weiße Fensterläden, ein Rasenstreifen als Vorgarten.

Während er an dem Haus vorbeilief, wählte er mit unterdrückter Nummer auf einem unregistrierten Handy Lindbergs Festnetznummer und blickte wie beiläufig durch die Fenster in das Gebäude. Nichts bewegte sich, niemand nahm den Hörer ab. Anscheinend war Lindberg nicht zu Hause.

Er lief einmal um den Block und kam ein paar Minuten später wieder an dem Haus vorbei. Überwachungskameras sah er keine, die hölzerne Haustür stammte wahrscheinlich aus den Fünfzigern. Er nahm sein Handy, tat so, als würde er telefonieren, fokussierte aber in Wirklichkeit auf das Türschloss und machte ein Foto davon.

Daheim würde er das Schloss in Ruhe analysieren.

Das Haus war freistehend, schien gut isoliert, das Telefon hatte er jedenfalls nicht gehört.

Es war immer von Vorteil, wenn man außen nicht hörte, was innen geschah.

Er wollte gerade einen erneuten Blick auf die Rückseite des Hauses werfen, als aus dem Haus nebenan eine Frau trat, brünettes, schulterlanges Haar, ein Gesicht wie ein Püppchen.

Sie kam auf ihn zu. Er ging ruhig weiter, blickte geschäftig auf sein Handy, bis sie an ihm vorbeigelaufen war. Ohne sich umzudrehen, merkte er, dass sie den

Gehweg schon wieder verließ. Er ging schneller, bis er um die Ecke war und dann schaute er sich um.

Sie stand vor Lindbergs Tür und schloss sie auf. Was machte sie in dessen Haus? Hatte der Herr Kommissar etwa eine Affäre mit seiner Nachbarin?

Er grinste. Das waren ja ganz neue Perspektiven. Wenn sich das mal nicht gegen Erik Lindberg wendete.

50

Lindberg drehte sich um. Vor ihm stand Sabine Weber und blickte ihn mit großen Augen an. »Was machst du denn hier?«

Von allen Kollegen hatte er ausgerechnet sie treffen müssen, die größte Klatschbase des LKA.

Er ließ den Schlüssel zur Asservatenkammer in der Manteltasche verschwinden. »Ach, hallo Sabine.«

»Bist du wieder zurück?« Sie lächelte ihn überlegen an, als habe sie schon immer gewusst, dass es ein Fehler gewesen war, Berlin zu verlassen.

»Nein«, sagte er, ohne zu wissen, wie er weiterreden sollte. »Ich war nur ... auf einem Meeting.« Er lächelte. »Ich bin ja bei der Schweizer Bundespolizei, internationale Polizeikoordination.«

»Ein Meeting?«, fragte sie. »Sonntags?«

Verdammt, meine Ausreden waren auch schon besser. »Das Meeting ... war schon am Freitag«, sagte er.

»Echt? Mit wem denn?«

»Die kannte ich alle nicht.« Er zuckte mit den Schultern und weil er merkte, dass sie schon wieder den

Mund öffnete, um nachzufragen, redete er einfach weiter. »Müsst ihr eigentlich auch Remexan nehmen?«

»Du meinst dieses Mittel, mit dem man nur eine Stunde schlafen muss?«

Er nickte. »Man hat es uns zwangsverordnet.«

»Wirklich? Das ist ja unglaublich.«

»Du ich muss los«, sagte er. »Zum Flughafen.« Er reichte ihr die Hand.

»Wie geht es eigentlich deiner Freundin?« Sie drückte seine Hand, als wolle sie ihm Mut machen. Oder nicht gehen lassen. »Ist sie wieder ... also ... aufgewacht?«

Er schüttelte den Kopf und ließ ihre Hand los. »Leider nicht.«

»Ich musste übrigens letztens an dich denken«, sagte sie. »Weil ein Kollege hat da eine ganz merkwürdige Story erzählt. Hast du schon etwas vom Ambien-Effekt gehört?«

Was sollte das jetzt? Er hatte ihr doch gesagt, dass er los musste.

»Ambien ist ein Schlafmittel«, sagte sie. »Ein konventionelles, nicht so wie Remexan. Ist schon seit über zwanzig Jahren auf dem Markt.«

Lindberg blickte auf seine Uhr. Irgendwann musste sie das doch merken.

»Jedenfalls hat man das Medikament einigen Komapatienten gegeben und drei davon waren danach wieder ansprechbar.«

»Was?«

»Zwar nur temporär, aber trotzdem, stell dir das mal vor. Vielleicht solltet ihr das mal ausprobieren.«

Lindberg hatte im Laufe der Zeit eine Abneigung gegen jede Art von Ratschlägen entwickelt, weil sie meist unglaublich naiv waren. Diese Story hingegen klang so absurd, dass er ihr fast schon glaubte. »Wie hieß das Medikament noch mal?«

»Ambien. In den deutschsprachigen Ländern wird das unter dem Namen Stilnox verkauft. Hab ich selbst schon mal genommen, daher weiß ich das.«

»Danke für den Hinweis.« Vielleicht war eine Klatschbase manchmal doch zu etwas nutze. »Ich werde mal mit den Ärzten in der Rehaklinik reden.« Er blickte wieder auf seine Uhr. »Also dann, ich muss los.«

Er lief den Gang entlang, vorbei am Büromaterialraum, für den er nun wirklich keinen Grund mehr erfinden konnte, ihn zu betreten, hastete die Treppe hinunter und verließ das Gebäude.

Der Schlüssel der Asservatenkammer klimperte dabei in seiner Manteltasche.

51

Am späten Abend kehrte Lindberg aus Berlin zurück, trotz des Remexans müde, schließlich war er seit sechsundzwanzig Stunden auf den Beinen. Er fuhr in die Rehaklinik, erwartete das immer gleiche Bild, doch dann kam er ins Zimmer und Paula trug keine Maske.

Sie lag einfach da, atmete selbstständig, die Augen geschlossen, immer noch bewusstlos.

Er stürmte auf den Gang, bis er eine Schwester sah. »Warum trägt meine Freundin keine Maske?«, fragte er.

»Beatmungsentwöhnung.« Sie zuckte mit den Schultern. »Wir haben damit gestern begonnen, erst mal für eine halbe Stunde, kontrolliert. Da sie keinen Tubus verträgt, ist das auf Dauer die beste Lösung.«

»Warum hat mir das kein Arzt gesagt?«

»Sie sind ja immer nur mitten in der Nacht hier.«

»Und wenn sie jetzt aufhört zu atmen?«

»Dann geht der Alarm.«

»Der Verzicht auf die Maschine, ist das ein Zeichen, dass es ihr besser geht?«

»Es ist ein Zeichen, dass sich ihr Zustand stabilisiert hat.«

Stabilisiert. Ein Wort, das Lindberg nicht mehr hören wollte.

»Ich dachte, Sie sind froh, wenn die Maske weg ist?«, fragte die Schwester.

Er nickte. »Es kam nur so überraschend.«

Die Krankenschwester ging mit ihm ins Zimmer, legte Paula wieder die Maske an, lagerte sie um, und dann ließ sie Lindberg wieder mit seiner Freundin allein.

Menschen und Veränderung, eine merkwürdige Sache. Erst wünschte man sich Veränderung und wenn sie kamen, brachten sie Angst mit.

Paula war offenbar auch ohne Maschine überlebensfähig, ein Fortschritt, wie er fand, egal, was die Ärzte meinten. Allerdings war damit auch der Zeitpunkt verstrichen, ihren Wunsch zu erfüllen und die Geräte abschalten zu lassen. Wenn er sie jetzt noch erlösen wollte, war es zwar kein Mord, aber Totschlag, vorher wäre es nur ein natürlicher Tod gewesen.

Doch Kategorisierungen hatten ihn noch nie interessiert.

Lindberg legte sich neben Paula und nahm eine Remexan.

Als er wieder aufwachte, musste er noch einmal an den Ratschlag seiner ehemaligen Kollegin denken. Er hatte noch gleich in Berlin im Internet recherchiert. Ambien war seit 1992 auf dem Markt, die drei Fälle bei denen Patienten aus dem Koma erwacht waren, hatten sich tatsächlich ereignet, 2011, in drei verschiedenen Ländern. Bei den Patienten hatte man einen ähnlich hoffnungslosen Zustand wie bei Paula diagnostiziert, trotzdem waren sie mit dem Medikament wieder in der Lage gewesen zu sprechen, wenn auch nur zeitweise.

Warum hatte keiner der behandelten Ärzte des erwähnt? Das Medikament war zwar verschreibungspflichtig, aber das war ja kein Hinderungsgrund für sie.

Doch Ambien hatte auch eine dunkle Seite. Das Medikament verursachte Somnambulismus und es hatte in den USA mehrere Fälle gegeben, in denen Schlafwandler auf Ambien ihre Partner ermordet hatten oder Amok gelaufen waren. Außerdem konnte es zur Abhängigkeit und zum Gedächtnisverlust führen. So behauptete der bekannte Rapper Eminem, an die Jahre, in denen er von Ambien abhängig gewesen war, habe er keinerlei Erinnerungen mehr, sie seien ausradiert worden.

Trotzdem war Ambien bis vor wenigen Jahren das weltweit meist verkaufte Schlafmittel gewesen, auch in Deutschland und der Schweiz.

Irgendwie schien es kein Medikament mehr zu geben, das keine Nebenwirkungen hatte.

Lindberg atmete tief aus und holte einen Brief heraus. Es war der erste Liebesbrief, den er Paula vor zwei Jahren geschrieben hatte. Wie ein Teenie war er sich damals vorgekommen, doch der Brief hatte damals seine Wirkung nicht verfehlt. Manchmal waren die alten Methoden eben doch die besten.

Er setzte sich direkt neben sie auf das Bett, sodass er sie anschauen konnte und begann, mit einer warmen und tiefen Stimme den Brief vorzulesen.

Als er endete, war alles wie zuvor, nur seine Hoffnung zerstört.

Er küsste Paula zum Abschied, setzte sich ins Auto und fuhr durch die nachtdunklen Straßen nach Bern. Als er in die Tiefgarage der Bundespolizei einbog, stieg gerade Katharina Zach aus ihrem Auto, ein alter Chevrolet, von dem Lindberg sich schon die ganze Zeit gefragt hatte, wer den fuhr. Er passte zu Katharina Zach, ganz in schwarz, mit Würde und Stil der Zeit getrotzt. Die Kollegin sah ihn, lächelte und wartete, bis er ausgestiegen war. »Cooles Auto«, sagte Lindberg.

»Ist es nur nicht gewöhnt, so früh schon auf die Piste zu gehen«, antwortete sie. »Der wollte in der Nachtkälte überhaupt nicht anspringen.«

»Wirf ihm doch mal ein paar Remexan in den Tank.« Lindberg grinste.

»Ist Wahnsinn, das Zeugs, oder? Ich fühle mich, als wäre ich wieder zwanzig.«

»Ja, ist Wahnsinn«, sagte er, doch er konnte keine Begeisterung bei sich spüren. Sie stiegen in den Lift, unsicher kaute er auf seiner Lippe herum. Sollte er sie wirklich fragen? Konnte er ihr vertrauen? Carla hatte ihr getraut, aber Vertrauen konnte man nicht vererben.

»Ich hab übrigens gestern Abend noch den Bericht der Spurensicherung bekommen, die bei diesem Arzt den Garten abgesucht haben.«

Lindberg musste kurz überlegen, wovon sie redete. »Du meinst Dr. van Gelsen, der mit dem Graffito?«

Sie nickte. »Am Graffito selbst konnten wir nichts mehr feststellen, aber am schmiedeeisernen Gartentor haben wir geringe Mengen Blut gefunden, kann sein, dass sich da jemand verletzt hat, der rübergeklettert ist. Aber die DNA ist in keiner Datenbank.«

»Na ja, war einen Versuch wert«, sagte Lindberg, war in Gedanken aber noch bei dem Sudoku-Heft.

Wenn er Katharina danach fragen wollte, dann jetzt. Schließlich wollte Wohlers ihn morgen treffen und bis dahin musste er wissen, weswegen dieser das Heft wollte. »Ich hätte da noch eine private Sache«, sagte er.

Katharina Zach lüpfte eine Augenbraue. »Wie meinst du das?«

Er holte das Sudoku-Heft aus seiner Aktentasche, geschützt von einer Plastikhülle.

Sie nahm das Heft und blickte ihn irritiert an. »Soll ich das Ding etwa für dich lösen?«

»Könntest du untersuchen ob irgendwelche verdeckten Botschaften darauf zu finden sind? Und ob dir sonst etwas auffällt?«

»Und das hat nichts mit unseren Morden zu tun?«

Lindberg schüttelte den Kopf. »Ist ein alter Fall, der mich immer noch beschäftigt.«

»Ist das ein offizielles Beweismittel?«

»Dann würde ich es dir kaum unter der Hand zustecken, oder?«

Katharina Zach lachte. »Okay«, sagte sie. »Aber dann hab ich einen bei dir gut.«

Er nickte. »Ist blöderweise auch noch eilig.«

Der Aufzug hielt und sie stieg aus. »Na, dann hast du Glück, dass ich nicht erst um neun gekommen bin. Kannst dich bei dem Wahnsinnszeug bedanken.«

Lindberg bedankte sich stattdessen bei ihr und ging in sein Büro. Nur Carlas einsamer Kaktus erwartet ihn. Kaum hatte Lindberg seinen Rechner angeschaltet, poppte eine Nachricht per Messenger auf. Sie war von Graf, natürlich. *'Kommen Sie bitte sofort zu mir!'*

Keine sechs Uhr morgens und der Polizeidirektor ist schon wieder ungeduldig wie ein Drogenabhängiger vor dem Schuss.

Lindberg sparte sich eine Antwort und ging in Grafs Büro. »Ich habe mir die Liste der ausgeschiedenen Mitarbeiter angesehen«, sagte Graf, obwohl Lindberg sich noch nicht mal gesetzt hatte. »Für mich ist der Fall klar.« Er schob einen Stapel eng bedruckte Blätter über seinen Schreibtisch zu Lindberg. »Es ist dieser Student hier.«

Graf deutete auf eine Akte.

Als Lindberg den Namen sah, der darauf stand, glaubte er erst, er habe sich verlesen.

52

Philipp Farner. Lindberg war so irritiert, als habe er im Buch, das sich Leben nannte, ein paar Kapitel übersprungen. »Ich verstehe nicht ganz«, sagte er.

»Philipp Farner war befristet als Werkstudent bei GENEKNOV angestellt, hat die Firma nach Auslaufen seines Vertrages verlassen und sie sofort am nächsten Tag wegen Tierquälerei angezeigt.« Graf deutete auf den Papierstapel, den er zu Lindberg geschoben hatte. »Er ist unser Mann.«

Ganz oben lag der Eintrag zu Philipp Farner. Der Student hatte also doch nicht mit offenen Karten gespielt.

»Kennen Sie den Verdächtigen?« Graf blickte Lindberg mit einem so durchdringenden Blick an, als ahne er etwas.

Lindberg atmete tief aus. Es wurden ein wenig zu viele Notlügen in letzter Zeit. »Er ist in dem Fall bisher nicht aktenkundig.«

»Dann sehen Sie zu, dass sich das ändert.«

»Ich habe übrigens auch Neuigkeiten«, sagte Lindberg. »Nadja Trokovski hat an einer Remexan-Studie teilgenommen, im Sanatorium Erzenberg bei Langenbruck. Betreut wurde die Studie von Claudia Römer. Sie hat kurz vor ihrem Tod noch einmal Erzenberg besucht und die Krankenakten mitgenommen. Die wir bei ihr nicht gefunden haben.«

Graf winkte ab. »Ich möchte, dass Sie Ihre Ermittlungen auf Farner konzentrieren.«

»Erzenberg ist die Verbindung zwischen den Opfern!«

»Und wie passt Daniel C. Meyer dazu?«

»Das weiß ich noch nicht, aber ich werde es herausfinden.«

»Erst einmal finden Sie heraus, was mit diesem Farner ist. Er hat ohne Frage ein Motiv.« Graf zeigte mit erhobenem Finger auf Lindberg. »Aber Sie müssen sehr zurückhaltend vorgehen. Dem Bundesanwalt ist die Sache noch zu heikel, weil Farners Vater mal Bundesrichter in Bern war.«

Auch das hatte Graf also schon herausgefunden.

»Schiller will wasserdichte Beweise, bevor er einen Durchsuchungsbefehl beantragt«, sagte der Polizeidirektor. »Von einem Haftbefehl ganz zu schweigen.«

»Ich werde ihn mir anschauen«, sagte Lindberg. Wenigstens wollten sie Farner nicht überstürzt festnehmen, wenn auch nur aus politischen Gründen. »Haben Sie mit Mia Adam geredet?«

Graf nickte. »Ich finde Hobler ist besser für den Job geeignet.«

Lindberg wollte den Ärger herunterschlucken, doch es gelang ihm nicht. »Ich habe ein Problem damit, wenn jemand seine Parteizugehörigkeit so offen vor sich herträgt«, sagte er. »Rechts von Hoblers Partei kommt doch nur noch die Wand.«

Grafs Blick verdüsterte sich. »Ich bin in derselben Partei«, entgegnete er. »Haben Sie sonst noch eine Anmerkung?«

»Ich brauche jemanden, der sich mit Tierschützern auskennt«, sagte Lindberg. »Jemanden, der dort nicht gleich auf Ablehnung stößt, der ihre Sprache spricht. Vor allem wenn wir gegen Farner erst einmal verdeckt ermitteln sollen. Mia Adam ist dafür genau die Richtige.«

Graf schüttelte den Kopf. »Sie ist mir zu unangepasst.«

»Sie ist engagiert, intelligent, und nimmt doch auch schon am Remexan-Programm teil, oder? Damit zeigt sie doch, dass sie anpassungswillig ist.«

»Das reicht mir nicht.«

Lindberg seufzte. Jetzt konnte nur noch ein Argument helfen. »Farner ist ein Mann, sie eine gutaussehende junge Frau auf seiner Wellenlänge.«

Graf blickte ihn überrascht an. »Vielleicht ist Hobler wirklich der Falsche ... angesichts der politischen Dimension des Falls. Aber muss es ausgerechnet Mia Adam sein? Es gibt doch auch andere Kolleginnen.«

»Ich leg meine Hand für sie ins Feuer. Nur mit ihr haben wir eine Chance, an die Tierschützer ranzukommen. Sie weiß genau, wie die ticken.«

Der Bundespolizeichef blickte an die Wand, als würde dort stehen, wie er sich entscheiden sollte. »Gut, wenn Sie sich unbedingt verbrennen wollen.« Er erhob sich und zeigte wieder mit dem Finger auf Lindberg. »Wenn die Kollegin Adam sich nicht an die Regeln hält, werde ich Sie persönlich zur Rechenschaft ziehen. Ist das klar?«

Lindberg nickte. Und hoffte, dass er sich in Mia Adam nicht getäuscht hatte.

53

Katharina Zach hatte das Sudoku-Heft schon dreimal durchgeblättert, doch auf die schnelle war keine Auffälligkeit zu erkennen. Aber deswegen war sie ja Kriminaltechnikerin, damit sie mehr als nur einen Blick auf ein Beweismittel warf.

Sie hatte Erik noch einmal gefragt, ob sie das Heft auch nach Fingerabdrücken oder DNA absuchen sollte, doch er antwortete, das sei nicht notwendig. Und das Heft solle ganz bleiben, sie dürfe nicht einmal ein Stückchen davon abreißen.

Was wollte er damit?

Sie hatte eine Theorie, aber sie wäre eine schlechte Kriminaltechnikerin, wenn sie der nachging, bevor sie das Beweisstück untersucht hatte.

Katharina Zach legte das Magazin unter eine mobile Tatortleuchte, schaltete das UV-Licht an und blätterte das Heft erneut durch. Nur das Weiß des Papiers fluoreszierte intensiv, es gab keine Anzeichen einer verdeckten Schrift. Sie stellte verschiedene Farbfilter ein, unter denen man jeweils Blut, Sperma, Fingerabdrücke und Fasern erkennen konnte, doch auch hier fand sie nichts.

Sie legte das Heft mit dem Cover unter ein Elektronenmikroskop und suchte jeden Zentimeter im Detail ab. Dann nahm sie sich eines der Rätsel im Inneren des Heftes vor. Sie hatte sich von Anfang an gewundert, warum die handgeschriebenen Zahlen mit Kugelschreiber eingetragen worden waren und nicht wie üblich mit Bleistift. Unter dem Mikroskop erkannte sie sofort, dass sich kein Radiergummi-Abrieb auf dem Papier befand, unter den Eintragungen des Kugelschreibers fand sie keine mit Bleistift. Entweder das Magazin war von einem Sudoku-Profi ausgefüllt worden, oder derjenige hatte einfach alle Einträge aus einem Lösungsheft abgeschrieben.

Vielleicht musste sie einen anderen Denkansatz wählen. Das Heft stammte von einem deutschen Verlag, doch das war kein Wunder, in der Schweiz stammten die meisten Magazine aus Deutschland, häufig wurden sie zum doppelten Preis oder noch teurer verkauft.

Andererseits hatte Lindberg früher wie sie in Berlin gearbeitet und wenn es sich um einen alten Fall handelte, stammte das Heft wahrscheinlich von dort.

Womit Katharina Zach wieder bei ihrer Theorie angelangt war. Weswegen wollte Erik, dass sie das Heft untersuchte?

Es kamen ab und an Kollegen zu ihr und baten sie, inoffizielle Analysen durchführen, das war nichts Ungewöhnliches. Meist ging es dabei um ziemlich Privates, so hatte ein Kollege Gläser aus seiner Wohnung auf Spuren anderer Männer untersuchen lassen, ein anderer machte einen Vaterschaftstest und der nächste wollte den Nachbarn überführen, weil der mutmaßlich im eigenen Garten wilderte.

Doch Erik Lindberg wäre niemals mit so peinlichen Dingen zu ihr gekommen, er handelte dafür viel zu durchdacht. Es ging wahrscheinlich um das, was er niemandem erzählt hatte.

Vor dem Einsatz des Remexans war er häufig völlig übernächtigt gewesen, noch mehr als sie selbst, wenn sie mal wieder im *Gothic Heaven* bis um fünf Uhr morgens hinter der Cocktailbar gestanden hatte.

Er wohnte in Basel, arbeitete aber in Bern, angeblich, weil er seine Eltern pflegen musste, doch sie wusste, dass dies nur eine Notlüge war.

Denn Katharina Zach kannte einige Personen im LKA, die über Lindberg geplaudert hatten, nachdem er nach Bern gewechselt war.

Sie hatte es ihm gegenüber nie erwähnt, das sie wusste, was er verschwieg: seine Freundin, die im Koma lag.

54

Auch tagsüber war das Werksgelände von GENEKNOV mehr als beeindruckend. Wobei Lindberg keinen Unterschied zu seinem ersten Besuch in der Nacht erkennen konnte. Alles war hell erleuchtet, ganz so als seien Tag und Nacht schon eins.

Angelia Bernard begrüßte Lindberg reserviert, nahm mitten in seinem ersten Satz ein Telefonat entgegen und bot dem Kommissar wie beiläufig einen Platz an. »Entschuldigung, das war der Geschäftsführer«, erklärte sie, nachdem sie endlich aufgelegt hatte.

Er glaubte ihr nicht mehr, als einem flüchtenden Ladendieb.

Es klopfte an ihre Bürotür und die beiden Anwälte traten ein. Mitbrille und Ohnebrille. Immerhin trugen sie heute verschiedene Anzüge.

Bernard bot Lindberg einen Kaffee an, doch er lehnte ab. Er fühlte sich so wach wie direkt nach einer kalten Dusche. Das Remexan würde noch die Kaffeebauern in den Ruin treiben, weil niemand mehr einen kleinen Koffeinschub benötigte. »Falls Sie wegen der Auslieferungsliste der Remexan-Charge gekommen sind, die

Sie bei Frau Römer gefunden haben, die habe ich hier.« Sie reichte Lindberg eine kleine Mappe mit mehreren Seiten Papier.

Lindberg nahm sie entgegen, ohne sie sich näher anzuschauen. Das konnte er später immer noch. »Danke, aber ich habe noch einige Fragen zu den Studien.«

Bernard Gesichtsausdruck verdunkelte sich. »Haben Sie nicht Anweisung von Herrn Graf, Nachforschungen in dieser Hinsicht zu unterlassen?«

»Ich habe Anweisung, den Mordfall zu klären«, entgegnete Lindberg. »Claudia Römer wurde ermordet, weil sie Unregelmäßigkeiten bei einer Remexan-Studie entdeckt hat.«

Die Anwälte räusperten sich, doch Bernard beachtete sie nicht. »Von welcher Studie reden Sie bitte?«

»Von der im Sanatorium Erzenberg.«

»Erzenberg?« Lindberg glaubte zu bemerken, das Bernards Augenlieder zuckten. »Das ist doch schon ein paar Jahre her ...«

»Zwei Jahre«, präzisierte Lindberg.

»Und was soll mit dieser Studie sein?«

»In Erzenberg kam es zu einem Todesfall. Woraufhin die Studie abgebrochen wurde.«

Angelia Bernard schaute seitlich aus dem Fenster, ihr Blick undurchdringlich. »Herr Lindberg, Sie arbeiten doch bei der Polizei«, sagte sie schließlich und erinnerte Lindberg dabei an seine alte Französischlehrerin, die ihn mit Vorliebe zurechtgewiesen hatte, wenn er mal wieder ein Wort falsch ausgesprochen hatte. »Warum fragen Sie nicht Ihre Kollegen, wie diese Person damals zu Tode gekommen ist? Es würde mich doch sehr wundern, wenn im Polizeibericht ein

Zusammenhang mit der Studie hergestellt worden ist. Mir ist das zumindest nicht bekannt und glauben Sie mir, ich hätte das mitbekommen.«

»Worum ging es denn bei der Studie?«

»Da müsste ich nachfragen«, erklärte Bernard und klang dabei, als würde sie sich die nächsten zwanzig Jahre damit Zeit lassen wollen.

»Dann tun Sie das bitte«, sagte Lindberg. »Wie haben Sie damals auf den Todesfall im Sanatorium Erzenberg reagiert?«

»Herr Lindberg, bei einer Studie testen wir bis zu fünftausend Personen aller Altersgruppen über mehrere Monate hinweg. Da kommt es statistisch zwangsläufig zu Todesfällen, so leid uns das tut. Das ist so mit oder ohne Medikamente.« Bernard nahm ein metallenes Feuerzeug in die Hand. »Wir analysieren natürlich jeden Todesfall im Detail, denn wir wollen absolut sicher gehen, dass die Vorkommnisse nicht im Zusammenhang mit unserem Medikament stehen.«

»Und was haben Sie herausgefunden?«

»Ich kenne die Details jetzt natürlich nicht«, sagte Bernard. »Aber es kann nur so sein, dass unser Remexan an dem Todesfall absolut schuldlos war. Sonst wäre das Medikament nie eingeführt worden.«

»Sie wären nicht der erste Pharmakonzern, der ein Medikament trotz erwiesener Todesfällen auf den Markt bringt.«

Der Anwalt Ohnebrille erhob sich. »Herr Lindberg, solche unqualifizierten Bemerkungen bringen uns doch nicht weiter. Oder wollen Sie jetzt die gesamte Pharmaindustrie wegen ein paar schwarzen Schafen in Kollektivhaftung nehmen?«

»GENEKNOV hat sich stets an alle Vorgaben der Behörden gehalten«, schob Anwalt Mitbrille nach, wahrscheinlich, damit er auch etwas auf seinen Honorarzettel schreiben konnte.

»Weswegen wurde die Studie denn abgebrochen?«, fragte Lindberg. »Wenn alles nach Vorgaben lief?«

»Manchmal erreicht man ein Studienziel einfach nicht«, antwortete Bernard. »Auch hier müsste ich erst mal nach den Gründen fragen.«

»Sie wissen, dass Nadja Trokovski an der Studie teilgenommen hat?« Lindberg war gespannt, ob Bernard ihm auch auf diese Frage nur eine glatt gebügelte Antwort lieferte.

Doch Angelia Bernard sagte gar nichts. Nur ihr nervöses Drehen am Metallrad des Feuerzeugs verriet, dass sie ihn verstanden hatte.

»Sie wissen, dass ein zweiter Patient von den Auswirkungen der Studie betroffen ist?«, durchbrach Lindberg die Stille. »Der Patient erhält nach wie vor Remexan, um seine multiple Persönlichkeitsstörung unter Kontrolle zu halten.«

»Davon ist mir nichts bekannt«, antwortete Bernard. »Aber Remexan kann in Absprache mit dem Arzt auch bei psychisch kranken Menschen eingesetzt werden, wenn diese an Schlafstörungen leiden«, erklärte sie. »Ich nehme an, der von Ihnen genannte Patient erhält das Medikament in diesem Zusammenhang.«

»Frau Bernard, drei Personen wurden ermordet. Von einem Täter, der offensichtlich mehr über das Remexan weiß, als Sie gewillt sind, mir mitzuteilen!«

»Ich habe Ihnen alles gesagt, was es zu sagen gibt.«

»Mindestens zwei der Morde stehen mit der Remexan-Studie in Erzenberg in Verbindung, in die Sie mir die Einsicht verwehren!«

»Ich habe Ihnen schon erklärt, dass die Studien grundsätzlich nicht offen gelegt werden«, entgegnete Bernard. Die beiden Anwälte nickten eifrig.

»Frau Bernard, wenn der Täter Mitwisser beseitigt, wer ist als Nächstes an der Reihe? Wissen Sie wirklich so wenig, dass Sie nicht in Gefahr sind?«

Lindberg glaubte eine Blässe in Bernards Gesicht zu entdecken. Ihr Mund öffnete sich leicht, sie schien nach Worten zu suchen.

»Jetzt lassen Sie doch endlich mal Ihre substanzlosen Verdächtigungen beiseite, Herr Lindberg«, sagte stattdessen der Anwalt ohne Brille. »Haben Sie noch konkrete Fragen an Frau Bernard?«

»Im Moment nicht.« Lindberg reichte Bernard seine Visitenkarte und nahm die Mappe mit den Auslieferungsdaten. »Wenn Ihnen noch etwas einfällt, geben Sie mir bitte Bescheid.«

***

Nachdem der Kommissar und die Anwälte gegangen waren, steckte sich Angelia Bernard eine Zigarette an. Natürlich war Rauchen im Büro verboten, aber sie konnte jetzt nicht in die Raucherkabine gehen, wo ständig irgendwelche Kollegen herumstanden. Sie musste einen Moment allein sein.

Sie nahm einen Zug und war trotzdem kurz davor zu hyperventilieren. Bernard legte die Zigarette beiseite und versuchte sich an einer der chinesischen Entspannungsübungen, die sie während des Studiums gelernt hatte.

Auch die wirkte nicht.

Es widerstrebte ihr, ihn anzurufen. Doch sie wusste, ihr blieb keine andere Wahl. Sie zog noch einmal an der Zigarette, dann nahm sie den Hörer in die Hand. Sie wählte eine Telefonnummer, die sie schon lange nicht mehr angerufen hatte, aber immer noch auswendig konnte. »Warum hast du mir nie von dem zweiten Patienten erzählt?«, fragte sie, ohne ihren Gesprächspartner zu begrüßen.

»Reg dich nicht auf«, antwortete er. »Was ist denn passiert?«

55

»Was machst du mit Gitarre?« Gehirnklitschko blickte Lindberg überrascht an.

Der Kommissar stellte die Akustikgitarre in die Ecke und spürte, wie er rot wurde. »Ich hab nur die Wartezeit überbrückt.«

»Kannst du spielen?«

Lindberg schüttelte den Kopf. »Leider nicht.«

Gehirnklitschko nahm die Gitarre und zupfte ein Lied, das klang wie eine traurige russische Volksweise. Irgendwie verstärkte das Lindbergs schlechtes Gewissen. Weil er Mia Adam aufgetragen hatte, Philipp Farner zu überwachen, während er schon Feierabend machte. Und weil er sich immer nur dann bei Gehirnklitschko meldete, wenn er etwas von ihm wollte.

Andererseits war Mia überglücklich gewesen, dass sie nun an seiner Seite an dem Fall arbeiten durfte und Gehirnklitschko hatte auch seinen Spaß, denn er gewann immer, ob nun per Schachmatt oder k.o.

Und jetzt durfte er sogar Gitarre spielen.

Aserbaidschanische Müllmänner schienen auch nicht allzu viele Freunde zu haben, jedenfalls hatte

Gehirnklitschko wie immer Zeit gehabt, wenn Lindberg ihn anrief.

Gehirnklitschko spielte den letzten Akkord und Lindberg klatschte. Sie waren wieder mal die einzigen im Boxclub. Seit Gehirnklitschko jedem die Grenzen aufgezeigt hatte, waren einige wohl zu anderen Sportarten gewechselt. Für Lindberg hingegen war es eine Herausforderung.

Sein Magen knurrte, aber mit vollem Bauch konnte er nicht boxen. Und mit leerem nicht Schachspielen, wie er nach wenigen Zügen feststellte.

»Du hast Dame schon bei zweite Zug gezoge«, sagte Gehirnklitschko, nachdem er den ersten Bauern geschlagen hatte. »Skandinavische Verteidigung sehr riskante Eröffnung. Oder du spiele so aus Patriotismus?«

Lindberg musste lachen. »Eine Schweizer Verteidigung gibt es im Schach leider nicht.« Er zog einen Bauern nach. »Außerdem fühle ich mich als Europäer.«

Gehirnklitschko legte seine Stirn in Falten. »Ist Europäer für dich besser als Asiate?«

»Ich finde kein Volk ist besser als das andere«, antwortete Lindberg. »Außer im Fußball.« Er überlegte, ob er seinen Freund korrigieren sollte. Schließlich wollte Gehirnklitschko bei ihren Sparrings auch besser Deutsch lernen. »Aber du bist kein Asiate, oder hast du Verwandte in China?«

»Aber Aserbaidschan liege in Asien, also ich Asiate.«

»Die deutsche Sprache ist aber nicht logisch.«

Gehirnklitschko nickte, das hatte er wohl auch schon mitbekommen. »So wie Indianer nicht wohne in Indien, oder?« Er brachte seinen Springer ins Spiel. »Und was bin ich dann? Wenn ich nicht will sage meine Nation?«

»Turkmene?«

»Türkei ist hinter Kaukasus, andere Welt.«

»Kaukasier?«

»Das ist Bergvolk, ich aber gebore an Meer.«

»Dann sagst du halt, du bist Weltbürger.«

»Weltbürger?« Gehirnklitschko grinste. »Das klingt gut, wie Weltmeister.«

»Nobelpreisträger und Weltmeister, was willst du denn noch alles werden?« Lindberg zog seinen Läufer in die Mitte und nahm dann seine Boxhandschuhe.

»Für Supermodel hab leider falsche Geschlecht«, antwortete Gehirnklitschko und zuckte mit den Schultern, als meine er das ernst.

»Mit gebrochener Nase wird das ohnehin nichts«, sagte Lindberg und stieg in den Ring.

Eine halbe Stunde später suchte Lindberg die Reste seines boxerischen Selbstvertrauens auf dem Ringboden zusammen. Sein rechter Unterkiefer schmerzte, als habe er auf eine Eisenbahnschiene gebissen. »Hast zwei Runden länger durchgehalten als Kremer«, sagte Gehirnklitschko und half ihm hoch. »Du wäre also Champion, Weltmeister und Supermodel, wenn ich nix hier.«

Lindberg grinste gequält. »Ich hab da etwas für dich, bei dem du zeigen kannst, was du wirklich drauf hast.« Er torkelte zu seiner Tasche und holte das Sudoku-Heft heraus. Katharina Zach hatte es ihm vor zwei Stunden wiedergegeben und nichts herausgefunden, dass er nicht schon gewusst hatte. Sie hatte nicht nachgefragt, weshalb er es benötigte und gerade das hatte ihn misstrauisch gemacht. Ahnte sie etwas?

Er reichte Gehirnklitschko das Heft zusammen mit ein paar Einweghandschuhen. »Die musst du anziehen, damit du keine Fingerabdrücke hinterlässt.«

»Ist was von Arbeit?« Gehirnklitschko zog die Boxhandschuhe aus und wickelte sich die Bandagen ab.

Lindberg nickte und legte sich einen Eisbeutel auf den Unterkiefer. »Kennst du Sudoku?«

»Hab ich in Asylantenheim gemacht. Ist so langweilig wie Lebe dort.«

»Okay«, sagte Lindberg. »Schau es dir einfach mal an und sag mir, was dir auffällt.«

Gehirnklitschko legte die Einweghandschuhe an, nahm das Heft, blickte ein paar Sekunden auf das Frontcover, schlug dann das Heft auf, musterte jede Seite nicht mehr als fünf Sekunden und blätterte weiter.

Nach nicht mal einer Minute, kurz vor Ende des Heftes, schüttelte er entrüstet den Kopf und deutete auf ein Rätsel. »Willst du mich beleidige?«

»Was? Wieso denn?«

»Alle Kollege bei Müllabfuhr sind schlauer als Mann wo das hier ausgefüllt.« Gehirnklitschko zeigte wieder auf das Rätsel. »Alle andere Rätsel richtig, aber diese nicht, sieht man auf erste Blick, es habe doppelte Zahle in selbe Quadrat und selbe Reihe! Ist wie gebrochene Nase und Narrenschach in eine Zug.«

56

Am nächsten Morgen konnte Erik Lindberg den blauen Fleck am Unterkiefer nur mühsam mit etwas Puder abdecken. Vielleicht sollte er sich einen Bart wachsen lassen.

Gestern Abend war er endlich mal wieder in seiner Wohnung gewesen, als Entschuldigung hatte er seiner Nachbarin Isabel ein paar Pralinen mitgebracht, sowie Dr. Watson als Erinnerung, dass es noch ein Herrchen gab, eine Stoffmaus mit eingewebter Katzenminze.

Isabel hatte ihn nach seinen Erfahrungen mit dem Remexan gefragt und er hatte ihr sagen müssen, dass sie bisher positiv waren. Auch wenn er nach wie vor kein gutes Gefühl dabei hatte. Doch sie wollte es unbedingt ausprobieren und so erzählte er ihr von Dr. van Gelsens Angebot mit den Probepackungen. Es war sicher besser, sich an einen Arzt zu wenden, der damit Erfahrung hatte.

In der Nacht hatte er Paula besucht und ihr ein neues Parfüm mitgebracht, obwohl sie nichts riechen konnte, wenn man den Ärzten glaubte. Doch im

Grunde wussten die Ärzte nichts, sie konnten nicht einmal zweifelsfrei erklären warum Paula im Koma lag, was sie wirklich mitbekam und ob und wann sie wieder aufwachte. Sie vermuteten nur. Nur weil sie diese Vermutungen mit der Aura eines Halbgottes in Weiß aussprachen, glaubte man ihnen.

Doch als Kommissar wusste Lindberg nur zu gut, was Vermutungen wert waren. Und warum er sich lieber auf Beweise verließ.

Einen Beweis hatte ihm gestern Gehirnklitschko geliefert. Jetzt endlich war klar, warum Wohlers das Heft haben wollte. 123 korrekt gelöste Rätsel, ohne eine einzige Korrektur und ein falsches. Genaugenommen waren nur zwei der neun Quadrate zu je neun Zahlen fehlerhaft, doch die hatte Wohler so entgegen jede Sudoku-Regel ausgefüllt, dass es kein Zufall sein konnte. Achtzehn Zahlen.

927124659877462710.

Sie konnten für alles stehen. Koordinaten, eine Telefonnummer, eine Safe-Kombination oder ein Nummernkonto.

Telefon und GPS-Koordinaten hatte Lindberg aufgrund der Ziffernfolge relativ schnell ausgeschlossen, ein Safe war unwahrscheinlich, weil der kaum in Wohlers Besitz sein konnte, also blieb das Konto.

Denn ohne Angabe der Kontonummer gab es kein Geld.

Doch obwohl schon Dienstagmorgen war und das Ultimatum, welches Wohlers ihm gesetzt hatte, heute ablief, hatte dieser sich noch nicht gemeldet.

Also konnte Lindberg nichts weiter tun, als zu warten.

Er stieg in seinen Volvo, der dank der durch Remexan bedingt kurzen Standzeit noch nicht völlig ausgekühlt war und fuhr nach Bern. Als er ins Büro kam, saß Mia Adam schon an ihrem neuen Platz.

Sie begrüßte ihn mit einem sommersprossigen Lächeln, doch sofort legte sie ihre Stirn in Falten. »Hattest du eine Schlägerei?«

Lindberg schüttelte den Kopf. »War ein Boxkampf.«

»Du boxt?« Ihre Frage klang, als seien alle Boxer unverbesserliche Machos.

»Schachboxen«, antwortete Lindberg. »Belebt Geist und Körper.« Er lächelte. »Jedenfalls besser als dieser Energydrink.«

»Braucht den noch jemand?«, fragte Mia Adam. »Die Überwachung gestern war die Lockerste, die ich je in einer Nacht hatte. Ich war nicht eine Sekunde müde.«

»Und hat es etwas gebracht?«

Sie schüttelte den Kopf. »Philipp Farner war die ganze Zeit daheim. Bis fünf Uhr am Morgen schien Licht aus seinem Zimmer und dann hat er sich wohl schlafen gelegt. Gegen acht ist er zur Uni gefahren und ich wurde von den Kollegen abgelöst.«

»Ich hoffe, du hast dich nicht gelangweilt.«

Sie fuhr sich durch den roten Bubikopf, lächelte. »Ich langweile mich nie. Ich hatte die Auslieferungsliste von GENEKNOV dabei und hab sie mir mal genauer angesehen.«

Lindberg war beeindruckt. Er hatte Mia gestern nur gesagt, wo sie die aktuellen Daten zum Fall finden konnte und sich die Liste selbst noch nicht im Detail angeschaut. »Und, haben wir eine Chance, die Tablette vom Tatort zu ihrem Käufer zurückzuverfolgen?«

»Es sieht ganz gut aus.« Sie nahm den Bericht von ihrem Schreibtisch und blätterte darin. »Das Pulver stammt aus einer Tagesproduktion Remexan von Ende Januar mit der bekannten Personalisierung, männlich, 60 bis 80 Kilogramm, Schnell-Metabolisierer.«

»Und weiter?«, fragte Lindberg.

»Davon sind nur eintausendvierzehn Packungen in der Schweiz in Umlauf, sie gingen landesweit an zweiunddreißig Apotheken.«

»Tausend Packungen in zweiunddreißig Apotheken?«, wiederholte Lindberg. »Was soll daran gut sein?«

»Es sind dreiundzwanzigtausend Packungen der Tablettencharge produziert worden, die verschieden verpackt wurden«, sagte sie. »Der ganze Rest der Tagesproduktion ging per Seefracht nach Asien und schippert gerade irgendwo zwischen Singapur und Tokio über den Ozean. Das Medikament ist dort nämlich noch nicht eingeführt. Das heißt, kein anderes Land als die Schweiz nutzt diese Charge!«

»Aber tausend Packungen sind eine ganze Menge. Zwar gibt es das Remexan nur gegen Rezept und damit haben wir die Käufer, aber bis wir die alle überprüft haben, ist schon wieder Winter.«

Mia Adam grinste. »Unter den Empfängern ist nur an eine einzige Basler Apotheke geliefert worden.«

Lindberg riss die Augen auf. »Nur eine einzige Apotheke in ganz Basel?«

Mia Adam nickte.

»Welche denn?«

»Die Serafim-Apotheke in der Altstadt«, antwortete sie. »Am vierundzwanzigsten Februar wurden dort dreizehn Packungen dieser Charge angeliefert.«

»Das war genau drei Tage vor dem Mord an Claudia Römer«, sagte Lindberg. »Hast du die Apotheke schon kontaktiert?«

»Ich wollte erst mit dir reden.«

»Ich bin beeindruckt«, sagte Lindberg. »Tolle Arbeit.«

Sie zuckte mit den Schultern. »Das steht alles in den Daten. Ich hab es nur zusammengefasst.«

Lindberg rieb sich die Stirn. »Ich kenne die Apotheke, wenn ich in der Altstadt bin, gehe ich dort manchmal vorbei. Ich komme zwar grad aus Basel, aber ist es okay, wenn ich da hinfahre?«

»Klar«, sagte sie. »Du bist der Boss. Soll ich mit den anderen Apotheken in der Schweiz Kontakt aufnehmen? Nur für den Fall der Fälle.«

»Mach das«, antwortete Lindberg. »Wie weit liegt denn die nächste Apotheke von Basel entfernt, die diese Charge erhalten hat?«

»Die Tabletten gingen vor allem in den Raum Zürich. Am nächsten zu Basel liegt eine Apotheke in Olten.«

Lindberg nickte zufrieden. Olten lag fünfzig Kilometer südlich von Basel und bestand im Wesentlichen aus Autobahnen, Zuggleisen und Beton. Kein Schweizer würde dort freiwillig hinfahren, nur um ein Rezept einzulösen. Sein Herz schlug schneller. Er hatte ein verdammt gutes Gefühl, dass sich unter den dreizehn Basler Käufern der Charge der Täter befand.

57

Von außen sah die Serafim-Apotheke unscheinbar aus, doch kaum hatte man sie betreten, wirkte sie mit ihrer dunklen Holztheke, den mit reichen Verzierungen versehenen Regalen und den braun-milchigen Arzneiflaschen, als stamme sie aus dem vorletzten Jahrhundert. Lediglich die Monitore der Computerkassen und die Werbedisplays störten das Bild.

Lindberg erinnerte sich daran, dass er schon häufiger hier gewesen war, gerade erst letzte Woche. Er zeigte der so rundlichen wie freundlichen Apothekenhelferin seinen Ausweis und bat darum, den Geschäftsführer zu sprechen.

»Herr Bernoulli ist erst morgen früh wieder im Haus«, antwortete die junge Frau. »Kann ich Ihnen weiterhelfen?«

Lindberg berichtete von dem Mordfall und wonach er suchte.

»Mit der Technik kenn ich mich ohnehin besser aus.« Sie drehte den Monitor hinter der Theke zu Lindberg. »Das hier ist die Datenbank der Apotheke.« Sie zeigte auf eine lange Kolonne voller Grafiken und

Zahlen. »Hier werden sämtliche Rezepte und die dafür ausgegebenen Medikamente elektronisch gespeichert.« Die junge Apothekenhelferin wirkte so routiniert, als mache sie den Job schon jahrelang. »Ich kann Ihnen eine entsprechende Datei erstellen.«

»Das wäre nett.« Er lächelte dankbar. »Welche Angaben sind denn in der Datei enthalten?«

»Name, Medikamentencharge und ausstellender Arzt. Erfasst ist immer der Kunde, auf den das Rezept ausgestellt wurde.«

»Sie wissen also nicht, wer das Rezept abholt?«

»Nein, außer wir kennen jemanden persönlich. Aber das ist nur bei unseren Stammkunden der Fall. Und die sind älter und nehmen kein Remexan.« Sie startete die Auswertung und ließ sich von Lindberg einen USB-Stick geben. Nachdem sie die Daten überspielt hatte, bedankte sich der Kommissar und hastete zu seinem Auto. Er spürte ganz deutlich, diese Datei würde helfen, den Fall zu lösen!

Im Auto lud Lindberg den Inhalt des Sticks auf seinen Laptop und importierte ihn in ein Datenbankprogramm. Er ordnete die Auslieferungen chronologisch. Seit dem 23. Februar waren insgesamt 354 Monatspackungen des Medikaments Remexan verkauft worden, darunter die dreizehn Packungen der Herstellcharge, die möglicherweise der Täter verwendet hatte. Diese dreizehn Packungen waren zwischen dem 25. und 27. Februar über die Ladentheke gegangen. Der Mord an Claudia Römer, bei dem die Charge hinterlassen worden war, hatte sich am 27. Februar ereignet. Der Mann, von dem man bei Claudia Römer eine Tablette gefunden hatte, musste die Packung aus dieser Apotheke haben, dessen war Lindberg sich sicher.

Sein Herz schlug schneller, trotz des kalten Winters stand Schweiß auf seiner Stirn. Wer stand auf der Liste? Philipp Farner? Ein anderer Tierschützer? Oder jemand, an den sie noch gar nicht gedacht hatten?

Hastig ging er die Spalte der betroffenen Rezeptinhaber durch: Rudi Simon, Dr. Carl Weber, Peter Sattler, Ingo Krüger, Erik Lindberg …

58

Isabel Nadolny trank ihren Kaffee aus und hielt nach der Bedienung Ausschau.

Die Bedienung kam, Isabel zahlte, stand auf und fuhr mit der Straßenbahn in Richtung Allschwil.

Eine halbe Stunde später stand sie in der Praxis von Doktor van Gelsen. Beeindruckt blickte sie sich im Empfangsraum um, trotz all der Wehklagen schien es den Medizinern immer noch außerordentlich gut zu gehen.

Sie musste nur ein paar Minuten warten, dann kam ein großgewachsener, schwarzhaariger Mann auf sie zu. Er trug zu seinem schwarzen Anzug ein hellblaues Hemd und edle Lederschuhe. Über den Anzug hatte er einen weißen Ärztekittel angelegt, der an ihm wie ein Accessoire wirkte. Er streckte Isabel seine sehr gepflegte Hand entgegen und lächelte sie an. »Ich bin Dr. van Gelsen.«

Sie erwiderte sein Lächeln. »Isabel Nadolny.«

Er führte sie in einen Raum, der mehr wie ein nobles Büro, denn wie ein Behandlungszimmer wirkte. »Und

Kommissar Lindberg hat mich wirklich empfohlen?«, fragte er.

»Warum denn nicht?« Sie setzte sich.

»Er schien recht skeptisch zu sein, was das Remexan anging.«

»Inzwischen nimmt er es selbst.« Sie zuckte mit den Schultern. »Vielleicht hat er deswegen seine Meinung geändert.«

Van Gelsen lächelte selbstsicher. »Ganz bestimmt hat er das.«

»Nehmen Sie auch Remexan?«

»Natürlich.« Der Arzt klang, als habe sie ihn gefragt, ob er ab und an auch etwas esse. »Ich arbeite zehn Stunden am Tag, möchte aber trotzdem das Leben genießen. Das war ohne das Medikament nur schwer möglich, doch jetzt fühle ich mich wie neu geboren.«

»Sie nutzen es selbst am Wochenende?«

»Selbstverständlich.« Er blickte Isabel fragend an. »Und Sie? Haben Sie es schon einmal genommen?«

Sie schüttelte den Kopf. »Ich würde es aber gerne probieren. Ich habe zwei kleine Kinder und könnte mich damit trotzdem weiterbilden und arbeiten.«

»Das klingt nach einer Powerfrau.« Van Gelsen nickte anerkennend. »Genau für solche Menschen wurde das Medikament entwickelt.« Er lupfte eine Augenbraue. »Wer nämlich heute schon keine Ahnung hat, was er mit seiner Zeit anfangen soll, wird es mit Remexan erst recht nicht wissen.«

»Das Problem habe ich ganz sicher nicht.«

»Das dachte ich mir.« Er reichte ihr eine Broschüre, auf der eine Remexan-Tablette abgebildet war. »Sie brauchen sich erst mal auch keine Gedanken über die

Kosten zu machen, bei entsprechender ärztlicher Betreuung kann ich Ihnen eine kostenlose Probepackung mitgeben.«

»Erfolgt das im Rahmen einer Studie?«

»Man nennt das Anwendungsbeobachtung«, sagte van Gelsen. »Ehrlich gesagt ist das nur eine Formalie, um die kostenlose Abgabe zu rechtfertigen und den Arzt an die Firma zu binden. Wenn man sich binden lässt ...«

»Was Sie nicht tun?«

»Natürlich nicht.« Van Gelsen ließ ein kurzes Lächeln aufblitzen. »Aber ich finde das ist ein fairer Deal. GENEKNOV geht davon aus, dass die Patienten so begeistert vom Remexan sind, dass sie es in Zukunft nehmen werden und da dies unter ärztlicher Kontrolle erfolgt, bringt die Maßnahme endlich mal nicht nur Kranke in unsere Praxen.«

»Und wenn ich das Medikament hinterher nicht weiterverwenden will?«

»Dann setzen Sie es einfach ab und nennen mir den Grund dafür. Auch das hilft GENEKNOV, weil sie dann erkennen, wo sie noch besser werden müssen.«

»Und ich muss sonst nichts tun oder zahlen?«

Er schüttelte den Kopf. »Wir füllen vorher und nachher einen Fragebogen aus, Sie kommen während der Beobachtung jede Woche in meine Praxis und am Anfang und Ende gibt es eine medizinische Untersuchung. Das war es.«

»Und wo ist der Haken?«

»Im Grunde gibt es keinen«, sagte er. »GENEKNOV erhält natürlich Ihre Daten, aber in anonymisierter Form. Und Sie müssen eine Einwilligung unterschreiben, aus der hervorgeht, dass Sie das Medikament freiwillig genommen haben und über die Risiken der Anwendungsbeobachtung aufgeklärt wurden.«

Sie schob sich eine Strähne aus dem Gesicht und blickte den Arzt an. »Und welche Risiken gibt es?«

»Naturgemäß kennt man bei jedem neu eingeführten Medikament noch nicht jede seltene Nebenwirkung.« Van Gelsen hob beschwichtigend die Hände. »Aber falls es Probleme geben sollte, können Sie jederzeit zu mir kommen. Käme es zu Folgeschäden, die auf das Medikament zurückgeführt werden könnten, würde GENEKNOV natürlich alle Behandlungskosten zahlen.«

»Ich bin dabei«, sagte sie, ohne noch einmal nachzudenken.

»Sie sind eine Frau der Tat«. Er lächelte so charmant, dass sie sich mehr als nur geschmeichelt fühlte. »Wenn Sie wollen, können wir gleich mit der Untersuchung beginnen.«

Sie stimmte zu, er stellte ihr ein paar Fragen zu ihrem Schlafverhalten, nahm eine Blutprobe, stellte das Reagenzglas in einen kleinen Analyseautomaten, maß dann Puls, Blutdruck, Gewicht, und überprüfte die Ergebnisse ihres Bluttests.

»Alles in Ordnung«, sagte er schließlich und holte eine Probepackung aus dem Arzneimittelschrank. »Ihr Blutdruck ist leicht erhöht, aber das ist kein Problem. Sie sind übrigens Langsam-Metabolisierer.«

»Und das war es schon?«, fragte sie überrascht.

»Sie müssen nur noch hier unterschreiben.« Er schob ihr ein doppelseitig beschriebenes Papier hin.

Sie überflog es und setzte ihren Namen darunter.

»Es ist am besten, wenn Sie die Tablette immer zur selben Zeit nehmen«, sagte er. »Ein geregelter Rhythmus ist genau wie beim normalen Schlaf wichtig. Außerdem nehmen Sie innerhalb von zwanzig Stunden nie mehr als eine Tablette. Wenn sie früher müde werden, ist das nicht die richtige Dosis.«

Isabel nickte und nahm die Probepackung.

»Ich bringe Sie noch zur Tür.« Van Gelsen stand auf und half ihr in den Mantel. »Ich veranstalte übrigens am Samstag eine Benefizparty für südamerikanische Straßenkinder. Ich würde mich freuen, wenn Sie mich beehren würden.« Er nahm einen Flyer von einem Stapel und reichte ihn ihr.

Isabel war beeindruckt. Van Gelsen sah nicht nur gut aus und war charmant, sondern besaß auch noch eine soziale Ader. Aber sicher war er schon vergeben, wie alle guten Männer. »Haben Sie denn selbst Kinder?«, fragte sie.

»Leider nicht.« Er zuckte mit den Schultern und schenkte ihr ein charmantes Lächeln. »Ich hoffe jeden Tag darauf, die Richtige zu treffen.«

Wenn ihr Herz hüpfen könnte, hätte es in dem Moment einen riesigen Sprung gemacht.

59

Kommissar Lindberg blickte paralysiert auf seinen Laptop. *Das kann nicht sein! Warum steh ich auf dieser Liste?*

Er scrollte erneut durch die Datenbank. Unter den dreizehn Rezeptinhabern befand sich niemand, der bisher etwas mit dem Fall zu tun hatte, aber ausgerechnet sein Name war enthalten!

Er wollte schon zurück zur Apotheke gehen und die Mitarbeiterin fragen, ob es sich um einen Scherz handelte, als es ihm einfiel: das Rezept, welches Polizeidirektor Graf ihm gegeben hatte! Noch am Tag der Verkündigung des Remexan-Programms hatte Lindberg es eingelöst. In dieser Apotheke. Am 27. Februar. Ein paar Stunden bevor Claudia Römer ermordet worden war.

Er holte den Blisterstreifen Remexan aus seiner Manteltasche, den er bei sich trug, falls er am Abend noch unterwegs war und suchte nach der Chargennummer.

AB53172C.

Er verglich sie mit der Chargennummer, die er von GENEKNOV genannt bekommen hatte und fluchte.

Er überprüfte sie ein zweites Mal und schob schließlich den Blister resigniert zurück in die Manteltasche.

Dass er die richtige Charge erhalten hatte, hieß nicht zwangsläufig, dass es bei den anderen Kunden auch so gelaufen war.

Lindberg überflog die Namen aller Personen, die in der Apotheke seit dem 23.02. Remexan gekauft hatten. Mit jedem Eintrag stieg seine Enttäuschung weiter an. Nicht ein Name kam ihm bekannt vor.

Ernüchtert legte Lindberg den Laptop beiseite. Was sollte er jetzt tun? Er hatte große Hoffnungen in die Käufer der Charge gesetzt, doch es schien eine Sackgasse zu sein, nein ein Eigentor, jetzt wo sein eigener Name darauf stand.

Regungslos saß er im Auto, die Hände auf dem Lenkrad, als seien sie daran angekettet. Ein LKW raste mit überhöhter Geschwindigkeit vorbei und schaukelte seinen Wagen auf, doch Lindberg blieb regungslos sitzen. Selbst als sein Diensthandy fünf Minuten später klingelte, hatte er sich immer noch nicht gerührt. Ohne auf das Display zu schauen, schaltete er das Gerät ab und kurbelte das Fenster der Fahrertür herunter.

Die frische Luft löste seine festgefahrenen Gedanken.

Okay, er stand auf der Liste der dreizehn Verwender, auf die sich die Ermittlungen momentan konzentrierten. Damit war er befangen und würde den Fall abgeben müssen. Womöglich würde er sogar suspendiert, bis die Morde aufgeklärt waren. Graf war alles zuzutrauen.

Ausgerechnet jetzt! Dass sie niemanden unter den dreizehn Käufern der Charge kannten, hieß doch nur, dass sie bisher nach dem Falschen gesucht hatten. Der Mörder war unter den zwölf anderen Empfängern! Er musste sie nur überprüfen und den Täter identifizieren. Das war sein erster wichtiger Fall in Basel, er stand kurz vor dem Ziel und jetzt sollte er ihn abgeben?

In ihm wuchs ein Gedanke; erst zaghaft, doch dann immer bestimmter. Bald war er nicht mehr zu verdrängen: Niemand wusste, dass er direkt Zugriff auf die Datenbank der Apotheke erhalten hatte. Er hatte die Auslieferungsliste selbst erstellt. Wenn er die Liste ausdruckte und seinen Namen nicht aufführte, sondern einen anderen Kunden, würde es niemand bemerken.

Wichtig war nur, dass es dreizehn Packungen und dreizehn Kunden waren. Vor Gericht kam es ohnehin darauf an, die entsprechende Charge bei dem Täter zu finden. Die Auslieferungsliste allein war kein Beweis, zumal jede Verteidigung auf die Wahrscheinlichkeit einer Verwechselung der Chargen in der Apotheke hinweisen würde.

Trotzdem: Wenn er seinen Namen aus der Datenbank entfernte, würde er ein Beweismittel fälschen. Das hatte er noch nie getan. Und dabei sollte es auch bleiben.

Er musste etwas unternehmen. Er startete den Wagen, gab Gas und ließ die Reifen quietschen.

60

Unterwegs schaltete Lindberg sein Mobiltelefon wieder ein und sah, dass Graf erneut versucht hatte, ihn zu erreichen. Lindberg drückte die Nachricht weg und wollte das Gerät gerade wieder einstecken, als es zu klingeln begann.

Niemand wäre in diesem Moment ungebetener gewesen, als der Mann, der ihn gerade anrief. »Lindberg, versteckst du dich oder was? Du weißt doch, die Vergangenheit holt einen immer ein. Heute ist Dienstag.«

Lindberg fuhr rechts ran.

»Ist schon merkwürdig«, sagte Wohlers. »Kaum breche ich aus dem Gefängnis aus, musst du einen Dreifachmord aufklären.«

»Wenn du ein Geständnis abgeben willst, geh zur nächsten Polizeiwache.« Lindberg versuchte desinteressiert zu klingen, doch es gelang ihm nicht.

»Ich steh nicht so auf Handschellen«, antwortete Wohlers. »Die beiden Frauen und der Typ wurden nicht zufällig ermordet. Sie haben eine Gemeinsamkeit.« Wohlers legte eine diabolische Tiefe in seine

Stimme. »Sie haben etwas mit dem Medikament zu tun, das du momentan schluckst.«

Woher weiß der Kerl das? Nur die Polizei und GENEKNOV sind darüber informiert. Und der Täter.

»Übrigens muss ich dich heute versetzen«, sagte Wohlers. »Aber da du das Heft sicher schon hast, ist das kein Problem. Wir treffen uns am Samstag. Du erfährst noch wo wir uns treffen und wie du mir das Heft übergibst. Und wenn du es nicht tust, ist der kümmerliche Rest der zukünftigen Familie auch am Arsch.«

Lindberg wollte antworten, doch dazu kam es nicht mehr, Wohlers hatte schon aufgelegt.

Er nahm die Zahlenkombination aus dem Sudoku-Heft und gab sich drei Stunden, um herauszufinden, was es damit auf sich hatte. Er stellte sich eine Stoppuhr und als diese piepte, zwang er sich, nicht mehr an Wohlers zu denken. Er hatte getan, was nötig war, der Rest würde sich zeigen, wenn es zur Übergabe kam.

Lindberg loggte sich mit seinem Laptop in den Polizeicomputer ein und überprüfte die zwölf Remexan-Käufer, die außer ihm die Charge erhalten hatten. Ausgerechnet er war die Nummer dreizehn, ein passender Zufall. Bei einem der zwölf Verdächtigen blieb er hängen. Der Mann hatte ein paar Einträge in seinem Strafregister. Lindberg lud dessen Akte herunter, las sie und recherchierte ein wenig im Internet. Endlich hatte er eine Spur.

61

Es war schon spät am Abend als Lindberg ins Büro kam. Mia Adam schaute erst ihn an und dann demonstrativ ihre Uhr. »Wo warst du so lange?«, fragte sie.

»Bei der Apotheke.« Er ließ seinen Mantel gleich an. »Hab zu den Käufern ein wenig recherchiert ...«

»Graf hat dich mehrfach versucht zu erreichen.«

»Hat er was Konkretes wissen wollen?«

»Wollte er mir nicht erzählen.« Mia Adam strich sich durch den Bubikopf. »Ich war da übrigens nicht erfolgreich. Zehn Apotheker, zwölf verschiedene Listen. Auf den ersten Blick ist kein Kandidat dabei, den wir kennen. Ich hab auch noch mal bei allen Juwelieren in Basel und Umgebung wegen des Rings von Claudia Römer nachgefragt, aber nichts, den wollte immer noch niemand loswerden. Und bei dir?«

»Wir sollten uns einen ehemaligen Fußballprofi näher ansehen, Georg Heckler.« Lindberg reichte ihr einen Ausdruck der Akte. »Der Mann ist 48, Mitglied in einer rechten Splittergruppe, vorbestraft.«

»Wegen was?«

»Versuchte Vergewaltigung.«

Mia Adam pfiff durch die Zähne. »Endlich mal ein echtes Arschloch, oder?«

»Sieht so aus.« Lindberg nickte. »Heckler hat übrigens grad so vom Fußball leben können. Er hat nie in der höchsten Liga gespielt, stand aber kurz vor Ende seiner Karriere im Schweizer Pokalfinale, das im Elfmeterschießen entschieden wurde. Er hat den entscheidenden Elfer verschossen. Ist dann die soziale Leiter abgestiegen. Ganz runter, bis auf die letzte Stufe.«

»Und wie kommt so jemand an Remexan?«

»Vielleicht hat er Verbindungen. Vor ein paar Monaten hat er mal im Clara-Spital als Hausmeister gearbeitet.« Lindberg schaute in seine Unterlagen. »Man hat ihn im Oktober fristlos entlassen, weswegen konnte ich noch nicht herausfinden. Seitdem ist er arbeitslos. Keine Kinder, Single. Und er hat ein paar Waffen registriert. Kein Wunder bei dem Namen.«

Mia Adam schaute ihn fragend an.

»Wahrscheinlich wartet unser Herr Heckler auf Frau Koch, um den perfekten Doppelnamen bilden zu können. Sollen wir mal zu ihm fahren?«

»Du willst um die Uhrzeit noch nach Basel?« Mia Adam zeigte aus dem Fenster. Es war schon vor Stunden dunkel geworden.

»Wenn wir hier nur rumhocken, brauchen wir das Remexan nicht zu schlucken, oder? Wir müssen auch was anfangen mit der Zeit.«

»Da hast du auch wieder recht.« Sie stand auf. »Wo müssen wir hin?«

»In den Weissherren Wald. Heckler wohnt in einer abgelegenen Hütte. Hoffe, wir finden sie in der Dunkelheit.«

Eine Stunde später quälte sich der Dienstwagen der Polizisten über den schneebedeckten Waldweg. Der Abendnebel hatte die Lichter Basels schon lange geschluckt. Die Scheinwerfer des Polizeiwagens durchdrangen den Nebel wie die Augen eines Luchses. Die Leuchtdioden der Fahrzeuguhr brannten jede Ausbuchtung des Schotterbodens in die dunkle Nacht. Sie zeigten kurz vor 21 Uhr.

Mehrmals schlugen Kieselsteine an den Fahrzeugboden. Lindberg zuckte mit jedem Schlag zusammen. Er musste daran denken, wie letztes Jahr zwei Streifenpolizisten aus Zürich in ihrem Auto getötet worden waren. Auf dem Weg zur Verhaftung eines Serienmörders hatten sie auf einem Waldweg an einer Engpassstelle eine Mine überfahren. Lindberg wollte seine junge Kollegin nicht beunruhigen und erzählte nichts von dem Vorfall. Doch ihr Schweigen ließ vermuten, dass auch sie davon gehört hatte.

Endlich erfasste das flackernde Licht etwas, das aussah wie eine Holzhütte, von dichtem Wald umgeben. Der Mond hatte sich inzwischen hinter den Wolken hervorgekämpft und blinzelte durch die Baumgiebel auf die Hütte. Aus deren Fenstern schien so schwaches Licht, dass es den Vorhang davor gerade noch durchdrang.

Die Reifen des Wagens glitten nervös über die schneenassen Kieselsteine in eine kleine Parkbucht. In den Augen seiner jungen Kollegin erkannte Lindberg Unsicherheit. Er löste den Gurt und klopfte ihr auf die Schulter. Lindberg und Adam stiegen aus und schlichen auf die Hütte zu. Der Schnee knirschte unter ihren Schuhen und ließ sie die Kälte des Bodens spüren. In der Ferne sang ein Eichelhäher sein kurzes Lied. Die Kommissare gaben sich stumm Zeichen und entsicherten ihre Waffen.

Lindberg ging zur hölzernen Eingangstür und suchte die Klingel, doch es gab keine. Er klopfte auf das Türholz.

Er hörte einen spitzen Schrei, dann Stille. Lindberg klopfte erneut, dieses Mal mit der Faust. Er hörte Schritte, blickte durch das Guckloch in der Tür und sah eine sich hektisch bewegende Gestalt. »Wer ist da?«, rief eine tiefe Stimme von innen.

»Polizei, bitte öffnen Sie die Tür.«

»Nur wenn Sie einen Durchsuchungsbefehl haben!«

»Wir möchten Ihre Wohnung nicht durchsuchen, sondern nur ein paar Fragen stellen.«

Die Tür schwang auf und eröffnete den Blick auf einen großen, stämmigen Mann mit kahl rasiertem Schädel. Er hielt eine Schrotflinte in den Händen, die auf Lindberg zeigte. Der Mann roch nach Alkohol und Tabak. Er wirkte nicht halb so gepflegt wie seine Waffe, zog an einer Kippe und fragte: »Haben Sie einen Ausweis?«

Lindberg deutete langsam auf den Ausweis, den er in seiner Linken hielt. »Könnten Sie bitte die Waffe weglegen?«

Der Mann stellte das Gewehr neben einen gläsernen Waffenschrank. »Hier draußen muss man aufpassen«, sagte er. »Sind eine Menge Zigeuner unterwegs.«

»Sind Sie Georg Heckler?«

Der Mann nickte.

»Ich hoffe, wir haben Sie nicht bei etwas gestört?«, fragte Lindberg.

»Hab schon geschlafen.«

»Und den Fernseher aus Versehen angelassen?« Lindberg sah, dass sich im Glas des Waffenschranks die Bilder eines Pornos spiegelten.

»Noch nie vorm Fernseher eingeschlafen?«, brummelte Heckler. »Ist schließlich mein gutes Recht, zahl ja auch die verdammten Gebühren!«

»Wenn Sie uns ein paar Fragen beantworten, können Sie ihrem Recht auch gleich wieder nachgehen«, entgegnete Lindberg. »Können Sie uns sagen, was Sie in der Nacht vom 27. auf den 28. Februar getan haben?«

»Was waren das für Wochentage?«

»Dienstag auf Mittwoch. Exakt vor einer Woche.«

»Wobei im Grunde ist das egal«, antwortete Heckler. »Bin ja arbeitslos, hab eh immer Wochenende.«

»Und was haben Sie nun getan?«

»Ich werde daheim gewesen sein, wie jeden Abend.«

»Und weil Ihnen die Freizeit nicht ausreicht, nehmen Sie jetzt auch noch Remexan?«

Der Mann konnte seine Überraschung nicht verbergen. »Was geht Sie das an?«

Lindberg antwortete nicht und leuchtete mit seiner Taschenlampe in die Wohnung. »Also, warum nehmen Sie das Medikament?«

»Hat mir der Arzt verschrieben, gegen meine Schlafstörungen«, sagte Heckler. »Aber der Scheiß ist nichts für mich.«

»Können wir Ihre Packung sehen?« Lindberg spürte, wie sein Herzschlag einige Takte zulegte.

»Was seid ihr denn für komische Bullen?« Heckler klopfte mit dem Finger auf seine Stirn. »Seid ihr Verbraucherschützer oder was?«

»Die Packung könnte Ihnen eine Menge Ärger ersparen«, erwiderte Mia Adam.

»Und seit wann stellt ihr Kinder an?«, sagte Heckler, blickte Lindberg an und deutete mit dem Kopf auf Mia.

Noch bevor Mia Adam reagieren konnte, legte Lindberg seine Hand auf ihren Arm. Es half nie, wenn man sich provozieren ließ. Sie schien es zu verstehen und trat einen Schritt zurück.

»Können wir Ihre Packung sehen?«, fragte Lindberg.

Heckler zuckte mit den Schultern. »Ich hab sie nicht mehr.«

»Was soll das heißen?« Lindberg kniff die Augen zusammen.

»Die paar Pillen sind einige Scheine wert«, antwortete der ehemalige Fußballer. »Dafür schlag ich mir gern ein paar Nächte um die Ohren.«

»Wann haben Sie die Packung verkauft?«

»Direkt nachdem ich sie bekommen hab.«

»Und an wen?« Lindberg sah das Kartenhaus der Indizien gegen Heckler schon in sich zusammenfallen, bevor er es errichtet hatte.

»War ein Jogger.« Heckler kratzte sich an der Glatze. »Der Typ läuft häufiger durch den Wald, wir kommen ins Gespräch, ich erzähl ihm von der Packung und er kauft sie mir ab. Zwar nur für fünfhundert, aber besser als nichts.«

»Wie heißt der Mann?«

»Mann, das weiß ich doch nicht!« Heckler rollte mit den Augen.

»Wie sah er aus?«

»War ein junger Typ, klein, blond. Hat erzählt, er braucht das Zeugs für sein Studium.«

Lindberg lief zurück in den Wagen und nahm sein Diensthandy. Er tippte hastig darauf herum, bis auf dem Display ein Bild erschien. »Könnte es dieser Mann gewesen sein?« Er spürte das nervöse Zittern in seiner Stimme.

»Verdammt, das ist er!«, antwortete Heckler. »Bist du ein Superbulle, oder woher weißt du das?«

62

Die Kommissare ließen Heckler stehen und liefen zurück zu ihrem Dienstwagen. Wie einen gehetzten Hasen trieben sie das Auto die Schotterpiste entlang. Bei jeder Unebenheit schlug der Wagen auf dem schneeglatten Boden einen Haken, doch er blieb in der Spur. Endlich ließen sie den Wald hinter sich und bogen auf die asphaltierte Straße ein. Keine zwanzig Minuten später kamen sie in St. Alban an.

Im Mühlegraben brannte noch Licht. »Sollten wir nicht einen Durchsuchungsbefehl haben?«, fragte Mia Adam, während sie parkte. »Oder glaubst du, er gibt uns freiwillig die Packung?«

Vielleicht mussten sie Farner wirklich anders anpacken, als er es bisher getan hatte. Der Student wirkte zwar, als könne er keiner Fliege etwas zuleide tun, aber galt das auch für Menschen?

»Du hast recht«, sagte Lindberg. »Ich rufe Graf an.«

Der Bundespolizeidirektor war wie immer im Dienst. Selbst um zweiundzwanzig Uhr schien es für ihn nichts Wichtigeres zu geben als die Verbrechensaufklärung. Oder seine Karriere. Nachdem er von

Graf ermahnt wurde, in Zukunft an sein Telefon zu gehen, wenn er ihn anrufe, konnte Lindberg endlich von ihrer Spur berichten.

»Jetzt kann sich der Herr Bundesanwalt nicht mehr hinter seinen Paragrafen verstecken«, sagte Graf. »Ich spreche mit ihm. Sobald Schiller sich gemeldet hat, legen Sie los.«

»Also erst morgen früh?«

»Nein, noch diese Nacht.« Lindberg glaubte, Grafs Grinsen selbst durch das Telefon zu spüren. »Die Bundesanwaltschaft nimmt jetzt auch am MP-Programm teil. Rechnen Sie in zwei Stunden mit meinem Anruf.«

Lindberg legte auf und fragte sich, ob er sich darüber freuen sollte, dass immer mehr Menschen verpflichtet wurden, Remexan einzunehmen. Aber jeder hatte seine Gründe dafür und darunter waren auch einige gute, das musste er zugeben.

Die Aussicht im Auto ein paar Stunden warten zu müssen, ließ ihn gähnen. »Ich werde allmählich müde«, sagte er. »Wenn wir zwei Stunden hier rumhocken, schlafe ich bei der Durchsuchung ein.«

»Wir haben ja unsere Pillen.« Mia Adam schmunzelte.

»Hast du irgendwelche Nebenwirkungen bemerkt, seit du sie nimmst?«

Sie schüttelte den Kopf. »Du?«

»Nein.« Er biss sich auf die Lippe. »Ich würde vorschlagen, ich beginne mit der Observierung und du nimmst eine Remexan«, sagte er. »Dann leg ich die Beine hoch und bis ich wieder wach bin, sollte sich Graf gemeldet haben.«

»Klingt gut.« Mia Adam legte den Fahrersitz um. »Früher hab ich das häufiger gemacht.« Sie grinste. »War aber irgendwie spaßiger.« Sie holte den Blisterstreifen heraus, schluckte eine Kapsel, kuschelte sich in ihren Mantel und gähnte noch einmal kräftig. »Falls ich im Schlaf rede, hör nicht hin.«

»Könnte sein, dass ich schreie«, entgegnete Lindberg. »Das ist aber nur ein Alptraum.«

»Wir klingen schon, als wären wir im Altersheim.« Sie gähnte erneut. »Wenn wir wieder wach sind, sollten wir das Gegenteil beweisen.« Kurz darauf fielen ihr die Augen zu und sie schlief ein.

Lindberg betrachtete sie. Mia Adam hatte immer noch ein Grinsen auf dem Gesicht, obwohl sie schon im Land der künstlichen Träume war. Ihre Augenlider bewegten sich rasch, schneller als sie es normalerweise taten, wenn die REM-Phase erreicht war.

Auch wenn die Kollegin heute vor der Hütte im Wald kurzzeitig ihre Coolness verloren hatte, schien sie die Welt doch viel unbekümmerter zu sehen, als er selbst. Lindberg fragte sich, ob er zu Beginn seiner Polizeilaufbahn genauso gewesen war. Er dachte an seine Anfänge in Genf zurück und wusste: dem war nicht so.

Er blickte auf das Haus vor sich und überlegte, ob Farner wirklich das Gute wollte oder ob er nur einen ideologischen Kampf führte. Einen Kampf, bei dem ihm alle Mittel recht waren. Sie würden es herausfinden, in zwei Stunden. Lindberg gähnte und wünschte sich, er könnte jetzt schon eine Remexan einnehmen. Doch einer musste Wache halten, das hatte sich trotz der neuen Zeiten nicht geändert.

***

Irritiert schlug er die Augen auf. Sein Rücken schmerzte. Sein Blick fiel auf die Leuchtdioden der Uhr im Armaturenbrett, es war Mitternacht. Er registrierte, dass er im Auto lag und warf eine Begrüßung in die Dunkelheit. Sie fand keinen Widerhall.

Lindberg richtete sich auf und blickte sich um. Die Rückbank war leer, der Fahrersitz wieder hochgestellt, aber niemand saß darin. Er schaute aus dem Auto, doch Mia Adam war nirgendwo zu sehen. Der Nebel hatte nun auch die Stadt erfasst und die Dunkelheit beinahe ihren Zenit erreicht. Dann erst fiel es ihm auf. Im Haus im Mühlegraben brannte kein Licht mehr. Was war geschehen?

63

Er verließ das Haus durch einen Hintereingang, fuhr mit der letzten Straßenbahn nach Kleinbasel, setzte sich dort in ein Internetcafé und öffnete den Google-Kalender. Zum Anmelden gab er Angelia Bernards E-Mail-Adresse ein und blickte sich um. Neben zwei Indern war er der einzige Gast und diese chatteten so angeregt mit ihrer Familie in der Heimat, dass sie ihn nicht beachteten. Der Inhaber schaute irgendeine Privatfernsehen-Nachrichtensendung ohne Nachrichten, also perfekt um ihn von der Realität abzulenken.

Noch gut erinnerte er sich, wie er Angelia morgens nach dem Aufstehen einmal wie zufällig über die Schulter geschaut hatte. Es war immer von Vorteil mehr über den anderen zu wissen, als dieser über einen selbst. Man wusste nie, für was es noch gut war.

Seit ihrem Anruf war ihm klar geworden, dass Angelia Bernard zu einer Gefahr für ihn geworden war. Gefahren konnte man entweder ignorieren, minimieren oder ausschalten.

Und es konnte nicht den geringsten Zweifel geben, welches die beste Lösung war. Er gab 'Dimethylamphetamin14' als Passwort ein und drückte Enter. Schon an der Sanduhr erkannte er, dass etwas nicht stimmte. Hatte er sich verschrieben?

Er gab das Passwort erneut ein, achtete auf jeden Buchstaben. Wahrscheinlich hatte sie es geändert, schließlich war es schon fast zwei Jahre her, dass sie mehr als nur eine Geschäftsbeziehung unterhalten hatten.

Doch der Mensch war ein Gewohnheitstier, das wusste er nur zu gut. Die meisten taten im Grunde immer dasselbe: Schlafen, Arbeiten, Essen, Hobbies. Und dabei hielten sie einen geregelten Tagesablauf ein, perfekt um sie zu überwachen.

Vielleicht würde das anders werden, wenn das Remexan sich erst einmal durchgesetzt hatte.

Würden sich dann nicht alle Strukturen auflösen und jeder würde zu einer anderen Zeit Aufstehen, Frühstücken oder Mittagessen?

Oder würden die meisten trotz Remexan ihre Gewohnheiten erhalten, so wie jene Deutschen, die den Euro immer noch in D-Mark umrechneten? Er war überzeugt, Gewohnheiten setzten sich stets durch. Deswegen war er sich auch sicher, dass er Bernards Passwort knacken würde, obwohl er kein Hacker war.

Denn selbst wenn jemand ein einigermaßen kompliziertes Passwort gefunden hatte, so wie Angelia mit dem Remexan-Wirkstoff, zählte er es meist nur hoch. Als er bei 'Dimethylamphetamin18' angelangt war, grinste er zufrieden. Angelia Bernards Kalender öffnete sich und ihr Leben lag vor ihm wie ein offenes Buch. Schon nach wenigen Minuten wusste er, wann es beendet sein würde.

64

Es klopfte an die Autoscheibe, unruhig, kräftig. Eine Gestalt stand davor. Lindberg presste die Augen zusammen und öffnete sie sofort wieder, in der Hoffnung schärfer zu sehen. Doch die Gestalt blieb schemenhaft. »Erik«, hörte er sie sagen. Er atmete tief aus. Es war Mia Adam.

»Sorry, hab gerade mit meinem Freund telefoniert und wollte dich nicht wecken.« Sie öffnete die Autotür.

»Wenn ich eine Remexan genommen habe, weckt mich nicht mal eine Bigband neben meinem Bett.« Lindberg rieb sich die Augen. »Hat sich Graf gemeldet?«

»Der Boss war überpünktlich«, sagte sie. »Haftbefehl gibt es keinen, aber einen Durchsuchungsbeschluss.« Sie rieb sich die Hände. »Also, worauf warten wir noch?«

»Hast du das Haus die ganze Zeit beobachtet?«

Sie nickte. »Farner hat vor einer Viertelstunde das Licht gelöscht, ist wohl schlafen gegangen«.

»Na, dann wecken wir ihn mal.«

Vor der Haustür wartete Lindberg einen Moment und klingelte dann. Stille. Er klingelte erneut, dieses Mal länger und heftiger. Das Licht in der Wohnung ging wieder an und Farner meldete sich an der Gegensprechanlage.

»Wer ist da?«, fragte er verschlafen.

»Ein alter Freund.«

Mia Adam schaute Lindberg irritiert an, doch als Farner die Tür freigab, zuckte die junge Kollegin nur mit den Schultern.

Farner stand im Hausflur, nur mit Shorts und einem T-Shirt bekleidet. »Werden deine nächtlichen Besuche jetzt zur Regel?«

Mia Adam lupfte eine Augenbraue, doch sie schwieg.

»Sorry, ich hatte das so nicht geplant«, sagte Lindberg. »Aber ich habe heute etwas sehr Merkwürdiges erfahren und würde gerne deine Meinung dazu wissen.« Er zeigte auf seine Kollegin. »Das ist übrigens Mia Adam. Dürfen wir reinkommen?«

»Ich wollte eigentlich grad ins Bett.« Farner gähnte, doch dann strich er sich mit beiden Händen durch sein blondes Haar und ließ sie hinein. »Ich hoffe, es dauert nicht so lange, ich hab morgen eine Klausur.«

»Kann ich dir nicht versprechen«, entgegnete Lindberg. »Aber du kannst den Schlaf ja heute etwas kürzer ausfallen lassen.«

Farner blickte Lindberg irritiert an. »Hast du irgendein Problem mit mir?«

»Sagen wir mal so: Ich habe jemanden von der Liste der Verdächtigen gestrichen und stelle dann fest, dass diese Person nicht aufrichtig zu mir war.«

Farner ging zum Schrank und nahm ein paar Gläser heraus. »Ich versteh nur Bahnhof, Erik.«

»Was würdest du denn von einem Tierschützer halten, der Medikamente ablehnt, aber selbst bei der Pharmaindustrie gearbeitet hat?«

»Deswegen bist du also hier.« Farner ließ die Gläser auf der Ablage stehen. »Mein Alter hat mir den Job vermittelt.«

»Ausgerechnet bei GENEKNOV? Ist es nicht unmoralisch, für den Feind zu arbeiten?«

»Hat ein englischer Spion im Zweiten Weltkrieg unmoralisch gehandelt?«

»Du hattest also von Anfang an vor, die Firma zu verklagen?«

»Ich hatte gewisse Gerüchte gehört und wollte sie überprüfen.«

»Ich habe mit einem Verbraucherschützer gesprochen, er meint, deine Klage sei völlig überzogen, weil die Firmen dazu verpflichtet wären, die Tests durchzuführen. GENEKNOV würde sehr genau darauf achten, die Regeln einzuhalten.«

»Und wenn die Regeln unmoralisch sind, befolgst du sie trotzdem? Ist der Begriff 'ziviler Ungehorsam' bei der Polizei völlig unbekannt?«

»Wir leben in einem der besten politischen Systeme ...«

»Für wen? Für die Tiere?« Farner schüttelte den Kopf. »Wir machen es uns sehr einfach, indem wir behaupten, Tiere hätten kein Bewusstsein und keinen Verstand. Wir sind so eingebildet, von unserem bisschen Überlegenheit, dass wir übersehen, dass auch andere ein Recht auf Leben haben.«

»Auch die Forscher von GENEKNOV?«, fragte Lindberg. »Haben die auch ein Recht auf Leben?«

»Das haben sie«, nickte Farner. »Aber sie müssen sich gefallen lassen, dass wir sie unermüdlich daran erinnern, dass sie es sind, die töten.«

»Hohe moralische Ansprüche für jemanden, der bei der erstbesten Gelegenheit Remexan kauft.«

»Ich habe nicht gesagt, dass ich Medikamente ablehne!«, protestierte Farner. »Ich lehne Tierversuche ab, das ist ein riesiger Unterschied!«

»Und Remexan ist immer noch die Inkarnation des Turbo-Kapitalismus?«

Im Augenwinkel sah er, wie Mia Adam die Stirn runzelte. Vielleicht hätte er ihr vorher sagen sollen, dass er Farner kannte.

Der Student nahm ein Glas von der Ablage und füllte es mit Wasser. Er trank, langsam, als benötigte er Zeit nachzudenken, was er sagen sollte. »Manchmal muss man sich mit seinen Feinden verbünden, um erfolgreich zu sein.«

»Du hast dich also mit GENEKNOV verbündet? Mit der Firma, die du selbst verklagt hast?«

»Ich würde nie auch nur einen Franken an den Konzern zahlen. Aber ich halte es für legitim, ihr Medikament für unsere Zwecke einzusetzen.«

»Du gibst also zu, dass du eine Packung Remexan von Georg Heckler gekauft hast?«, fragte Lindberg.

Farner trat einen Schritt zurück. »Ich weiß nicht, wie dieser Einsiedler heißt. Er wohnt im Weissherren Wald. Ich hab dort gejoggt, er hat mich angesprochen und mir die Packung angeboten. Ich hab ihm 500

Franken gegeben. Im Internet wäre es billiger gewesen.«

»Wann hast du die Tabletten gekauft?«

»Das war Montag vor einer Woche.« Farner zuckte mit den Schultern. »Aber was sollen die Fragen? Bist du von der Gesinnungspolizei?«

»Keine vierundzwanzig Stunden später wurde ein Mord verübt«, antwortete Lindberg. »Und genau die Charge, die du gekauft hast, haben wir am Tatort gefunden.«

Farner lehnte sich an die Anrichte als sei ihm schwindelig, die Bleiche stieg in sein Gesicht. »Von der Charge existieren doch bestimmt Tausende von Packungen!«

»In Basel aber nur dreizehn«, erklärte Lindberg. »Zwölf Unschuldige und ein Täter. Die zwölf Unschuldigen kennen wir schon.«

»Sag mal spinnst du?« Farner schlug mit der Hand auf die Anrichte. »Ich bin kein Mörder!«

»Kannst du uns die Packung zeigen?«

»Warum sollte ich das tun?«

»Weil wir einen Durchsuchungsbefehl haben.« Lindberg zeigte ihm das Schreiben.

Farner fluchte, öffnete eine Schreibtischschublade, kramte eine Arzneischachtel hervor, betrachtete sie kurz und reichte sie Lindberg. Der Kommissar schaute auf das Etikett mit der Chargennummer. *AB53172C*. Sie stimmte überein. Er öffnete die Packung und holte die Tabletten heraus. »Da fehlt die Hälfte«, sagte er. »Was hast du mit denen gemacht?«

»Ich habe sie an meine Mitstreiter weitergeben.«

»Du hast was?«

»Die waren für unsere nächtlichen Aktionen. Ich muss das wohl nicht erklären.«

»Doch!«, widersprach Lindberg. »Ich bitte darum!«

Farner atmete tief aus und setzte sich. »Du glaubst gar nicht, wie viele Freiwillige abspringen, wenn eine Aktion mitten in der Nacht stattfindet. Aber das ist die beste Zeit. Also sorge ich mit dem Remexan dafür, dass es keine Ausreden mehr gibt, wenn wir uns nachts in ein Labor schleichen.«

»Und wann habt ihr das getan?«

»Es ist noch nicht dazu gekommen. So etwas braucht Vorbereitung.«

»Und das soll ich dir glauben?« Lindberg legte die beiden verbliebenen Blister auf den Tisch. »Du hast die Packung erst seit einer Woche, aber hier fehlen mehr als fünfzehn Tabletten!«

Farner verschränkte seine Arme. »Konnte ich wissen, dass diese Charge nicht koscher ist? Das Medikament ist Mittel zum Zweck für uns! Es ist nichts anderes als ein Werkzeug, wie eine Zange, mit der ich einen Drahtzaun durchschneide.«

»Du nutzt es, um GENEKNOV zu bekämpfen!«

»Ja, das tue ich«, antwortete Farner und klang fast ein wenig stolz. »Aber nicht auf die Art und Weise, wie du dir das vorstellst!« Farner ging einen Schritt auf Lindberg zu, seine Augen funkelten zornig. »Ich habe dir vertraut, weil ich dachte, du bist anders. Dabei bist du auch nur ein verlogenes Bullenschwein.«

Lindberg hob eine Augenbraue und zückte ein paar Handschellen. »Du bist vorläufig festgenommen!«

65

»Haben Sie das Alibi des Verdächtigen überprüft?« Der leitende Staatsanwalt sprach die Worte in einer Vehemenz, die keine Fragen offen ließ. Erik Lindberg hatte Dr. Schiller bisher noch nicht zu Gesicht bekommen. Kein Wunder, man munkelte, der Bundesanwalt bevorzuge den Umgang mit ihm Gleichgestellten. Und davon gab es nicht allzu viele.

Dr. Andreas Schiller war Anfang fünfzig, wirkte aber deutlich älter, was an seinem weißen Haarkranz und seiner altmodischen Metallbrille lag. Er war nicht größer als eins fünfundsechzig, von schmaler Statur und seine Haut war so blass, als habe er seit Jahren keine Sonne mehr gesehen.

Waren die Polizisten unter sich, nannten sie Schiller meistens Giftzwerg. Lindberg ahnte, dass er den Wahrheitsgehalt dieser Aussage hier und jetzt persönlich überprüfen durfte. Graf, der sonst nie um einen Spruch verlegen war, hielt sich auffallend zurück.

»Nein, ich habe das Alibi noch nicht überprüft«, gab Lindberg zu. »Ich bin direkt nach der Verhaftung zu Herrn Graf, um ihn zu informieren.«

»Hatten Sie einen Haftbefehl?«, fragte Schiller.

»Das tut doch nichts zur Sache, wir hatten den begründeten Verdacht ...«

»Hatten Sie einen Haftbefehl?!«, fragte Schiller erneut.

»Nein«, antwortete Lindberg. »Aber ich wollte kein Risiko eingehen, dass der Verdächtige Beweismittel fälscht oder beseitigt.«

»Sie hatten doch einen Durchsuchungsbefehl«, sagte Schiller. »Der wurde mitten in der Nacht bei mir angefordert. Was hat Sie also daran gehindert, diesen anzuwenden?«

»Nichts«, entgegnete Lindberg. »Die Kollegen sind gerade vor Ort und führen die Durchsuchung durch. Morgen können wir den Verdächtigen verhören und mit den Ergebnissen konfrontieren.«

»Aber wir haben keine Beweise!« Schiller schlug mit der Faust auf den Tisch. »Eine dahingeschmierte Parole und ein Medikament; das ist gar nichts!«

»Farner hat ein Motiv«, sagte Lindberg. »Und was ist, wenn wir bei der Durchsuchung den Ring von Claudia Römer finden?«

»Das ist kein Poker, Lindberg! Ich hoffe, das ist Ihnen klar!«

»Und bei der FAA war Ihnen das egal?«

Der Bundeanwalt schüttelte ungehalten den Kopf. »Sie haben den Sohn eines ehemaligen Bundesrichters verhaftet und das ohne triftigen Grund! Ich kann froh sein, dass Bern so verschlafen ist, sonst würden die mir schon die Türe einrennen!«

Hilfe suchend schaute Lindberg zu seinem Vorgesetzten. Schließlich hatte Graf ihn angewiesen, die

Ermittlungen auf Farner zu konzentrieren. Doch der Polizeidirektor wich seinem Blick aus. »Sie haben gehört, was Dr. Schiller gesagt hat«, sagte er. »Dem habe ich nichts hinzuzufügen!«

»Was ist denn mit der Auslieferungsliste von GENEKNOV?«, sprach Schiller Graf jetzt direkt an, ganz so als sei Lindberg Luft für ihn. »Erst wird der Firma Druck gemacht und dann kümmert er sich offensichtlich nicht darum!«

»Ich habe mich sehr wohl darum gekümmert!«, widersprach Lindberg. »Aber die Personen, welche des Remexan erhalten haben, sind bis auf Farner alles unbeschriebene Blätter!«

»Dann sehen Sie verdammt noch mal zu, dass diese leeren Blätter beschrieben werden!« Schiller erhob sich, ohne dadurch viel an Größe zu gewinnen. »Haben Sie sonst noch etwas anzumerken?«

»Nein«, nuschelte Lindberg kaum hörbar und verließ Grafs Büro. Er lief in die Tiefgarage, knallte seine Laptoptasche auf den Beifahrersitz und gab Gas. Er wusste nicht wohin, er wollte nur weg. Weg aus dieser Stadt, weg von diesem Fall und weg von diesem Medikament.

Es regnete in Strömen, doch er schaltete nicht mal den Scheibenwischer an.

Ihm fehlte Paula. Sie war immer für ihn dagewesen, hatte ihm häufig die richtigen Tipps gegeben. Mit ihrer Umsicht hatte sie ihn vor manchem Fehler bewahrt. Sie war zwar keine Polizistin, doch wäre sie dabei gewesen, hätte sie ihn wahrscheinlich auch davor bewahrt, Farner ohne wirklichen Grund festzunehmen.

Doch jetzt lag sie im Koma, konnte nichts tun, nicht einmal sich selbst helfen.

Mit einem Mal wurde ihm klar, dass er soeben den Rubikon überschritten hatte.

Er hatte dem Bundespolizeidirektor und dem Bundesanwalt verschwiegen, dass auch er die Remexan-Charge erhalten hatte. Jetzt gab es kein Zurück mehr. Wenn sie herausfanden, was er verheimlicht hatte, war er die längste Zeit Polizist gewesen.

Wie in Trance hielt Lindberg vor einer Ampel. Sie wurde grün, doch er fuhr erst los, als die Autos hinter ihm schon hupten. Er parkte den Wagen in einer Nebenstraße und nahm seinen Laptop. Er scrollte durch das Internetleben der restlichen elf Personen, die auf der Auslieferungsliste standen und machte sich ein paar Notizen. Gegen fünf Uhr morgens fuhr er zur nächstgelegenen Adresse. Es war reichlich früh. Doch irgendwann musste sich jeder an die neuen Zeiten gewöhnen.

Gerade als er vor der Tür des ersten Remexan-Käufers stand, klingelte sein Handy. Es war Katharina Zach. Er nahm das Gespräch an.

»Du erinnerst dich an den Arzt mit dem Graffito?«, fragte sie.

»Klar«, sagte Lindberg.

»Wir haben die Blutspur an seinem Gartentor nun identifizieren können. Du rätst nie, von wem sie ist.«

»Philipp Farner?«, fragte er ins Blaue hinein.

Vor Überraschung schwieg Katharina Zach, nur eine Sekunde lang, doch Lindberg wusste, dass er recht hatte.

66

Kommissar Lindberg öffnete die Stahltür zum Vernehmungszimmer und blickte in die verspiegelte Trennscheibe. Sie stellte den Kontakt zur Außenwelt her, doch sie wurde kaum mehr genutzt, da selbst der naivste Verbrecher inzwischen wusste, wofür sie verwendet wurde. Lindberg bemerkte, dass er müde aussah, trotz des Remexans. Oder war er erschöpft? Desillusioniert?

Er hatte gestern im Dauerregen den ganzen Tag lang die elf anderen Käufer der Remexan-Charge überprüft, doch sie hatten entweder ein Alibi, kein Motiv für die Tat oder waren in zwei Fällen verreist.

Bei der Durchsuchung von Farners Wohnung hatte man nicht den geringsten Hinweis auf die Tat gefunden. Andererseits stammte die DNA-Spur an van Gelsens Gartentor von dem Studenten. Doch nach der ersten Euphorie war Lindberg schnell klar geworden, dass dieses Indiz nur bewies, dass Farner das Graffito tatsächlich dort hinterlassen hatte. Im Zusammenhang mit den Morden hatten sie seine DNA nirgends gefunden. Und darauf kam es an.

Die Tür zum Vernehmungszimmer öffnete sich. Ein Mann mit grauem Rauschebart und zotteligen Haaren trat ein. Er trug einen ausgeblichenen Anzug und schien ein wenig aus der Welt gefallen. Lindberg hatte ihn noch nie gesehen, aber wer als Anwalt so auftreten konnte, musste gut sein.

Mit dem Trotz desjenigen, der glaubt recht zu haben, folgte Philipp Farner dem Anwalt und setzte sich neben ihn. Er schrie nicht, er fluchte nicht, er schien nicht mal Angst zu haben. Lag es daran, dass er nichts zu verbergen hatte, oder daran, dass er genau das perfekt konnte?

»Und was habt ihr bei mir gefunden?«, fragte Farner, noch bevor Lindberg mit den Formalitäten begonnen hatte.

»Darf ich dir nicht sagen.« Lindberg schaltete das Diktiergerät ein und knipste die Schreibtischlampe an, die irgendein Witzbold auf den Verdächtigen ausgerichtet hatte. Lindberg drehte den Schirm zur Seite und sprach Zeit, Personalien und Ort in das Diktiergerät. Normalerweise siezte man die Verdächtigen, aber in diesem Fall würde er damit eine weitere Mauer zwischen ihnen hochziehen. Er stellte Farner einen Plastikbecher hin und füllte ihn mit Wasser. »Hast du dir Gedanken zu deinem Alibi gemacht?«

»Ich war daheim, allein. Daran ändert sich auch nichts, wenn ich erneut darüber nachdenke.«

»Ein gutes Alibi sieht anders aus, oder?«

»Ist es dir lieber, wenn ich lüge?«

»Wer hat die fünfzehn fehlenden Tabletten?«, fragte Lindberg.

»Wieso sollte ich dir das sagen?«

»Verstehst du nicht, dass das deine Rettung sein kann?« Lindberg versuchte, Farner in die Augen zu blicken, doch der Student wich ihm aus. »Wir überprüfen die Personen«, sagte Lindberg. »Wenn sie die Tabletten noch haben, ist alles in Ordnung.«

»Das Problem ist nur, dass ich dir nicht mehr trauen kann.«

»Das beruht auf Gegenseitigkeit.« Lindberg erhob sich. »Also machen wir es wie Staatschefs im Kalten Krieg.«

Farner blickte ihn fragend an, sagte aber nichts. Sein Anwalt, der die ganze Zeit still dagesessen hatte, weitete seine Augen.

»Du nennst die Personen, die das Remexan erhalten haben deinem Anwalt«, erklärte Lindberg. »Er nimmt Kontakt mit ihnen auf und sie liefern die Kapseln bei ihm ab. Es müssen genau die Tabletten sein, die du ihnen gegeben hast. Wir lassen die Charge von GENEKNOV überprüfen. Sind alle Kapseln vollständig, kannst du gehen.«

»Ich kann auch so gehen.« Farner lehnte sich in seinem Stuhl zurück. »Ihr könnt mich nur vierundzwanzig Stunden festhalten und die sind so gut wie um.«

»Nicht, wenn Untersuchungshaft angeordnet ist.«

Farner beugte sich nach vorn. »Auf welcher Grundlage soll der Richter dem zustimmen?«

Der Anwalt räusperte sich. »Fraglos liegen keine Haftgründe vor«, sagte er. »Aber es scheint mir, das interessiert den Herrn Bundesanwalt nicht sonderlich. Unter Druck trifft man nicht immer die besten Entscheidungen. Ich finde den Vorschlag von Herrn Lindberg zumindest bedenkenswert.«

Farner blickte ihn trotzig an.

»Philipp, es wurden drei Unschuldige ermordet und ich versuche nichts weiter, als diese Taten aufzuklären«, sagte Lindberg. »Entweder du hilfst mir dabei oder selbst dein Vater wird dich nicht mehr aus der Scheiße holen können, in die du dich gesetzt hast.«

Farner leerte den Plastikbecher mit einem Schluck und zerdrückte ihn. »Ihr lasst mich und meine Freunde wirklich in Ruhe, wenn die fünfzehn Tabletten abgeliefert werden?«

»Ich gebe dir mein Wort.«

Dieses Mal blickte Farner dem Kommissar in die Augen, nur kurz, dann schaute er zur Seite und fluchte leise. »Okay, gib mir und meinem Anwalt eine Stunde unter vier Augen.«

Lindberg schaltete das Diktiergerät aus und stand auf. »Ich lasse euch den Raum für eine Stunde.« Er war schon an der Tür, als er sich noch einmal umdrehte. Jetzt würde es sich entscheiden, ob Farner log, oder ob er die Wahrheit sagte. »Warum eigentlich Dr. van Gelsen?«

Der Student biss sich auf die Lippe. »Wie meinst du das?«

»Warum habt ihr den Slogan auf sein Haus gesprüht?«

Farner schaute hilfesuchend seinen Anwalt an.

»Sie müssen darauf nicht antworten«, sagte dieser.

Farner winkte ab. »Er hatte an dieser Talkshow teilgenommen.«

»Und das war alles?«

»Dort hat er erzählt, dass er Studien zu Remexan durchführt ...«

»Dass er was?«

»Er hat vor der Zulassung eine Remexan-Studie durchgeführt. Ich dachte, das wusstest du?«

»Nein«, antwortete Lindberg. »Das hat er nicht gesagt.« Der Kommissar drehte sich um, nahm seinen Autoschlüssel und lief zur Tiefgarage.

67

Eine Stunde später stand Lindberg vor der Praxis Dr. van Gelsens in Allschwil. Nach dem Dauerregen schien nun die Sonne und der Schnee auf der großen Esche, der sie das letzte Mal fast zu erdrücken gedroht hatte, war inzwischen geschmolzen. Lindberg klingelte schon zum zweiten Mal, dann erst fiel ihm das goldene Schild auf, welches er beim ersten Besuch nur beiläufig beachtet hatte. *'Perfectrial'*, offensichtlich eine Firma, die medizinische Studien durchführte.

Die Türsprechanlage klickte. »Haben Sie einen Termin?«, fragte die Sprechstundenhilfe in einem Tonfall, der verriet, dass die Antwort nur 'nein' lauten konnte.

»Ich brauche keinen Termin«, entgegnete Lindberg. »Ich bin ...«

»Donnerstagvormittag ist keine Sprechstunde«, unterbrach sie ihn. »Bitte kommen Sie morgen wieder.«

»Ich bin von der Bundespolizei«, sagte Lindberg.

Keine drei Sekunden später öffnete sich die Tür. Er betrat den Vorraum der Praxis. Dort saß eine andere Arzthelferin als das letzte Mal, doch sie schien ähnlich arrogant. Lindberg zeigte seinen Ausweis. Die Arzthelferin drückte mit zittrigen Fingern auf der Gegensprechanlage herum. »Dr. van Gelsen? Ein Herr von der Bundespolizei möchte Sie sprechen.«

»Worum geht es denn?« Der Arzt schien nicht halb so nervös wie seine Mitarbeiterin. Der Kommissar beugte sich über die Gegensprechanlage. »Hier ist Erik Lindberg«, sagte er. »Ich hätte noch ein paar Fragen.«

Lindberg hörte Schritte, die Tür zur Praxis öffnete sich. »Sie haben Glück, dass heute kein Notfall reingekommen ist«, sagte van Gelsen und bat Lindberg herein. »Darf ich Ihnen etwas zu trinken anbieten? Einen Cappuccino, Whisky oder Cognac?«

»Nein danke, ich bin im Dienst.« Lindberg setzte sich in den Besucherstuhl.

»Ich bin auch im Dienst«, antwortete van Gelsen. »Aber gewisse Stimulanzen sind ja keine Sünde.« Er nahm ein bauchiges Glas und schenkte sich einen Cognac ein.

»Warum haben Sie mir verschwiegen, dass Sie Studien zu Remexan durchgeführt haben?«, fragte Lindberg.

»Verschwiegen?« Van Gelsen runzelte die Stirn. »Sie selbst haben doch Ihre Nachbarin bei mir vorbeigeschickt. Was dachten Sie denn, was wir da machen? Dass ich mit Probepackungen um mich werfe, ohne das medizinisch zu begleiten?«

»Sie haben etwas von Anwendungsbeobachtung erzählt.«

»Und das ist nichts anderes als eine Studie nach der Zulassung des Medikaments.«

»Sie haben aber auch Studien vor der Markteinführung des Remexans durchgeführt.«

Van Gelsen nickte. »Auch das ist kein Geheimnis. Wer des Lesens mächtig ist, erkennt schon am Gartentor, dass ich eine CRO mein Eigen nenne.«

»Vielleicht verkehren Sie ja in anderen Kreisen, aber ich weiß nicht, was eine CRO ist.«

»Entschuldigung.« Van Gelsen lächelte gnädig. »Eine CRO ist eine *'Contract Research Organisation'*. Das heißt, ich führe im Auftrag von Pharmaunternehmen wissenschaftliche Studien durch, zum Beispiel an meinen Patienten oder an anderen Testpersonen.«

»Mit deren Einverständnis?«

»Selbstverständlich«, antwortete der Arzt. »Sonst würden die Pharmaunternehmen die Studie niemals finanzieren.«

»Sie wissen also genau, wer an Ihren Studien teilnimmt?«

Van Gelsen nickte. »Natürlich. Und die Einverständniserklärung wird mindestens acht Jahre aufbewahrt, falls es doch noch Probleme gibt.«

»Dann kennen Sie Nadja Trokovski?«

»Der Name sagt mir nichts«, antwortete van Gelsen. »Wer soll das sein?«

»Eine Teilnehmerin einer Remexan-Studie.«

Van Gelsen zuckte mit den Schultern. »Herr Kommissar, ich bin bei Weitem nicht der einzige Arzt, der solche Studien durchführt und ich kann mich natürlich nicht an jeden einzelnen Teilnehmer erinnern. Aber ich kann gerne meine Unterlagen bemühen, falls Ihnen das weiterhilft.«

»Tun Sie das bitte.«

Van Gelsen drückte auf den Knopf der Gegensprechanlage. »Frau Burkhalter, können Sie einmal in den

Studienunterlagen nachsehen, ob eine gewisse ... Herr Lindberg, wie hieß die Frau noch mal?«

»Nadja Trokovski.«

»Also, können Sie nachsehen, ob eine gewisse Nadja Trokovski an einer Studie von uns teilgenommen hat?« Er nippte an dem Cognac und lehnte sich zurück. »Kann ich sonst noch etwas für Sie tun?«

»Wovon handelte denn die Studie, die Sie vor Zulassung des Remexans durchgeführt haben?«, fragte Lindberg.

»Es ging um psychische Anomalien und deren Auswirkungen auf eine Remexan-Einnahme.«

»Psychische Anomalien?«, fragte Lindberg. »Was kann ich mir darunter vorstellen?«

»Personen mit Schlafstörungen, Depressionen, leichte Fälle von Schizophrenie und so weiter.« Van Gelsen schwenkte sein Cognacglas. Er ließ das Aroma mit geschlossenen Augen auf sich wirken, als sei es weitaus wichtiger als das Gespräch mit dem Kommissar.

»Wo haben Sie die Studie durchgeführt?«

»Hier in der Praxis«, antwortete der Arzt. »Sie war nicht sehr umfangreich. Die großen Zulassungsstudien hat GENEKNOV selbst durchgeführt oder im Ausland in Auftrag gegeben.«

»Verlief Ihre Studie erfolgreich?«

»Im Wesentlichen schon.« Van Gelsen nippte erneut an dem Glas und setzte ein Genießerlächeln auf.

»Gab es keine Nebenwirkungen?«

Der Arzt schüttelte den Kopf.

»Oder Probleme mit den Probanden?«

»Nein, alles im grünen Bereich.«

»Das heißt, die Studie wurde veröffentlicht?« Lindberg hatte inzwischen den Eindruck, dem Arzt jede Antwort wie einen Wurm aus der Nase ziehen zu müssen.

»Ich habe die Daten an GENEKNOV weitergegeben«, erklärte van Gelsen und nahm einen größeren Schluck. »Was die Firma daraus gemacht hat, entzieht sich meiner Kenntnis.«

»Eine Veröffentlichung hätten Sie doch mitbekommen, oder?«

»Ich habe so viel zu tun, da hat man nicht immer alles auf dem Schirm«, entgegnete van Gelsen. Aus der Gegensprechanlage drang ein Brummen und dann die Stimme der Arzthelferin. »Ich habe nachgeschaut, eine Nadja Trokovski hat an keiner unserer Studien teilgenommen.«

»Na, dann ist doch alles geklärt«, bemerkte van Gelsen und erhob sich.

»Noch nicht ganz«, erwiderte der Kommissar. »Ich frage mich, ob ich Ihre Studie einsehen kann?«

»Bitte?« Van Gelsen verzog sein Gesicht voller Unverständnis. »Das ist ganz und gar unmöglich. Ich musste eine Verschwiegenheitserklärung von GENEKNOV unterschreiben. Wenn die Firma Ihnen die Daten zur Verfügung stellt, habe ich natürlich keine Einwände.«

»Kennen Sie das Sanatorium Erzenberg?«

»Ich habe davon gehört. Wurde neu aufgebaut, oder?«

»Waren Sie mal dort?«

Van Gelsen rieb sich die Stirn. »Ich war zur Einweihung eingeladen, aber ich hatte Besseres zu tun.«

»Welche Beziehung unterhalten Sie eigentlich zu GENEKNOV?«

Van Gelsen blickte auf die Uhr. Das Gespräch schien ihm deutlich zu lange zu dauern. »Es ist ein großer Pharmakonzern hier vor Ort. Ich kenne dort einige Mitarbeiter.«

»Kennen Sie auch Angelia Bernard?«

Van Gelsen verriet leichte Unsicherheit. »Sie ist mir bekannt«, sagte er. »Leitet die Public Relations Abteilung, oder?«

»Das ist korrekt. Ist sie Ihre Auftraggeberin?«

»Nein, die Aufträge erhalte ich aus der Forschung.«

»Zum Beispiel von Claudia Römer?«

»Herr Kommissar, was soll das werden? Ein Verhör?« Van Gelsen blickte Lindberg missmutig an. »Ich weiß sehr wohl, dass die Dame nicht mehr am Leben ist. Es stand in jeder Zeitung!«

»Kannten Sie die Frau?«

»Nein. Haben Sie noch weitere Fragen?«

»Erhalten Sie von GENEKNOV eigentlich Musterpackungen?«

»Ab und an.«

»Auch Remexan?«

»Was denn sonst?«

»Kann ich die Packungen einmal sehen?«

»Wenn es weiter nichts ist.« Van Gelsen seufzte, als wolle er dem Kommissar damit zu verstehen geben, dass seine Geduld erschöpft war. Er öffnete einen gut gefüllten Arzneischrank und holte einige Medikamente heraus. Darunter befanden sich mehrere Wochen- und auch Monatspackungen Remexan. Lindberg nahm die Packungen in die Hand und überprüfte die Chargennummern.

Auch ohne sie aufzuschreiben, wusste er sofort, dass die gesuchte Charge nicht darunter war.

»Und Ihr eigener Bedarf?«, fragte Lindberg. »Wie decken sie den?«

Van Gelsen öffnete kommentarlos eine Schublade und reichte Lindberg eine Packung. Es war die richtige Personalisierung, M60S. Einige Tabletten fehlten, Lindbergs Herz schlug schneller, doch als er die Chargennummer sah, erkannte er, dass auch sie nicht übereinstimmte.

68

Mia Adam legte den Telefonhörer auf den Apparat und rieb sich irritiert die Stirn. Sie war so in die Akten vertieft gewesen, dass sie das Klingeln des Telefons fast überhört hätte. Und jetzt das. Es ging die ganze Zeit nur um diese verdammte Remexan-Charge.

Die letzten zwei Tage war sie in der ganzen Schweiz umhergefahren und hatte die Käufer der Charge außerhalb von Basel befragt. Natürlich nicht alle Tausend, doch diejenigen, die dem Täterprofil wenigstens ansatzweise entsprachen. Sie hatte sich die Aussagen, Ausflüchte und Alibis von mehr als zwanzig Männern angehört, die, wie sie nun wusste, alle eines gemeinsam hatten: Weder waren sie der Täter, noch standen sie mit ihm in Verbindung.

Jeder Mitarbeiter im Ermittlungsteam nahm inzwischen Remexan und manche arbeiteten dreiundzwanzig Stunden durch. Sie schienen nicht mal mehr zu wissen, ob es nun Morgen war, Abend oder Mitternacht. Dennoch kamen sie in dem Fall nicht entscheidend voran.

Mia Adam war inzwischen überzeugt davon, dass sie einen Denkfehler begingen. Doch sie hatte keine Ahnung, welche Annahme sie in die Irre geleitet hatte.

Sie hatte sich ursprünglich darauf gefreut, an dem Fall mitarbeiten zu dürfen. Doch jetzt, da sie mitten drin steckte, fiel ihr auf, dass er einige der Polizisten wie einen Strudel nach unten zu reißen schien. Mia Adam wollte nicht zu denen gehören, die alles opferten, nur um den Täter zu finden. Sie hoffte, es würde ihr gelingen. Und sie hoffte, es würde auch Erik Lindberg gelingen.

Doch bei ihm war sie sich nicht so sicher. Seit sie dieser Remexan-Charge hinterher jagten, hatte er kaum noch mit ihr gesprochen.

Und jetzt dieser Anruf.

Was sollte sie tun?

Als erstes brauchte sie einen freien Kopf.

Sie nahm ihre Dienstwaffe, schloss das Büro ab und fuhr mit dem Lift in den Keller zum Schießstand.

Sie legte die Schutzweste an, die Ohrschützer, ging in den Schießbereich und lud ihre Waffe. Beim Zielen merkte Mia, dass sie zitterte. Sie atmete tief durch und schoss.

Sie traf nicht mal die Scheibe.

Die beiden Kollegen am Schussplatz neben ihr warfen sich wissende Blicke zu, obwohl sie rein gar nichts wussten.

Mia lud nach, drückte den Abzug und traf zwar die Scheibe, doch ihr eigentlich Ziel, deren Mitte blieb unversehrt. Sie wiederholte das noch ein paarmal, doch mit jedem Schuss wurden die Blicke der Kollegen herablassender. Mia Adam fluchte und lud erneut durch. So schlecht hatte sie nicht mehr geschossen, seit sie mit fünfzehn auf der Herbstmesse zum ersten Mal ein Gewehr in der Hand gehalten hatte. Sie schloss die Augen, zählte bis zehn, blickte durch das Visier, zielte, spannte den Finger an und postierte dann den Kopf doch noch einmal neu. Sie peilte ihr Ziel an und feuerte.

Dieses Mal traf die Kugel das Innere der Scheibe. Die beiden Kollegen klatschten, doch der Hohn war ihnen deutlich anzumerken. Mia Adam wusste, an guten Tagen hätte sie die Jungs deklassiert wie Greenhorns, doch heute schoss sie selbst wie eines.

Sie zog den Ohrenschützer ab, hängte die schusssichere Weste in den Spind und verließ den Schießstand. Ihr Kopf fühlte sich an, als hätten sich dort ein paar Untermieter mit Presslufthämmern eingenistet.

Sie stieg in einen Dienstwagen und gab Gas. Sie fuhr viel zu schnell, doch eigentlich wollte sie gar nicht ankommen.

Mia Adam wusste nicht, ob es richtig war, was sie tat, doch sie wusste, sie musste es tun.

Sie parkte ihr Auto in der Altstadt von Basel und stieg seufzend aus. Der Anruf von vorhin hatte alles geändert. Deswegen war sie hierhergekommen. Kurz darauf betrat sie die Serafim-Apotheke.

69

Scheinbar gelangweilt saß Philipp Farner im Vernehmungsraum des Untersuchungsgefängnisses, seine Hände gefaltet und von Handschellen gefesselt. Und doch sah Lindberg am Zucken des rechten Augenlides, dass Farner innerlich angespannt war. Der Anwalt neben ihm war hingegen die Ruhe selbst. Lindberg setzte sich den beiden gegenüber und bedeutete dem Wärter, Farner die Handschellen zu öffnen.

»Kann ich gehen?« Farner rieb sich die Handgelenke, als seien sie wund.

»Es waren vier Tabletten zu wenig«, antwortete Lindberg.

Farner blickte resigniert auf den Tisch vor ihm.

»Hast du etwas von einer Remexan-Studie im Sanatorium Erzenberg gehört?«

Farner runzelte die Stirn. »Nein, sagt mir gar nichts. Wo ist das?«

»Das ist eine Nervenklinik in Basel-Land. Man hat dort Remexan an psychisch Kranken getestet.«

»Manche nehmen alles, was sie kriegen können.«

»So einfach ist es nicht, bei den Tests ist nämlich etwas schief gelaufen.«

»Das tut mir leid, aber nicht für GENEKNOV«, entgegnete Farner. »Hat die Firma versucht, die Probleme zu vertuschen?«

»Das werde ich noch herausfinden«, antwortete Lindberg. »Was wirst du jetzt tun?«

»Das heißt, ihr lasst mich gehen?«

»Dein Anwalt hat einen guten Job gemacht«, sagte Lindberg. »Aber mit deinem Freund, der seine vier Tabletten behalten hat, würde ich an deiner Stelle mal reden. Loyalität ist keine Einbahnstraße.«

»Ein weiser Spruch von einem Bullen.«

»Es gibt nicht nur Schwarz und Weiß.«

»Aber auch nicht nur Grau«, entgegnete Farner. »Was ist mit meinen Sachen, die konfisziert worden sind?«

»Deine persönlichen Gegenstände bekommst du an der Pforte.«

Farner stand so träge auf, als habe er Jahre in einer Kellerzelle zugebracht.

Als er aus dem Gefängnistor kam, stand Lindberg davor. Er reichte Farner die Hand. Doch der Student nahm nicht einmal die Hände aus der Jackentasche und ging schweigend an Lindberg vorbei.

»Wenn du unschuldig warst, tut es mir leid«, rief Lindberg dem Tierschützer hinterher.

»Das sollte es auch«, erwiderte Farner ohne sich umzudrehen. Er blieb kurz stehen, winkte dann ab und lief die verschneite Straße entlang. Zwei Männer in Zivil folgten ihm.

70

Am nächsten Morgen wurde Erik Lindberg von seinem eigenen Schluckauf geweckt. In seinem Kopf drehte sich alles, als sei er gerade erst ins Bett gegangen. Was ja auch stimmte.

Das beste Mittel gegen einen Kater war immer noch Schlaf. Doch was sollte man tun, wenn der Schlaf nicht mal ausreichte, um auszunüchtern?

Gestern hatte er lange mit den Ärzten diskutiert, ob Paula das Schlafmittel Ambien nehmen durfte, weil er die kleine Chance, dass sie dadurch aufwachte, nicht ungenutzt lassen wollte. Schließlich hatte der Chefarzt zugestimmt und der Wirkstoff war Paula per Infusion verabreicht worden. Doch sie hatte nicht darauf reagiert, nicht einmal ihr Blutdruck war gestiegen, auch ihr Puls war konstant geblieben. Kein einziger medizinischer Parameter hatte sich geändert. Wieder war eine Hoffnung gestorben.

Zwei Gin Tonic später hatte er Carla Frey angerufen, weil er ihren Rat brauchen konnte und damit er sich nicht sinnlos betrank.

Letzteres hatte nicht funktioniert, aber wenigstens hatte es geholfen, sich mit Carla über den Fall zu unterhalten.

Sie war der Auffassung gewesen, Lindberg habe alles richtig gemacht. Wahrscheinlich lag das nur daran, dass er ihr nicht erzählt hatte, dass er selbst die Remexan-Charge des Täters besaß.

Anschließend hatte er sein Auto stehen lassen und war mit dem Taxi nach Hause gefahren. Dann, vor einer Stunde, hatte er sich ins Bett gelegt und eine Remexan genommen.

Und jetzt war er zwar wach, aber immer noch betrunken.

Lindberg schleppte sich ins Bad, schenkte dem Fremden im Spiegel nicht einmal ein Lächeln und stellte sich unter die Dusche. Zweimal verschluckte er hicksend Duschwasser, schließlich stellte er die Brause ab, zog sich an und trottete ins Arbeitszimmer.

Unter Alkoholeinfluss hatte er noch nie ermittelt, doch er merkte sofort, dass dies weder für seine Konzentration, noch für seine Kreativität förderlich war. Wie er das Problem drehte und wendete, es blieb dabei: Ohne die Kooperation von GENEKNOV würde er den Mörder nicht finden. Der Pharmakonzern spielte sein eigenes Spiel. War es jemand aus der Firma, der die Fäden in der Hand hielt? Jemand, der die Probleme vertuscht hatte und den Konzern schützen wollte? Lindberg war sich sicher, dass Angelia Bernard mehr wusste, als sie zugegeben hatte. Doch die Frau hielt dicht wie der Eiserne Vorhang.

Er überlegte, sie anzurufen, beschloss dann jedoch, dies besser in nüchternem Zustand zu tun.

Als sei das Telefon durch seine Gedanken erwacht, klingelte es kurz darauf. Es war nicht Angelia Bernard, natürlich nicht.

»Bist schwer zu erreichen, Lindberg.«

»Was willst du, Wohlers?«

»Schon vergessen? Heute Abend ist es soweit.« Wohlers schien einen Zug von einer Kippe zu nehmen. »Du gibst mir das Sudoku-Heft und ich verschwinde für immer aus deinem Leben.«

»Und wenn ich das Heft nicht hab?«

»Dann puste ich deiner kleinen Freundin endgültig das Hirn weg.« Wohlers verzichtete für einmal auf sein dunkles Lachen, wohl um zu zeigen, wie ernst er es meinte.

Lindberg schloss die Augen.

»Warum bist du auf einmal so still?«, fragte Wohlers. »Hast du etwa Angst?«

Lindberg wollte antworten, wollte es abstreiten, doch er fand keine Worte um zu lügen.

»Heute Nacht, zwei Uhr am Südquai im Hafen.«

»Das Südquai ist groß.«

»Das weiß ich auch.« Wohlers lachte wieder. »Wir treffen uns neben dem Hafenbecken. Und wenn ich nur eine Bullennase dort sehe, kannst du schon mal den Grabschmuck bestellen.«

Lindberg hörte nur noch das Klicken der Leitung. Instinktiv wusste er: Heute Nacht würde sich alles entscheiden.

71

Philipp Farner verließ seine Wohnung, zog eine Kapuze auf und knöpfte seine Jacke bis zum letzten Loch zu. Trotz des eisigen Windes schlenderte er durch die Gassen St. Albans, als mache er einen Winterspaziergang.

Er war gestern nach seiner Freilassung direkt nach Hause gelaufen, hatte dort das Chaos aufgeräumt, welches die Durchsuchung hinterlassen hatte und sich dann schlafen gelegt.

Ohne Remexan.

Jetzt war es an der Zeit, dass er wieder etwas Bewegungsfreiheit gewann.

Farner betrachtete ein paar Schaufenster, tat so, als habe er alle Zeit der Welt. Er tätigte einige Anrufe, doch er erzählte nichts von seiner Verhaftung und nichts von seiner Freilassung. Auf Höhe des Münsters stieg er hinab in Richtung Rhein.

Am Ufer schaukelte die hölzerne Rheinfähre auf dem schon durch die Basler Chemie eingetrübten Wasser. Obwohl die Fähre den Fluss seit fast zwei Jahrhunderten in beide Richtungen überquerte, hatte sie dies immer nur mit der Kraft der Strömung getan, kein Motor und keine Paddel waren ihr jemals zur Hilfe gekommen. Nur ein schräg gespanntes Seil zwischen beiden Ufern führte sie über den Rhein. Ein langer Holzstab, ähnlich dem eines Gondoliere diente dem Fährmann zum Abstoßen vom Ufer. Anschließend stellte er das Steuerruder so in die Strömung, dass diese die Fähre zur anderen Rheinseite trug.

Farner nahm fast immer die Fähre, wenn er auf das andere Ufer wollte. Die Brücken waren ein paar hundert Meter entfernt und ein Auto besaß er nicht. Doch heute war die andere Rheinseite nicht sein Ziel. Eigentlich.

Winkend grüßte er den Fährmann und schlenderte an der Anlegestelle vorbei. Im Augenwinkel beobachtete Farner, wie die fast leere Fähre ablegte und sich langsam in den Rhein stellte. Plötzlich drehte der Student sich um, spurtete die Böschung zum Rhein hinunter und sprang vom hölzernen Anlegesteg ab.

Sein rechter Fuß blieb an der Bootskante der Fähre hängen, Farner verlor die Kontrolle und fiel mit dem Oberköper voran auf die hölzernen Planken. Die Fähre schaukelte sich auf, Farner rutschte auf die andere Seite des Rumpfes, packte die Halterung eines Sitzes und rappelte sich auf. Er blickte zurück ans Ufer, einer der beiden Männer, die ihm gefolgt waren, zückte ein Funkgerät. Farner hastete in das blickgeschützte Bootshaus. Nur zwei japanische Touristen saßen dort, die ihn mit großen Augen anschauten und irgendetwas von 'Action' und 'Movie' erzählten.

»Hast du es irgendwie eilig?«, fragte der Fährmann.

Farner nickte. »Wenn es heute ein bisschen schneller gehen würde, wäre ich dir echt verbunden.«

Und so ging Farner eine gute Minute bevor ein Streifenwagen die andere Rheinseite erreichte an Land und verschwand in den Gassen Kleinbasels.

72

»Es wird höchste Zeit, dass du kommst.« Mia Adam blickte auf die Uhr. »Graf hat schon vor zwei Stunden nach dir gefragt.«

»Was will denn der schon wieder?« Lindberg rieb sich den Kopf, seine Trunkenheit hatte übergangslos in einem Kater gemündet.

Mia Adam lüpfte eine Augenbraue. »Wenn ich es nicht besser wüsste, würde ich sagen, du hast die Nacht durchgemacht.«

»Wie jede Nacht auf dieser Droge.« Lindberg zuckte mit den Schultern. »Ich habe mich gestern Abend mit Carla Frey getroffen. Kennst du sie?«

»Nein, aber ich habe viel von ihr gehört. Sie hat den Fall anfangs mit dir bearbeitet, oder?«

»Richtig.«

»Hatte sie eine zündende Idee?«

Lindberg nickte. »Den Frust mit Gin Tonic ertränken. Hat aber nicht geklappt.« Er versuchte ein Lächeln. Doch Mia Adam blieb seltsam unbeteiligt.

»Und was will jetzt Graf von uns?«, fragte Lindberg.

»Das sagt er dir am besten selbst.« Sie erhob sich.

Lindberg bemerkte, dass sie seinen fragenden Blicken auswich, doch er sagte nichts. Vielleicht hätte er wirklich nicht erst gegen zehn ins Büro kommen sollen. Oder wenigstens das Handy anschalten. Aber ihm war es zu riskant gewesen, dass Wohlers ihn bei dem orten konnte, was er heute Morgen getan hatte. Denn dann wäre alles dahin.

Er folgte Mia Adam zum Büro des Bundespolizeidirektors und setzte sich schweigend in den Besucherstuhl neben sie.

Graf kam herein, begrüßte Mia Adam und würdigte Lindberg keines Blickes. *Was war hier los?*

»Frau Adam, bitte erzählen Sie Kommissar Lindberg, was Sie gestern herausgefunden haben.«

Mia Adam fuhr sich durch ihren roten Bubikopf, schloss einen kurzen Moment die Augen. Sie zögerte, biss sich auf die Lippen. »Erik, ich war gestern in der Serafim-Apotheke.« Sie sprach so leise, als wolle sie gar nicht gehört werden.

Und doch hörte Lindberg jedes Wort. *Sie überprüfen meine Ermittlungen!*

»Der Geschäftsführer der Serafim-Apotheke hat gestern angerufen«, sagte sie und blickte Lindberg entschuldigend an. »Er hatte bei der Inventur noch zwei Packungen Remexan gefunden und wollte dich sprechen, aber du warst unterwegs.«

»Was für Packungen waren das?«

»Zwei Monatspackungen von einer anderen Charge.«

»Schön«, sagte Lindberg und wusste doch, dass dem nicht so war.

»Als ich schon auflegen wollte, sagte der Apotheker, dass er sich schon gedacht habe, dass es nicht die richtige Charge sei«, ergänzte Adam. »Und weißt du auch warum?«

»Nein?«

»Nun, er meinte, er hätte das vermutet, weil es sich nicht um die Charge handle, die du erhalten hättest.«

Lindberg starrte auf den Boden, unfähig etwas zu sagen. »Ich bin also in die Apotheke gefahren und habe mir die Datenbank angeschaut«, fuhr Mia Adam fort. »Einer der dreizehn Verwender dieser Charge stimmt mit deiner Liste nicht überein! Erik, du hast einen Beweis gefälscht!«

73

Obwohl Lindberg all das, was gerade geschah, befürchtet hatte, konnte er es in diesem Moment einfach nicht glauben. Zu unwirklich fühlte sich alles an. Wie Mia Adam und Graf dasaßen und auf eine Reaktion von ihm warteten, wie die Sekunden vergingen, ohne dass sich das Chaos in seinem Kopf lichtete. Fühlte sich ein Krimineller auch so, wenn er geschnappt wurde?

Dabei hatte er alles nur getan, um den Mörder zu finden.

»Haben Sie dazu auch etwas zu sagen?«, fragte Graf.

Lindberg atmete tief durch und flickte seine Gedanken wieder zusammen. »Wie wir alle wissen, habe ich die Tabletten dienstlich benötigt«, sagte er. »Daher habe ich der Auflistung meines Namens keine Bedeutung beigemessen. Hätte ich etwa gegen mich selbst ermitteln sollen?«

»Sie hätten Ihren Namen nicht von der Liste streichen dürfen!«, erwiderte Graf.

»Das war meine Arbeitsunterlage, damit kann ich tun und lassen, was ich will!«

»Und warum haben Sie dann einen Unschuldigen anstatt Ihrer auf der Liste aufgeführt? Weil uns ansonsten aufgefallen wäre, dass ein Name fehlt!« Graf stand auf, seine Zornader auf der Stirn pochte heftig. »Wenn der Bundesanwalt das erfährt, wird er Sie eigenhändig in der Luft zerreißen! Sie haben unser einziges Beweismittel zerstört! Kein Gericht der Welt wird das jetzt noch anerkennen!«

»Dieses Beweismittel ist nicht das Papier wert, auf dem es steht!«, widersprach Lindberg. »Wir müssen die Charge beim Täter nachweisen und echte Beweise finden!«

»Sollen wir damit bei Ihnen anfangen?«, fragte Graf.

»Bin ich etwa verdächtig?«

»Selbst Ihnen dürfte bekannt sein, dass ich Ihnen den Fall allein schon wegen möglicher Befangenheit entziehen muss. Sie sind bis auf Weiteres vom Dienst suspendiert!« Graf deutete mit dem Finger auf Lindberg, als könne er seiner Entscheidung so mehr Gewicht verleihen. »Frau Adam übernimmt den Fall mit sofortiger Wirkung.«

Lindberg stand auf. »Sie servieren mich einfach so ab?«

»Heute Morgen, wo waren Sie da?« In Grafs Blick lag nicht mehr nur Zorn, sondern auch etwas Verschlagenes. »Haben Sie wieder Ihre Eltern gepflegt?«

»Ich habe gearbeitet.«

»Das kann jeder behaupten. So wie jeder behaupten kann, seine Eltern wären sterbenskrank.« Graf warf Lindberg eine Mappe zu. »Ich habe mir Ihre Akte aus Berlin kommen lassen. Wie kann es sein, dass Sie Ihre

Eltern pflegen müssen, wenn die vor über zwanzig Jahren gestorben sind?«

Lindberg spürte Mia Adams fragenden Blick in seinem Nacken. »Es ist meine ...«

»Ihre Ausreden sind mir scheißegal!«, rief Graf. »Die hab ich mir lange genug angehört!« Seine Zornader pochte, als würde sie jeden Moment platzen. »Lindberg, Sie können froh sein, dass ich es bei der Suspendierung belasse und von einer Kündigung absehe. Vorerst wohlgemerkt! Wenn Sie auch nur eine Sekunde weiter ermitteln, werde ich nicht zögern, Sie neben Frau Frey auf die Parkbank zu setzen, ist das klar?!«

Lindberg wusste, wenn er jetzt antwortete, würde es eskalieren. Und er wollte Graf nicht auch noch die Genugtuung verschaffen, ihn zu feuern.

»Frau Adam wird Sie jetzt nach Hause begleiten und dort Ihre Remexan-Packung konfiszieren«, sagte der Polizeidirektor. »Darf ich um Ihren Ausweis und Ihre Waffe bitten!«

Lindberg holte seinen Polizeiausweis heraus, hielt kurz inne, griff dann in seinen Waffenholster, nahm die Glock und feuerte sie zusammen mit der Marke auf den Tisch seines Vorgesetzten. Er lief aus dem Zimmer und knallte die Tür mit solch einer Wucht zu, dass sie beinahe aus der Verankerung sprang.

»Kyss mig i arslet!«, fluchte er auf Schwedisch. Das bedurfte keiner Übersetzung.

Erst in der Tiefgarage holte Mia Adam ihn ein, öffnete die Tür zu einem Dienstwagen und ließ Lindberg einsteigen. Sie schien nach Worten zu suchen, doch anscheinend fand sie keine. Schweigend gab sie Gas.

Lindberg blickte stumm aus dem Fenster.

»Erik, ich wollte dich nicht kontrollieren«, sagte sie schließlich. Ihre Stimme war leise und brüchig. »Aber was sollte ich denn tun? Graf hat mitbekommen, dass ich in die Apotheke gefahren bin und wollte wissen, weswegen ich dort war. Ich hab das blöde Gefühl, dass er selbst in der Apotheke nachgefragt hat. Wenn ich dichtgehalten hätte, wäre mir der Fall genauso entzogen worden wie dir. Wäre dir das lieber?«

Lindberg schaute immer noch aus dem Fenster und schwieg.

»Graf bestand darauf, dass ich dir vorher nicht sage, worum es geht und dass wir sofort zu ihm kommen.«

Sie redeten kein Wort mehr, bis sie in Lindbergs Haus standen. Er ging ins Schlafzimmer und gab der Kollegin die Packung von seinem Nachttisch, sowie den Blisterstreifen aus seinem Jackett.

Mia Adam zählte die Tabletten durch und überprüfte die Chargennummer. »Ich bin mir sicher, Graf sieht das am Montag schon wieder anders.« Beim Verabschieden klopfte sie Lindberg auf die Schulter. »Er braucht fähige Männer wie dich.«

»Graf braucht niemanden außer sich selbst«, erwiderte Lindberg, wandte sich ab und schloss die Tür hinter seiner Kollegin.

74

Erik Lindberg saß zusammengesunken auf seinem Bett, den Kopf in den Armen vergraben. Was er in letzter Zeit anpackte, es scheiterte. Er war schuld daran, dass Wohlers ihnen damals gefolgt war und Paula ins Koma befördert hatte. Was er auch tat, sie würde nie wieder aufwachen. Selbst ihren letzten Wunsch, sie nicht an einer Maschine dahinvegetieren zu lassen, hatte er ignoriert. Stattdessen weckte er bei einer unglücklichen Witwe Hoffnungen, weil er sie nicht verletzen wollte.

Doch als sei das alles nicht genug, hatte er seinen ersten großen Fall in der alten Heimat auch noch gegen die Wand gefahren.

Und ausgerechnet heute Abend sollte er Wohlers wiedertreffen.

Wenigstens hatte er einen Plan. Ein Kollege für Wirtschaftsstrafsachen hatte die 18-stellige Zahlenkombination analysiert und genau wie Lindberg vermutet, dass es sich um ein Nummernkonto handelte. Er hatte Lindberg sogar die Basler Privatbank genannt, die solche Codes benutzte.

Deswegen hatte Lindberg heute Morgen bei der Bank angerufen und schließlich persönlich dort vorsprechen müssen, um die Existenz des Kontos bestätigt zu bekommen. Da es sich um ein anonymes Nummernkonto handelte, konnte Lindberg zwar nicht sicher sein, dass dieses Wohlers gehörte, aber der Einlagebetrag von umgerechnet anderthalb Millionen Euro und die Übereinstimmung der Kontonummer waren Lindberg Beweis genug.

Anschließend hatte er den Kollegen von Interpol Bescheid gegeben und dabei verschwiegen, dass er die Information nur aufgrund eines entwendeten Beweismittels erlangt hatte.

War die Welt inzwischen so niederträchtig, dass es nur noch mit Tricks gelang, das Gute durchzusetzen?

Wie auch immer, wenn Wohlers in die Bank ging, würden die Kollegen dort auf ihn warten und ihn verhaften. Und das allein zählte.

Lindberg musste ihm nur noch das Sudoku-Heft geben und dann verschwinden.

Dr. Watson strich ihm um die Beine, Lindberg richtete sich auf und der Kater hüpfte ihm auf den Schoß. »Du kommst, obwohl du schon gegessen hast?« Lindberg streichelte ihn im Nacken und Dr. Watson schnurrte. Doch schon im nächsten Moment fixierte der Kater etwas auf dem Nachttisch, sprang und packte es mit seiner Schnauze. Es war ein Papier, die Packungsbeilage der Remexan-Schachtel. Um die Tabletten zu zählen hatte Mia Adam die Beilage aus der Packung genommen. Die Tabletten hatte sie konfisziert, doch der Beipackzettel war zu nichts nütze gewesen. Außer als Spielzeug für Dr. Watson.

Der Zettel erinnerte Lindberg ohnehin nur an diesen verdammten Fall, also umso besser, wenn Dr. Watson ihn in den Altpapierhimmel schickte.

Lindberg ging ins Wohnzimmer, nahm drei Scheite Holz samt Anzünder und entfachte im Kamin ein Feuer. Die Wärme der Flammen weckte etwas Leben in ihm.

Er musste lernen, loszulassen. Das galt für den Fall, das galt aber auch für Paula. Irgendwann würde er sich nicht mehr hinter immer neuen Ideen verstecken können, mit denen er sie aufwecken wollte. Irgendwann musste er akzeptieren, dass sie nicht mehr ins Leben zurückkehrte. Und er musste eine Entscheidung treffen.

Dr. Watson tapste in das Wohnzimmer und legte die zerrupfte Packungsbeilage vor Lindberg ab, als bringe er ihm seine Beute. Der Kommissar kniete nieder und hielt den Beipackzettel über das Feuer. Das Ding zu verbrennen war der erste Schritt, sich von dem Fall zu lösen.

Seine Hand wurde schon warm und doch ließ er den Zettel nicht los. Hatte er die Packungsbeilage jemals gelesen? Oder hatte er sich nur auf das verlassen, was Katharina Zach und die Ärzte ihm erzählt hatten? Lindberg zog die Hand zurück, glättete die Papierstückchen, setzte sie aneinander und begann zu lesen. Schnell gelangte er zu dem Absatz, in dem die Wechselwirkungen mit anderen Medikamenten beschrieben wurden. GENEKNOV warnte davor, Remexan ohne Rücksprache mit dem behandelnden Arzt anzuwenden, insbesondere solle man es nicht gemeinsam mit Psychopharmaka einnehmen. Damit durften Patienten mit schweren psychischen Erkrankungen Remexan nicht verwenden, außer der Arzt oder der Patient selbst übernahmen die Verantwortung.

Hatte GENEKNOV diese Formulierung aufgrund der abgebrochenen Studie im Sanatorium Erzenberg aufgenommen? War das nicht ein weiterer Hinweis, dass er auf der richtigen Spur gewesen war?

Doch was hatte er davon? Es war legitim, dass die Firma sich rechtlich absicherte und vor der Verwendung warnte. Nur wie sie zu diesem Urteil gekommen war, das verheimlichte sie anscheinend.

Lindberg las den Rest des Beipackzettels, doch er fand nichts von Bedeutung. Er beugte sich wieder zum Kamin und übergab die Papierfetzen den Flammen. Die Feuerzungen ließen nichts als Asche übrig.

Er nahm den Schürhaken und verteilte die Glut. Wie befreit schlugen die Flammen nach oben. Lindberg hingegen fühlte sich immer noch eingeengt. Er setzte sich vor den Kamin und starrte in das Feuer.

Das Klingeln seines Diensthandys holte ihn zurück in diese Welt. Er meldete sich.

»Hier ist Angelia Bernard. Wir müssen uns unterhalten.«

»Ohne Anwälte?«, fragte Lindberg.

»Ohne Anwälte.«

»Worum geht es?«

»Nicht am Telefon.« Bernard klang gehetzt, ungewohnt nervös. »Kommen Sie um 22 Uhr ins 'Les Trois Rois', ich erwarte Sie dort in Zimmer 312. Haben Sie verstanden?«

Lindberg blickte auf die Uhr. Es war erst früher Nachmittag. Sollte er ihr sagen, dass er suspendiert war? Doch dann würde Graf sich darum kümmern und alles würde in einer einzigen Kungelei enden. »Ich werde da sein«, sagte er. »Aber warum so spät?«

»Wenn mir etwas passiert, halten Sie sich an die Charge.«

»Was?«

Das Klicken des aufgelegten Hörers musste ihm als Antwort genügen.

75

Philipp Farner hastete am Bahnhof entlang, lugte nur ab und an unter der tief ins Gesicht gezogenen Mütze hervor. Gerade als er wieder aufschaute, sah er sie, nur wenige Meter vor ihm.

Zwei Polizisten. Er hatte extra gewartet, bis es dunkel wurde, doch die Bullen waren immer da, wo man sie nicht brauchte.

Wenn er die Straßenseite wechselte, würde er bei dem dichten Verkehr auffallen. Unschlüssig blieb er stehen und tat so, als würde er auf die Bahnhofsuhr schauen. Die beiden Männer in Uniform blickten ihn an und gingen einen Schritt auf ihn zu.

In dem Moment liefen drei ebenso langbeinige, wie hübsche Französinnen an den Polizisten vorbei und fragten sie nach dem Weg. Sofort hatten die Vertreter der Staatsmacht nur noch Augen für die Repräsentantinnen des weiblichen Geschlechts. Farmer konnte problemlos passieren und in der Küchengasse aus dem Sichtfeld der Polizisten verschwinden.

Vor einem der unzähligen Betonklötze Basels, die in der Bahnhofsgegend herumstanden, als sei Stadtplanung unnötiger Luxus, blickte Farner sich um und stellte sich in den Eingang. Er klingelte drei Mal. Die Tür öffnete sich und Farner huschte in den Hausflur. Er stieg die Treppe bis zum letzten Stock hoch und blieb vor einer grünen Haustür stehen. Er klopfte drei Mal und horchte in die Stille. Im Spion sah Farner sein Gegenüber zur Tür kommen, der Mann blickte hindurch und wendete sich abrupt ab. Nach wenigen Metern stoppte der Mann und überlegte es sich doch anders.

Die Tür öffnete sich. Er war dezent geschminkt, noch schlanker geworden. »Was willst du hier, Philipp?«

»Hat dir mein Anwalt nicht Bescheid gegeben?«

»Ich höre geschlagene drei Wochen kein Sterbenswörtchen von dir und dann bekomme ich nichts als diese Pillen!« Er fuchtelte wild mit seinen schlaksigen Armen durch die Luft. »Dann rufst du mich einmal an, weil du meine Hilfe brauchst und ich hör wieder nichts von dir. Und schließlich meldet sich dieser furchtbare Anwalt und will die Pillen wieder! Ich komm da nicht mehr mit!«

»Kann ich reinkommen, Nick?«

»Na, ausnahmsweise.« Nick seufzte ein wenig zu theatralisch und ließ Farner hinein. Die beiden setzen sich an den hölzernen Küchentisch, Farner legte seine Mütze ab. »Ich konnte mich nicht melden, weil ich verhaftet wurde.«

»Um Gottes willen, wie ist das denn passiert?« Nick schlug die Hände über dem Kopf zusammen.

»Erzähl ich dir ein anderes Mal. Wenn ich die Pillen nicht bekomme, muss ich wieder in den Bau.«

»Warum hast du sie mir dann überhaupt gegeben? Ich weiß gar nicht, was ich damit soll!«

»Sie für unsere Aktionen verwenden, was dachtest du denn?«

»Na, vielleicht für eine gemeinsame Nacht ohne Unterbrechungen?«, antwortete Nick ein wenig zu lasziv.

»Kannst du auch mal an was anderes denken?«

»Du zwingst mich ja dazu.« Trotzig wie ein Kind stampfte Nick mit dem Fuß auf den Boden. »Pausenlos sitze ich hier und denke an unsere schöne Zeit.«

»Das waren zwei Wochen, Nick. Und von denen warst du eine blau. Also, was ist jetzt, hast du die Tabletten?«

»Auf die Art und Weise kriegst du sie sicher nicht!« Nick verschränkte die Arme.

»Möchtest du, dass ich in den Bau wandere und mir von anderen Männern die Rosette vergolden lasse?«

Nick hob beleidigt seinen Kopf und wandte sich ab. »Vielleicht ist es ja das, was du willst!«

»Hör zu, es tut mir leid, wie das mit uns gelaufen ist«, entschuldigte sich Farner, ging auf Nick zu und legte ihm den Arm auf die Schulter. »Aber ich brauche diese Tabletten wirklich.«

»Und dann sind wir wieder Freunde?«

»Freunde«, sagte Farner. »Aber nicht mehr und nicht weniger.«

»Was nicht ist, kann ja noch werden.« Nick blickte sein Gegenüber versonnen an. »Willst du einen Kaffee?«

»Nick, ich habe wenig Zeit, hol mir bitte die Kapseln.«

»Ich muss erst schauen, ob ich sie noch habe«, seufzte Nick, stand auf und ging in die Küche.

Natürlich hast du sie noch, dachte Farner.

»Aaah, da sind sie ja«, rief Nick nach wenigen Sekunden. Er kam aus der Küche, hielt den kleinen Blisterstreifen zwischen den Fingerspitzen und reichte ihn Farner.

Der Student bedankte sich und schaute auf die Rückseite des Streifens. *'AB53172C'*, das war sie. Zufrieden atmete er aus. Jetzt fehlte nur noch eines. »Und was ist mit der anderen Sache?«

»Philipp, ich hab dabei kein gutes Gefühl ...«

»Hast du das Ding, oder hast du es nicht?«

»Das war nicht einfach ...«

»Also hast du ihn. Zeig ihn mir!«

Nick ging erneut in die Küche und kam mit einem weißen Umschlag wieder. Er öffnete ihn und holte einen roten Pass mit Schweizerkreuz heraus. Farner nahm den Pass und blätterte ihn durch. »Sieht gut aus.«

»Der ist aber nicht umsonst.« Nick warf seinen Kopf nach hinten.

»Du kriegst dein Geld schon noch«, antwortete Farner und stand auf um zu gehen.

»Willst du nicht noch ein bisschen bleiben?«

»Ich werde observiert!« Farner zog seine Mütze auf. »Wenn wieder etwas Ruhe eingekehrt ist, melde ich mich.«

»Tu das, mein Held. Ich denke an dich«, flötete Nick und formte einen Kuss mit seinem Mund.

Farner stieg die Treppen hinab und fragte sich, was um alles in der Welt er einmal an dieser Person gefunden hatte. Er trat auf die Straße, blickte sich nach beiden Seiten um und verschwand im Dunkel der Nacht.

76

Lindberg parkte seinen Volvo ein paar Straßen vom 'Les Trois Rois' entfernt und ging die letzten Meter zu Fuß. Sein Auto und dieses Hotel passten so wenig zusammen wie ein Lada und Paris Hilton.

Vom Haupteingang des Nobelhotels führte ein dunkel gemusterter Teppich in dessen Inneres. Das Les Trois Rois war eines der ältesten Luxushotels Europas, 1681 erstmals erwähnt, zu Zeiten der Belle Époque neu errichtet und immer noch das erste Haus am Platz. Die Erscheinung des Hotels war schon auf den ersten Metern so präsent, dass Lindberg beeindruckt stehen blieb. Die schlanken Marmorsäulen im Foyer zogen sich über mehrere Stockwerke nach oben, sie glänzten, als seien sie gerade aus den Carrara-Steinbrüchen geschlagen worden.

Wohl weil er zu beeindruckt aussah, kam ein Hotelangestellter auf Lindberg zu. »Monsieur, wie können wir Ihnen zu Diensten sein?«

»Ich bin mit einem Ihrer Hotelgäste verabredet.«

»Darf ich Sie zu den Räumen begleiten?«

»Nein danke, ich kenne den Weg.« Lindberg ging in Richtung der Aufzüge.

»Monsieur!« Der Portier lief dem Kommissar hinterher. »Die Privatsphäre unsere Gäste gebietet uns, dass sich die Besucher anmelden. Darf ich um Ihren Namen und den Namen des Gastes bitten?«

Lindberg lächelte freundlich und antwortete.

Der Portier ging an die Rezeption und wählte Bernards Nummer. Er wartete eine Weile, richtete sich die Krawatte und kam wieder. »Frau Bernard ist momentan nicht zu erreichen«, sagte er. »Dürfte ich Sie bitten, solange in der Lobby Platz zu nehmen?«

Von der Lobby konnte ihn jeder beobachten, das passte Lindberg gar nicht. In der Bar war er hingegen vor Blicken geschützt und es fiel nicht so auf, wenn er nicht mehr an seinem Platz war. »Darf ich auch in der Hotelbar warten?«

»Aber sicher, fühlen Sie sich ganz wie zu Hause. Ich gebe Ihnen Bescheid, sobald wir die Dame erreicht haben.«

Lindberg setzte sich an den Rand der Bar in einen ledernen Sessel, sodass er in Richtung Foyer blicken konnte und ließ sich die Karte geben. Die angebotenen Gins stellten jedes englische Pub in den Schatten, sowohl was die Auswahl, als auch was die Preise anging. Er bestellte einen Tanqueray Ten mit Fever Tree Tonic und zahlte gleich, damit er den Betrag möglichst schnell vergessen und den Gin genießen konnte.

Er nahm das kristallene Glas und nippte an dem Drink. Er war angenehm überrascht, der Gin schmeckte mild und doch mit einer charaktervollen Wacholdernote. Er wollte gerade noch einen Schluck nehmen, als er sah, dass der Portier sich um zwei andere Gäste kümmerte. Lindberg stellte das Glas vor sich auf den Tisch, stand auf, schlenderte in Richtung der Treppe und stieg sie mit schnellen Schritten nach oben.

Die antike Treppe war so schief, das Lindberg im ersten Moment glaubte, er vertrage nicht mal mehr die geringsten Mengen Alkohol. Aber es war eben ein Hotel aus einer Zeit, in der man Perfektion noch nicht mit Einförmigkeit gleichgesetzt hatte.

Lindberg kam in den dritten Stock und lief den Gang entlang, Parkett, edler Teppich, an den Wänden Ölgemälde.

Vor Zimmer 312 klopfte Lindberg an die hölzerne Tür. Stille. Er klopfte erneut, stoppte aber nach wenigen Sekunden. Im Zimmer klingelte das Telefon.*Vermutlich versucht der Page immer noch Frau Bernard zu erreichen.* Das Telefon verstummte, im Hotelzimmer regte sich nach wie vor nichts. *Sie hat sicher eine Remexan genommen und ist noch nicht wieder wach.* Lindberg blickte auf das Zimmerschloss, auch hier hatte das Hotel auf Tradition gesetzt. Es gab keine Zugangskarte, dafür ein Sicherheitsschloss. Wenn man wusste, wie leicht Zugangskartensysteme zu überwinden waren, sicherlich eine gute Entscheidung.

Doch auch Sicherheitsschlösser hatten ihre Grenzen.

Lindberg ging in die Hocke und untersuchte die Tür genauer.

Im nächsten Moment hörte er Schritte.

War das ein Gast oder der Portier? Lindberg stand auf, lief in das zweite Stockwerk, die Schritte folgten ihm.

Der Kommissar fluchte leise, hastete ins Erdgeschoss und setzte sich wieder an die Bar. Er hatte vorschnell gehandelt. So würde er nur Aufmerksamkeit erregen. Wenn Bernard erwachte, würde der Portier sein Trinkgeldgrinsen aufsetzen und ihn rufen. Schließlich war es erst kurz vor 22 Uhr.

Nach fünfzehn Minuten und einem weiteren Gin Tonic begannen die Zweifel in Lindberg jedoch in gleichem Maße anzusteigen wie sein Promillepegel. Er checkte sein Handy gefühlt zum hundertsten Mal, rutschte unruhig in seinem Sessel hin und her, und als der Texaner am Tisch gegenüber verzückt ausrief, dass er sich verdammt wohl fühle an diesem schönen Ort, hier in 'good old Germany', stand Lindberg auf.

Für jemanden, der seinen Schlaf auf die Minute genau timen konnte, war eine Viertelstunde definitiv zu viel.

Am Rücken des gerade beschäftigten Portiers vorbei lief Lindberg die Treppen hoch und holte einen Pick heraus, eine Art Dietrich in Form eines schmalen Metallstifts mit Hakenende. In Berlin hatte Lindberg ein paar *Lockpicker* kennengelernt, die innerhalb von Sekunden selbst modernste Sicherheitsschlösser knacken konnten, ohne diese zu zerstören.

Lindberg war bei weitem nicht so schnell, aber er hatte schon einmal eine Tür mit Lockpicks aufgebracht.

Damals, nachdem Paula ins Koma gefallen war, hatte er von einem Unterweltfürsten erfahren, in welcher Wohnung Wohlers untergetaucht war, unter der Bedingung, dass kein Sondereinsatzkommando das

Mehrfamilienhaus in Besitz des Fürsten auf den Kopf stellte.

Lindberg hatte sich von seinen Bekannten die Picks besorgt, Wohlers im Schlaf überrascht und festgenommen. Wahrscheinlich hatte der Fürst darauf gehofft, der Kommissar würde sich an Wohlers rächen und damit erpressbar, doch Lindberg hatte nie vorgehabt, Wohlers zu erschießen.

Damals hatte er noch geglaubt, dass Paula wieder aufwachen würde. Er hatte noch gewusst, dass Rache ihn nicht weiterbringen würde.

Vor Zimmer 312 blieb er stehen und klopfte an die Tür. Nichts als Stille antwortete. Lindberg blickte sich noch einmal um, zog sich ein paar Einweghandschuhe an, nahm den Pick und führte ihn in das Schloss ein. Er belastete den ersten Schlüsselstift bis der Widerstand nachgab und drückte ihn hinunter. Während er mit der einen Hand den Stift gesetzt hielt, also wie durch einen Schlüsselbart heruntergeschoben, setzte er den nächsten Pick und drückte den zweiten Schlüsselstift herunter. Nach gut einer Minute hatte er alle Stifte gesetzt und das Schloss gab nach. Er schob vorsichtig die Zimmertür auf, entfernte seine Picks, schlüpfte durch den Türspalt und schloss die Tür hinter sich. Die Suite lag im Dunkeln, die blickdichten Vorhänge zugezogen.

Lindberg hasste dunkle Räume, vor allem wenn er sie das erste Mal betrat und nicht wusste, was ihn erwartete. Häufig drängten sich dann Bilder von Tatorten aus seinen Erinnerungen nach vorn. Zur Beruhigung redete er sich dann immer ein, dass nicht in jedem dunklen Raum eine Leiche liegen konnte.

Was er nicht mehr überprüfen konnte, denn im nächsten Moment wurde er von einem heftigen Schlag am Hinterkopf getroffen.

77

Udo Wohlers öffnete zum dritten Mal die Minibar, warf einen Blick auf die kleinen Whisky-Flaschen und knallte die Tür wieder zu.

Er hatte so einen Druck, sich die Kante zu geben! Kein Wunder, nachdem was passiert war. Doch wenn er jetzt schwach wurde, war alles verloren.

Wenn er erst einmal in Brasilien war, konnte er tun und lassen was er wollte. Jedenfalls, solange das Geld reichte.

Zum Glück hatte er den Überfall vor ein paar Tagen gemacht, damit kam er wenigstens ein halbes Jahr in Rio über die Runden. Doch seine Rentenversicherung hatte sich in Luft aufgelöst.

Dieser verdammte Lindberg! Wohlers hatte ihn den ganzen Vormittag observiert und er hatte vor Schock nicht einmal reagieren können, als der Bulle in die Bank Privé gegangen war.

Wieso hatte die Berliner Polizei den Code auf dem Sudoku-Heft nicht geknackt und Lindberg schaffte es innerhalb von ein paar Tagen? Hatte vorher niemand das Heft beachtet und erst durch seinen Hinweis waren sie darauf aufmerksam geworden?

Wie auch immer, es war klar, dass man ihm in der Bank eine Falle stellen würde. Er würde sie niemals wieder betreten. Seine Freiheit war ihm wichtiger als anderthalb Millionen Euro.

Natürlich hätte er jetzt schon nach Brasilien verschwinden können, doch erstens fehlte ihm dazu noch eine Kleinigkeit und zweitens würde Lindberg nie aufhören, nach ihm zu fahnden. Er hatte ihn unterschätzt.

Also gab es nur eine Lösung.

Lindberg oder Wohlers.

Udo Wohlers wusste auch schon, wie er sich rächen würde.

Er stieg in den Benz, den er in der Nacht gestohlen hatte und fuhr abseits der Hauptstraßen in Richtung Totentanz.

Die Schweizer hatten ein Faible für merkwürdige Straßennamen. Die auch noch auf ironische Weise passend waren.

Nach ein paar Minuten kam er an ein Parkhaus mit direktem Zugang zur Rehaklinik Neuro-Re. Wohlers stieg aus dem Wagen, ging einen roten, unterirdischen Gang entlang und dann stand er direkt vor dem Eingang der Rehaklinik.

Er setzte sein freundlichstes Lächeln auf und ging durch die Tür.

78

Hypnotisch perlten die schmutzigen Überreste geschmolzenen Schnees aus der Dachrinne. Er hörte weder das Aufprallen der Tropfen auf die Steinterrasse, noch das Schlagen der Fensterläden im Wind. Selbst der süßliche Geruch, der jeden Winkel des Raums erfüllte, vermochte ihn nicht zu wecken.

Schmeißfliegen schwirrten durch das Zimmer und setzten sich zur kurzen Rast auf seine Stirn. Das Objekt ihrer schwärmerischen Begierde lag direkt neben ihm auf dem Bett, verführerisch duftend, blutrot.

Noch bevor Erik Lindberg die Augen aufschlug, spürte er den pochenden Schmerz an seinem Hinterkopf. Instinktiv wollte er sich an den Schädel fassen, doch etwas lag in seiner rechten Hand.

Schummriges Licht fiel aus einem Fenster in den Raum. Er spürte den leicht bitteren Geschmack einer Remexan-Tablette im Mund. Lindberg hob seinen Kopf soweit die Schmerzen es zuließen und blickte an sich herab. Er lag auf einem Bett, sein Oberkörper war nackt, darunter trug er die Anzughose, in seiner Rechten lag ein Messer.

Blutverschmiert.

Hastig ließ Lindberg es los und blickte nach rechts. Dort lag jemand, in einem Pyjama.

Lindberg sah, wie sich unter dem Pyjama Brüste abzeichneten, doch sie bewegten sich nicht.

Er schob sich aus dem Bett, taumelte zum Lichtschalter neben der Tür, drückte ihn, wurde geblendet vom grellen Licht, drehte sich in Richtung des Bettes, sah die Frau darauf liegen, wollte zu ihr, doch dann gaben seine Knie einfach nach und er kippte zur Seite.

Doch er wusste genau, er hatte in die Augen des Todes geblickt.

Langsam richtet er sich auf, setzte sich auf den Boden und zwang sich durchzuatmen.

Angelia Bernard lag auf einem französischen Doppelbett, in einem apricotfarbenen Pyjama, wie er jetzt erkannte, die schneeweiße Bettdecke aufgeschlagen. Ihr kurzes, blondes Haar breitete sich wie ein offener Fächer auf dem Kopfkissen aus. Ihre Kleider waren so akkurat auf einem gepolsterten Holzstuhl angeordnet, als ruhten sie dort für die Ewigkeit. Auf dem Nachttisch lag eine Remexan-Packung, der angebrochene Blisterstreifen verriet, dass Bernard davon Gebrauch gemacht hatte. Sie sah schlafend aus, still und friedlich. Wäre da nicht ihr Hals gewesen, auf dem Lindbergs weißes Hemd lag, blutgetränkt.

Und das Messer neben ihr auf dem Bett, welches er in der Hand gehalten hatte.

Immer noch regungslos saß Erik Lindberg auf dem Boden, doch seine Gedanken rasten wirr umher, als seien sie auf Speed. Nur langsam löste er sich aus dem Schockzustand und ging auf Bernard zu. Er kniete vor ihr nieder, nahm sein Hemd von ihrem Hals und war überrascht, wie warm ihr Körper noch war. Er musterte ihre Halsschlagader. Sie war von einem tiefen Schnitt durchtrennt worden.

Fast so als hätte der Täter sie geschächtet wie ein Stück Vieh.

Es fehlten jegliche Spuren von Gegenwehr, wahrscheinlich war sie im Schlaf getötet worden. Ihre Schädeldecke war unversehrt. War der Mörder bei der Tat gestört worden? Von ihm?

Oder? Er wagte den Gedanken kaum zu Ende zu denken. *Bin ich der Mörder?*

Lindberg schloss die Augen. Er erinnerte sich, wie er in Bernards Zimmer eingedrungen war, in dieses Zimmer, doch dann war da nur noch Leere. Er hatte keine Remexan mehr besessen, trotzdem fühlte er sich, als habe er eine Tablette genommen. Hatte er eine ganze Stunde hier gelegen? Er blickte auf seine Uhr, 23:25. Das kam hin. Doch was war mit dem Messer? War er schlafgewandelt, wie diese Fälle aus den USA, die Ambien genommen hatten? War das die Nebenwirkung des Remexans die GENEKNOV vertuschen wollte?

Lindberg war kein Gerichtsmediziner, aber das kaum geronnene Blut und Bernards warmer Körper konnten bedeuten, dass sie noch gelebt hatte, als er in dem Hotel eingetroffen war. Oder in ihrem Zimmer. War ihr Mörder noch hier? Lindberg öffnete die Schränke, schaute unter das Bett, lief ins Bad und kam sich reichlich naiv vor, nachdem er nichts gefunden hatte. In Gedanken ging er die anderen Hotelgäste durch, die er gesehen hatte, doch es kam ihm keiner bekannt oder verdächtig vor.

Eines jedoch war klar: Er musste so schnell wie möglich hier weg, erst recht, wenn der Mörder den Verdacht auf ihn lenken wollte.

Doch bevor er verschwand, musste er herausfinden, warum Bernard ihn hatte treffen wollen. Wenn der Täter mit Bernard die einzig verbliebene Mitwisserin beseitigt hatte, war dies die letzte Chance, ihn zu enttarnen.

Was hatte sie zu ihm gesagt? *'Wenn mir etwas passiert, halten Sie sich an die Charge.'*

Lindberg nahm den Remexan-Blister vom Nachttisch, doch er erkannte sofort, dass es nicht die Charge war, die der Mörder bei Claudia Römer zurückgelassen hatte. Er durchsuchte Bernards Kleider, fand einen Kassenzettel von Dior, steckte ihn ein, nahm eine lederne Handtasche vom Tisch und untersuchte sie. Er fand nichts außer diversen Kreditkarten, einigen Geldscheinen und den Firmenausweis der Managerin. In ihrem kleinen Koffer lagen nur eine Ersatzbluse und Kosmetik. Kein Laptop, kein Handy, kein Notizbuch. Der Täter hatte alles mitgenommen, das belastende Unterlagen enthalten könnte. Und er würde damit fortfahren, wenn Lindberg ihm nicht zuvor kam.

Jetzt erst fiel dem Kommissar auf, dass er mit nacktem Oberkörper kaum aus dem Hotel spazieren konnte, selbst nicht, wenn er seinen Mantel trug. Und sein Hemd musste er auch entsorgen.

Lindberg nahm die Ersatzbluse aus Bernards Koffer, pinkfarben, mit einem ausladenden Kragen und zwei

Nummern zu klein. Er zog sie über, sie spannte wie eine Wurstpelle, aber sie riss nicht. Er zog den Mantel darüber, knöpfte ihn zu, doch man sah immer noch den weiten pinkfarbenen Kragen darunter. Er sah aus wie ein gescheiterter Künstler, wahrscheinlich Schriftsteller. Immer noch besser als halbnackt.

Lindberg steckte sein blutverschmiertes Hemd in einen Kosmetikbeutel und packte diesen in seine Manteltasche, dann nahm er ihren Firmenausweis, beseitigte seine Fingerabdrücke an der Tatwaffe so gut es ging und verließ das Hotelzimmer.

Er hatte an alles gedacht, nur die kleine Videowanze über der Tür, die hatte er nicht bemerkt.

79

Als Isabel Nadolny das Haus Dr. van Gelsens betrat, erkannte sie es kaum wieder. Der Arzt hatte sein Anwesen in ein Spiel aus Farben und Düften transformiert. An den Wänden installierte Illuminationen tauchten jeden Raum in ein anderes Licht; Strelitzien, Zitronenbäume und kleine Palmen verbreiteten trotz des Schnees vor der Tür mediterranes Flair.

Nervös zupfte Isabel Nadolny sich das Abendkleid zurecht. Sie hatte über zwei Stunden mit sich gerungen, ob sie wirklich auf van Gelsens Benefizparty gehen sollte. Sie würde niemanden dort kennen. Außer den Gastgeber.

Andererseits hatte sie schon zu viele Samstagabende daheim verbracht. Allein. Es hatte immer einen guten Grund gegeben. Die Kinder, die Bequemlichkeit, Erik, der ab und an vorbeikam. Das machte man ein paar Wochen, Monate und irgendwann wurden es Jahre. Nein, sie wollte etwas erleben! Jetzt!

Es baute alles aufeinander auf. Um eine interessante Arbeit zu finden, musste sie sich fortbilden, dafür ihre

Zeit besser als bisher nutzen und infolgedessen Remexan nehmen.

Auch deswegen war es wichtig, dass sie heute gekommen war. Schließlich versorgte Dr. van Gelsen sie mit dem kostenlosen Medikament.

Außerdem war die Party für einen guten Zweck.

Zudem gab van Gelsen ihr das Gefühl, sie interessant zu finden. Oder noch mehr als das. Der Blick, den er ihr in seiner Praxis zum Abschied geschenkt hatte, war voller Begehren gewesen. Wäre es da nicht dumm und feige gewesen, daheim zu bleiben?

Also war sie doch noch gegangen, zwar spät, aber wie man wusste war das besser als nie.

Erst jetzt fiel ihr auf, wie groß das Haus van Gelsens war. Allein das Wohnzimmer bot mehr Fläche als ihr gesamtes Erdgeschoß. Es sah aus, wie ein antiker Salon, mit Stuck verziert, in zartem Rot gehalten, es duftete nach Rosenöl. In der Mitte des Raumes standen eine mobile Bar und ein Rednerpult, auf der Tanzfläche davor unterhielten sich einige Gäste. Im Hintergrund lief Lounge-Musik, nur übertönt von zwei schon ziemlich angeheiterten Blondinen.

Eine Bedienung in einem Barockkleid kam auf Isabel zu und bot ihr einen Prosecco an. Sie nahm ein Glas und blickte durch die Schar der Gäste. Wie erwartet, kannte sie niemanden. In solch einem Fall war der beste Aufenthaltsort das Buffet. Sie zweifelte zwar, ob es jetzt, nach Mitternacht noch etwas gab, doch sie ging trotzdem in die Küche. Erstaunt musterte sie die immer noch üppigen Tabletts und nahm sich zwei Bruschetta, ein paar gegrillte Datteln im Speckmantel und das letzte Melonenschiffchen mit San-Daniele-

Schinken. Sofort ersetzte eine Bedienung das Tablett mit einem neuen, dieses Mal mit Panna Cotta aus kleinen Gläsern. Dr. van Gelsen hatte anscheinend an alles gedacht.

Neben dem Buffet hing ein Poster mit Fotos von Straßenkindern, davor stand eine gläserne Sammelbox der UNICEF. Darin befanden sich einige Hundert-Franken-Noten, wenige kleinere Scheine und ein paar Umschläge.

Nachdem Isabel gegessen hatte, zückte sie ihr Portemonnaie und trennte sich von einem Hunderter. Es war für einen guten Zweck und für einen schönen Abend.

Schon wieder kam die Bedienung und brachte neue Köstlichkeiten. Isabel stellte sich neben sie. »Wo ist denn Doktor van Gelsen?«, fragte sie.

»Der müsste hier irgendwo sein«, antwortete die Frau. Sie rief eine Kollegin zu sich. »Andrea? Hast du den Doktor gesehen?«

»Ich glaube, er war im Filmzimmer und hat ein Video über das Hilfsprojekt gezeigt.« Sie blickte auf die Uhr. »Aber jetzt ist er bestimmt wieder im Salon.«

Sie ging in das Wohnzimmer und tatsächlich, dort stand van Gelsen, umringt von einer Traube attraktiver Frauen. Als er sie erblickte, ließ er die Frauen stehen und kam strahlend auf sie zu. »Hallo, Isabel«, begrüßte er sie. Dann erst fiel ihm sein Fauxpas auf. »Ich meine natürlich Frau Nadolny.«

»Ist schon okay«, antwortete sie und merkte selbst, wie sie rot wurde. »Du kannst mich Isabel nennen.«

»Und du mich Robert«, sagte er und lächelte.

80

Mia Adam war kurz davor, dem Concierge den Universal-Schlüssel aus der Hand zu reißen und die Tür selbst zu öffnen. Doch ihre Impulsivität hatte ihr schon während ihrer Ausbildung geschadet und so seufzte sie nur, während der Concierge schon zum dritten Mal an die Tür von Zimmer 312 klopfte.

Nichts geschah.

Der Portier wartete einen Moment, richtete sich die Krawatte und setzte erneut an zu klopfen.

»Ich denke es reicht!« Mia Adam legte ihm die Hand auf die Schulter. Obwohl sie extra zwei Kollegen der Spurensicherung in voller Montur mitgenommen hatte, schien der Concierge sie nicht für voll zu nehmen. Manchmal wünschte sie sich, sie wäre fünfzig, statt vierundzwanzig, nur damit man sie endlich auf den ersten Blick ernst nahm. »Öffnen Sie doch einfach die Tür«, sagte sie.

»Die Nachtruhe unserer Gäste ist uns sehr wichtig«, antwortete der Concierge und klopfte erneut an die Tür.

»Frau Bernard nimmt Remexan«, entgegnete Mia Adam. »Sie hat die Nachtruhe abgeschafft.«

Endlich drehte der Concierge sich um. »Zurückhaltung und Diskretion wird sie trotzdem von uns erwarten.«

»Diskretion erwarten auch Ihre anderen Gäste«, sagte Mia Adam. »Die wird es gar nicht freuen, wenn wir hier mit der großen Mannschaft und einem Durchsuchungsbefehl vorbeikommen.«

Jetzt seufzte der Angestellte, nahm die Universal-Schüssel und führte ihn in das Schloss. Leise klickend öffnete sich die Tür der Suite. »Frau Bernard?«, rief der Concierge.

Niemand antwortete. Ein stickiger Geruch schob sich Mia Adam entgegen. Die beiden Spurensicherer gingen voran, doch nach nur einem Meter blieben sie stehen.

»Volltreffer«, sagte der eine und blickte Mia Adam aus abgestumpften Augen an.

Sie nickte und schaute zum Concierge, der sekündlich bleicher wurde. »Sie können jetzt gehen.« Sie deutete zur Tür. »Wir sagen Ihnen Bescheid, falls wir Sie noch einmal brauchen.«

Dann erst merkte sie, wie ihr selbst übel wurde.

Das ging alles zu schnell. Heute Morgen erst hatte Graf Erik Lindberg suspendiert und ihr die Verantwortung für den Fall übertragen. Vor zwei Stunden hatte der Bundespolizeidirektor sie erneut zu ihr bestellt und ihr eine Lohnerhöhung versprochen, wenn sie den Täter fasste. Als ob sie Geld brauchte, um motiviert zu sein! Einen kurzen Moment hatte sie daran gedacht, Graf mit einem gezielten Kick um die Familienplanung zu bringen. Sehr wahrscheinlich wäre die Welt dankbar dafür gewesen.

Der Täter allerdings auch.

Also hatte sie es nicht getan, wie so vieles, das ihr durch den Kopf spukte. Und jetzt stand sie hier. Vor einer Leiche. Wie in Trance untersuchte sie den Tatort und notierte ein paar Gegebenheiten auf ihrem Tablet, obwohl sie kaum einen klaren Gedanken fassen konnte. Sie sah, dass ein paar E-Mails an ihre Dienstadresse gekommen waren, trotz der Uhrzeit, doch sie wollte sich nicht ablenken lassen. Mia Adam hatte noch nie Ermittlungen geleitet, kannte die anderen Tatorte des Falles nur von den Berichten. Doch sie hatte sofort das Gefühl, dass es sich um denselben Täter handelte. Und ihr Gefühl ließ sie selten im Stich.

Es hing alles mit dem Remexan zusammen.

Kurz darauf traf Katharina Zach ein und machte sich schweigend an die Arbeit. Sie untersuchte nur kurz die Tote und widmete sich dann dem Schloss des Hotelzimmers, obwohl Mia Adam daran nichts Außergewöhnliches entdecken konnte. »Wurde das aufgebrochen?«, fragte sie.

»Sieht nicht so aus«, antwortete Katharina Zach. »Aber wenn es ein Profi war, erkennt man das nur, wenn man das Schloss auseinander baut.« Katharina Zach zeigte auf die Leiche. »Wie haben wir das eigentlich so schnell mitbekommen? Die Totenstarre hat nicht mal eingesetzt.«

»Wir haben einen anonymen Anruf bekommen, vor einer Stunde.«

»Konnten wir den Anruf zurückverfolgen?«

»Er kam von einer Telefonzelle gleich um die Ecke.«

»Gibt es die Dinger etwa noch?«

»Scheint so zu sein«, antwortete Mia Adam. »Wer auch immer die heute noch benutzt.«

»Haben wir eine Videoaufzeichnung von der Telefonzelle?«

»Ich glaube nicht«, sagte Mia Adam. »Das *Les Trois Rois* gehört nicht gerade zur städtischen Problemzone.«

»Gibt es im Hotel Überwachungskameras?«

Mia Adam schüttelte den Kopf. »Der Hotelmanager meinte, die Privatsphäre ihrer Gäste sei das höchste Gut.«

»Und was hat der Concierge erzählt?«, fragte Zach.

»Kurz vor 22 Uhr ist ein Unbekannter in das Hotel gekommen und wollte zu Angelia Bernard, doch diese war nicht zu erreichen. Der Mann habe sich dann in die Hotelbar gesetzt, um auf sie zu warten, sei dort aber später nicht mehr aufzufinden gewesen.«

»22 Uhr?«, wiederholte Katharina Zach. »Das kann man nicht auf die Stunde genau sagen, aber ausschließen kann ich das nicht als Tatzeitpunkt.«

Mia Adam nickte. »Wir lassen gerade ein Phantombild von dem Mann erstellen.« Was sie nicht erzählte, war, dass die Beschreibung des Mannes sehr gut auf jemanden passte, den sie hier als Letztes erwartet hätte.

81

Erik Lindberg blickte auf ein pulsierendes Lichtermeer im Schwarz der Nacht, gegen das der Mond nur wie eine matte Glühbirne wirkte. Alles wurde dominiert von den drei gläsernen Türmen, der höchste und bestbewachte war sein Ziel. Der Turm lag inmitten des Firmengeländes, von den anderen beiden Verwaltungstürmen wie von Wächtern eskortiert. Von seiner pyramidenförmigen Spitze leuchtete das Firmenlogo, rot, dynamisch, übergroß: GENEKNOV.

Erik Lindberg hastete auf das Eingangstor zu. Am anderen Ende der Stadt wartete schon bald Wohlers auf ihn.

Er konnte maximal eine halbe Stunde in der Firma bleiben, mehr nicht. Eigentlich hatte Lindberg sich auf die Konfrontation mit Wohlers vorbereiten wollen, doch dann war ihm der Anruf Bernards dazwischen gekommen, ihr vermeintliches Treffen und ihr Tod.

Am liebsten hätte er die Erinnerung daran an einer unzugänglichen Stelle seines Gehirns vergraben. Aber wenn er jetzt nicht in Bernards Büro ging, würde er niemals erfahren, was sie ihm hatte mitteilen wollen.

Es war seine letzte Chance herauszufinden, welches Geheimnis das Remexan verbarg.

Er strich über die glatte Rückseite von Bernards Firmenausweis. Das Sicherheitssystem von GENEKNOV war auf dem neuesten Stand, doch letztlich waren das alles nur Nullen und Einsen, die in der entsprechenden Reihenfolge genau das taten, was man wollte. Und mit dem richtigen Equipment und der richtigen Software konnte sie jeder in die richtige Abfolge bringen.

Oder man hatte den richtigen Ausweis.

Lindberg ging zum östlichen Werkstor. Es lag zwar einige hundert Meter von den Verwaltungstürmen entfernt, doch da es sich nur um eine elektronische Zugangsschleuse handelte, saß dort keine Security.

Im Vorbeilaufen blickte er durch den Maschendrahtzaun, trotz der nächtlichen Stunde war das Werksgelände taghell erleuchtet. Mit Glas und Aluminium verkleidete Gebäude reihten sich gleichförmig wie Dominosteine aneinander. Das gut zwei Meter hohe Eingangstor war gepflastert mit Verbotshinweisen und Instruktionen. Über dem Tor hing, wie um das ganze Werksgelände, dreireihiger NATO-Stacheldraht. *Ein Militärstützpunkt ist nicht besser bewacht*, dachte Lindberg und schätzte seine Chancen ab, ohne Ausweis aus dem Werk fliehen zu können: Es gab keine.

Lindberg hatte eine schwarze Baseballkappe aufgezogen. Das sah zwar wie in den 90ern hängengeblieben aus, aber auf die Weise war sein Gesicht nicht so einfach zu erkennen. Zum Glück gab es am Tor keine biometrische Prüfung, so modern war GENEKNOV dann doch nicht. Er konnte nur hoffen, dass die Firma noch nicht von Bernards Tod erfahren hatte. Lindberg atmete tief durch und führte ihren Ausweis in das Lesegerät des Eingangstores ein. Das Modul schnappte hungrig nach der Karte, las ratternd die Daten und stoppte. Der Ausweis kam wieder herausgefahren und die Leuchtdiode des Lesers wechselte auf grün. Die metallene Drehtür klickte und auf dem Display über dem Lesegerät stand: 'Guten Abend, Frau Bernard'.

Lindberg drückte die Drehtür nach vorn, ein leises Piepsen bestätigte irgendeinen erfolgreichen Scanvorgang und dann trat er aus der Schleuse. Er war soeben in eine der bestgesicherten Hightech-Firmen Europas eingedrungen. Von hier an gab es kein Zurück mehr.

Niemand schien ihn zu beobachten, lediglich die kleine Kamera über dem Drehkreuz folgte ihm surrend. Lindberg zog seine Baseballkappe tiefer ins Gesicht. So unauffällig wie möglich ging er auf das erste Gebäude zu. Der Kommissar wusste, er setzte mit jedem Schritt seine Existenz aufs Spiel. Doch sie war ohnehin schon in höchster Gefahr. Er hatte soeben nur den Einsatz erhöht.

82

Im GENEKNOV-Sicherheitsdienst arbeiteten überwiegend ehemalige Polizisten oder Armeeangehörige. Stefan Zehnder hatte zwanzig Jahre als Soldat hinter sich, bis in die Eliteeinheit der Schweizer Armee hatte er es geschafft. Plus den ganzen Weg zurück. Am Ende seiner Laufbahn war er im Instandhaltungstrupp gelandet. Und bevor man ihn dort erneut abschob, war er gegangen. Oder gegangen worden, wie seine damalige Frau sich ausgedrückt hatte. Mit den jungen Kerlen in der Armee konnte und wollte er jedenfalls nicht mehr mithalten. Dafür hatte er andere Qualitäten.

Wenn man ihn allerdings fragte, welche dies seien, zuckte er nur mit den Schultern. Früher hätte er damit angegeben, jeden unter den Tisch trinken zu können, doch das war zum Glück lange vorbei. Nach der Armee hatte er den Alkohol besiegt, und zwar bevor der Fusel ihm den letzten Rest Hirn weggespült hatte. Das hatten einige aus dem Trupp noch vor sich, bei anderen hingegen hatte schon immer Ebbe im Oberstübchen geherrscht.

Seit drei Jahren arbeitete er nun bei GENEKNOV, dort gefiel es ihm so gut, dass er jedes Jahr im zweistelligen Prozentbereich zulegte. Allerdings in Kilo, nicht auf dem Lohnzettel. *Das kommt davon, wenn man seine Arbeitsstunden in einem einsamen Büro neben einem Zugangstor absitzt, mit einer Pralinenschachtel als einzigem Freund.* Trotzdem hatte er den Schritt nie bereut. Die Bezahlung war vergleichsweise gut, die Ausstattung ließ keine Wünsche offen und das Berufsrisiko war minimal.

Einzig das neue, auf Remexan basierende Schichtmodell gefiel ihm nicht, zweimal sechs Stunden Arbeit am Tag konnten verdammt lang sein. Die immer gleichen Runden zu drehen ödete ihn an, doch schlimmer noch war das lange Warten. Befand er sich im Büro, war er allein mit sich und der Arbeit. Lesen war verboten, Fernsehen und Internet ebenso. Dummerweise musste er sich tatsächlich an diese Regeln halten, denn jeder, der durch das Tor ging, konnte auf seinen Bildschirm schauen.

Was bleibt einem da bis aufs Essen? Er zuckte mit den Schultern und verschlang ein Luxemburgerli. Die Cremefüllung schmeckte so leicht, als habe sie ein Engel mit seinen Federn geschlagen. Sollte er sich gleich noch so ein kleines Stückchen genehmigen? Unentschlossen hielt er seine Hand über die Packung. Er dachte an den Fitnesstest, den die Security jedes Jahr absolvieren musste. Das letzte Mal hatte er den 10-Kilometer-Lauf nur knapp geschafft.

Andererseits waren noch zwei Monate Zeit bis zum nächsten und er würde sich schon rechtzeitig wieder in Form bringen. Außerdem hielten die Luxemburgerli nur einen Tag und wegschmeißen kam bei dem Preis nicht infrage. Und bei dem Geschmack auch nicht. Er nahm das nächste Stückchen, führte es zum Mund und wurde von seinem klingelnden Handy gestoppt. Er seufzte und nahm das Gespräch an.

»Hast du schon gehört?« Es war Meyer, diese lebende Fußballdatenbank aus der Zentrale.

»Was denn?« Zehnder dachte nach, Fußballspiele gab es heute keine und um diese Uhrzeit schon gar nicht.

»Angeblich ist jemand aus dem Vorstand gestorben. Angelia Bernard, kennst du sie?«

»Nein. Ist das nur ein Gerücht oder sicher?«

»Die Information kommt von unserem Chef.«

Meyer wollte noch über Fußball reden, doch Zehnder behauptete, er habe eine Sitzung, legte auf und legte das Luxemburgerli zurück in die Packung. Er schob den Monitor näher an sich heran und begann zu tippen.

Er stutzte, überprüfte seine Eingabe noch einmal und dann war er sich sicher. Mit dem Ausweis von Angelia Bernard hatte es um 0:35 Uhr einen Zutritt gegeben. Entweder der Kollege hatte sich im Namen getäuscht oder es gab einen Einbrecher! Der Wachmann nahm den Hörer und wählte Angelia Bernards Nummer.

83

Auf Lindbergs Weg zum zentralen Verwaltungsturm hingen alle paar Meter Überwachungskameras. Anscheinend traute GENEKNOV nicht mal den eigenen Mitarbeitern.

Gegen die Kameras konnte er nichts tun, aber damit er nicht auch noch über sein Handy lokalisierbar war, hatte er es ausgeschaltet.

Lindberg blickte nach oben. Flutlichtartige Lichttraversen beleuchteten die Werksstraßen und Zugangswege zwischen den Gebäuden mit einer solchen Intensität, dass man hätte meinen können, die Sonne stände an ihrem höchsten Punkt. Von den Scheinwerfern geblendet, konnte Lindberg nicht einmal den Himmel sehen. Einige Meter über dem Boden verliefen mehrere Versorgungsrohre, neben den Schornsteinen das Einzige, was noch an ein Chemiewerk, erinnerte. Nur andeutungsweise lag der Geruch von Lösungsmitteln in der Luft, wäre das technisch möglich, hätte GENEKNOV den sicher auch beseitigt.

Bei seinen Recherchen über die Firma hatte Lindberg erfahren, dass man von den Hochhäusern abgesehen, nur durch die Glaskuppel der Kantine freien Blick auf den Himmel hatte, zumindest theoretisch. Da die Kuppel aus Plexiglas bestand, dessen Weißgehalt sich steuern ließ, wurde sie in ihrem Inneren für Projektionen verwendet. So durften die Mitarbeiter in der Kantine unabhängig von Tageszeit und Wetter immer unter einem blauen Himmel essen. Erst beim Verlassen der Firma würden sie feststellen, ob dies die Illusion oder die Realität abbildete.

Lindberg zählte die Gebäude bis zum Turm ab. Noch drei dieser ewig gleichförmigen Blöcke, dann war er am Ziel.

Der mit verspiegeltem Glas verkleidete Hauptturm reckte sich gut hundert Meter vor ihm in die Höhe. Ein paar Stockwerke über dem Boden befand sich ein Übergang zu den anderen beiden Türmen, wahrscheinlich hatte ein Architekt den Managern eingeredet, das würde die betriebsinterne Kommunikation verbessern.

Schon aus der Distanz sah Lindberg in einem gläsernen Büro neben dem Haupteingang mehrere Wachmänner sitzen. Selbst um diese Uhrzeit strömten ständig Mitarbeiter in das Hauptgebäude, auch jene, die herauskamen, mussten ihren Ausweis einlesen lassen.

Lindberg bog nach rechts ab und fand einen Nebeneingang, an dem sich ein unbemanntes Lesemodul befand. Er führte seinen Ausweis in das Gerät ein und wartete. Nach wenigen Sekunden klickte es und die Tür öffnete sich.

Er blickte auf einen langen Gang, an dessen Wänden ein paar Drucke von Damien Hirst und ein Feuerlöscher hingen. Der Feuerlöscher gefiel Lindberg besser, es steckte wenigstens so etwas wie Ingenieurskunst dahinter.

Lindberg zog seine Kappe ab und ging den Gang entlang, bis er auf einen kleinen Vorraum traf, der zu drei Aufzugskabinen führte. Er stieg in eine der Kabinen und fuhr in das 25. Stockwerk.

Kurz darauf betrat Lindberg den Bürokorridor, den er schon von seinem ersten Besuch kannte. Zügigen Schrittes ging Lindberg vorbei an einer gläsernen Raucherkabine, in der zwei Frauen an ihren Zigaretten zogen als seien sie Aussätzige.

Vereinzelt saßen in den Büros rechts und links des Ganges weitere Mitarbeiter. Vor Bernards Büro führte Lindberg deren Ausweis in das Zugangsterminal. Seine Finger zitterten leicht. Schon im nächsten Moment sprang die Glastür bereitwillig auf.

Er ging in den Raum, automatisch schaltete sich das Licht an, Lindberg registrierte den Bewegungsmelder im Augenwinkel und suchte nach Überwachungskameras. Er konnte keine finden. Bernard hatte sicherlich kein Interesse daran gehabt, rund um die Uhr überwacht zu werden. Der Schreibtisch der Managerin war trotzdem aufgeräumt wie die Schulbank einer Streberin.

Lindberg durchsuchte die Schubladen, sie waren fast so leer wie der Tisch. Er schaltete Bernards Computer ein und wurde schon nach wenigen Sekunden zur Passworteingabe aufgefordert.

Lindberg hob die Tastatur hoch, doch kein Hinweis befand sich darunter. Bernard war sicher nicht so nachlässig gewesen, das Passwort irgendwo zu markieren. Er nahm den Kassenzettel von Dior aus der Tasche, den er aus ihren Kleidern genommen hatte. Bernard hatte nichts darauf notiert, aber sie hatte einen Schal damit gekauft, den er im Hotelzimmer nicht gesehen hatte und der Kassenbon stammte vom 03. Januar letzten Jahres. Er war also über vierzehn Monate alt.

Warum hatte sie ihn aufbewahrt?

War das ein Hinweis auf ihr Passwort?

Lindberg gab die aufgedruckte Artikelnummer als Passwort ein, doch sie hatte neun Ziffern und der Computer verlangte nur nach acht Stellen. Also löschte er die Eingabe wieder. Doch es war auf dem Bon nichts mit acht Stellen zu finden. Lindberg gab die Artikelnummer erneut ein, ließ die letzte Ziffer weg und drückte die Enter-Taste.

'Falsches Passwort, noch zwei Versuche', meldete der Computer zurück.

Lindberg blickte sich um, doch es gab im Büro einfach keinen Hinweis. Er ließ die erste Ziffer der Artikelnummer weg und probierte es erneut. Wieder verweigerte der Rechner das Passwort, nicht ohne Lindberg darauf hinzuweisen, dass er nur noch einen letzten Versuch hatte.

Was waren Bernards letzten Worte gewesen: *Wenn mir etwas passiert, halten Sie sich an die Charge.*

Er tippte *'AB53172C'* ein. Es war seine letzte Chance, das Geheimnis des Remexans aufzudecken und den Fall zu klären. Er atmete tief aus und drückte Enter.

Keine zehn Sekunden später war er in das Firmennetzwerk eingedrungen.

Lindberg startete eine Suche nach Dateien, die in den letzten vierundzwanzig Stunden erstellt worden waren. Die unvermeidliche Sanduhr erschien. Unruhig tippte er mit den Fingern auf der Schreibtischplatte herum. Plötzlich hörte er Schritte. Durch die Glasscheibe der Bürotür sah er jemanden kommen.

Es war zu spät, sich zu verstecken.

Die Tür öffnete sich. »Was machen Sie hier bitte?«, rief eine kehlige Stimme.

84

Mia Adam betrachtete das Video nun schon zum dritten Mal, doch noch immer fühlte sie sich an dessen Ende, als haue ihr jemand mit einem Baseballschläger die Füße vom Boden. Sie hielt nicht viel von anonymen Hinweisen per E-Mail. Oft genug verschlüsselten die Absender ihre Identität so stümperhaft, dass sie die E-Mail genauso gut auch mit Adressangabe hätten versenden können.

Erst als sie in einem Konferenzzimmer des Les Trois Rois, ihrer vorrübergehenden Einsatzzentrale, wieder auf ihr Tablet geschaut hatte, war ihr diese eine E-Mail aufgefallen. Sie war vor gut einer Stunde versendet worden, von einem weißrussischen Server, mit einer nicht mehr rekonstruierbaren IP-Adresse. Offensichtlich hatte diese E-Mail kein Stümper verschickt, sondern jemand, der sich darauf verstand, seine Spuren zu verwischen.

Sie nahm ihr Tablet und ging wieder in Angelia Bernards Zimmer. Katharina Zach packte gerade die mutmaßliche Tatwaffe in eine Beweismitteltüte. »Ich muss dir dringend etwas zeigen«, sagte Mia.

Die Kriminaltechnikerin legte das Messer beiseite, Mia Adam hielt ihr das Tablet hin. Katharina Zach las die Betreffzeile. »Angelia Bernards Mörder?«, fragte sie. »Weiß jetzt jeder in Basel, wer am Tatort war, nur wir nicht?«

Mia Adam zuckte mit den Schultern und startete das Video, welches der E-Mail angehängt war.

Nach wenigen Sekunden setzte Katharina Zach sich und als das Video geendet hatte, wirkte sie, als wolle sie gar nicht mehr aufstehen. »Das kann nicht sein!«, sagte sie schließlich und startete das Video von vorn. Es war pixelig und leicht unscharf, doch es war ohne Frage in diesem Zimmer aufgenommen worden.

Wahrscheinlich mit der kleinen Kamera direkt über der Tür, welche die Kollegen vorhin gefunden hatten.

Auf dem Video konnte man Angelia Bernard erkennen, schlafend, unverletzt lag sie auf dem Bett, jedenfalls war kein Blut zu sehen. Ihre Augenlider bewegten sich schnell, ein weiterer Hinweis, dass sie Remexan genommen hatte. Links unten im Video war eine Uhrzeit eingeblendet, wie ein Countdown, der auf zweiundzwanzig Uhr zwanzig zulief, ein möglicher Tatzeitpunkt. Plötzlich wurde das Bild unscharf, kurz darauf konnte man einen Hinterkopf erkennen. Schwarzes, kurzes Haar, der Rücken kam ins Bild, eindeutig ein Mann, er trug einen dunklen Mantel. Unvermittelt drehte der Mann sich zur Seite und man konnte klar und deutlich sein Gesicht erkennen. »Das ist er, oder?«, fragte Katharine Zach.

Mia Adam nickte. Es konnte keinen Zweifel geben. Der Mann in dem Video war ihr Kollege Erik Lindberg.

85

»Was haben Sie hier verloren?« Eine Frau in einem schwarzen Hosenanzug mit zurückgekämmtem, grauem Haar und strengem Blick ging auf Erik Lindberg zu. Alles an ihr wirkte, als sei sie ein Model aus dem Versandhauskatalog für die Karrierefrau ab fünfzig.

»Ich bin von der IT«, antwortete Lindberg. »Frau Bernard hat Probleme mit ihrem Computer und ich kümmere mich darum.«

»Aber Frau Bernard war doch heute noch gar nicht im Büro, oder?« Die Frau kam ungefragt um den Tisch herum und starrte auf den Computermonitor. Ihr forsches Auftreten irritierte Lindberg, doch zuallererst war er erleichtert, dass sich die Nachricht von Bernards Ableben in ihrer Abteilung noch nicht herumgesprochen hatte.

»Deswegen bin ich jetzt hier, damit ich sie nicht bei der Arbeit störe. Frau Bernard hat wohl sehr viel zu tun.« Lindberg zeigte auf den Bildschirm, als habe er nichts zu verbergen. Die Sanduhr lief immer noch.

»Aber haben Sie denn die notwendigen Passwörter?«

»Ich kann mich auch so aufschalten«, antwortete Lindberg und lächelte geschäftig.

»Gut, dann lasse ich Sie mal weiterarbeiten«, entgegnete die Frau, wirkte aber immer noch, als glaube sie ihm kein Wort. »Falls Sie Hilfe benötigen, ich sitze im Büro rechts hinten.«

Lindberg nickte und die Grauhaarige drehte sich um, öffnete die Glastür, spazierte hindurch und schloss sie wieder. Lindberg atmete erleichtert aus.

Keine zehn Sekunden später öffnete sich die Tür erneut. Die Frau schaute durch den Türspalt. »Möchten Sie vielleicht einen Kaffee?« Sie lächelte.

Ein Herzmittel wäre mir lieber, dachte Lindberg und verneinte kopfschüttelnd. Sofort blickte er wieder auf den Computer. *Jetzt bloß nicht in ein Gespräch verwickelt werden.* Smalltalk war das Letzte, was er brauchen konnte. Mit Erleichterung hörte er, wie die Frau die Tür wieder schloss und ihre Schritte sich entfernten.

Die Sanduhr hatte inzwischen ausgeeiert und sechzehn Dateien ausgeworfen. Er öffnete jede, doch er bemerkte schnell, dass sich unter ihnen keine befand, die für ihn interessant war. Er erweiterte die Suche auf bis zu drei Tage alte Dateien, doch auch hier fand er nichts, das mit dem Fall verknüpft war.

Resigniert rieb er sich die Stirn. War er dem naiven Irrglauben aufgesessen, dass Bernard Unregelmäßigkeiten schriftlich dokumentieren würde? Doch warum hatte sie ihm den Hinweis mit ihrem Passwort gegeben, wenn er jetzt nichts fand? Andererseits war ihr oberstes Ziel immer gewesen, die Firma zu schützen. Lindberg war sich sicher, dass sie davon selbst in der größten Krise nicht abgerückt wäre. Weswegen hatte sie ihn also treffen wollen? Hatte sie geahnt, wer der Täter war?

Bernards Telefon klingelte, Lindberg ignorierte es und startete auf dem Computer Bernards eine Suchabfrage mit den Namen der Opfer, dem des Bundespolizeidirektors und seinem eigenen, doch alles was er fand, war ein Schreiben Grafs, in dem dieser sich unterwürfig für die großzügige Unterstützung der Polizeibehörde durch GENEKNOV bedankte. *Verdammt, irgendwo muss hier doch ein Hinweis verborgen sein!* So groß der Raum auch war, so wenig stand darin. Die riesige Fensterfront mit Blick auf das Werksgelände war unverstellt und die wenigen Möbel dienten offensichtlich nur Repräsentationszwecken. Lediglich in der rechten hinteren Ecke befand sich eine unscheinbare, weiße Durchgangstür. Lindberg ging darauf zu, öffnete sie und konnte seinen Augen kaum trauen. *Hier ist der Regenwald also gelandet.* Er blickte in einen mit Schränken und Akten vollgestellten Archivraum.

Er schaute auf die Uhr. Er hatte noch maximal eine Viertelstunde, dann musste er in Richtung Hafen aufbrechen, um Wohlers zu treffen. Lindberg zählte fünfzehn verschiebbare Archivschränke, die gut zwei Meter hoch und breit waren. Jeder der Stahlschränke war von unzähligen, prall gefüllten Aktenordnern bevölkert.

Er fragte sich, welcher geistig Umnachtete die Utopie vom papierlosen Büro in die Welt gesetzt hatte und begann mit seiner Suche.

86

Doktor van Gelsen hörte sich gerne reden. Und Isabel Nadolny hörte gerne zu. Wortreich erklärte van Gelsen, warum er die Benefizparty veranstaltete. Jene, die auf der Sonnenseite des Lebens ständen, hätten die Verpflichtung, denen im Schatten zu helfen. Trotzdem helfe es nicht, über dem Schicksal der anderen zu verzweifeln, wie es manche Gutmenschen taten. Er sei ein Mann der Tat und keiner der großen Worte.

Isabel bemerkte, dass van Gelsen sich mit seinem Selbstlob in diesem Punkt widersprach, doch der Mediziner tat es mit einem Augenzwinkern. Van Gelsen flirtete mit ihr, gleichzeitig konnte man sich mit ihm auch über ernsthafte Themen unterhalten, das gefiel ihr. Doch so sehr sie seine Anwesenheit genoss, gelang es ihr trotzdem nicht, sein wahres Ich zu erkennen. Bei Erik war das anders. Sie konnte in seinem Herz lesen, wie in einem offenen Buch. Nur über seine Gefühle für sie, über die stand dort nichts. Weil es keine gab?

Bei van Gelsen hingegen kam es ihr vor, als ob der Arzt sein eigenes Spiel spielte, bei dem alle um ihn herum nur Marionetten waren. Sie wollte keine Marionette sein und beschloss, ihn ein wenig aus der Reserve zu locken. »Warum bist du eigentlich nicht verheiratet?«, fragte sie und prostete ihm zu.

»Als ich endlich mit meinem Studium fertig war und Zeit hatte, das Leben zu genießen, waren die guten Frauen alle schon vergeben.«

»Du willst doch nicht behaupten, dass du als Student wie ein Mönch gelebt hast, oder?«

»Nein, natürlich nicht.« Van Gelsen lächelte vielsagend. »Aber als Mediziner studiert man noch, wenn andere schon mit dem Porsche vorfahren.«

»Wenn die Frauen sich daran gestört haben, waren sie wohl kaum die Richtigen.« Isabel warf van Gelsen einen kecken Augenaufschlag zu.

»Das heißt, du würdest die Fahrt in meinem Porsche verweigern?«

»Das hab ich nicht gesagt.«

»Und wenn du wählen könntest, sagen wir mal zwischen einem Porsche und einem Volvo?«

Isabel erschrak. Die Art, wie van Gelsen sie gefragt hatte, ließ sie frösteln. *Was wusste er von ihrem Verhältnis zu Erik?* »Der Volvo bietet Sicherheit«, entgegnete sie. »Das sollte man nie unterschätzen.«

»1:0 für dich.« Van Gelsen lächelte, doch man sah ihm an, dass er es nicht gewohnt war, abgewiesen zu werden.

»Möchtest du noch einen Champagner?«, fragte er. Bevor sie antworten konnte, hatte er schon die Flasche gezückt.

»Nur einen kleinen Schluck.«

Er ließ den Schluck etwas größer ausfallen und schenkte sich ebenso nach. »Ich muss dir noch etwas zeigen.«

Er nahm sie an die Hand und führte sie die hölzerne Treppe hinauf in den ersten Stock. Oben angekommen, öffnete er eine kunstvoll verzierte Tür. Isabel blickte in einen rot beleuchteten Raum, in dessen Ecke ein kleiner Kamin stand. Das Feuer loderte auf kleiner Flamme, romantische Musik erfüllte den Raum.

Van Gelsen nahm sie an der Hand und führte sie in das Zimmer. Jetzt erst sah sie das Doppelbett. *Was tu ich hier?*, dachte sie noch, da stand er schon vor ihr und küsste sie.

87

Erik Lindberg schob die mobilen Aktenregale schon zum zweiten Mal auseinander, doch er konnte immer noch keine Remexan-Studien entdecken und auch keinen Hinweis auf den Täter. Stattdessen fand er eine Werbebroschüre nach der anderen, in diversen Sprachen gedruckt und für die verschiedensten Zielgruppen konzipiert. Darunter waren Broschüren für Ärzte, Schichtarbeiter, Journalisten, Schulleiter, Behörden und solche für den gestressten Manager. Vorformulierte Artikel, Einladungen zu Ärztekongressen in Übersee und zu Workshops in Dubai verstopften Ordner um Ordner.

Hilflos wie ein Ertrinkender stand Lindberg vor der Papierflut und wusste nicht weiter. War er hier nicht komplett falsch? Wenn die Firma Studien geheim hielt, würde er diese kaum im Archiv der PR-Chefin finden.

Er ging zurück zum Computer und suchte nach 'Erzenberg'. Die unvermeidliche Sanduhr antwortete. Nervös trommelte er mit den Fingern auf den Tisch.

Dann endlich warf der Rechner drei Fundstellen im Intranet aus.

Der erste Link führte zu einer Datei, in welcher die im Sanatorium Erzenberg durchgeführte Studie nur sehr allgemein beschrieben wurde, das Dokument stammte noch aus der Konzeptionsphase. Unter dem zweiten Link wurde die Studie lediglich als eines der zukünftigen Projekte der Firma im Anhang zitiert. Also blieb nur der dritte Link, dessen Titel lautete: *Anwendung von Remexan bei Probanden Kat. DSM-IV im Sanatorium Erzenberg.*

Lindberg klickte auf den Link, wieder drehte sich die Sanduhr. Wenn man im Büro arbeitete, verbrachte man anscheinend sein halbes Leben vor dem Ding.

Dann öffnete sich ein neues Fenster, in dem nichts stand außer: *Error 404, File not found.*

In dem Moment wurde ihm klar, er würde die Studie nie finden. Wenn die Unterlagen nicht vernichtet worden waren, dann standen sie in irgendeinem Archiv der Forschung, wahrscheinlich extra gesichert. Was immer auch im Sanatorium Erzenberg geschehen war, hier würde er es niemals erfahren.

Resigniert setzte er sich auf Bernards Chefsessel. Er verharrte zehn, vielleicht zwanzig Sekunden. Dann schaute er auf die Uhr. Die Zeit wurde knapp, er musste los, wenn er Wohlers rechtzeitig treffen wollte.

Er stand auf und in dem Moment fiel ihm ein, dass er eines noch gar nicht versucht hatte. Er tippte erneut einen Suchbegriff in den Computer ein. Warum war er nicht gleich darauf gekommen?

88

Wachmann Zehnder drückte den Knopf für das 25. Stockwerk. Der Aufzug schoss nach oben, erschöpft stützte sich Zehnder an der Aufzugswand ab. Er war völlig außer Atem, nur weil er zum Gebäude gerannt war. Er sehnte sich nach einer Pause. Und nach einem Luxemburgerli.

Es war bisher lediglich ein paar Tierschützern gelungen, in die Firma einzudringen. Um die Absperrungen zu überwinden hatten sie Leitern verwendet, waren anschließend allerdings auf die glorreiche Idee gekommen, einen Schornstein hinaufzuklettern und sich dort, für alle sichtbar, anzuketten.

Wenn Bernard wirklich tot war, dann musste dieser Einbrecher von einem ganz anderen Kaliber sein.

Auch wenn sie aus Datenschutzgründen die Mitarbeiter innerhalb des Werks anhand ihrer Zutritte nicht lokalisieren konnten, war Zehnder sich sicher, dass sie den Eindringling bald finden würden. Am besten er fing mit der Suche in Bernards Büro an.

Der Aufzug hielt, Zehnder drückte sein Kreuz durch, betrat den mintgrün gestrichenen Flur und ging in das erste Büro. »Wissen Sie, ob Angelia Bernard heute in der Firma ist?«

Die grauhaarige Frau im schwarzen Hosenanzug schüttelte den Kopf. »Also in ihrem Büro ist sie nicht.«

»Haben Sie Personen auf dem Flur gesehen, die Sie nicht kennen?«

»Nicht, dass ich wüsste.« Desinteressiert strich sie sich durch das streng zurückgekämmte Haar.

Es ist immer das gleiche, diese Bürogummis denken nie nach, bevor sie reden, dachte Zehnder und beschloss daher, erneut zu fragen. »Sind Sie sicher, dass Ihnen niemand aufgefallen ist?«

Jetzt erst schien die Managerin wirklich über die Frage nachzudenken. »Ich nehme an, es hat keine Bedeutung«, sagte sie schließlich. »Aber im Büro von Frau Bernard habe ich jemanden von der IT gesehen, den ich nicht kenne.«

»Was wollte der Mann?«

»Er sagte, es gebe ein Problem mit ihrem Computer.«

»Haben Sie seinen Ausweis gesehen?«

»Ich hatte keinen Grund dazu«, entgegnete sie. Es klang mehr wie eine Anklage, als wie eine Entschuldigung.

Zehnder war das gleich, er wollte Resultate, keine Ausreden. »Ist der Mann noch da?«

»Ich habe ihn nicht rausgehen sehen. Ich denke also schon.«

»Dann werde ich mich mal um ihn kümmern.« Zehnder spurtete den Gang entlang. Seine Müdigkeit war auf einmal wie weggeblasen. Adrenalin schoss in seinen Körper.

***

Lindberg blickte gebannt auf den Monitor. Es hätte von Anfang an so einfach sein können: Er hätte lediglich weiter der Charge folgen müssen. Kaum hatte er als Suchbegriff '*AB53172C*' eingegeben, öffnete sich eine E-Mail von Bernard. In deren Anhang waren die Auslieferungsdaten der betreffenden Charge aufgeführt. Das wäre nicht weiter bemerkenswert gewesen, hätte es sich um die Liste gehandelt, die er erhalten hatte. Doch es war eine andere.

Die Liste war neuer und, das war das Entscheidende, umfangreicher. Auf einmal wurde ihm einiges klar: GENEKNOV hatte Daten zurückgehalten! Vielleicht hatte Bernard Angst bekommen und Lindberg die Liste geben wollen. Vielleicht hatte sie jemanden auf der Liste entdeckt, den sie kannte. Jemanden, der ein Geheimnis mit ihr und den Ermordeten teilte. Jemanden, der zu einem Mord fähig war.

Natürlich wäre es am einfachsten gewesen, die E-Mail weiterzusenden, aber dann würde er eine weitere Spur zu sich selbst legen, also speicherte Lindberg die E-Mail samt Anhang auf seinen USB-Stick. Er wollte sich die Datei gerade ansehen, als er Schritte hörte. Er blickte auf, sah aber niemanden. *Bestimmt noch mal die von vorhin,* dachte er und schaute wieder auf den Monitor.

89

»Halt!« Isabel wusste gar nicht, wie ihr geschah. »Was machst du da?«

»Wonach sieht es denn aus?« Van Gelsen lächelte.

»Nach etwas, das ich nicht möchte!« Sie hob abwehrend ihre Hände. »Jedenfalls nicht so schnell.«

»Das Leben ist zu kurz, um es mit Warten zu vertrödeln.«

»Es ist aber auch kein Wettrennen.« Sie drückte van Gelsen von sich weg.

»Isabel, das war nicht so gemeint.« Er kam wieder einen Schritt auf sie zu.

»Wie war es dann gemeint?« Ihre Augen funkelten. »Ohne ernstes Interesse, nur als Spaß? Bist du deswegen Single geblieben?«

»Jetzt sei nicht so prüde!« Er zuckte mit den Schultern. »Ich dachte, du wolltest es auch.«

Kommentarlos drehte sie sich weg und öffnete die Tür.

Van Gelsen packte sie an der Schulter. »Es tut mir leid, okay? Die Gefühle sind mit mir durchgegangen. Es wird nicht wieder vorkommen.«

Das will ich hoffen, dachte Isabel, doch sie sagte nichts. Viele Frauen würden sich geschmeichelt fühlen, von einem so attraktiven Mann begehrt zu werden. Doch die Art, wie er es getan hatte, gefiel ihr nicht. Er hatte versucht, die Situation auszunutzen. Das unterschied ihn nicht von anderen Männern. Doch sein Kuss tat es. Er war nicht liebevoll gewesen, verlangend oder erotisch, sondern wie ein Überfall. Unterdrückend. Sie löste sich aus seinem Griff und lief aus dem Schlafzimmer.

»Willst du schon gehen?«, fragte er.

»Mir ist die Laune vergangen.«

»Soll ich dich nach Hause bringen?«

Sie schüttelte den Kopf.

»Ich kann dich doch nicht mitten in der Nacht allein nach Hause laufen lassen.«

Sie zog die Augenbrauen hoch.

»Soll ich dir ein Taxi rufen?«, fragte er, nun wieder ganz der Besorgte.

»Das wäre nett«, seufzte sie. »Sei mir nicht böse, aber das ist alles zu viel für mich. Ich habe zwei kleine Kinder. Ich lebe nicht in deiner Welt.«

»Du könntest es aber.« Er blickte sie aus stahlblauen Augen an.

Sie spürte die Kälte in ihrem Blick und wusste gar nicht mehr, was sie an ihm gefunden hatte. »Ich will keine Gefangene sein«, antwortete sie und ließ ihn einfach stehen.

90

Keuchend erreichte Stephan Zehnder die Glastür zu Bernards Büro und führte seinen Ausweis in das Lesegerät ein. Die Tür öffnete sich klickend. Als Erstes fiel Zehnder das angeschaltete Licht auf. Das Büro schien zwar leer, doch der Wachmann hatte dieses unbestimmte Gefühl, nicht allein zu sein. »Hallo, ist da jemand?«, rief er in die Stille.

Seine Frage verhallte ohne Reaktion. Zehnders Blick fiel auf den Computer der Managerin. Der Monitor war ausgeschaltet, aber der Wachmann erkannte sofort, dass die Betriebsanzeige des Rechners leuchtete. Er schaltete den Monitor an, eine Tabelle mit mehreren Spalten und Einträgen erschien. Er scrollte durch die Zeilen. Das sah nicht gerade nach einem Computerproblem aus.

Zehnder schaute sich im Büro um. Die beeindruckende Aussicht durch die Glasfront lenkte ihn einen kurzen Moment ab. Hier oben würde er auch gerne sitzen. Sein Büro kam ihm kleiner vor als Bernards Schreibtisch. Er drehte sich um und fixierte jede

Wand. Er wusste schnell, es gab nur ein mögliches Versteck.

Entschlossen ging er auf die Tür zu. Sie war nur angelehnt. Behutsam schob er sie auf und blickte in den Raum. Er war dunkel. *Jemand hat den Bewegungsmelder deaktiviert*, war sein letzter Gedanke. Dann traf ihn ein heftiger Schlag.

***

Erik Lindberg ließ den metallenen Regalboden fallen, mit dem er diesem Wachmann eins übergezogen hatte, sprang über ihn und rannte aus dem Büro. Er stürmte den Korridor entlang in Richtung der Aufzüge, als sich wenige Meter vor ihm eine Türe öffnete.

Die grauhaarige Managerin kam herausgesprungen. »Bleiben Sie stehen!« Um dem Kommissar den Weg zu versperren, stellte sie sich mitten auf den Gang.

Die Frau war bemerkenswert mutig, sie rührte sich nicht, obwohl er direkt auf sie zukam. Auch als er nur noch einen guten Meter vor ihr war, bewegte sie sich nicht. Wie beim Boxen täuschte Lindberg links an, rannte aber rechts vorbei, ohne sie auch nur zu touchieren.

Bei Gehirnklitschko klappte das nie.

Verdutzt blickte sie ihm hinterher. »Haltet den Dieb!«, schrie sie, also ob er etwas gestohlen hätte. Das Rufen und Fluchen der Managerin war nicht das Einzige, was er hörte. Da waren noch Schritte, tiefe, schwere Schritte. Genau dieselben, die ihn in Bernards Büro letztlich doch gewarnt hatten.

Während er rannte, blickte er sich um und sah, wie der Wärter ihm hinterherkam. Die Managerin stand immer noch mitten im Gang und rief dem Kommissar nach. Der Wärter lief auf sie zu, hielt sich mit einer Hand die blutende Nase und schrie mit der anderen in ein Funkgerät. Er war offensichtlich kein Boxer, denn er rannte die Frau einfach über den Haufen, stolperte und schlitterte den Gang entlang.

Die Managerin rappelte sich wieder auf, richtete instinktiv ihr graues Haar und fluchte jetzt noch lauter. Der Wachmann rutschte weiter, kam an der Wand zum Stehen, sprang sofort auf und rannte wieder auf Lindberg zu. Der Mann war um einiges schneller als seine Figur vermuten ließ.

Lindberg schoss an der leer stehenden Raucherkabine vorbei und erreichte die Aufzüge. *Hoffentlich hat sie niemand angefordert.* Er drückte die Abwärtstaste.

Eine Aufzugstür öffnete sich, er sprang in die Kabine und betätigte den Knopf für Ebene Null. Der Wachmann war nur noch zehn Meter von der offenen Aufzugstür entfernt.

Lindberg drückte den Knopf zum Schließen der Tür. Quälend langsam setzten sich die beiden Türhälften in Bewegung. Der Wärter rannte, aus seiner Nase lief immer noch Blut, aber das schien ihn nur noch stärker zu befeuern. Sein keuchender Atem schlug Lindberg schon fast ins Gesicht und seine Hände reichten an die Tür heran.

Kurz bevor der Wachmann hindurch greifen konnte, glitten die Türen endlich zu. Lindberg hörte noch das verzweifelte Schlagen des Wärters auf die Aufzugstasten, dann setzte sich seine Kabine in Bewegung und donnerte in Richtung Erdgeschoss.

***

Zehnder fluchte und nahm sein Funkgerät. »Der Kerl fährt ins Parterre. Wo seid ihr?«

»Keine Panik, stehen schon dort«, antwortete ein Wachmann, der so schwer wie Zehnder war, aber einen halben Meter größer. Er sah aus wie ein Bodybuilder, das Hemd spannte unter seinen Muskeln. Die beiden Kollegen rechts und links standen ihm in nichts nach. »Wir sind genau vor den Aufzügen. Der hat keine Chance.«

»Gut, ich hätte ihn beinahe erwischt«, rief Zehnder atemlos. »Aber der Kerl ist verdammt schnell.«

»Nicht so schnell wie wir, Kollege. Wenn der uns entwischt, zahl ich dir die Rente. Lebenslang.«

Die Wachmänner holten ihre *Taser* heraus und entsicherten sie. Endlich gab es mal etwas zu jagen. Ein Funken sprühte aus den Elektroschockpistolen. Sie waren bereit. Dreimal 50'000 Volt warteten auf Erik Lindberg.

91

Philipp Farner war schon in einigen heruntergekommenen Kneipen gewesen, sie gab es so zahlreich in Basel, wie in jeder anderen europäischen Großstadt. Der häufigste Grund eine 'Beiz' zu eröffnen, schien immer noch der zu sein, unermessliche Alkoholvorräte vermeintlich kostenlos leertrinken zu können. Das ging zwei bis vier Wochen gut und dann, je nach Geduld der Banken, ein bis zwei Jahre schlecht. So standen auch in Basel einige Kneipen kurz vor dem Leerstand und wurden nur von Stammgästen über Wasser gehalten, von denen der eine oder andere selbst schon Pläne schmiedete, den Laden bald zu übernehmen. Und sich dann gleich mit, womit der Kreis von vorne begann.

Farner mochte diese leer stehenden Beizen, diese gescheiterten Existenzen und diese Momente des letzten Aufbäumens und des verzweifelten Kampfes. Wahrscheinlich weil er sie selbst nie erlebt hatte. Er war in einem behüteten Elternhaus aufgewachsen, in dem der Vater nicht nur im Beruf den Richter spielte, sondern auch am Küchentisch. Und häufig war er damals von ihm verurteilt worden, obwohl er sich selbst im Recht gesehen hatte.

Exakt wie heute. Obwohl die Polizei offiziell nicht mehr gegen ihn ermittelte, war er sich sicher, dass seine Wohnung inzwischen mehr künstliche Wanzen beheimatete als echte.

Seit manche Scharfmacher die Tierrechtsorganisationen in die Nähe von Terrorgruppen gestellt hatten, war deren Mitgliedern das konspirative Arbeiten in Fleisch und Blut übergegangen. Auch deshalb mochte er diese heruntergekommenen Beizen, denn niemand verirrte sich darin, der nicht dorthin gehörte. Es war der ideale Ort um ihn zu treffen.

Den Mann, den er so lange nicht mehr gesehen hatte.

Das schwarze Schaf der Familie.

Bei dem jeder die Verwandtschaft bestritt oder mit dem Wörtchen 'zugeheiratet' abqualifizierte. Nach seiner Scheidung war er nicht einmal mehr das gewesen.

Nur für Philipp war er immer Familie geblieben, auch wenn er nur ein einziges Mal aus Deutschland zu Besuch gekommen war. Er verkörperte das, was den anderen fehlte: Verwegenheit, Draufgängertum und den Reiz des Verbotenen. Für einen damals Elfjährigen eine unwiderstehliche Mixtur.

Farner erinnerte sich daran, wie sie damals aus Salpeter, Holzkohle und Schwefel einen riesigen Haufen Schwarzpulver hergestellt, den Rasenmäher der Nachbarn gestohlen und auf der nahen Wiese zur Explosion gebracht hatten. Er sah noch genau vor sich, wie das Feuer aufgeschossen war und die Blechteile des Rasenmähers bis an den Rand der Wiese katapultiert hatte. Natürlich entdeckten die Eltern sie, aber Udo, der damals schon über zwanzig gewesen war, behauptete steif und fest, der Rasenmäher sei einfach so explodiert. Sei ja auch ein altes Ding. Natürlich ersetzte der Vater den Nachbarn den Rasenmäher trotzdem und stellte so die geregelten Verhältnisse wieder her.

Danach hatte Udo Hausverbot erhalten und Philipp Farner seinen Onkel nie wieder gesehen. Doch das Feuer, welches sie damals entfacht hatten, brannte immer noch in ihm.

Als Udo ihn vor Kurzem angerufen hatte und Philipp ihn nach all den Jahren nicht sofort erkannte, hatte sein Onkel nur ein Wort sagen müssen: 'Schwarzpulver'. Zuerst hatte Philipp sich auf keinen Fall mit Udo treffen wollen, auch weil er befürchtete, die Polizei würde ihn überwachen. Aber mit jedem Anruf seines Onkels waren die Erinnerungen an den Rasenmäher wieder lebendiger geworden.

Natürlich hatte Farner mitbekommen, welche Karriere Udo eingeschlagen hatte, doch schließlich wusste er selbst, wie schnell man unschuldig verdächtigt wurde. Und Udo benötigte seine Hilfe, daran bestand kein Zweifel.

Philipp Farner blickte auf die Eingangstür aus dunklem, abgesplittertem Holz. Die Türklinke hing so schief, Farner glaubte nicht, dass sie den momentanen Besitzer überleben würde. Wer ging auch schon in Basel in einen Laden mit dem Namen 'Zürcher Zuchthaus', der von einem Kroaten betrieben wurde und dessen Speisekarte nur aus kalten Buletten und warmem Kartoffelsalat bestand?

Doch er war nicht zum Essen hierhergekommen und auch nicht, um die Inneneinrichtung zu bewundern. Sie beschränkte sich ohnehin auf rot-weiße Plastikdeckchen und Holztische, an denen mindestens vier Sorten unterschiedliche Stühle standen, die allesamt weder zueinander, noch zu den wackeligen Tischen passten.

An einem Tisch saß ein einsamer Alter, vier Jasser waren vor fünf Minuten gegangen. Vor dem Alten stand ein Bier, vor dem Wirt ein Kurzer. Und bald noch einer. Farner hatte ein Wasser bestellt, er wollte einen klaren Kopf behalten. Alkohol war kein guter Ratgeber.

Er fasste in seine Tasche und versicherte sich noch einmal, dass er alles dabei hatte. Sollte er seinem Onkel wirklich helfen? Saß er nur hier, weil sie ein Zufall zu einem Zeitpunkt im Leben zusammengeführt hatte und die Kraft der Explosion ihn immer noch berührte? Oder saß er hier, weil er neugierig war auf den Ausgestoßenen?

Vielleicht war der wahre Grund auch viel simpler: Er hatte Angst. Angst, dass Udo sich einfach nehmen würde, was er brauchte, selbst gegen seinen Willen. War es da nicht vernünftiger, mitzuspielen und die Dinge in kontrollierbare Bahnen zu lenken? War er vielleicht doch wie sein Vater? Oder wie Lindberg, der unbedingt diesen Fall lösen wollte, was immer es ihn auch kostete. Was war sein Fall, der ihn umtrieb? Die Rechte der Tiere oder der Kampf gegen die übermächtige Autorität?

Vielleicht sollte ich doch einen Schnaps bestellen. Er hob die Hand. Der Barkeeper griff ohnehin grad nach der Flasche. Ist doch ein guter Abend, schien er zu denken, als er das Glas auf Farners Tisch stellte. Immerhin war es einer, an dem er nicht sein einziger Kunde blieb.

Farner nahm das Glas und setzte es an seine Lippen. »Ich hoffe es schmeckt«, hörte er eine tiefe Stimme von hinten. Der Tierschützer musste sich nicht umdrehen, er wusste auch so, sein Onkel war da. Udo Wohlers.

92

Der Aufzug kam von oben angeschossen und zerbrach die gespannte Stille. Die Tür öffnete sich langsam, die Wachmänner zielten mit den Taserpistolen auf den Türspalt und feuerten kurz nacheinander. Ein gellender Schrei drang aus der Kabine.

Er war getroffen, zweifellos.

Obwohl ein Taser nur eine Elektroschockpistole war, hatten schon einige den Angriff damit nicht überlebt. Lebensgefährlich wurde es vor allen Dingen dann, wenn das Opfer von mehreren Schüssen getroffen wurde.

Wie in diesem Fall.

Die drei Wachleute blickten gespannt auf den Boden der Kabine.

Ein Mann lag dort, regungslos.

Dann erst verstanden sie.

Eine zweite Kabine rauschte heran. Die Männer postierten sich davor, warteten, bis die Tür sich geöffnet hatte und blickten in den leeren Aufzug.

Ein Wachmann ging hinein und entfernte die Deckenplatte des Fahrstuhls, doch hinter der Abdeckung befanden sich nur Kabel und Lüfter. Er forderte den dritten Aufzug an und stellte sich vor den Schacht, während die Kollegen die erste Aufzugkabine inspizierten. Die Person, die dort lag atmete noch, wenn auch nur flach.

Der Anführer nahm sein Funkgerät. »Schickt eine Ambulanz ins Hauptgebäude. Und zwar sofort. Wachmann ...« Er stockte und nahm den Ausweis des Getroffenen. »Wachmann Zehnder wurde von einem Taser getroffen.«

Die dritte Aufzugskabine stoppte. Auch sie stand leer. »Walter, du bleibst hier, bis die Ambulanz kommt«, rief der Anführer. »Wir beide schnappen uns den Kerl.«

***

Erik Lindberg hatte sich an den Übergang zu den anderen beiden Türmen erinnert, dort den Aufzug gestoppt und ihn anschließend nach unten geschickt. Er hatte gehofft, seine Gegner damit zu verwirren und ahnte nicht einmal, wie gut ihm das gelungen war.

Er rannte die Passerelle entlang in den rechten Verwaltungsturm. Auch hier befanden sich drei Aufzugsschächte. Er jedoch nahm die Notausgangstür. Hastig drückte er die Klinke nach unten und hoffte, keinen Alarm auszulösen. Die schwere Stahltür ließ ihn ihr Gewicht spüren, doch sie bewegte sich lautlos. Lindberg rannte in das Treppenhaus und sprang so schnell er konnte die Treppen hinunter.

Außer Atem erreichte er das Erdgeschoss. Sein Herz raste, seine Lungen pumpten, doch er hatte keine Zeit zu verlieren. Vor der Tür, die zurück in den Bürotrakt führte, befand sich ein Ausweisleser. Lindberg packte Bernards Ausweis und führte ihn ein. Das Lesemodul ruckelte ungewöhnlich lange und stoppte schließlich. Ein rotes Licht leuchtete auf, begleitet vom hektischen Blinken des Displays. *'Nicht autorisiert!'*, las Lindberg. Sie hatten Angelia Bernards Ausweis gesperrt.

Lindberg drückte verzweifelt die Klinke herunter, doch sie gab die Tür nicht frei. Wütend trat er mit dem Fuß an die Ausgangstür und blickte sich um. Rechts von der Treppe befand sich ein schmaler Gang, er sah aus wie die Kopie des Flurs, durch den er den Hauptturm betreten hatte. An dessen Ende befand sich eine Tür, ohne Lesegerät. Lindberg rannte den Gang entlang, drückte die Klinke herunter, doch die Tür öffnete sich nicht.

Er wollte schon umkehren, als er den Feuerlöscher sah. Er riss das Teil aus der Halterung und nahm Anlauf. Kurz vor der Glastür wuchtete er den Feuerlöscher mit aller Kraft nach vorne und warf sich zur Seite. Das stählerne Geschoss schlug mit einem lauten Knall auf die Glasscheibe.

Und genauso laut schlug der Feuerlöscher auf dem Boden auf, ohne dass er einen Kratzer im Glas hinterlassen hatte.

Lindberg rappelte sich wieder auf. *Stehen die hier etwa bei Feuer Schlange bis jemand die Tür von außen aufmacht?*

Er nahm sein Feuerzeug und hielt es unter die Sprinkleranlage. Zehn Sekunden. Nichts tat sich. Er fluchte, holte einen der Kunstdrucke von der Wand und hielt das Feuerzeug darunter.

Endlich hatte GENEKNOV einmal nicht mitgedacht, das Bild brannte wie Zunder. Und es rauchte noch stärker. Er hielt das brennende Bild unter die Sprinkleranlage und zählte. Eins, zwei, drei. Wusch! Das Wasser schoss von oben herab und ein schrilles Alarmsignal erklang. Lindberg rannte zur Tür und drückte die Klinke herunter. Sie gab nach.

Er schlüpfte durch die Tür und rannte los. Seine Kleider waren nass, er war völlig außer Atem, aber wenigstens hatte er das Gebäude verlassen. Nur musste er so schnell wie möglich hier weg, denn die Wachleute wussten sicher, wo der Alarm aufgetreten war und ahnten, wer ihn verursacht hatte.

Nach hundert Metern kam er an eine belebte Werksstraße. Er verlangsamte seine Schritte und zog die Baseballkappe über die nassen Haare. Unauffällig mischte er sich unter die Leute. Die ersten Mitarbeiter verließen den Turm, einige mit nassem Haar und Kleidern. Sie gingen zu einem Sammelpunkt, um sich durchzählen zu lassen.

Er lief ihnen hinterher, völlig planlos wie er die Firma verlassen sollte. Sein Ausweis war eingezogen worden und sie würden die Kontrollen verstärken. Wenn er hier nicht sofort rauskam, würde er nicht rechtzeitig am Hafen sein und Wohlers verpassen.

Dann würde der sich an Paula rächen. Wahrscheinlich noch in dieser Nacht.

93

Philipp Farner fühlte sich wieder wie der elfjährige Junge, der er damals gewesen war. Er blickte Wohlers aus großen Augen an. Sein Onkel gehörte zu der Sorte Männer, bei denen sich die Haare entschieden, überall zu wachsen, nur nicht dort, wo sie eigentlich hingehörten. Seine Glatze ging in ein paar breite Koteletten über, die von einem Siebentagebart umrandet wurden. Wohlers Kopfhaut war so blass wie vor der Erfindung des Solariums. Zumindest im Gefängnis schien keines zu stehen.

Er hielt Farner seine kräftige Pranke hin, unter deren Fingernägeln mehr Schmutz zu finden war, als bei einer alten Computertastatur. Farner schüttelte sie zögerlich.

»Zwei Kurze«, rief Wohlers in den Raum, obwohl sein Gegenüber gerade einmal begonnen hatte, am ersten zu nippen.

»Wie hast du es über die Grenze geschafft?«, fragte Farner, weil ihm nichts Besseres einfiel.

»Bin zu Fuß gegangen und hab mir dann hier einen Wagen besorgt. Ein Benz. Coole Kiste. Sitzt jetzt 'ne heiße Braut drin.« Er lachte. »Sie ist ein bisschen derangiert, daher hab ich sie nicht mitgebracht.«

Der Wirt stellte die beiden Schnäpse auf den Tisch, Wohlers nahm sein Glas, stieß mit Farner an und leerte es mit einem Schluck. »Bring gleich die ganze Flasche«, rief er dem Wirt hinterher. »Haben was zu bereden. Und mach zwei Knastpralinen klar.«

Der Wirt schaute Wohlers fragend an.

»Na, zwei Buletten«, erklärte Wohlers und zeigte auf die Speisekarte.

Farner fragte sich, ob Eltern nicht doch über ein besseres Urteilsvermögen verfügten, als ein Elfjähriger vermutete. Er wusste beim besten Willen nicht, was er mit dem Kerl gemeinsam haben sollte.

»Du warst echt im Gefängnis?«, fragte Wohlers. »Ich hoffe, du hast beim Duschen nicht die Seife fallen lassen?«

Nur raus hier, dachte Farner, doch er wusste, dass dies angesichts der vollen Schnapsflasche nicht so leicht werden würde. »Ich war ein paar Tage in Untersuchungshaft«, antwortete er schließlich. »Das war wegen diesem Mordfall, du weißt schon.«

»Hat sich da eigentlich was getan?«, fragte Wohlers.

Farner schüttelte den Kopf. »Warum interessiert dich der Fall? Du hattest schon am Telefon ...«

»Hab da eine alte Rechnung offen«, unterbrach ihn Wohlers und grinste. Seine Zähne waren so gelb wie ein New Yorker Taxi. Und so kaputt. Unter seinem Bart verlief eine Narbe, die über die rechte Wange bis zur Lippe herabreichte.

»Warum haben sie dich gehen lassen?«, fragte Wohlers.

»Weil ich unschuldig bin!«, antwortete Farner und wunderte sich selbst, wie naiv er klang.

»Ja, das sagen alle!« Wohlers lachte und schenkte sich nach. »Und dieser Lindberg sucht immer noch verzweifelt nach dem Mörder?« Wohlers Augen glänzten, aber nicht nur vom Alkohol. »Was weißt du so über den Kommissar?«

»Warum interessiert dich das?«

»Stell doch nicht so viele Fragen, Philipp.« Wohlers klopfte dem Studenten auf die Schulter. »Vertrau mir einfach. Wir beide gegen den Rest der Welt, das hat doch schon damals super geklappt, oder?« Wohlers hielt sein Schnapsglas hoch, um anzustoßen. Unsicher nahm Farner sein Glas, ließ es an das andere prallen und stürzte den Inhalt hinunter. Darauf kam es jetzt auch nicht mehr an. »Der Kommissar ist intelligent und für einen Bullen recht offen«, sagte er.

Wohlers schaute ihn ungläubig an. »Der Kerl hat dich ins Gefängnis gesteckt!«

»Das war Zufall, nur weil ich diese blöden Tabletten besessen hab.«

»Das Remexan?«

»Genau. Wie du weißt, hat das Medikament etwas mit den Morden zu tun, das hatte ich dir ja schon am Telefon erzählt.«

»Ja, aber was genau?«

»Soweit ich weiß, haben die meisten Opfer für den Hersteller gearbeitet. Außerdem hat der Täter bei einem Mord eine Remexan-Tablette zurückgelassen und jetzt suchen sie jeden, der diese Charge besessen hat. So bin ich ins Gefängnis gekommen.«

»Du hast diese Charge?« Wohlers riss die Augen auf.

Farner nickte.

Wohlers nahm einen weiteren Schnaps und goss sich sofort nach. »Hast du den Pass?«

»Udo, ich ...« Farner biss sich auf die Lippen. »Wir sind verwandt, aber ich kenne dich kaum.«

»Was soll das heißen?« Wohlers, der begonnen hatte, auch Farner einzuschenken, hob die Flasche an, stoppte. »Traust du mir etwa nicht? Hab ich dich damals etwa verpetzt?«

»Hör mal zu, das war deine Idee mit dem Rasenmäher«, entgegnete Farner.

»Hat es keinen Spaß gemacht?«

»Doch, aber ich war elf! Ich fand das cool, hab dir zugeschaut, mehr aber nicht.«

»Du hast das Streichholz angezündet, vergiss das nicht.«

»Das stimmt doch gar nicht!«

»Ich habe gesagt, das war ein nettes Spiel und jetzt gehen wir wieder heim«, behauptete Wohlers und füllte dann doch Farners Glas. »Aber der kleine Philipp wollte nicht heim. Er wollte es krachen lassen. So war es und nicht anders.«

Farner schwieg. *War es wirklich so gewesen?*

»Und ich hab dir dann den Arsch gerettet, sonst hätten deine Eltern dich ins nächstbeste Heim gesteckt.« Wohlers nahm sein Glas, blickte es kurz an und schluckte den Inhalt, als sei er Medizin. »Und jetzt willst du mich hängen lassen, wenn ich ein einziges Mal deine Hilfe brauche.«

»Udo, wir haben uns seit Ewigkeiten nicht gesehen.« Farner spürte, wie der Alkohol ihm Mut verlieh, leerte sein Glas, beugte sich näher zu Wohlers und flüsterte: »Und du wirst wegen Mordes gesucht!«

»Du hast also keinen Pass für mich?«

»Ich bin kein Passfälscher!«

»Du hast mir selbst gesagt, dass du drei Pässe mit verschiedenen Namen besitzt!« Angesichts des Themas wurde Wohlers ein wenig zu laut. Der alte Mann am anderen Tisch blickte von seinem Bier auf. Dann bestellte er nur ein neues und vergrub den Kopf wieder in seinen Händen.

Farner hob beschwichtigend die Hände. »Erstens sehe ich kaum aus wie du und zweitens bekommt man so einen Pass nicht im Vorbeigehen. Und umsonst schon gar nicht, das habe ich dir auch gesagt. Ich bin nur ein Student, vergiss das nicht!«

»Wenn es daran liegt ...« Wohlers öffnete seine Tasche und legte ein Bündel Hundert-Euro-Noten auf den Tisch. Zum Glück schaute der Alte am anderen Tisch nicht hin.

»Leg das wieder weg!«, zischte Farner.

»5'000 Mücken ist eine stolze Summe«, erklärte Wohlers und ließ die Scheine wieder in der Tasche verschwinden. »Nicht gerade ein Freundschaftspreis.«

Farner schwieg. Die Gedanken sprangen in seinem Kopf umher wie Knallfrösche. Sollte er diesem Mann wirklich helfen? Oder besser der Polizei ausliefern? Doch wie sollte er das anstellen, ohne sie wieder auf seine Spur zu locken?

War Wohlers überhaupt sein Problem? Mit den Fünftausend könnte er schließlich eine Menge Tiere befreien.

»Was ist jetzt?«, drängte Wohlers.

Farner nahm die Schnapsflasche und schenkte sich selbst einen ein. Er leerte das Glas mit einem Schluck, blickte Wohlers an und traf dann eine Entscheidung.

94

Wie ein Fisch in einem Schwarm tauchte Erik Lindberg in der Menschenmenge unter. Er fühlte sich zwar für den Moment sicher, doch die Zeit lief ihm davon. Wohlers sprach keine leeren Drohungen aus, die drei Toten beim Überfall auf den Geldtransporter bewiesen das. Und Paula bewies es auch. Solange Wohlers sich in Freiheit befand, war sie nicht sicher. Wenn Lindbergs Falle in der Bank zuschnappen sollte, dann musste er so schnell wie möglich hier raus und Wohlers das Sudoku-Heft geben.

Lindberg ging mit der Menschenmasse auf das Osttor zu. Es schien Schichtwechsel zu sein. Immer mehr Mitarbeiter strömten auf die Ausgänge zu oder kamen von dort. Fünfzig Meter vor dem Tor schoss ein Pick-up der GENEKNOV-Security mit rotem Warnlicht an ihm vorbei und parkte vor dem Ostausgang.

Zwei Sicherheitskräfte stiegen aus dem Pick-up und postierten sich neben dem Werksausgang. Die Wachmänner ließen sich die Ausweise der Mitarbeiter geben und verglichen die darauf abgebildeten Passfotos mit den jeweiligen Personen. Hatten die Mitarbeiter die visuelle Prüfung bestanden, folgte an der Drehtür noch die übliche elektronische Prüfung des Ausweises.

Vor den Wachleuten bildete sich eine Schlange. Lindberg ging um die Ecke, zog die Baseballkappe ab, warf sie zusammen mit Bernards Ausweis in einen Mülleimer und ging wieder zum Tor. Er ließ einen Mann mit braunen Haaren vor, rempelte ihn beim Vorbeigehen wie aus Versehen an, entschuldigte sich und lief an das nächstgelegene Tor.

Auch dort wurde jeder Mitarbeiter kontrolliert. Lindberg stellte sich in die Schlange und wartete. Nach fünf Minuten trennten ihn nur noch wenige Meter von den Wachleuten. Schritt für Schritt ging er voran. Sein Herz pochte so laut, dass er sich wunderte, warum es niemand hörte.

Endlich ging die Person vor ihm zum Wachmann, holte einen Ausweis heraus und wurde nach kurzer Prüfung durchgewinkt. Lindberg folgte ihm. Er fühlte sich wie ein Geldfälscher an der Zentralbankkasse. Er holte den Ausweis heraus, den er an der anderen Schlange von dem einzigen Mann gestohlenen hatte, der ihm halbwegs ähnlich sah und als habe er nichts zu verbergen, blickte er dem Wachmann direkt in die Augen. »Was ist mit Ihren Haaren geschehen?«, fragte der Wärter und zeigte auf die braunen Haare auf dem Bild.

»Meine Frau wollte sie nicht mehr«, lächelte Lindberg und fuhr sich durch die Haare. »Also musste ich sie schwarz färben.«

»Ja, so sind die Weiber«, entgegnete der Wachmann und kratzte sich am Bart. Jetzt erst erkannte Lindberg, dass der Wärter eine Taserpistole trug. Hatte GENEKNOV dafür auch eine Sondergenehmigung erhalten? Er reichte Lindberg den Ausweis und winkte ihn durch. Der Kommissar stellte sich in die Schlange vor dem Tor. Zwischen ihm und der Drehtür standen jetzt noch drei Mitarbeiter, ein vierter hatte gerade das Tor passiert.

Lindberg fiel es schwer, ruhig stehenzubleiben, in Gedanken trieb er die vor ihm Stehenden an.

Endlich kam er an die Reihe. Er versuchte, nicht zu hastig an die Drehtür zu gehen, doch bevor er seinen Ausweis in den Leser einführen konnte, hörte er von hinten einen der Aufpasser rufen: »Sie da! Kommen Sie mal her!«

Lindberg blickte sich um. Verdammt! Der eben noch so freundliche Wachmann hatte einen eisigen Blick aufgelegt. »Kommen Sie bitte zu uns!«, rief er.

Doch er fixierte nicht Lindberg, sondern den Mitarbeiter hinter ihm. Dieser musste seine Tasche abgeben, die noch einmal kontrolliert wurde. Lindberg drehte sich wieder zum Tor und wischte sich den Schweiß von der Stirn. *Jetzt oder nie.* Er führte seinen Ausweis ein. *Hoffentlich hat der Braunhaarige ihn noch nicht als gestohlen gemeldet.*

Das Lesemodul schnappte sich den Ausweis, stoppte eine Sekunde und prüfte weiter; stoppte wieder, ratterte und prüfte erneut. Die Sekunden verstrichen.

Etwas stimmt nicht, es dauert zu lange.

Lindberg spürte, wie die Wachen misstrauisch wurden, er spürte, wie sie von dem anderen Mann abließen und er spürte ihre Blicke in seinem Nacken. Doch das Lesegerät prüfte immer noch. Plötzlich kam ein weiterer Pick-up angeschossen, zwei Wachleute sprangen aus dem Auto. »Haltet den Mann!«, schrien sie und zeigten auf Erik Lindberg.

95

Mia Adam atmete tief aus und klopfte an die Tür des Bundespolizeidirektors. Graf bat sie hinein. »Was gibt es Frau Adam?« Wie immer schien ihr Vorgesetzter es als Belastung zu empfinden, mit einem Mitarbeiter reden zu müssen. Am liebsten erteilte er seine Anweisungen der gesamten Gruppe und erweckte dabei den Eindruck, dass ihn jede Frage störte, sei es nun während oder nach seinem Vortrag.

Mia Adam wusste das alles, doch sie wusste auch, sie durfte die Informationen nicht zurückhalten. Derjenige der ihnen das Video mit Erik gesendet hatte, konnte es auch jedem anderen schicken. Mia setzte sich und strich sich durch ihren roten Bubikopf. »Wir haben den Unbekannten am Tatort identifiziert.«

Er blickte von seinem Schreibtisch auf. »Wenigstens etwas. Wer ist es?«

Mia Adam biss sich auf die Lippen. Auf einmal hielt sie es nicht mehr für eine gute Idee, hierhergekommen zu sein. Sie musterte den Boden und wünschte sich, er würde sich auftun und sie verschlingen. Nein, genaugenommen wünschte sie sich, er würde sich auftun und Graf verschlingen.

»Frau Adam?« Der Bundespolizeidirektor schaute demonstrativ auf die Uhr, was er immer tat, wenn ihm jemand auch nur eine Sekunde stahl.

»Nun«, begann Mia Adam. »Es ... es ist Kommissar Lindberg.«

»Was?« Graf blickte sie mit großen Augen an. »Der ist doch suspendiert?« Der Polizeidirektor stand auf, rieb sich mit beiden Händen die Stirn. An seiner Schläfe pochte wieder diese Ader als strömte alles Blut des Körpers durch dieses eine Nadelöhr. »Was verdammt noch mal hat er dort gemacht?« Graf ballte eine Faust. »Wo ist er jetzt?«

»Ich weiß es nicht, ich habe ihn nicht erreicht«, antwortete Mia Adam kleinlaut.

»Natürlich, nicht«, entgegnete der Bundespolizeidirektor. »Er wird uns auch nicht den Gefallen tun, uns über den Weg zu laufen.«

»Ich denke, das wird sich alles aufklären ...«

»Blödsinn!« Graf schlug mit der Faust auf den Tisch. »Lindberg ist so verdächtig wie dieser Tierschützer. Haben wir den eigentlich wiedergefunden?«

Mia Adam schüttelte den Kopf und stellte sich auf ein Donnerwetter ein. *Warum bin ich nur hierhergekommen? Ein Bericht hätte doch auch genügt.*

Graf öffnete eine Schublade, nahm eine Packung Kaugummi heraus, Mia Adam glaubte, einen silbern glänzenden Flachmann dahinter zu erkennen, doch bevor sie genauer hinschauen konnte, schloss Graf die Schublade wieder mit einem lauten Knall. »Wie konnte der Scheißkerl überhaupt entwischen?«

»Wir hatten nur zwei Mann für die Observation. Sie hatten das selbst angeordnet, da wir nicht genügend Personal …«

»So eine Scheiße!« Graf schlug erneut mit der Faust auf den Tisch. »Intensivieren Sie die Suche nach ihm!«

»Das habe ich vorhin schon veranlasst«, antwortete Mia Adam und war erleichtert, wenigstens etwas richtig gemacht zu haben.

Graf nickte fast unmerklich, doch sie bemerkte es sofort. Sie fasste neuen Mut. »Ich glaube nicht, dass Kommissar Lindberg der Mörder …«

»Was Sie glauben spielt keine Rolle!«, unterbrach Graf sie erneut. »Lindberg war am Tatort! Wenn er nicht der Täter ist, ist er der wichtigste Zeuge. Außerdem hat er es unterlassen, uns zu informieren!«

»Es gab diesen anonymen Anrufer …«

»Ist das jetzt die neue Methode, den Kollegen einen Mord mitzuteilen? Ich glaube nicht! Lassen Sie Lindberg zur Fahndung ausschreiben!«

»Ist das nicht übertrieben?«

»Werden Sie jetzt genauso renitent wie Ihre beiden Vorgänger?« Graf blickte Mia Adam mit wütenden Augen an. »Dann können Sie Ihnen gleich auch in anderen Belangen nachfolgen!«

»Ich habe verstanden.« Sie stand auf und verließ das Büro. Natürlich hatte Erik Fehler gemacht und musste einiges erklären, die Fälschung der Auslieferungsliste, seine Anwesenheit am Tatort und seine ständigen Abwesenheiten.

Mia Adam nahm ihr privates Handy. *»Graf lässt nach dir fahnden«*, schrieb sie. *»Warum warst du im Hotel? Brauchst du Hilfe? Mia.«* Sie wusste, es würde sie den

Job kosten, wenn Graf von der SMS erfuhr, aber sie sendete sie trotzdem.

Wieder im Büro tat sie, was der Direktor ihr befohlen hatte und beantragte beim Bundesanwalt einen Haftbefehl.

Sie versuchte, Lindberg erneut zu erreichen, doch ohne Erfolg.

Mia Adam vergrub ihren Kopf unter den Händen und bemerkte, wie ihr ein paar Tränen entwischten. Sie verfluchte diese Nacht. Warum meldete sich Erik nicht? Tief in ihrem Innersten spürte sie, dass er unschuldig war. Und sie spürte noch etwas. Etwas, das ihr Angst machte.

Sie trocknete ihre Tränen, stand auf und ging im Zimmer umher. Es half nichts. Sie konnte sich dieses Gefühl nicht erklären, aber es war so real, so echt. Dieses Gefühl, dass sich ihr Kollege in großer Gefahr befand.

96

Die beiden Wachmänner, die aus dem Pick-up gestiegen waren, rannten auf Lindberg zu. Es war zu spät, über einen anderen Weg als über die Drehtür zu flüchten.

Die anderen Wärter neben dem Tor zückten ihre Taserpistolen und riefen den Mitarbeitern vor ihnen zu, sich auf den Boden zu legen.

Der Kartenleser mit Lindbergs Ausweis ratterte immer noch.

Als Lindberg schon glaubte, die Hände der Wachleute oder 50.000 Volt würden nach ihm packen, leuchte das grüne Licht an der Leseeinheit endlich auf.

Lindberg stürzte durch die Drehtür und hörte zwei Taser zischen. Metall schlug auf Metall, ohne sich umzublicken rannte Lindberg weiter.

Anscheinend waren die Geschosse am engmaschigen Gitter des Werkszauns abgeprallt, die Sicherheitskräfte schrien sich gegenseitig an, blieben jedoch wie angekettete Hunde hinter dem Tor. Außerhalb des Werksgeländes waren sie machtlos. Alles, was sie tun konnten, war die Polizei zu verständigen.

Jedenfalls telefonierte der eine, als Lindberg sich umblickte und in sein Auto stieg.

Darauf kommt es jetzt auch nicht mehr an, dachte Lindberg und gab Gas.

***

Der Name *'Port of Switzerland'* war für einen Binnenhafen ein wenig großspurig geraten, zumal er sich ausgerechnet im Basler Stadtteil Kleinhüningen befand.

Wahrscheinlich zeigte sich darin die Sehnsucht der Schweizer nach dem Meer, wie auch im Seemanns-Club, den über zwanzig Hochseeschiffen und dem schweizerischen Seeschifffahrtsamt, die in Basel beheimatet waren. Der Rhein, der flussabwärts mit Containerschiffen befahrbar war, galt im Hafengebiet gar als internationales Gewässer.

Kein Wunder, er lag direkt neben dem Dreiländereck, nur einen Steinwurf von der deutschen Grenze entfernt, über den Rhein von der französischen.

Lindberg hatte als Kind ein paarmal in Kleinhüningen zwischen den Silos und Containern gespielt, war aber meist von den Hafenarbeitern verjagt worden. Dennoch hatte das Hafengebiet auf ihn immer eine besondere Faszination ausgeübt. Es war der Zugang zu der großen, weiten Welt gewesen.

Jedenfalls für einen kleinen Jungen.

Lindberg parkte seinen Volvo am Südquai, zu seiner Überraschung war das dortige Hafenbecken immer noch frei zugänglich. Das Hafengelände lag nachtruhig vor ihm. In dieser Branche schien sich das

Remexan noch nicht durchgesetzt zu haben. Trotz des Rheins nebenan, der so schnell floss wie kurz vor einem Hochwasser, lagen die Frachtschiffe hier im Hafen so ruhig im Becken, als seien sie festgemauert. Auf den Schiffdecks konnte Lindberg niemanden erkennen; nur einige Positionslichter schienen über sie zu wachen.

Am Ufer stand ein alter Containerkran, der sich wie eine Spinne auf Schienen über die Quaimauer lehnte. Ein Teil des Krans war in Rot gestrichen, ein anderer in Blau, ein Logo des FC Basel prangte auf ihm, es trug dieselben Farben wie das Logo des berühmten FC Barcelona. Kein Wunder, denn der katalanische Club war vom Schweizer Hans Gamper gegründet worden, nachdem er beim FC Basel gespielt hatte.

Lindberg konnte sich an den Kran nicht erinnern, wahrscheinlich war er in seiner Kindheit noch nicht in Vereinsfarben gestrichen gewesen. Damals hatte er sich eine Zeitlang für Fußball interessiert, damals, als er noch nicht hatte ahnen können, dass weder Schweden noch die Schweiz jemals etwas Nennenswertes im Fußball gewinnen würde.

Zwar gehörten seine Sympathien meist den Verlierern, aber das trug nicht ein Leben lang in einem Sport, in dem es nur ums Gewinnen ging.

Er blickte wieder auf den Kran. Nieten so groß wie Fünffrankenstücke hielten dessen Stahlkleid zusammen. Eine Leiter führte in die Kranführerkabine gut drei Meter über dem Boden.

Lindberg blickte nach oben. Die Kabine war das perfekte Versteck. Lindberg seufzte, versuchte nicht an seine Höhenangst zu denken und stieg die Leiter hoch.

Er lauschte an der Kabinentür. Stille. Dann schwang er sich auf und blickte hinein. Niemand saß darin, über dem Fahrersitz hing eine Kapuzenjacke mit dem Aufdruck 2006. Retro-Klamotten waren wieder schwer in Mode. An einem Fenster klebte eines dieser dreiseitigen Pin-up-Poster, die ebenso wenig totzukriegen waren.

Der Kommissar musterte den nachtdunklen Hafen unter sich. Es war zwei Uhr nachts. Er hatte es gerade noch rechtzeitig hierher geschafft und sich nicht einmal die Datei angeschaut, die er bei GENEKNOV mitgenommen hatte. Sie musste warten, denn Wohlers tat es nicht.

Er war sicher schon länger hier und hatte sich das Gelände eingeprägt. Er konnte überall stecken. Lindberg blickte sich um. Was, wenn Wohlers ihn reinlegen wollte? Gab es überhaupt eine realistische Chance, dass es sich nicht um eine Falle handelte?

Lindberg stieg die Leiter hinab und schaltete sein Handy ein. Mia Adam hatte mehrfach versucht ihn zu erreichen, ebenso Graf. Und die Rehaklinik. Lindberg wollte zurückrufen, doch in dem Moment entdeckte er etwas am anderen Ende des Hafens. Konnte das sein? Langsam ging er im Dunkel der Nacht darauf zu.

97

Er kam aus dem Schutz der Dunkelheit, als wäre er ein Teil von ihr. Er überquerte die Straße außerhalb der Lichtkegel der Laternen und stellte sich hinter die mannshohe Mauer. Vorsichtig blickte er sich um. Bislang hatte ihn niemand gesehen. Heute genauso wenig wie die Tage zuvor. Er strich an der Mauer entlang und lugte um die Ecke. Dort lag es. Sein Ziel.

Ein weißes, zweistöckiges Haus, ein Altbau mit leicht unregelmäßigem Giebeldach, Fenstereinfassungen aus hellrotem Sandstein und dunklen Holzbalken zwischen den Etagen. Die rot-weißen Fensterläden waren allesamt geschlossen, doch das waren sie sicherlich jede Nacht. Der blasse Mond schien auf die tönernen Dachziegel, die an einigen Stellen mit Moos bewachsen waren. Das Haus daneben sah genauso ruhig aus. Es war die perfekte Gelegenheit. Eine bessere würde nicht kommen.

Natürlich war es riskant, was er tat. Aber es war einfach zu verlockend. Er hatte es bis ins Detail geplant. Wie immer. Trotzdem hatte er in der Vergangenheit improvisieren müssen, aber das unterschied schließlich den Profi vom Amateur.

Ursprünglich hatte er nur den Mord an der Fixerin geplant, da sie ihn erpresst hatte. Und zeitgleich an CEO Meyer, weil dieser gewisse Unregelmäßigkeiten entdeckt hatte, die der CEO, nachdem er nicht mehr für GENEKNOV arbeitete, gegen ihn hätte verwenden können. Doch dann hatte Claudia Römer entdeckt, dass die Fixerin in Erzenberg an der Studie teilgenommen hatte und schließlich hatte Angelia Bernard Verdacht geschöpft. Der Einzige, der jetzt noch herausfinden konnte, wer die Morde begangen hatte, würde heute Nacht sterben.

Er schlich zu dem Haus und lehnte sich an die Wand. Die geschlossenen Fensterläden verhinderten, dass er hineinschauen konnte. Das hatte auch sein Gutes. Denn so würde auch niemand außerhalb des Hauses erahnen, was sich bald in dessen Inneren ereignen würde.

Er lief zur Garage auf der Rückseite des Hauses. Kaum hatte er sie erreicht, grinste er zufrieden. Was nützte ein modernes Sicherheitsschloss an der Vordertür, wenn das Garagentor über ein Schloss verfügte, das selbst ein Fünfjähriger knacken konnte?

Er nahm einen Dietrich und schob ihn in das Garagenschloss. Keine dreißig Sekunden später gab es nach. Er horchte noch einmal kurz in die Stille und schob dann das Garagentor nach oben. Zwei, drei Sekunden lang hörte man ein metallisches Quietschen, er schlüpfte in die Garage und schloss das Tor wieder.

Er verzichtete darauf, das Licht anzuschalten und behalf sich mit einer LED-Taschenlampe, die gerade genügend Licht gab, dass er nicht auf etwas treten würde. Die Garage stand leer, der Fuhrpark bestand nur aus zwei verstaubten Fahrrädern. Zwischen Garage und Haus befand sich eine weitere Tür. Sie war mit einem Sicherheitsschloss ausgestattet, ganz so unvorsichtig war der Hausherr also doch nicht.

Der Mann drückte die Klinke hinunter, ohne Erfolg. Er strich mit dem Finger über das Schlüsselloch und wusste, das würde nicht einfach. Alles musste so leise und spurlos wie möglich erfolgen. Er nahm einen Lockpick heraus und steckte die Picks einer nach dem anderen in das Schloss.

Nach fünf Minuten war er am Ziel. Er schaltete die LED-Lampe aus, öffnete lautlos die Tür und schlich hindurch. Er konnte nur Umrisse erkennen, wahrscheinlich befand er sich in einem Flur, an den Wänden schienen Bilder zu hängen.

Zentimeter für Zentimeter strich er den Gang entlang. Der Läufer auf dem Parkettboden schluckte seine Schritte, er kam an eine geschlossene Tür, horchte einen kurzen Moment und huschte lautlos den Flur weiter nach links.

Allmählich gewöhnten sich seine Augen an die Dunkelheit. Er setzte seine Schritte immer sicherer, blickte den Gang entlang und suchte ihn mit seinen Augen ab. An seinem Ende schien etwas Interessantes zu stehen. Er leuchtete kurz mit seiner LED-Lampe in die Richtung und nickte zufrieden. Er ging darauf zu, ohne Hast, als sei er die Ruhe selbst. Doch er spürte, wie sein Puls beschleunigte. Kurz vor seinem Ziel entdeckte er an der Wand einen hölzernen Rahmen, in dem sich eine Urkunde befand. Sie stammte vom Genfer

Stadtpräsidenten und war von diesem unterzeichnet. Es handelte sich um eine Auszeichnung für besonders couragierten Einsatz. Der Einbrecher grinste, die würde dem Kommissar auch nichts mehr nützen.

Er schlich ein paar Schritte weiter zum Objekt seiner Begierde, betrachtete es kurz und wusste sofort: Es war perfekt.

98

Der Vollmond lugte hinter dem Hafengebäude hervor und warf einen schwachen Schatten auf den Schnee.

In der hintersten Ecke des Hafens, noch gut fünfzig Meter entfernt, mitten auf den Gleisen für den Containerkran stand das Auto, welches Lindberg vom Kran aus gesehen hatte. Die Schnauze ruhte direkt vor dem Hafenbecken. War das eine alte Mercedes-Limousine?

Was machte die auf den Gleisen? Und warum stand der Wagen so nah am Wasser? Wenn er nur einen Meter vorfuhr, würde der Mercedes ins Hafenbecken stürzen.

Auf die Distanz konnte Lindberg nicht erkennen, ob jemand darinsaß. Damit er nicht entdeckt wurde, wollte er die Taschenlampe nicht wieder anschalten. Er schlich am Hafengebäude entlang in Richtung des Mercedes, nur vom Pfeifen des Windes begleitet.

Als er noch zehn Meter von dem Wagen entfernt war, konnte er immer noch nicht durch die Seitenfenster blicken. Waren sie abgeklebt?

Lindberg blieb im Schutz des Gebäudes bis er auf die Heckscheibe des Mercedes blicken konnte. Auch sie schien abgeklebt, sodass man zwar hinaus, aber nicht hinein schauen konnte.

Wenn er sicher gehen wollte, dass niemand im Wagen saß, musste er eine Tür öffnen oder durch die Frontscheibe blicken. Wenn Wohlers darin saß, hatte er ihn sicher schon erkannt. Andererseits würde er kaum das Risiko eingehen, Lindberg einfach abzuknallen, ohne zu wissen, ob er das Sudoku-Heft dabeihatte.

Denn das wollte Wohlers schließlich unbedingt. Deshalb war er hier.

Oder doch nicht?

Lindberg verdrängt den Gedanken, ging in die Hocke und robbte unter den Seitenscheiben am Auto entlang.

Dann erst sah er das Ruderboot, das vor dem Mercedes im Wasser lag, festgebunden an einem schmalen Betonsteg unterhalb der Quaimauer.

Darin lag jemand.

Lindberg vergaß seine Vorsicht, sprang auf, stürzte die Treppe an der Quaimauer hinab zu dem Boot.

Er zog an dem Seil bis er die hölzerne Bootswand zu fassen bekam, stieg in das Boot und drehte den darin liegenden Körper auf den Rücken. Trotz der Dunkelheit erkannte er ihn sofort.

Die blonden Locken, die markante Nase, das jugendliche Gesicht; es war Philipp Farner. Der Kommissar versuchte den Tierschützer wachzurütteln, doch Farner schien bewusstlos. Lindberg betrachtete die Augenlider des Studenten. Sie bewegten sich schnell und unregelmäßig, wie in einem typischen Remexan-Schlaf.

Bei der Eiseskälte hatte sich Farner wohl kaum freiwillig zum Schlafen in ein Boot gelegt. Lindberg durchsuchte Farners Taschen und fand einen leeren Blisterstreifen. Auch ohne ihn umzudrehen, wusste er sofort, um welches Medikament es sich handelte. Lindberg richtete seine Taschenlampe auf die Chargennummer. Er las sie zweimal und wollte seinen Augen dennoch nicht trauen: *AB53172C*, die Charge die der Mörder verwendet hatte!

Lindberg tastete den ausgekühlten Körper des Studenten ab, doch er fand keine Spuren eines Kampfes.

Farners Atmung war flach, kurz davor, für immer auszusetzen. Er trug nur eine dünne Jacke. Bei den Temperaturen würde er bald erfrieren.

Er musste ihn hier wegbringen.

Lindberg drehte sich zum Quai und dann ging alles viel zu schnell. Ein massiger Kerl stand auf dem Steg vor ihm, einen Baseballschläger in der Hand mit dem er ausholte. Der Kommissar drehte den Kopf instinktiv zur Seite, wollte die Hände zur Abwehr erheben, doch es war zu spät. Der Baseballschläger traf ihn mit voller Wucht im Nacken. Lindberg fiel rückwärts ins schaukelnde Boot, auf Farner, doch der blieb liegen, als sei er schon tot.

Lindberg spürte, wie sein Bewusstsein schwand.

Irgendetwas knirschte, das Boot schwang sich auf, Wohlers war plötzlich über ihm, den Baseballschläger in der Hand. Er holte aus.

Dieses Mal bekam Lindberg die Arme rechtzeitig hoch, schwang sich zur Seite und Wohlers traf nur die

Bordwand. Lindberg setze einen linken Haken, erwischte Wohlers Kinn, doch der zuckte nur kurz zusammen und hob dann wieder den Baseballschläger.

Bevor er zuschlagen konnte, rammte Lindberg ihm das Knie unter die Gürtellinie. Das war kein Boxkampf, also galten auch nicht dessen Regeln. Wohlers krümmte sich und ließ den Schläger ins Boot fallen.

Farner lag immer noch da wie tot.

Lindberg hechtete zum Bug des Bootes und sprang. Er landete auf dem schmalen Betonsteg, löste das Tau des Bootes und hastete die Treppe hoch.

Wohlers sprang auf den Steg, rutschte aus, fing sich wieder und kam Lindberg nach. Das Boot mit Farner lag schaukelnd zwei Meter vom Quai entfernt, es konnte nur noch das Ziel geben, selbst zu entkommen und Farner dann retten zu lassen.

Lindberg hörte Wohlers hinter sich die Treppe hinauf rennen, lief an dem Mercedes vorbei, blickte durch dessen Frontscheibe und dann sah er sie.

Er taumelte, blickte noch einmal durch die Scheibe, streckte die Hand nach dem Türgriff aus, zog an ihm, merkte noch, dass die Tür sich nicht öffnete und dann wurde er vom Baseballschläger mit voller Wucht am Kopf getroffen.

Lindberg glitt an der Tür hinab auf den Boden. Unter seinem Körper bildete sich eine Blutlache.

Doch das spürte er schon nicht mehr.

99

Er strich über das dunkle Rosenholz des Sekretärs. Selbst unter seinen Lederhandschuhen spürte er dessen Maserung. Er glaubte sogar, den Duft des Holzes zu riechen. Doch im Grunde interessierte ihn nur der Inhalt. Und genau genommen auch nur das, was bald darin liegen würde.

Er fuhr über die hölzernen Verzierungen des Möbels, in der obersten Schranktür steckte ein antiker Schlüssel. Er drehte ihn und öffnete das Fach. Hastig, aber kontrolliert tastete er es ab. Das Fach war durch einen Regalboden in zwei Hälften unterteilt. Im unteren Teil stand eine Silberschatulle, die wie ein kleines Schatzkistchen aussah. Er nahm das Kästchen, stellte es auf den Sekretär und hob den Deckel an. Die Schatulle war mit rotem Samt ausgelegt, darin lagen einige Ringe, Ohrstecker und Halsketten, nichts Besonderes, aber auch kein Modeschmuck. Er nahm den Boden der Ablage heraus und fand darunter eine Schublade, in der zwei Perlenohrringe und eine goldene Brosche lagen. Das war genau der richtige Platz!

Er fasste in seine Anzugstasche und betrachtete den goldenen Ring. Er war kunstvoll geschliffen, der eingesetzte Diamant funkelte selbst in der Dunkelheit in mystischem Glanz. Claudia Römer hatte Geschmack bewiesen, auch wenn es das einzig Positive war, was er über sie sagen konnte. Er hatte sie noch nie gemocht.

Bernard hingegen, die arme Angelia Bernard hatte ihm keine andere Wahl gelassen. Sie war mehr als eine Affäre gewesen, zumindest für ihn. Eine typische Karrierefrau, zielstrebig, intelligent und pragmatisch. Warum hatte sie auf einmal ihre moralische Seite entdecken müssen, vor der sie all die Jahre zuvor weggelaufen war? Sie hätte doch wissen müssen, wie das endete.

Moral und Kapital waren nun einmal zwei grundverschiedene Dinge.

Bernard hatte sich für die falsche Seite entschieden. Sie wollte sogar das Medikament opfern, das ihr alles bedeutete. Eigentlich müsste GENEKNOV ihm ein Denkmal setzen, dass er das verhindert hatte.

Auch wenn er sie einmal geliebt hatte, er hatte es genossen, das Messer in sie zu stoßen und zuzusehen, wie sie dahinschied ohne aufzuwachen. Ganz so, als habe die Wirkung des Remexans sie schon bereit für den Tod gemacht.

Sein Herz schlug schneller und sein Wunsch wuchs, auch diese Nacht sein Messer einzusetzen. Er fasst in seine Manteltasche und spürte den harten Schaft. Warum eigentlich nicht?

Er atmete unruhig. Wenn die Erregung ihn erst einmal erfasst hatte, ließ sie sich nur schwer bändigen, trotz all der Selbstbeherrschung, die ihn auszeichnete. Der Mensch war am Ende eben doch instinktgetrieben.

Er nahm den goldenen Ring Römers, drehte ihn noch ein letztes Mal und legte ihn dann zusammen mit der Brosche und den Perlenohrringen in die untere Ablage. Es war schade sich davon zu trennen, der Ring war einiges wert, aber es musste sein. Man würde den Ring auf den ersten Blick nicht sehen, aber sehr wohl auf den zweiten. Vor allen Dingen bei einer Durchsuchung.

Er schloss die Schatulle und stellte sie wieder in den Schrank zurück. Die Tür des Sekretärs ließ er vorsichtig zurückgleiten und drehte den Schlüssel wieder um.

Er atmete tief aus. Die Arbeit war getan. Nun zum Vergnügen. Sollte er der Versuchung nachgeben?

Oder würde er damit den einen Schritt zu weit gehen, der schon viele Mörder entlarvt hatte? War er nicht immer stolz gewesen, sich absolut unter Kontrolle zu haben? Aber waren die intensivsten Momente nicht auch die gewesen, in denen er der ekstatischen Melange aus Gewalt und Macht freien Lauf gelassen hatte? Er dachte an die Nacht zurück, in der er Daniel C. Meyer verziert hatte wie ein Kunstwerk. Hätte er es sehen können, wäre dieser aufgeblasene Egomane wahrscheinlich noch stolz gewesen, so geendet zu sein.

Soviel zum schlechten Geschmack der Herrschenden. Sollte es so unspektakulär enden? Ohne Höhepunkt für ihn selbst? Das Video, welches er der Polizei gesendet hatte, machte Lindberg zum Verdächtigen, doch der Ring würde sein Schicksal besiegeln.

Doch wenn er ein Serienkiller war, würde er vor dem nächsten Umfeld wirklich haltmachen? Vor der Frau, die er insgeheim begehrte?

Hatte seine Nachbarin sein dunkles Geheimnis entdeckt und Lindberg würde sie eiskalt beseitigen? Wer konnte das schon wissen, wenn es keine Spuren gab?

Außer jenen natürlich, die er ganz gezielt hinterlassen würde.

Sein Herz hämmerte wie ein Maschinengewehr und drängte auf eine Entscheidung. Er drehte sich um und wusste, was er tun würde. So einfach konnte es sein.

100

Lindberg schreckte hoch. Dunkelheit umschloss ihn, sein Kopf schmerzte, als sei er aufgeplatzt und alle Nervenbahnen lägen frei. Er fasste sich an den Schädel, spürte das geronnene Blut und das Pochen dahinter. Er versuchte sich zu erinnern, doch seine Gedanken schienen irgendwo in seinem Hirn zu versanden.

Er rieb sich die Augen, konnte kaum mehr als eine schmutzige Windschutzscheibe erkennen, und das entfernte Funkeln der Stadt dahinter.

Er war in einem Auto. Genau wie in seinem Alptraum.

Lindberg blickte neben sich und obwohl es dunkel war, konnte es keinen Zweifel geben.

Es war Paula!

»Neeein!« Wie im Wahnsinn zitternd berührte er ihre Hand, schrie, sackte dann zusammen.

Er spürte, wie ihm schwarz vor Augen wurde und sein Geist kurz davor war, zu kapitulieren, vor dem, was er da sah.

Doch etwas in ihm wehrte sich.

Er durfte Paula nicht erneut im Stich lassen! Ein zweites Mal würde er das nicht überleben.

Er schwor sich, nicht aufzugeben. Lindberg beugte sich zu Paula, strich ihr über die Wange, spürte wie sie atmete, doch ansonsten zeigte sie keinerlei Reaktion.

Wie hatte Wohlers sie aus der Rehaklinik geholt? Hatten die deswegen angerufen?

Hastig schaute Lindberg wieder nach vorn, sein Blick blieb am Stern in der Mitte des Lenkrads hängen.

Es war dieser alte Mercedes, aber er stand nicht mehr am Hafen, von dort aus hatte man die Lichter der Stadt nicht sehen können.

Er fasste an die Lenkradkonsole und suchte den Autoschlüssel. Natürlich steckte er nicht. Lindberg zog am Türöffner und ließ ihn fluchend wieder los. Er beugte sich über Paula, die angegurtet und mit geschlossenen Augen auf dem Beifahrersitz saß. Doch auch ihre Tür ließ sich nicht öffnen. Hastig schob er den Fahrersitz nach hinten und stieg auf die Rücksitze. Die Türöffner im Fond bewegten sich keinen Millimeter. Wohlers hatte sie erneut in einem Auto eingeschlossen! Würde er es anzünden, wie damals?

Jetzt erst fiel Lindberg auf, dass es nicht nach Diesel roch.

Er stieg wieder auf den Fahrersitz und öffnete das Handschuhfach. Er fand ein paar Papiertaschentücher und eine Taschenlampe. Er schaltete sie an und suchte weiter das Fach ab. Eine Landkarte der Schweiz und eine Betriebsanleitung war alles, was er darin sah. Hastig blätterte er die Anleitung durch. Danach tastete er die Plastikblende unter dem Lenkrad ab und löste sie mit wenigen Griffen. Lindberg schob die Blende beiseite und suchte mit den Fingern nach den Fahrzeugkabeln. Auf einmal hielt er inne.

Bewegte sich das Auto? Panisch richtete er sich auf und schaute durch die Frontscheibe. Tatsächlich, der Wagen rollte langsam voran. Doch der Motor war immer noch stumm. Lindberg drehte sich um und leuchtete nach hinten. Direkt hinter dem Heck seines Autos befand sich ein Range Rover. In dessen Fahrzeugkabine saß ein Mann, breitschultrig, kahl geschoren, lachend. Wohlers.

Lindberg zog die Handbremse an und hörte das laute Kreischen der blockierenden Bremsen. Der Mercedes kam zum Stehen und der Motor des Range Rovers heulte auf. Wohlers trat auf das Gaspedal und brach die Kraft der Handbremse. Zentimeter um Zentimeter wurde der Mercedes nach vorne geschoben. Dann erst schaltete der Range Rover sein Licht ein und auf einmal ahnte Lindberg, wo er war. Durch die Vorderscheibe erkannte er das nachtdunkle Wasser des Rheins.

Lindberg rutschte wieder unter das Lenkrad. Hektisch versuchte er die Stromkabel zu finden und tastete das Plastik unter der Verkleidung ab. Endlich fand er die Kabel und schloss den Wagen kurz.

Nichts tat sich. Der Motor sprang nicht an. *Die Wegfahrsperre!* Das Modell war zwar alt, aber nicht so alt. Diebe hatten keine Chance, das Auto ohne Schlüssel zu starten. Alle anderen allerdings auch nicht.

Lindberg richtete sich wieder auf und sah durch die Windschutzscheibe nur noch ein paar Zentimeter Asphalt vor dem Wagen. Unter ihnen lag das tiefe

Becken des Rheins, das Wasser floss bedrohlich schnell: Das sah verdammt nach Hochwasser aus.

Lindberg zog die Handbremse fester an. Die Bremsen stanken verbrannt, doch sie stoppten den Wagen nicht. Verzweifelt blickte er sich um. Er sah nichts als das blendende Licht und das teuflische Grinsen Wohlers hinter sich.

Plötzlich stoppte der Geländewagen und der Mercedes kam abrupt zum Stehen. Lindberg schaute nach vorn. Er sah keine Straße mehr, nur noch die dunkle Nacht und das glitzernde Wasser. Er blickte durch das Seitenfenster. Die Vorderräder waren nicht einmal zwanzig Zentimeter vor der Quaimauer stehen geblieben.

Von hinten kam ein Schatten auf ihn zu. Wohlers lehnte sich an die Seitenscheibe und grinste. Die übergroßen Koteletten und die Narbe im Gesicht waren unverkennbar.

»Hallo, Herr Kommissar.« Wohlers lachte dunkel. »Hab extra das Seitenfenster offen gelassen, damit du noch mal die gute Basler Luft einatmen kannst bevor es ins Wasser geht!«

Lindberg schaute auf die Fensterscheibe neben ihm, tatsächlich, sie stand einen kleinen Spalt weit offen. Er drückte auf den Fensterheber, die Scheibe bewegte sich nicht.

»Spar dir die Mühe!«, rief Wohlers. »Ich sag nur: Doppelverriegelung. Da geht nix ohne Zündschlüssel! Und der schwimmt schon im Rhein. Vielleicht findest du ihn ja! Mit dem kleinen Leck musst du halt leben!« Wohlers beugte sich zu ihm herab. »Und ich hab dir extra eine Begleitung mitgebracht, wie damals. War gar nicht so einfach, sie aus der Klinik zu bekommen, aber mit ein bisschen Gewalt geht eben alles besser.«

»Was hast du mit den Leuten in der Klinik gemacht?«

»Die waren so schlau sich nicht zu wehren, also hab ich sie in einem Zimmer eingesperrt. Wahrscheinlich hat sie schon jemand befreit.« Er grinste. »Nur euch wird niemand helfen. Aber da du ein echter Held bist, kannst du sie bestimmt wieder retten. Hat ja das erste Mal auch toll geklappt.«

»Du wirst damit nicht durchkommen!«

»Willst du nicht um Gnade winseln? Ich hab mich so darauf gefreut. Farner hat das übrigens auch getan.«

»Was hast du mit ihm gemacht?«

»Mit drei Remexan-Tabletten im Kopf schläft man durch, selbst wenn man Todesangst hat. Aber was blieb ihm auch anderes übrig als sie zu nehmen? Er hat halt geglaubt, meine Schreckschusspistole sei echt. Klar bei einem Verbrecher wir mir.«

»Woher kennst du ihn?«

»Entfernte Verwandtschaft.« Wohlers winkte ab. »Leider hat er es sich plötzlich anders überlegt und wollte mir doch nicht mehr helfen.«

Lindberg schluckte. Hatte er Farners Verwandtschaft überprüft? Nein, nur die engsten Angehörigen. Wer hätte ahnen können, dass er ausgerechnet mit Wohlers verwandt war.

»Hast du noch was zu sagen?«, fragte Wohlers und schaute auf seine Armbanduhr. »Mein Flieger geht nämlich bald.«

»Was ist mit dem Sudoku-Heft? Du wolltest es doch unbedingt!«

»Meinst du, ich bin so blöd und lauf in die Bank Privé, in der wahrscheinlich irgendein beschissenes Sondereinsatzkommando auf mich wartet?« Wohlers räusperte sich. »Ich hätte nicht gedacht, dass du die Kontoverbindung rausfindest, aber als ich dich in die Bank hab spazieren sehen, wurde mir alles klar.« Er schüttelte tadelnd den Kopf. »Du hast mir meine Zukunft genommen, also nehme ich dir deine. Denn wenn ich schon auf mein Geld verzichten muss, soll es sich wenigstens lohnen.«

Lindberg versuchte, mit den Händen die Seitenscheibe nach oben zu drücken. Sie bewegte sich nicht.

Wohlers lachte abfällig, drehte sich um und setzte sich in den Range Rover. Er legte einen Gang ein und gab Gas.

Der Motor heulte auf, doch die Handbremse des Mercedes hielt dem Druck stand. Wohlers fuhr ein paar Meter zurück und trat erneut auf das Gaspedal. Der Geländewagen knallte mit voller Wucht auf den Mercedes und schob ihn in Richtung Abgrund.

Schon nach wenigen Sekunden verloren die Vorderreifen den Kontakt zur Quaimauer. Der Mercedes kippte nach vorn und knallte mit dem Unterboden auf die Mauerkante. Der Wagen lag auf der Kante wie eine kaputte Schaukel und wippte im Wind. Dunkel lag der Fluss unter ihnen, mehrere Meter tief.

Nur ein Stoß und das Auto würde in den Rhein stürzen.

Lindberg rüttelte erneut an der Fahrertür.

Wohlers setzte den Range Rover erneut zurück, gab Gas und knallte auf den Mercedes. Der Benz schoss vornüber durch die Luft. Krachend tauchte er in das eisige Wasser.

Der Aufprall schaukelte den Wagen auf, Lindberg verlor den Halt, schlug mit der Stirn auf das Lenkrad und blieb regungslos liegen.

Zum geronnenen Blut in seinen Haaren floss frisches hinzu. Es sammelte sich an seinen Augenbrauen und floss über die geschlossenen Augen weiter seinen Körper entlang.

Der Mercedes versank im Rhein und trudelte tiefer hinab. Durch das Seitenfenster schoss Wasser in die Fahrgastzelle. Erik und Paula waren in einer tödlichen Falle eingeschlossen. Sie bemerkten es nicht.

Denn sie waren beide bewusstlos.

101

Isabel Nadolny träumte einen leeren Traum, einen, den man mit dem Erwachen gleich wieder vergisst. Sie hatte nicht gehört, wie der Wind sein stürmisches Lied pfiff, nicht, wie der Einbrecher aus Lindbergs Haus kam und nicht, wie er sich an ihrem eigenen Garagentor zu schaffen machte. Und doch erwachte sie, als spüre sie die Gefahr.

Schlaftrunken tastete sie das Bett neben sich ab. Sie lag allein dort, wie immer in letzter Zeit. Sie war von der Party van Gelsens zurückgekommen, hatte noch kurz nach den schlafenden Kindern geschaut und sich dann ins Bett gelegt. Sie vermisste ihren verstorbenen Mann und wünschte sich, er wäre bei ihr.

Vielleicht musste sie hier wegziehen, woanders neu beginnen. Weg von dem Haus, von Erik, von dieser Stadt, von Robert.

Hatte sie vorhin überreagiert?

Vielleicht täuschten sie ihre Gefühle. War sie gar nicht bereit für eine neue Bindung und es war nur bei Erik nie zu einer solchen ablehnenden Empfindung gekommen, weil er immer Distanz gehalten hatte?

Über all ihren Gedanken lag ein seltsames Unbehagen, das sie so nicht kannte. War das nur die Einsamkeit, oder war es Angst?

Sie musste an diesen Wohlers denken, den Raubmörder, der aus dem Gefängnis ausgebrochen war. In dem Blinden-Restaurant hatte es Erik keine Ruhe gelassen, als er geglaubt hatte, Wohlers gesehen zu haben. Weil Erik dachte, sie hätte ihn vielleicht bemerkt, hatte er ihr danach sogar ein Foto von ihm gezeigt, ein Foto, das sie einfach nicht vergessen konnte.

Wenn jemand wie ein brutaler Killer aussah, dann dieser Wohlers.

Sie versuchte den Gedanken an ihn zu verscheuchen, an etwas Positives zu denken, doch wie sollte ihr das gelingen, wann das meiste mit ihrem verstorbenen Mann zu tun hatte?

Nina und Leon. Wenigstens sie waren ihr geblieben. Sie überlegte, ob sie nach den beiden schauen sollte, aber sie wollte sie nicht wecken. Die Kinder vermissten ihren Vater, auch wenn sie es ihr nicht so direkt sagten. Doch ihre enttäuschten Blicke, wenn sie auf Fotos von ihm schauten, verrieten alles.

Sollte sie eine Remexan nehmen? Dann würde sie wenigstens schlafen können.

Doch was gewann sie damit? Nach einer Stunde würde sie wieder hier sitzen und sich Gedanken machen.

Es war wie ein Kreislauf, der durch den Schlaf nicht mehr unterbrochen wurde. Waren die Menschen in der Lage, damit umzugehen?

Niemand wusste es, sie waren Pioniere. Was heute in Basel geschah, würde morgen in jeder Schweizer

Stadt zur Realität gehören. Und übermorgen in dem Rest der Welt, der sich das Medikament leisten konnte. Bald würde es völlig normal sein, Remexan einzunehmen. Auch für Nina und Leon.

Doch was wäre, wenn man erst nach einigen Jahren herausfinden würde, dass durch das Remexan Folgeschäden auftraten oder dass man doch abhängig wurde? Würde sich überhaupt noch etwas ändern, wenn die Gesellschaft sich erst einmal auf den Takt des Remexans eingependelt hatte? Oder würde man die Schäden akzeptieren, wie man es bei Tabak oder Alkohol schon seit Jahrhunderten tat? Nahm der Hersteller das vielleicht billigend in Kauf und Erik war ihm auf der Spur?

Isabel atmete tief aus. Sie musste jetzt wirklich schlafen. Sie legte sich auf die Seite, kuschelte sich in die Decke und wartete auf die Müdigkeit.

Doch die Einsamkeit pochte in ihr so laut, dass sie keine Ruhe fand.

Sie wollte wenigstens für eine Stunde Ruhe davon, schaltete die Nachttischlampe ein, öffnete die Schublade darunter und nahm die Packung, die van Gelsen ihr gegeben hatte.

Als sie den Blister herausnahm, hörte sie ein Geräusch. Es klang wie das Quietschen ihrer Garagentür. Oder war es die Tür von Erik? Sie hatte sein Auto nicht gehört, das sie häufiger weckte, wenn er spät nach Hause kam.

Sie horchte in die Nacht. Nichts, absolute Ruhe.

Sie wartete ein, zwei Minuten, hörte weiter nichts, räumte die Packung weg, schaltete das Licht aus und legte ihren Kopf wieder auf das Kissen. In ihr pochte es, als schien ihr Herz dem Frieden nicht recht zu trauen. Sie schloss die Augen und atmete tief durch.

Die Anspannung blieb.

Dann hörte sie ein Rascheln, so nah, als käme es vom Flur.

War das Dr. Watson?

Isabel schlug die Decke zur Seite, schlich auf Zehenspitzen zur Schlafzimmertür und horchte durch die geschlossene Tür. Stille.

Sie blickte durch das Schlüsselloch und sah nichts.

Sie rieb sich die Augen und schaute noch einmal. Wieder nichts als Dunkelheit.

Sollte sie das Licht wieder anschalten? Erneut blickte sie durch das Schlüsselloch. Da! Etwas hatte sich bewegt! Jemand war im Flur!

Ein leiser, fast unhörbarer Schrei entglitt ihr.

Denn wer immer das war, es war nicht Lindbergs Kater.

102

Ein Schwall eiskaltes Wasser schoss Lindberg ins Gesicht und holte ihn aus der Bewusstlosigkeit zurück. Er öffnete seine Augen, doch er sah nichts außer tiefste Dunkelheit. Als er das Wasser an seinen Kniekehlen spürte, wusste er sofort, dass es auf jede Sekunde ankam.

Er tastete seine Umgebung ab und stellte fest, dass er immer noch auf dem Fahrersitz saß, Paula angeschnallt und regungslos neben ihm. Im Fußraum fand er die Taschenlampe, doch sie war nass geworden und funktionierte nicht mehr. Plötzlich tat es einen Schlag und das Metall der Fahrzeugkabine knirschte, als wolle es entzweibrechen.

Lindberg hielt den Atem an. Der Wagen schaukelte sich noch einmal auf und verharrte dann in aufrechter Position. Offensichtlich war er auf dem Grund des Rheins angekommen.

Das Wasser drang jetzt nicht nur durch den Spalt im Fenster ein, sondern auch noch durch den Fußraum.

Lindberg dachte an den Film des eigenen Lebens, der angeblich kurz vor dem Tod an einem vorbeizieht, mit allen Höhepunkten und allen Niederlagen. Eine Abrechnung mit dem, was man getan oder nicht getan hatte, ein letztes Resümee, zu welchem Zweck auch immer.

Lindberg sah nichts von alledem.

Stattdessen kam ihm die Betriebsanleitung in den Sinn. Er hechtete in den Fond des Wagens und suchte hektisch nach den Halterungen der Rücksitze. Rechts schienen sich keine zu befinden, so sehr er auch die Vertiefungen danach abtastete.

Das Wasser stieg immer schneller, es ging ihm jetzt schon bis zur Brust. Er suchte die andere Seite ab und fand einen kleinen Hebel. Er hob ihn an und klappte das Rückenteil des Sitzes nach vorn. Die Durchreiche zum Kofferraum öffnete sich.

Das eisige Wasser nahm den Raum sofort in Beschlag. Lindberg schlängelte sich durch den nur manngroßen Spalt in den Kofferraum und tastete dessen Wand ab.

Dort musste sich irgendwo die Leitung zum automatischen Öffnen des Kofferraums befinden.

Nachdem Lindberg das letzte Mal in dem brennenden Auto eingesperrt gewesen war, hatte er nachgelesen, wie er sich hätte befreien können.

Falls sich der Kofferraumdeckel eines Autos elektronisch öffnen ließ, und wie er dank der Betriebsanleitung wusste, war das bei dem Mercedes der Fall, konnte man durch Ziehen an der Leitung den Kofferraum öffnen.

Soweit die Theorie, die er auf irgendwelchen Internetseiten zu dem Thema gefunden hatte, probiert hatte er das noch nie.

Lindberg spürte das Wasser an seiner Kehle und atmete hastig. Er tastete den Kofferraumdeckel ab, fand etwas und zog daran.

Es war nur die Halterung für das Warndreieck.

Das Wasser schwappte in seinen Mund, gleich war das Auto vollgelaufen. Er spuckte das Wasser aus, hielt seinen Kopf so hoch er konnte und nahm einen letzten, tiefen Luftzug.

Er tauchte unter und tastete den Boden des Kofferraums ab. Nichts. Er versuchte sich im Kofferraum zu drehen, blieb hängen, versuchte es noch einmal und suchte dann die Rückseite ab. Doch auch dort fand er kein Kabel.

Er drehte sich erneut und tastete fieberhaft weiter. Er spürte, wie die Luft knapp wurde und seine Muskeln schwer.

Es blieben ihm nur noch wenige Sekunden, um aus dem stählernen Gefängnis zu entfliehen.

Panisch flogen seine Hände über die Innenwand des Kofferraums. Da! Da war ein Kabel, an der Seite, ganz in der Nähe des Deckels.

Er zog daran und spürte, wie etwas nachgab. Fast lautlos löste sich der Kofferraumdeckel aus seiner Verankerung, blieb aber geschlossen.

Mit der Kraft der Verzweiflung rammte Lindberg den Deckel mit seinem Oberkörper und ließ ihn mit einem Ruck aufspringen.

Er blickte nach oben. Nichts als Dunkelheit. Er spürte, dass seine Sinne schwanden. Alles drängte ihn nach oben, an die Luft, an das Leben.

Doch er schwamm zurück in die Fahrzeugkabine, die inzwischen komplett unter Wasser stand. Er löste

Paulas Gurt, kippte ihren Sitz zurück und zog sie hinter sich her. Um wieder durch die enge Durchreiche in den Kofferraum schwimmen zu können, ließ er sie los, schwamm voran, drehte sich und packte wieder nach ihr.

Er griff ins Leere.

Irgendetwas in ihm zwang ihn zu atmen, er schluckte Wasser, seine Lunge brannte, er tastete erneut mit seinen Händen nach ihr.

Doch er fand sie nicht.

103

Die Gestalt, die eben noch den Gang entlang geschlichen war, ging mit energischen Schritten auf Isabels Schlafzimmertür zu.

Isabel wandte ihren Blick von dem Schlüsselloch ab und hielt entsetzt die Hände vor den Mund. Was sollte sie tun?

Die Angst um ihre Kinder erfasste sie wie ein Schlag. Ihr Herz raste.

Sie stellte sich neben die Tür, den Rücken zu Wand. Gab es etwas im Zimmer, mit dem sie sich wehren konnte?

Sie hastete zur Kommode und zog die oberste Schublade auf.

Nichts, nur Kleider.

Die Schublade darunter bot lediglich ein paar Gürtel.

Ihr kam eine Idee, sie lief zum Nachttisch und öffnete ihn. In der hintersten Ecke fand sie jene Schere, die sie ab und an benutzte, wenn sie die Preisschilder von neuen Kleidern abschnitt.

Sie hielt die Schere wie ein Messer und schlich wieder zu Tür.

Ihr Herz klopfte immer noch wie wild.

Gerade als sie sich einreden wollte, dass es nur ein Einbrecher war, der gleich wieder verschwand, schob sich die Klinke ihrer Schlafzimmertür nach unten.

Sie schob ihren Fuß an die Tür und nahm die Schere fester in der Hand.

Im nächsten Moment hörte sie etwas fauchen. Dr. Watson!

Jemand fluchte, Watson miaute, dann hörte sie einen Schlag und ein weinerliches Maunzen.

Ohne nachzudenken, riss sie die Schlafzimmertür auf und knipste das Licht an. Der Mann stand direkt vor ihr.

Obwohl sich ihre Augen erst an die Helligkeit gewöhnen mussten, erkannte sie ihn sofort.

104

Lindberg schwamm wieder in den Fond des Mercedes hinein.

Entweder er kam mit Paula hier lebend raus oder gar nicht.

Er tastete die Fahrgastzelle weiter oben ab und erst kurz unter der Fahrzeugdecke spürte er sie. Anscheinend war sie nach oben getrieben worden.

Wie eine Leiche.

Er packte sie, zog sie in den Kofferraum. Ihre Beine blieben irgendwo hängen, er wollte daran ziehen, doch seine Arme fühlte sich kraftlos an.

Seine Lunge brannte, er musste den Atemreflex unterdrücken. In all der Dunkelheit würde er nicht mal merken, wenn ihm schwarz vor Augen wurde.

Paula zuckte, unkontrolliert. Wahrscheinlich hatte sie Wasser eingeatmet. Oder war sie erwacht? Würde sie im letzten bewussten Moment ihres Lebens qualvoll ertrinken?

Der Gedanke daran gab ihm neue Energie; er zog an ihr, packte sie fester und dieses Mal bekam er sie in den Kofferraum. Er stieß sich mit den Füßen ab und tauchte nach oben.

Es kam ihm endlos lange vor, denn er konnte mit den Händen nicht rudern, da er sie festhalten musste, nur mit den Füßen paddeln.

Er fühlte, wie seine Sinne endgültig schwanden, wie ein Teil seines Körpers wieder hinabsinken wollte, hinab in die Ruhe des Wassers.

Er blickte nach unten.

Leuchtete dort nicht ein helles Licht?

Wartete dort nicht die Erlösung auf ihn?

Und vor allem auf Paula?

Er schaute nach oben und sah das fahle Licht des Mondes durch das nachttrübe Wasser.

Mit letzter Kraft kämpfte er sich weiter, stieß den Kopf aus dem Wasser und japste nach Luft.

Paula hielt er fest neben sich, den Kopf über Wasser, sie röchelte nicht mal, kein Atmen, die Augen geschlossen.

»Paula!«, rief er.

Doch sie antwortete nicht.

Er schloss die Augen. Seine Lunge brannte immer noch und sein Gehirn schmerzte, als sei es lieber unter Wasser geblieben. Die Strömung des Flusses erfasste sie und zog sie mit sich, immer weiter in die Mitte des Flusses. Jetzt erst spürte er das eiskalte Wasser, das mit hunderten von Nadelstichen auf seinen ausgekühlten Körper einstach. Seine Muskeln fühlten sich an wie an leeren Batterien angeschlossen.

Er schnappte nach Luft, zitterte, ging in Rückenlage und legte Paula auf sich, ihren Kopf über Wasser. Sie fühlte sich kalt an, tot. Sie atmete immer noch nicht.

Und es war unmöglich, sie allein in dem reißenden Wasser zu beatmen.

Die nassen Kleider hingen an ihm wie zentnerschwerer Ballast, oder war es Paula, die auf ihm lag wie ein Stein?

War es nicht das, was sie gewollt hatte? Ohne Maschinen in Ruhe sterben?

Keuchend hielt er inne, um Kraft zu sammeln, während der Fluss ihn weiter von Basel forttrug.

Dann erinnerte er sich an seinen Schwur, schob Paulas Kopf an seinen und gab ihr einen langen Kuss.

Paula sah schon fast blau aus, doch dann röchelte sie, er drehte ihren Kopf zur Seite und sie atmete. Die Augen geschlossen, immer noch im Koma, aber sie atmete wieder.

Erleichtert warf er einen Blick zurück. Er sah die verblassenden Lichter der Stadt. Als er erneut nach vorn schaute, merkte er, wie das Wasser seinen Sog beschleunigte.

Dann erst sah er den Grund dafür. Vor ihm lag ein riesiges Stauwerk, welches das Wasser tosend verschlang wie ein gefräßiges Monster. Das würden sie nicht überleben.

105

Er blieb vor ihr stehen, als müsse er überlegen, was er jetzt tun würde. Er trug Lederhandschuhe, an seinem rechten Arm war sein Hemd aufgerissen, darunter sah sie eine blutige Schramme.

Isabel hatte die Schere erhoben, trat einen Schritt zurück. Ihre Gedanken schossen wirr umher. Sie fanden keine Lösung, keinen Weg, ihr beizubringen, was gerade geschah. Doch sie wusste auch ohne jede Erklärung: Sie war in höchster Gefahr.

Dr. Watson kratzte von innen an die geschlossene Tür des Ankleidezimmers, wollte sie verteidigen, obwohl er keine Chance dazu hatte.

Der Einbrecher grinste abfällig, doch er wandte den Blick von ihr nicht ab, selbst nicht, als er mit einer schnellen Handbewegung eine Pistole aus seinem Jackett holte. »Leg die Schere auf den Schrank.«

Sie zögerte, sah, wie er das Schlafzimmer musterte, wie etwas ihm zu denken gab.

»Leg die Schere hin«, wiederholte er bedrohlich flüsternd. Seine Aufmerksamkeit war immer noch auf das Schlafzimmer gerichtet. Für einen kurzen Augenblick wandte er seinen Blick von ihrer Waffe ab. Das war der Moment.

Sie umklammerte die Schere fester und stach zu. Die metallene Spitze traf auf seinen Brustkorb, doch noch bevor sie durch das Hemd hindurchdringen konnte, hatte er den Angriff mit seiner Linken schon pariert.

Die Waffe glitt ihr aus den Fingern. Er fasste ihren Arm und drehte ihn auf den Rücken. Vor Schmerz gebeugt, stöhnte sie auf, so leise, dass die Kinder nicht geweckt wurden. Sie musste sie schützen!

Während er Isabel mit der Linken festhielt, legte er die Pistole beiseite und nahm einen Kabelbinder. Mit ruppigen Bewegungen schnürte er ihre Hände hinter dem Rücken zusammen, drängte sie in das Schlafzimmer und warf sie auf das Bett. Selbstzufrieden richtete er die silberne Pistole auf sie, hob die Schere auf und legte sie auf einen schmalen Schrank neben dem Schlafzimmer.

Er beugte seinen Oberkörper über sie. »Kein Männerbesuch im Haus? Wo ist dein Nachbar?«

»Woher soll ich das wissen?«

»Ich dachte, ihr vergnügt euch hier ab und an, schließlich gehst du bei ihm ein und aus.«

Ihre Antwort landete in flüssiger Form in seinem Gesicht. Er nahm ein Taschentuch und wischte sich die Spucke von der Backe. In dem Moment trat sie mit voller Kraft zu.

Er zuckte zusammen, krümmte sich, Isabel sprang vom Bett auf und holte erneut aus.

Doch dieses Mal war er vorbereitet, drehte sich zur Seite und ließ ihren Tritt am Oberschenkel abprallen.

Er stieß sie zurück auf das Bett und fasste mit brutalem Griff ihre Fußgelenke. »Nicht so wild«, zischte er, während er erneut einen Kabelbinder herausholte. Er band ihr die Füße aneinander bis es schmerzte.

»Du scheinst ja zu wissen, wo es wehtut. Auch bei dir selbst?« Er zog die Kabelbinder an ihren Handgelenken noch fester zusammen.

»Lass mich los!« Sie rüttelte an den Fesseln.

»Psst«, zischte er und drückte sie wieder nach unten. »Oder willst du, dass wir deine Kinder wecken?«

Sie fügte sich und schwieg. Er steckte die Pistole wieder ein und holte ein langstieliges Messer aus seiner Manteltasche. Im Schein des Mondlichtes blitzte dessen Klinge bedrohlich auf.

Er lehnte sich erneut über sie und hielt ihr das Messer unter die Kehle. Sie schluckte und schloss die Augen.

»Warum?«, fragte sie mit angsterfüllter Stimme.

»Das ist eine lange Geschichte«, antwortete er. »Dein geliebter Nachbar spielt darin bald die Hauptrolle. Und ich bin mir sicher, wenn ich den Kater freilasse, führt er sein Herrchen bestimmt hierher, oder?«

Isabel schwieg erschrocken und in dem Moment wusste sie, dass es für ihn Antwort genug war.

106

Verzweifelt blickte Erik Lindberg auf das Stauwerk, immer schneller trieben sie darauf zu. Es würde Paula und ihn in die Tiefe reißen und tot wieder ausspucken.

Farner würde erfrieren, Wohlers entkommen und der Täter nie gefasst werden.

Jetzt erst sah er, dass sich kurz vor dem Stauwerk der Rhein teilte, links schien ein Arm weiterzufließen, im rechten Teil befand sich das Stauwerk.

Doch die Strömung zog ihn immer weiter nach rechts.

Um neue Kraft zu sammeln, atmete Lindberg tief ein. Obwohl er ein guter Sportler war, war er nie ein guter Schwimmer gewesen. Genau genommen nicht einmal ein mittelmäßiger. Im Schwimmunterricht in der fünften Klasse hatte ihn ein Lehrer mit 'hoffnungslos' benotet. Irgendwann war es dann besser geworden, er hatte sogar einen Lebensrettungskurs belegt, aber im Meer war Paula ihm immer noch regelmäßig davongeschwommen.

Doch jetzt konnte sie nicht schwimmen.

Er musste es für sie tun. Lindberg paddelte mit den Beinen so schnell er konnte, hielt Paula nur noch mit einem Arm fest und ruderte mit dem anderen. Er zitterte vor Kälte und seine Muskeln zogen sich wie im Krampf zusammen, doch er ignorierte den Schmerz. Lindberg keuchte und schluckte mit fast jedem Atemzug Wasser.

Das Stauwerk kam immer näher und die Wassermassen röhrten, als befände sich dahinter die Hölle.

Was in ihrem Fall auch so war.

Um den linken Arm des Rheins noch zu erreichen, musste er zwanzig Meter gegen die Strömung in dessen Richtung schwimmen, und zwar bevor die Gabelung kam.

Sie befand sich nur noch wenige Meter vor ihm.

Er legte seine ganze Kraft in die Beine, es sollte nicht alles umsonst gewesen sein.

Meter um Meter schwamm er voran, doch die Gabelung kam immer näher und er war noch zu weit rechts. Arme und Beine spürte er kaum noch, aber er schwamm einfach weiter, immer weiter auf die Gabelung zu.

Als sie nur noch drei Meter vor ihm war, und er fast auf ihrer Höhe, zog ihn die Strömung ruckartig nach rechts. Er schluckte Wasser, hustete, doch er hielt weiter auf sein Ziel zu.

Einen kurzen Moment dachte er, die Strömung würde ihn direkt auf die Quaimauer der Gabelung werfen, doch irgendwie kam er daran vorbei.

Links.

Sofort wurde die Strömung schwächer, und es gelang ihm an eine Anlegestelle zu schwimmen. Erschöpft hielt er sich daran fest und zog Paula nach oben.

Er schob sie auf den Steg, hielt sich daran fest und merkte, dass er kaum noch Kraft hatte, sich selbst auf den Steg zu ziehen.

Er biss die Zähne zusammen und schaffte es, mit der Eleganz eines neunzigjährigen Rentners.

Doch das war jetzt egal, denn endlich spürte er wieder festen Boden unter den Füßen. Am liebsten hätte er sich hingelegt und ausgeruht, doch ihm blieb keine Zeit. Paula musste so schnell wie möglich wieder ins Krankenhaus. Und er zu seinem Auto. Hoffentlich hatte Wohlers den Wagen nicht entdeckt.

Dort lag der USB-Stick mit der Datei, die er bei GENEKNOV mitgenommen hatte. Ohne sie würde er den Fall nicht lösen können. Noch wichtiger war jedoch sein unregistriertes Ersatzhandy.

Er versuchte, sich zu orientieren, doch er sah nur einige Industrieschornsteine in der Ferne. Er atmete tief durch, nahm Paula auf die Arme, als wolle er sie über die Schwelle tragen und lief los.

Er passierte die nächste Kreuzung und erkannte dann endlich, wo er sich befand.. In Village-Neuf in Frankreich, etwa fünf Kilometer unterhalb des Südquais, an dem sein Auto stand oder es zumindest einmal getan hatte. Ausgerechnet in Frankreich. Auch ein schönes Land, nur zusammen mit einer Komapatientin ohne Ausweis schwer zu verlassen. Den hatte Wohlers sich nämlich auch gegriffen.

Und es war mitten in der Nacht, niemand würde ihm einfach so helfen. Er brauchte eine Telefonzelle. Oder ein Krankenhaus.

Er atmete tief durch, nahm Paula auf die Arme, als wolle er sie über die Schwelle tragen und ging los.

In seinen nassen Kleidern fror er, seine Muskeln fühlten sich starr an, seine Lunge schmerzte, aber er hatte überlebt und Paula nicht aufgegeben. Und das verlieh ihm neue Kräfte.

Nach ein paar Minuten kam er an eine Bushaltestelle und blickte auf den Übersichtsplan, der dort hing. Tatsächlich, in einem Kilometer Entfernung befand sich ein Krankenhaus.

Er spürte, wie Paula immer kälter wurde und lief so schnell er konnte. »Halt durch«, flüsterte er, obwohl er wusste, dass sie es nicht hören konnte.

Lindberg bog um die nächste Ecke, kam auf eine größere Straße, auf der er hoffte, das Krankenhaus sehen zu können, doch es schien noch zu weit entfernt.

Paula atmete immer unregelmäßiger, so als wolle sie jeden Moment damit aufhören.

Nach wenigen Metern stoppte sie wirklich.

»Nicht jetzt, nicht nach all dem!«, flüsterte er, doch es klang mehr wie ein Befehl.

Sie reagierte nicht.

Vielleicht musste er härter sein, um zu ihr durchzudringen. Vielleicht war das die ganze Zeit sein Fehler gewesen.

»Atme!«, rief er.

Doch sie atmete nicht.

Er gab ihr eine Ohrfeige, weil ihm nichts anderes mehr einfiel, Paula aber blieb leblos in seinen Armen liegen.

107

Er legte sie auf den Boden, beugte sich über sie und gab ihr einen langen Kuss.

Doch dieses Mal half er nichts.

Dann hielt er ihr die Nase zu und begann mit der Mund-zu-Mund-Beatmung.

Einatmen, Ausatmen, Einatmen, Ausatmen, dreißigmal die Brust drücken und dann wieder zweimal Beatmen. Das Ganze im Rhythmus des Bee-Gees-Klassikers *Staying alive*, ein Trick, den ihm an einem Tatort einmal ein Sanitäter verraten hatte. Denn hielt man sich an das Tempo des Songs, erfolgte die Wiederbelebung genau in der richten Geschwindigkeit.

Er wiederholte es so lange, bis eine Träne auf ihre Wange fiel.

Und dann endlich atmete sie.

Er packte sie wieder mit beiden Armen, lief los, fand endlich das Krankenhaus und stürzte in die Notaufnahme.

Die Ärzte schlossen sie sofort an ein Beatmungsgerät an und obwohl sein Französisch ein wenig eingerostet war, merkte er schnell, dass sie sich hier in guten

Händen befand. Er bekam ein frisches T-Shirt und eine dicke Daunenjacke, hinterließ seine Personalien, informierte die Ärzte über Farners Aufenthaltsort, sollte dann selbst untersucht werden und behauptete, aufs WC zu müssen. Durch ein Fenster verließ er das Krankenhaus wieder.

Er hatte jetzt keine Zeit für Papierkram, für Untersuchungen und für besorgte Blicke.

Er hatte einen Fall zu klären.

Lindberg schaffte die viertausend Meter zur Grenze in fünfunddreißig Minuten, eine erbärmliche Zeit für einen ehemaligen Marathonläufer, aber eine gute für einen Mann, der dem Tod gerade noch einmal von der Schippe gesprungen war.

Vor der Grenze verlangsamte er seine Schritte. Verdammt, das Dreiländereck! Von hier aus musste er über eine Fußgängerbrücke auf die andere Rheinseite nach Deutschland und dort erst kam nach wenigen hundert Metern die Schweizer Grenze, hinter der sein Auto stand. Wenn die Grenzer ihn anhielten, war er erledigt, schließlich wurde nach ihm gefahndet. Doch er ging einfach drauf los. Nachdenken konnte er auch im Gefängnis.

Angesichts der Kälte und Uhrzeit hatten die Zöllner es sich in ihren Büros gemütlich gemacht. Lindberg lief langsam auf sie zu. Er grüßte die Beamten und nickte ihnen freundlich zu. Statt einer Antwort wurde er einfach durchgewinkt. Dasselbe machten die deutschen Beamten.

Er lief über die Fußgängerbrücke und kam nach wenigen Minuten an die deutsch-schweizerische Grenze.

Wieder durfte er ohne Kontrolle passieren.

Das Schengen-Abkommen hatte auch seine Vorteile.

Direkt hinter der Grenze lag der Südquai. Lindberg sah seinen alten Volvo mit einer Freude dort stehen, wie er sie bisher noch nicht gekannt hatte. Er blickte in das Hafenbecken, in dessen Mitte schwamm ein Boot. Farner. Sein Wagen war abgeschlossen, Wohlers hatte sich nicht darum gekümmert. Für ihn lag Lindberg auf dem Grund des Rheins.

Lindberg stieg in den Volvo, gab Gas und fuhr aus dem Hafen. Vor Kleinhünigen kam ihm ein Krankenwagen entgegen, der auf den Hafen zuhielt. Also hatten die Ärzte ihm geglaubt und die Schweizer Kollegen benachrichtigt.

Er hielt in einer Nebenstraße und nahm seinen Laptop und den USB-Stick. Dann holte er das Ersatzhandy aus dem Handschuhfach und schaltete es ein. Natürlich war der Akku leer. Manche Dinge änderten sich nie. Er lud das Mobiltelefon am Zigarettenanzünder auf, der ausnahmsweise einmal etwas zu tun hatte.

Lindberg wählte Mia Adams Nummer. Sie hob nicht ab. Er sprach ihr aufs Band, wo sie Farner finden würde und dass Wohlers auf der Flucht war. Dann startete er den Laptop und öffnete die Mail von Angelia Bernard, welche er bei GENEKNOV auf den USB-Stick kopiert hatte.

Darin bat Bernard den Leiter des Vertriebs, ihr die Differenz zwischen produzierter und verkaufter Menge bei jener Remexan-Charge zu erklären, die der Mörder auf den Opfern hinterlassen hatte. Die Antwort auf diese Frage war offensichtlich in der angehängten Datei zu finden.

Lindberg öffnete sie. Auf den ersten Blick sah sie aus, wie die Liste mit den Auslieferungen, welche Graf von GENEKNOV erhalten hatte. Doch sie war detaillierter und umfasste neben den Verkaufszahlen auch die Produktionszahlen. In Summe waren von der Charge 1060 Packungen produziert worden. Davon waren 20 für die interne Qualitätskontrolle verwendet und 1014 Packungen an die zweiunddreißig Apotheken ausgeliefert worden, die Lindberg schon von der ersten Liste her kannte. Also verblieben 26 Packungen, über deren Verwendung er bisher nichts erfahren hatte. Und Bernard bis zu ihrer E-Mail offensichtlich auch nicht.

Lindberg scrollte durch die Datei, doch er konnte nicht erkennen, wo die 26 Packungen geblieben waren. Große Tabellen riefen bei ihm große Ratlosigkeit hervor. Paula war darin viel besser, wie in vielem. Stattdessen saß er hier völlig durchnässt und ausgefroren in einem kalten Auto und versuchte eine Datenbank zu verstehen, die nicht für ihn gemacht war.

Doch was blieb ihm anderes übrig? Er überflog die Datei erneut. Bei der Kolonne mit dem Vermerk *'kostenlose Muster'* blieb er hängen. Lindberg scrollte sie entlang und fand tatsächlich drei Einträge, je einen zu 7, zu 6 und zu 13 Packungen. Auch im Kopfrechnen gab es schnellere als ihn, doch er wusste sofort: Das waren die fehlenden 26 Remexan-Packungen. Hatte der Täter sie erhalten und die Polizei die ganze Zeit an der falschen Stelle gesucht?

Lindberg betrachtete die Zeile mit den Eintragungen und suchte nach den Adressen der Empfänger. Der Erste war ein Mediziner aus Zürich, der Name sagte ihm nichts. Dem Arzt waren 7 Packungen der Charge geliefert worden.

Immerhin 13 Packungen gingen an eine Praxis in Winterthur, der Ort lag jedoch noch weiter von Basel entfernt. Jetzt fehlte nur noch ein Arzt.

Dieser hatte 6 Packungen erhalten, genug, um eine davon am Tatort zurückzulassen.

Lindbergs Herz fühlte sich an, als würde es vor Spannung Schläge überspringen. Hektisch suchte er nach dem Eintrag. Endlich fand er ihn. Er schluckte. Die Spur führte nach Basel!

Der Kommissar scrollte zur Namenspalte.

Seine Augen lasen die Buchstaben, sein Gehirn setze sie zusammen, doch sein Verstand weigerte sich, sie anzunehmen. Wie betäubt blickte er auf den Bildschirm seines Laptops.

Endlich sickerten die Informationen in sein Bewusstsein, breiteten sich aus und wurden schließlich zur Gewissheit. Doch es fehlte noch ein letzter Beweis.

Lindberg nahm sein Handy und wählte die Nummer des Sanatoriums Erzenberg. Er ließ es klingeln, ein, zwei Minuten lang. Mit verschlafener, fast unhörbarer Stimme meldete sich schließlich eine Nonne.

»Hier ist Kommissar Erik Lindberg«, sagte er. »Ich würde gerne mit Oberin Aurelia sprechen, es ist dringend.«

»Ich befürchte, sie schläft.«

»Und ich befürchte, wenn Sie Schwester Aurelia nicht wecken, wird sie Ihnen das nie verzeihen.«

Die Nonne holte tief Luft. »Ich werde nach ihr schauen.«

Endlich, nach fünf Minuten hatte er die Oberin in der Leitung. »Herr Kommissar«, begrüßte sie ihn. »Weshalb rufen Sie denn mitten in der Nacht an?« Sie klang wie eine tadelnde Lehrerin und schien trotz der Uhrzeit hellwach.

»Es tut mir leid, dass ich Sie geweckt habe«, antwortete Lindberg. »Aber ich habe noch eine Frage wegen dieser Remexan-Studie in Ihrem Sanatorium.«

Sie seufzte, als habe sie genau das erwartet.

»Wissen Sie noch, wie der Arzt hieß, der die Studie betreut hat?«

»Sie stellen immer so schwere Fragen ... nach all den Jahren.« Ihre Stimme flatterte. »Warum wollen Sie das wissen?«

»Jemand versucht zu vertuschen, was damals im Sanatorium geschehen ist. Und er geht dabei über Leichen. Reicht Ihnen das?«

Schwester Aurelia atmete so schwer aus, so als sei ihr Gottvertrauen auf eine schwere Prüfung gestellt. »Sie müssen wissen, das ist kein schöner Rückblick in die Vergangenheit«, sagte sie schließlich. »Es war eine schwierige Zeit ... ich war gerade aus dem Kloster in das Sanatorium gezogen und musste mich hier neu einleben. Ich habe nicht viel von den Vorfällen mitbekommen ... aber, ich kann mich dunkel an den Arzt erinnern, ein adretter Mann, sehr kompetent.« Sie machte eine Pause und seufzte erneut. »Aber sein Name, der fällt mir nicht mehr ein.«

»Haben Sie vielleicht noch Unterlagen von damals, in denen sein Name verzeichnet sein könnte?«, fragte Lindberg.

»Warten Sie einen Moment, ich schaue nach.«

Lindberg hörte, wie sich ihre Schritte entfernten, hörte leise Stimmen im Hintergrund und eine schließende Tür. Stille. Er wartete, überlegte, ob er den Motor starten sollte, um die Heizung anzuschalten, doch er wollte keine Aufmerksamkeit erregen. Zumindest nicht für kümmerliche zwei Grad Temperaturanstieg, welche die Heizung schaffen würde. Und das auch nur, falls sie in Topform war.

Schließlich meldete sich die Oberin wieder. »Es tut mir leid«, sagte sie und schien dabei in Unterlagen zu blättern. »Aber die entsprechenden Ordner sind wohl an diese Frau von GENEKNOV übergeben worden.«

Natürlich sind sie das, dachte Lindberg. »Gottverdammi!«

»Ich darf doch sehr bitten!« Schwester Aurelia räusperte sich.

Lindberg entschuldigte sich. »Sie wissen nicht zufällig, woher der Arzt kam?«

»Ich glaube aus Basel«, antwortete sie. »Er hatte das einmal erwähnt.«

Lindberg sendete der Oberin eine Bildnachricht auf ihr Mobiltelefon. Mit seiner Hilfe schaffte sie es nach ein paar Minuten, das Foto zu öffnen. »War es dieser Mann?«, fragte Lindberg schließlich.

»Ja, natürlich, so sah er aus«, antwortete die Oberin. Sie klang dabei, als strahle sie wie die aufgehende Sonne. »Ein sehr charmanter Arzt.«

»Daran habe ich keinen Zweifel.« Lindberg legte auf und wählte eine andere Nummer.

108

Eine halbe Stunde später stand Erik Lindberg nur noch wenige Meter vom eigenen Haus entfernt. Der weiße Altbau lag still im Dunkel der morgendlichen Nacht.

Auch bei Isabel brannte kein Licht mehr.

Sollte er Dr. Watson erst morgen holen? Wahrscheinlich war das besser so.

Er war so erschöpft, er brauchte jetzt einfach nur Ruhe.

Zwar wusste er jetzt, wer der Täter war, aber das nützte nichts, wenn er es nicht beweisen konnte. Denn er hatte nichts Gerichtsfestes gegen ihn in der Hand. Also war es kontraproduktiv ihn festnehmen zu lassen.

Morgen würde er sich überlegen, wie er ihn überführen konnte. Nachdem er sich ausgeruht hatte.

Kaum hatte er seine Haustür einen Spalt weit geöffnet, kam ihm Dr. Watson entgegen.

Was machte der Kater hier? Und warum war er so aufgeregt?

Normalerweise wartete Dr. Watson nie auf ihn, es war ihm viel zu langweilig allein im Haus, wenn er draußen in der Natur oder nebenan unter Menschen sein konnte.

Selbst wenn diese schliefen.

Dr. Watson lief zur Terrasse und blickte sich mehrfach um. Es war eindeutig: Er wollte, dass Lindberg ihm folgte.

Und Lindberg ging ihm nach.

Das Ziel war nicht schwer auszumachen, das Haus von Isabel.

Er nahm seinen Schlüssel zu Isabels Wohnung, rief Dr. Watson, gab ihm ein Leckerli und sperrte ihn schweren Herzens ins Bad ein. »Du würdest mich verraten«, sagte er. »Und das wollen wir beide nicht.«

Vorsichtig öffnete er Isabels Haustür und huschte in der Dunkelheit zu ihrem Schlafzimmer. Er wünschte, er hätte eine Waffe. Doch seine Dienstpistole hatte er Graf geben müssen. Auf einem schmalen Schrank lag eine Schere. Da kämpfte er lieber mit bloßen Fäusten.

Lautlos horchte er an der geschlossenen Schlafzimmertür, drückte dann die Klinke nach unten und hielt plötzlich inne. Nichts regte sich, nur eine böse Vorahnung ergriff ihn. Er musste an Angelia Bernard denken, die er tot aufgefunden hatte. Das Bild von ihr auf dem Bett, ausgeblutet wie ein Stück Vieh, würde er niemals vergessen können. Doch es war nichts gegen das, was er befürchtete.

Als er aus dem Inneren des Zimmers nichts hörte, verließ ihn fast der Mut. Lindberg riss sich zusammen und schob die Tür so sachte auf, wie er es in dieser Lage nur konnte.

Die blassen Streifen des Mondlichts auf dem roten Bettlaken trafen ihn wie ein Blitz. Die Bettdecke war aufgeschlagen und darunter lag niemand.

Seine schlimmsten Befürchtungen hatten sich nicht bewahrheitet, aber ebenso wenig seine Hoffnungen. Das Bett war leer!

Er suchte nach Hinweisen, die Isabel hinterlassen haben könnte, doch das Bett sah so aus, als sei sie nur kurz aus dem Zimmer geeilt. Vielleicht um nach den Kindern zu sehen?

Die hölzerne Treppe zum Obergeschoss, die er oft genug hochgestiegen war, wenn er sich mit Leon in dessen Bett unterhalten hatte, damit der Kleine schlafen konnte, sie wirkte auf einmal so bedrohlich wie in einem Horrorfilm.

Seine Hände zitterten. Es war das eine, tote Erwachsene zu sehen, doch Kinder, die eigentlich das Leben sein sollten, tot zu sehen, das war schlimmer, als er sich vorstellen wollte. Doch er musste hinauf. Wenn sie seine Hilfe benötigten, wollte er nicht zu spät kommen.

Vor der Tür zum Kinderzimmer lauschte er wieder und öffnete sie dann.

Ihre Bettchen lagen im Dunkel, nur das kleine Leuchtgespenst steckte in der Steckdose. Es sollte den Kindern die Angst vor der Finsternis nehmen. Doch es leuchtete für niemanden mehr.

109

In einer bürokratischen Welt als Polizistin die Genehmigung zu bekommen, einen Zeugen direkt nach der Einlieferung auf einer Schweizer Intensivstation zu verhören, war kein einfaches Unterfangen. Vor allem nicht, wenn der Chefarzt ein Franzose war, der alles gern ein wenig ruhiger anging. Wenigstens konnte Mia Adam so gut Französisch, dass sie ihm genug Honig ums Maul schmieren konnte, damit er der Vernehmung zustimmte. Alles in allem hatte sie dafür vier bis sechs Vorschriften missachten müssen, je nach Auslegung. Aber es ging hier nicht um Vorschriften, es ging um einen flüchtigen Raubmörder.

Und jetzt saß sie schon seit dreißig Minuten in Farners kargem Zimmer auf der Intensivstation und er rührte sich nicht. Die Infusionsschläuche brachten wenigstens ein bisschen Farbe in Philipp Farners Gesicht. Das einzige Fenster war vergittert, von einem grauen Vorhang nur nachlässig bedeckt.

Dahinter wartete die Nacht, dass die Sonne aufging. Und Mia Adam darauf, dass der Student endlich erwachte. Falls er es überhaupt noch einmal tat.

Immerhin bestand Hoffnung. Der Chefarzt hatte gesagt, Farner würde wahrscheinlich durchkommen. Nicht so der Großteil seiner Zehen, die so blau und geschwollen aussahen, dass sie jedes Gruselkabinett aufgenommen hätte.

Wenn Farner überlebte, war das Erik zu verdanken. Nur aufgrund seines Hinweises hatte die Ambulanz Farner aus dem im Hafen treibenden Boot gerettet. Hätten ihn die Hafenarbeiter erst bei Dienstbeginn entdeckt, wäre es zu spät gewesen.

Dennoch sprach einiges gegen Erik: Er hatte Beweise gefälscht, sich mit einem entflohenen Schwerverbrecher getroffen und war im Hotelzimmer der ermordeten Angelia Bernard gewesen. Wenn man dem Sicherheitsdienst von GENEKNOV glauben konnte, war er außerdem in die Firma eingebrochen und hatte Daten entwendet.

Mia Adam vertraute Erik trotzdem noch. Um ihn zu schützen, hatte sie darauf verzichtet, vor seinem Haus eine Zivilstreife zu postieren.

Unvermittelt hob sich Farners Kopf und Mia Adam schreckte auf. Der Student stöhnte und ließ seinen Kopf wieder auf das Kissen fallen. Doch sogleich bäumte er sich erneut auf, wälzte sich hin und her und stieß mit seinen Armen an das Gitter des Bettes. Farners Augen blieben geschlossen, seine Lider flimmerten wie im Fieber.

»Herr Farner, können Sie mich hören?« Mia Adam nahm die rechte Hand des Studenten in die ihre. Sie drückte auf den Alarmknopf, der neben dem Bett angebracht war und erwartete hektische Schritte, die auf das Zimmer zuliefen.

Im Flur blieb es still.

Farner hingegen warf seinen Körper plötzlich so heftig hin und her, dass man ihm in einer anderen Zeit unterstellt hätte, er sei vom Teufel besessen. Mia Adam legte ihre linke Hand auf seine Stirn und versuchte ihn zu beruhigen, doch der Student stieß sie beiseite. Er schlug seine Augen auf und stammelte unverständliche Worte. Farner schien Traum und Wirklichkeit nicht mehr trennen zu können, nur mit Mühe konnte sie ihn im vergitterten Bett halten.

Die Kommissarin drückte erneut den Alarmknopf, dieses Mal eindringlich und lang. Ihr kam es wie eine Ewigkeit vor, bis eine Schwester endlich in das Zimmer stürmte.

Die Pflegerin holte eine Spritze aus einem Arzneischrank und öffnete mit schnellen aber kontrollierten Bewegungen die sterile Verpackung. Dann nahm sie eine Ampulle und zog mit der Spritze deren Inhalt auf. Sie packte Farners Arm und drückte ein Alkoholpad auf seine Armbeuge. Der Student wollte den Arm zurückziehen, doch sie hielt ihn fest und setzte die Spritze an.

»Schmitz«, rief Farner plötzlich und riss wieder seine Augen auf. »Es ist ...«, doch da hatte die Nachtschwester das Beruhigungsmittel schon injiziert.

Wie von einer Gewehrkugel niedergestreckt, sackte Farner in sich zusammen. Seine Augen schlossen sich, nur sein schneller Atem verriet noch, was soeben geschehen war.

Die Schwester tupfte Farner mit einem Handtuch den Schweiß von der Stirn. Dann legte sie ihn auf die Seite und wandte sich ab.

»Was hat er?«, fragte Mia Adam.

»Nachwirkungen des Schocks.« Die Schwester warf die Spritze in einen Abfallbehälter. »Frau Kommissarin, Sie können jetzt gehen. Der wacht frühestens in acht Stunden wieder auf.«

110

Das Bettlaken im Kinderzimmer fühlte sich kalt an. Trotzdem war Lindberg sich sicher, Nina und Leon hatten heute Nacht hier gelegen. War Isabel vor irgendetwas geflüchtet und hatte sie mitgenommen? Aber warum war sie dann nicht in seiner Wohnung? Es wirkte so, als hätte jemand peinlich genau darauf geachtet, alles an seinem Platz zu belassen. Das Einzige was fehlte, war Leons Lieblingskissen.

Lindberg musste an Wohlers denken.

Er rannte aus dem Kinderzimmer und lief durch die restlichen Räume im Obergeschoss. Sie verrieten nichts von dem, was vorgefallen war. Er stürmte die Treppe hinunter und hastete im Erdgeschoss von Raum zu Raum. Doch er fand niemanden.

Lindberg lief weiter bis zum schmalen Gang neben der Garage, öffnete die Verbindungstür und schaute in den Raum. Er stand leer. Lindberg hatte nichts anderes erwartet. Sein Ziel lag hinter der feuerfesten Stahltür auf der anderen Seite des Ganges.

Wenn das Haus genauso gebaut war wie seines, musste sich hier der Keller befinden. Lindberg mochte keine Kellerräume. Sie waren dunkel, rochen modrig und enthielten das, was die Leute wegsperren oder vergessen wollten.

Der Kommissar schob die Stahltür auf. Knirschend schliff die Tür über den Betonboden. Jeder dort unten würde das hören.

Er hob die Tür an und schob sie vorsichtig weiter auf. Es knirschte nur noch leise, doch in Lindbergs Ohren klang es wie eine Motorsäge. Er öffnete sie soweit, dass er sich hindurchzwängen konnte.

Im Keller war es stockfinster. Lindberg wartete einen Moment und hoffte, dass sich seine Augen an die Schwärze gewöhnen würden. Es nützte nichts. Es war einfach zu düster. Er würde nicht einmal sehen, wenn etwas auf der Treppe lag. Doch wenn er die Kellerbeleuchtung oder eine andere Lichtquelle anschaltete, würde er seinen einzigen Vorteil aufs Spiel setzen.

Stufe für Stufe tastete er sich hinab. Mit jedem Schritt befürchtete er, irgendetwas laut scheppernd die Treppe hinabzustoßen.

Endlich spürte er den Betonboden unter seinen Füßen. Er schlich links an der Wand entlang, tastete sie nach einer Einbuchtung oder einer Türklinke ab. Ein paar Schritte später fand er eine Klinke und drückte sie herunter.

Im nächsten Moment stieß er die Tür auf.

Und blickte in ein Licht, das heller schien, als alles, was er je gesehen hatte.

Instinktiv hielt Lindberg die Hände vor sein Gesicht, doch das Licht blendete ihn, sodass er nichts sah als Weiß.

Dann ging alles viel zu schnell.

Ein brutaler Hieb in die Kniekehlen holte ihn von den Beinen. Er wollte sich mit den Armen abfangen, doch sie wurden ihm weggeschlagen und er knallte mit dem Oberkörper auf den Betonboden. Immer noch geblendet, versuchte er wieder nach oben zu kommen, doch er konnte seinen Gegner nicht sehen.

Lindberg spürte, wie seine Arme auf den Rücken gedreht wurden, er wehrte sich, doch gegen den für ihn Unsichtbaren kam er nicht an. Mit schnellen Griffen wurden seine Hände mit Kabelbindern an die Heizungsrohre gefesselt. Er drehte seinen Kopf zur Seite, sah immer noch nichts als das brennende Weiß und spürte, wie auch seine Füße gefesselt werden sollten. Er versuchte zu treten, versuchte auszuweichen, doch es war zu spät. Die Fesseln schnitten ihm schon in die Fußgelenke.

Er fühlte sich wie ein Blinder im Kampf gegen Herkules.

Sein Gegner ließ von ihm ab und richtete den Halogenstrahler in Lindbergs Gesicht. Der Kommissar wollte daran vorbeischauen, doch es gelang ihm nicht. Dann erst hörte er dieses kraftlose Murmeln.

Wie ein Hilferuf, der ohne Stimme schien.

Er wusste, wer dort in der anderen Ecke des Heizungskellers kauerte.

»Isabel! Leon, Nina!«, rief er. Lindberg hörte, wie sie versuchten zu antworten, aber durch die Knebel daran gehindert wurden. Wenigstens waren sie noch am Leben.

Wie lange noch?

Der Mann, der ihn überwältigt hatte, kam langsam auf Lindberg zu und stellte den Halogenleuchter auf die Seite. »Sehen Sie immer so fertig aus, wenn Sie von der Arbeit noch schnell bei der Nachbarin vorbeischauen?« Seine Stimme klang in dem Kellerraum seltsam trocken, fast fremd.

Allmählich konnte Lindberg wieder mehr sehen, aus den Umrissen wurde ein Mann, dunkles Haar, schwarzer Anzug, Lederhandschuhe, um den Hals ein Schal von Dior. »Wir haben hier unten schon sehnsüchtig auf Sie gewartet.« Der Mann lachte diabolisch. »Ich hoffe, Sie sitzen bequem. Es wird eine ganz besondere Show!«

111

Der Flughafen Basel-Mulhouse war weltweit der einzige, der von zwei Staaten gleichzeitig betrieben wurde. Er lag auf französischem Hoheitsgebiet, war jedoch in einen schweizerischen und französischen Sektor geteilt, erstgenannter war nur über eine exterritoriale Straße zugänglich.

Die Zweiteilung des Flughafens brachte trotz des Schengen-Abkommens einige Schwachstellen mit sich; die Zuständigkeit der Schweizer Behörden endete nun einmal dort, wo die der Franzosen begann und umgekehrt. Ein erfahrener Krimineller konnte sich das zu Nutze machen.

Udo Wohlers war sehr erfahren, doch ihn interessierten die Verhältnisse im Basler Flughafen nicht die Bohne. Ihn interessierte nur eines: das Flugzeug nach Brasilien. Wenn er die Passkontrolle durchschritten hatte, stand er nur noch wenige hundert Meter davor. In Rio wartete eine Limousine auf ihn, mindestens zwei Strandschönheiten und ein wenig Schnee.

Letzterer von der Art, wie es ihn nicht nur in der Schweiz, sondern auch in Brasilien gab. Er lächelte zufrieden. Er hatte seine Flucht perfekt geplant und nebenbei noch Kommissar Lindberg erledigt. In einem halben Jahr oder so, wenn sich sein Geld dem Ende neigte, würde er wieder mit einem gefälschten Pass nach Europa fliegen und ein wenig Nachschub von einer Bank *abheben.*

Wohlers stellte sich an den Automaten für den Check-in und tippte seinen Buchungscode ein. Kurz darauf hielt er seinen Boarding-Pass in den Händen. So einfach ging das heute. Der Kontakt zu irgendwelchem Personal, das vielleicht einen Blick zu viel auf die Fahndungslisten geworfen hatte, war nicht mehr notwendig.

Trotzdem hatte er sein Äußeres verändert und eine Echthaar-Perücke in glänzendem Schwarz auf seine Glatze gesetzt. Selbst seine Koteletten waren in die ewigen Friseurjagdgründe gewandert. Stattdessen trug er einen Kinnbart, der in einen leicht gedrehten Schnauzer überging. Natürlich eine Fälschung, doch täuschend echt.

Er hasste diesen Schnauzer. Nicht einmal einen Kaffee konnte er trinken, ohne ihn zu besudeln. Doch es war zu spät, das jetzt noch zu ändern. Das Bild, welches er Farner zur Fälschung des Passes gesendet hatte, zeigte ihn nun einmal in dieser Verkleidung. Sie war fast schon zu auffällig, um von jemandem verwendet zu werden, der auf der Flucht war. Was Wohlers wiederrum ziemlich genial fand und sich deshalb in Gedanken auf die eigene Schulter klopfte.

Auf dem Weg zur Passkontrolle lief er an einer Flughafenkneipe vorbei. Sollte er sich einen Drink genehmigen? Sein Blick fiel auf ein antikes Emaille-Schild, auf dem eine Flasche irischen Whiskeys angepriesen wurde. Er machte einen Schritt auf die Kneipe zu. *Der wäre jetzt genau das Richtige! Schließlich wird es ein langer Flug!*

Vor der Kneipe blieb er stehen. Die hübsche Bedienung blickte ihn einladend an. Er war ohnehin überrascht, dass im Flughafen um diese Uhrzeit schon Geschäfte offen hatten, toll, was dieses Medikament alles bewirkte. Aber sollte er wirklich kurz nach sechs Uhr morgens einen Drink nehmen? Wenn er die Nacht durchmachte, war das nichts Ungewöhnliches, warum also nicht jetzt?

Wohlers zögerte.

In Rio kann ich trinken so viel ich will. Mit zwei Mädels im Arm schmeckt es ohnehin viel besser! Und die Saftschubsen im Flieger rücken sicher auch was raus. Er wechselte die Richtung, blickte sich nicht einmal um und ging zur Passkontrolle.

Dort stand ein Chinese ein paar Reihen vor ihm am Schalter und diskutierte mit dem Grenzpolizisten in einer Sprache, die er offensichtlich für Englisch hielt. Wohlers verstand kein Wort.

»No Passport, no plane!«, erklärte der Grenzer.

Der Chinese kramte in seinem Geldbeutel und holte eine Scheckkarte heraus, die mit chinesischen Schriftzeichen bedruckt war und ein Bild des Touristen trug. »Dliving license«, sagte er schließlich.

»Und was will der damit?«, fragte der Grenzschützer und blickte seinen Kollegen an. »Die Maschine fliegen?«

Der Grenzpolizist nahm einen Hörer, gab ein paar Anweisungen, die Wohlers nicht verstand und ließ den Chinesen warten. Normalerweise wäre Wohlers einfach in die andere Schlange gewechselt und hätte sich vorgedrängelt, doch er wollte nicht wegen so einer Lappalie auffallen. Also blieb er ruhig stehen und wartete.

Nach weniger als einer Minute kamen zwei Mitarbeiterinnen des Flughafendienstes, lächelten den Chinesen an, nickten zu jedem seiner endlos langen Sätze und führten ihn irgendwohin, wo er nicht im Weg stand.

Das Warten hatte Wohlers nervös gemacht. Er strich sich den Schweiß von der Stirn. *Ein Schluck Whiskey wäre vielleicht doch nicht schlecht gewesen. Hoffentlich geht es jetzt schneller.*

Tatsächlich blickten die Grenzpolizisten nur noch oberflächlich auf die Pässe und überließen fast die gesamte Arbeit den elektronischen und biometrischen Erfassungsgeräten.

Als nur noch zwei Passagiere vor ihm standen, holte Wohlers seinen Pass heraus, klappte ihn auf und blickte auf das Bild. *Mann, seh ich scheiße aus.Aber wie authentische Scheiße, darauf kommt es an.* Sein Blick fiel auf den Namen, der im Pass stand. Er hatte keine Ahnung, wie Farner auf den gekommen war. Wohlers schloss den Pass wieder und flüsterte leise zu sich selbst: *»Also, dann heiße ich ab jetzt Udo Schmitz.«*

112

Robert van Gelsen sah sehr selbstzufrieden aus, so wie er dastand, in der Rechten ein Messer, in den Linken die Pistole, vor ihm vier Menschen, gefesselt. Der Arzt grinste. »Van Gelsen, warum tun Sie das?«, fragte Lindberg.

»Sie können wieder sehen? Dann kann es ja losgehen!«

»Sind Sie wirklich so wahnsinnig, einen Polizisten umzubringen?«

»Nein, Sie sind es! Ein Amoklauf des durchgedrehten Kommissars, der sich anschließend selbst richtet! Ist das nicht perfekt?«

»Niemand wird darauf reinfallen.«

»Und warum wird dann schon nach Ihnen gefahndet?« Van Gelsen beugte sich näher zu Lindberg. »Weil die Polizei ein Video besitzt, das Sie im Hotelzimmer Bernards zeigt. Wenn Sie mich fragen, ein Meisterstück, das ich jetzt vollenden werde. Denn in Ihrem Sekretär liegt Claudia Römers Ring. Doch das Beste kommt erst noch.« Van Gelsen kam noch näher und flüsterte. »Ihre Brutalität wird niemand mehr infrage stellen, wenn er erst diesen Heizungskeller betreten hat.«

Lindberg zerrte an den Fesseln, doch es gelang ihm nicht, sie auch nur ein Stückchen zu bewegen.

»Herr Kommissar, wir sind hier nicht in Hollywood.« Van Gelsen schüttelte den Kopf. »Gerade Sie sollten doch wissen, dass ich kein Anfänger bin!«

Lindberg wagte es kaum, die Kinder anzuschauen, die Hände an die Heizungsrohre gekettet und den Mund mit silbernem Isolierband verklebt, kauerten sie in der Ecke des Kellers. Von Ninas Backe kullerten Tränen, Leon hatte seinen Kopf im Schoß seiner Mutter vergraben. Als sich ihre Blicke trafen, versuchte Isabel ihn aufmunternd anzuschauen, doch es gelang ihr nicht.

»Eines interessiert mich noch.« Van Gelsen schob seine Sonnenbrille in die Stirn. Sie hatte ihn vor dem Licht geschützt, dass er in der totalen Dunkelheit angeschaltet hatte. »Sind Sie sehr überrascht, dass ich der Mann bin, den sie suchen?«

»Ich wusste es schon vorher.«

»Sie wussten es schon vorher?«, äffte van Gelsen den Kommissar nach. »Und warum haben Sie mich dann nicht festgenommen?«

»Ich bin suspendiert.«

»Und wie wollen Sie herausgefunden haben, dass ich derjenige bin?«

»Der tödliche Zwischenfall im Sanatorium Erzenberg«, antwortete Lindberg. »Sie haben die Studie durchgeführt und wollten den Vorfall vertuschen. Deshalb haben Sie alle Zeugen beseitigt.«

»Der Mann war nichts als ein paranoider Irrer, der sich aus dem Fenster gestürzt hat.«

»Und Teilnehmer Ihrer Remexan-Studie.«

»Ein dummer Zufall.« Van Gelsen zuckte mit den Schultern. »Leider hatten wir keine Genehmigung der Aufsichtsbehörde, an psychisch instabilen Patienten Studien durchzuführen. Nach dem Unfall wurde es GENEKNOV zu heiß und wir mussten die Studie abbrechen.«

»Und der damalige CEO hat das gedeckt?«

»Was hätte Meyer denn tun sollen?« Van Gelsen ließ seine mit Lederhandschuhen versehenen Finger knacken. »Für die Firma ging es um Milliarden, ihre Existenz stand auf dem Spiel. Und Meyers schöner Bonus. Die Einführung des Medikaments wäre gefährdet gewesen, wenn jemand erfahren hätte, dass ich illegal Probanden akquiriert hatte und dass Remexan ein paar unerwartete Nebenwirkungen hat.«

»Nebenwirkungen?«

»Tja, das Zeug macht süchtig«, antwortete van Gelsen. »Nicht alle Patienten, aber die labilen, diese Psychos, denen ohnehin schon ein paar Tassen fehlen. So drei bis fünf Prozent kommen davon nicht mehr los. Sie haben Burger gesehen, der braucht das Medikament, um nicht gewalttätig zu werden. Andere wiederum werden davon aggressiv, je nach Typus. All das hatte ich herausgefunden. GENEKNOV hätte mir also dankbar sein müssen.«

»Also haben Sie die Studiendaten gefälscht«, sagte Lindberg.

»Sagen wir, ich habe die Daten ein wenig optimiert, damit niemand eine Verbindung zwischen dem Verhalten der Patienten und dem Remexan herstellen kann. Schließlich durfte ich meine Studie offiziell ja nur an geringfügig psychisch labilen Patienten durchführen, die ihr Einverständnis erklärt hatten, also konnten da keine Horrorergebnisse drinstehen. Selbst wenn die Studie dann abgebrochen wird, irgendjemand bohrt da immer nach.«

Jetzt verstand Lindberg, warum CEO Meyer das Spiel anfangs mitgespielt hatte. »Also haben Sie die Firma erpresst«, sagte er.

»Erpresst? Was für ein hässliches Wort«, antwortete van Gelsen. »Ich hatte beträchtliche Auslagen für die Studien, die GENEKNOV nicht zahlen wollte, von denen sie aber profitierten. Mir blieb keine andere Wahl.« Van Gelsen strich über seine silberne Pistole. »Ich hatte mich für das Haus und die Praxis verschuldet und wäre pleite gewesen, wenn GENEKNOV mich für meine Arbeit nicht entlohnt hätte. Also haben wir uns arrangiert. Ich wurde bezahlt und habe über Remexan nur noch das Beste erzählt. Ein üblicher Deal in der Branche, niemand würde auf den Gedanken kommen, das Erpressung zu nennen. In dem Business hat jeder seine Leichen im Keller. Sie übrigens bald auch, Herr Kommissar!« Van Gelsen lachte laut. »Es war ein funktionierender Waffenstillstand, bis diese Nutte angefangen hat zu plaudern ...«

»Weswegen Sie Nadja Trokovski umgebracht haben.«

Van Gelsen nickte. »Ich dachte damals im Sanatorium, diese Fixerin macht es ohnehin nur noch ein paar Wochen. Aber auf einmal war sie wieder da und versuchte tatsächlich, *mich zu erpressen.*« Van Gelsen räusperte sich. »Zwei Millionen! Die hatte ich natürlich nicht. Außerdem ist so eine Erpressung ein Fass ohne Boden. Also musste diese Nutte verschwinden.«

»Und warum haben Sie Römer ermordet?«

»Bernard traute mir nach dem Vorfall im Sanatorium nicht mehr. Römer sollte sicherstellen, dass es dort nicht noch weitere Opfer gegeben hatte und untersuchte den Fall. Sie hat damals nichts gefunden und hätte es auch nie. Dann hat sie von dem Mord an Nadja Trokovski in der Presse gelesen und eins und eins zusammengezählt.« Van Gelsen zuckte mit den Schultern. »Sie kam in meine Praxis. Ich merkte sofort, dass sie mich verdächtigte und zur Polizei gehen wollte. Zum Schein versprach ich ihr, zu kooperieren. Am selben Abend habe ich sie dann daheim besucht.« Van Gelsen grinste. »Es wurde ein ausgesprochen netter Abend.«

»Und Bernard?«

»Nach dem Mord an Römer bekam sie kalte Füße und begann, auf eigene Faust zu ermitteln. Sie fand heraus, wie es gelaufen war und stellte mir ein Ultimatum. Wenn ich es nicht täte, würde sie zur Polizei gehen. Damit blieb mir nur noch ein Weg.«

Lindberg verstand. Van Gelsens ganze Existenz hing an den Studien, die er gefälscht hatte. Er hätte alles unternommen, um den Betrug weiter zu vertuschen. »Warum haben Sie bei Römer eine ihrer Tabletten zurückgelassen?«, fragte der Kommissar.

Van Gelsen zuckte mit den Schultern. »Eine Finte von ihr, auf die ich leider reingefallen bin. Sollte Sie wohl auf meine Spur lenken. Zum Glück wurde mir das am nächsten Morgen klar und so hab ich alle Packungen der Charge vernichtet.« Er richtete die silberne Pistole auf den Kommissar. »Tja, und was soll ich sagen, als ich erst mal mit dem Morden angefangen habe, bin ich auf den Geschmack gekommen.«

Lindberg erkannte, dass der Arzt ob seiner Selbstbeweihräucherung unaufmerksam wurde und den Blick von ihm abwendete. Der Kommissar bäumte sich auf und zerrte mit aller Kraft an den Fesseln. Das Heizungsrohr knirschte, doch es gab nicht nach. Die Fesseln hielten.

Van Gelsen richtete hastig die Pistole auf Lindberg, dann sah er jedoch, dass keine Gefahr bestand, grinste nur und nahm ein großes Stofftaschentuch. »Unsere nette Unterhaltung müssen wir jetzt leider beenden.«

»Die werden Sie kriegen«, schrie Lindberg. »Niemand wird das hier glauben!«

Van Gelsen lachte, knüllte das Taschentuch zusammen und drückte es Lindberg in den Mund. Der Kommissar biss zu und erwischte den Finger des Arztes.

Van Gelsen blickte irritiert auf den Finger, sah, dass er blutete und schlug Lindberg mit dem Pistolenkolben ins Gesicht.

Lindberg sackte getroffen zur Seite. Alles in ihm wollte weiterkämpfen, er rüttelte an den Fesseln, doch es war sinnlos. Er konnte nichts mehr sagen, nichts mehr tun. Er war verloren.

Und Isabel und die Kinder mit ihm.

Falls Paula irgendwann wieder aufwachte, war er nicht mehr da.

Robert van Gelsen lehnte sich über Isabel und hielt sie mit einem groben Handgriff fest. Sie versuchte sich zu wehren, schlug den Kopf hin und her, selbst die kleine Nina, die nur an den Händen gefesselt war, trat so fest sie konnte auf den Arzt ein. Doch van Gelsen wehrte sie mit einem Schlag ab und band auch sie an den Füßen fest. Leon weinte und versuchte sich zwischen den Beinen seiner Mutter zu verstecken, auch ihn fesselte van Gelsen an den Beinen.

Der Arzt setzte sich auf Isabel und fasste grinsend an ihre Brüste. »Ich hätte große Lust, dir zu zeigen, dass es verkehrt war, mich abzuweisen«, flüsterte er ihr ins Ohr. »Aber das würde mein Alibi gefährden. War eine tolle Idee mit der Party, oder?« Er lachte höhnisch. »Selbst du hättest bezeugt, dass ich dort feiere, obwohl ich gerade auf dem Rückweg vom Les Trois Rois war, als du ankamst. Die Leute sind so mit meinen Wohltätigkeiten beschäftigt, da fällt es kaum auf, wenn man mal kurz für einen Mord verschwindet. Oder für zwei, drei.« Van Gelsen schüttelte überheblich den Kopf. »Du könntest jetzt in meinem Schlafzimmer liegen, aber du wolltest ja nicht.« Er zuckte mit den Schultern. »Jetzt liegt dort eben eine andere. Ich hab nach der Party eine schnelle Nummer mit ihr geschoben und sie mit ein paar Remexan ruhiggestellt. Wenn sie wieder aufwacht, schlafe ich neben ihr, als wäre nie etwas geschehen. Ein perfektes Alibi.«

Van Gelsen steckte das Messer wieder in seine Anzugtasche. »Weil sich unser Kommissar schlecht selbst den Schädel aufschneiden kann, muss ich leider den Modus Operandi wechseln.« Er zuckte bedauernd mit den Schultern. »Außerdem muss ich ja bald wieder auf meiner Party sein. Da reicht die Zeit leider nicht für eine Vivisektion.«

Van Gelsen nahm das mit kleinen Tigern bedruckte Kissen, welches er aus dem Kinderzimmer mitgenommen hatte und drückte es Isabel an die Schläfe. Dann hielt er die silberne Pistole an das Kissen, sodass ihr Lauf auf Isabels Kopf zeigte. »Ja, das ist gut«, flüsterte er. »Ich denke, so würde der Herr Kommissar seine Nachbarin, die er so begehrt, erschießen, wenn sie sich ihm verweigert, oder?«

Lindbergs Hände bluteten schon, doch er zerrte immer noch an den Fesseln. Er wollte schreien, aber der Knebel in seinem Mund saß zu fest.

»Also Kommissar, sag schon, so oder direkt ins Herz?«

Lindberg rüttelte voller Verzweiflung an den Rohren. Sie waren zu stark verankert. Er kämpfte, er zerrte, er schrie. Doch er war machtlos.

Isabel weinte, genau wie Nina und Leon.

Van Gelsen hielt den Finger am Abzug und grinste.

Ein Schuss fiel und das Kissen färbte sich vom Blut ganz rot.

113

Mia Adam knallte die Tür des Dienstwagens zu und fluchte, wie sie noch nie zuvor geflucht hatte. Dieser verdammte Stau hatte sie fast eine Viertelstunde gekostet! Alles wegen dieses blöden Medikaments! Früher waren morgens zwischen sechs und sieben Uhr alle Straßen frei gewesen, doch jetzt konnte man sich auf gar nichts mehr verlassen.

Die ersten Flüge aus Basel waren schon gestartet, und man überlegte sogar, das Nachtflugverbot im Wettrennen um die modernste Stadt auf ein paar Stunden zusammenzustreichen.

Außer Atem kam sie in die Abfertigungshalle des Flughafens, blickte sich um und rannte weiter. Zwei Streifenpolizisten folgten ihr, heftig keuchend.

An der Gepäckaufgabe der Swiss stand eine Schlange von Wartenden. Mia Adam musterte die anstehenden Passagiere und lief nach vorne. »Hat dieser Mann vorhin hier eingecheckt?« Sie zeigte der Mitarbeiterin hinter dem Schalter ein Foto von Wohlers.

Die blonde Frau blickte das Foto skeptisch an, kramte in ihren Erinnerungen, als sei es schon Jahre her und kaute unsicher auf einem Kaugummi herum. »An meinem Schalter war der nicht«, sagte sie schließlich. »Aber wenn er nur Handgepäck hat, kann er am Automaten einchecken. Wenn ich auf der Flucht wäre ...«

Mia Adam rollte mit den Augen, der Tipp hatte ihr gerade noch gefehlt. »Wo ist die Passkontrolle?«, fragte sie.

»Hängt davon ab, wo sie hinwollen«, antwortete die Blonde und zog das Kaugummi mit ihren rosafarbenen Fingernägeln in die Länge.

»Brasilien, Südamerika, irgend so was ...«, erwiderte die Kommissarin.

»Das bieten wir erst seit Kurzem an. Vom Französischen Teil aus, oder vom Schweizerischen?«

Mia Adam seufzte. »Egal. Sagen Sie mir einfach, wann der nächste Flug nach Südamerika geht.«

Die Blondine schaute auf ihren Monitor und warf ihre gepuderte Stirn in Falten. »Da müssen Sie sich aber beeilen«, antwortete sie und blickte auf die Uhr. »Der Last-call für den Flug nach Rio ist schon zweimal durch. Haben Sie denn schon ein Ticket?«

»Brauch ich nicht. Wo geht's jetzt zur Passkontrolle?«

»Da hinten lang und dann die Rolltreppe hoch.« Die Blondine zeigte auf einen langen Gang.

Mia Adam rannte los. Wie eine Slalomspezialistin umkurvte sie die anderen Reisenden, die im Gegensatz zu ihr alle Zeit der Welt zu haben schienen. Endlich kam sie an die Schalter der Passkontrolle, die beiden Kollegen außer Atem hinter ihr. Auch vor der Kontrolle stand eine Schlange.

Sie musterte die Reihe, da, ein Mann mit Hut, kurz vor der Passkontrolle, groß, breit, grobschlächtig. »Udo Wohlers, stehenbleiben!«, rief sie. »Sie sind verhaftet!« Mia Adam zückte ihre Pistole und rannte an den Wartenden vorbei.

Der Verdächtige blieb einfach stehen.

»Sie da!«, rief die Kommissarin und drückte dem Mann die Pistole ins Kreuz.

»Was soll das?« Er drehte sich um. Der Mann hatte lockiges, schwarzes Haar, ein fast rundes Gesicht, mit einer viel zu kleinen Nase. Das war nicht Wohlers. »Ich bin nicht der, den sie suchen. Mein Name ist ...«

Mia Adam ließ den Unbekannten stehen und lief weiter zu den Grenzwächtern am Schalter. »War dieser Mann hier?«, fragte sie und zeigte das Foto von Wohlers.

»Kann sein«, entgegnete der eine, ohne lange nachzudenken. »Wollen Sie die Aufzeichnung sehen?«

Mia Adam schüttelte den Kopf. »Wann war das?«

»So vor fünfzehn Minuten kam jemand, der ähnlich aussah, anderes Haar, Schnurrbart. Ich kann wie gesagt die Aufzeichnung ...«

»Und Sie haben ihn durchgelassen?«, fragte Adam. »Der Mann ist im Fahndungscomputer! Zwei Mal!«

»Sie können ihn zehnmal aufnehmen«, entgegnete der Grenzwächter und klopfte auf seinen Computer. »Wenn er hier nicht drin ist, nützt das gar nix! Wie heißt der Kerl?«

»Udo Wohlers!«

Der Grenzer hämmerte den Namen in die Tastatur ein. »War nicht da.«

»Dann Schmitz!«

Der Mann in Uniform bearbeitete erneut die Tastatur und nickte. »Ein Udo Schmitz war hier«, sagte er schließlich. »Steht aber nicht auf der Fahndungsliste.«

»Das kann nicht sein!«, widersprach Mia Adam. »Ich habe ihn vor einer halben Stunde selbst eingegeben!«

»Tja, die neuen Fahndungsdaten erhalten wir automatisch mit den Security-Updates«, erklärte der Uniformierte. »Das dauert morgens ein paar Minuten, bis die auf den Rechnern alle gelaufen sind ... daher machen wir das erst bei der Übergabe.«

»Und die ist um acht«, ergänzte der Kollege. »Sie hätten besser mal angerufen.«

In puncto nutzlosen Tipps war man hier anscheinend ganz groß. »Scheiße«, murmelte Mia Adam, dachte nicht lange nach und rannte los.

»He, Sie dürfen da nicht rein!«, schrie ihr der Grenzwächter noch hinterher, doch Mia Adam war schon auf dem Weg zur Sicherheitskontrolle. Die beiden Streifenpolizisten, die mit Mia Adam gekommen waren, schauten sich verdutzt an und blieben stehen. Das war nicht ihr Revier, so viel stand fest.

An der Sicherheitskontrolle zeigte sie ihren Dienstausweis und durfte zu ihrer eigenen Überraschung sofort passieren. Sie rannte an den üblichen gesichtslosen Bars und Duty-free-Shops vorbei und erreichte nach wenigen hundert Metern das Gate.

Das Boarding war so gut wie abgeschlossen. Nur noch ein paar Passagiere standen in der Schlange und warteten, bis sie an der Reihe waren. »Udo Wohlers, Sie sind verhaftet!«, rief Mia Adam, ohne den Gesuchten überhaupt entdeckt zu haben.

Dieses Mal reagierte ein Mann, ein großer Kerl mit gedrehtem Schnauzer und glänzendem Haar, der in der Warteschlange stand. Er griff in seine Manteltasche, als wolle er eine Pistole herausholen.

Mia Adam hatte keine Zeit zu entscheiden. Noch nie hatte sie auf einen Menschen geschossen. Sie hatte immer geglaubt, sie wüsste dann, was zu tun war.

Doch sie wusste es nicht.

Hundert Mal trainiert, wie ein Automat sollte sie jetzt reagieren. Und sie tat es.

Wohlers Hand kam wieder aus dem Mantel und es sah so aus, als wolle er einen Pass zeigen.

Doch es war zu spät für Reue. Drei Kugeln versenkten sich in seinen Körper und streckten ihn nieder.

114

Robert van Gelsen blickte auf seinen rechten Oberarm und schien die Welt nicht mehr zu verstehen. Er sprang auf, drehte sich, um die Schüsse zu erwidern, doch kaum hatte er sich seinem Gegner zugewandt, traf ihn eine weitere Kugel. Dieses Mal genau zwischen die Beine. Dort, wo es richtig wehtat.

Van Gelsen fiel zur Seite, ließ die Pistole los und krümmte sich vor Schmerzen.

Carla Frey war schneller als der Arzt gewesen. Die Ex-Kommissarin hatte die Tür zum Keller aufgetreten und dem Mörder zwei Kugeln verpasst, bevor dieser überhaupt verstanden hatte, was vor sich ging. Carla Frey sprang nach vorne, trat dem Täter auf die Hand, als wolle sie eine stinkende Kippe austreten und nahm dessen Pistole an sich.

Dann fesselte sie den Arzt mit Handschellen an Händen und Füßen, durchsuchte ihn, zerrte ihn an eine freie Stelle der Wand und kettete ihn an ein Heizungsrohr.

»Was haben Sie mir angetan?«, jammerte van Gelsen und zeigte auf die Wunde zwischen seinen Beinen.

»Männlichkeit ist total überbewertet«, antwortete Frey. Sie schnitt Lindberg die Handfesseln durch und reichte ihm die Schusswaffe des Täters. Dann trennte Frey auch Isabel die Fesseln auf und löste die von Nina und Leon. Weinend liefen sie in die Arme ihrer Mutter.

»Dass man immer auf dich aufpassen muss.« Frey lächelte und umarmte ihren Kollegen.

Lindberg schaute sie unendlich dankbar an. »Ich dachte schon, du kommst nicht mehr. Das war im letzten Moment.«

»Ich habe doch gesagt, auf mich ist Verlass!« Carla Frey klopfte ihm auf die Schulter. »Wie bist du dem Drecksack auf die Schliche gekommen?«

»Bin bei GENEKNOV eingebrochen.«

»Ich sehe, aus dir wird noch ein echter Polizist.« Sie wandte sich zu Isabel. »Wie geht es euch?«

»Wir kommen schon klar.« Isabel versuchte ein Lächeln. Zu ihrer eigenen Überraschung gelang es ihr. »Woher wussten Sie Bescheid?«

Selbst van Gelsen, der immer noch selbstmitleidig wimmerte, schien die Antwort zu interessieren.

»Erik hat mich auf dem Weg zu eurem Haus angerufen«, antwortete Carla Frey. »Er hat mich gebeten, dass ich hierherkomme, falls er sich in einer halben Stunde nicht meldet. Mir hat das ein wenig zu lange gedauert und ich dachte, ich schaue jetzt schon mal nach dem Rechten.«

»Danke, Carla«, sagte Isabel und umarmte sie. »Das werde ich Ihnen nie vergessen.«

»Dank deinem Nachbarn«, antwortete Frey. »Er hat die ganze Arbeit erledigt. Ich hab nur ein bisschen rumgeballert. Hat aber Spaß gemacht.« Sie grinste und kickte van Gelsen mit dem Fuß an. »Tut's noch weh?«

»Arschloch!«, murmelte der Arzt und schaute wieder auf die tiefe Wunde zwischen seinen Beinen.

»Genau«, grinste Frey. »Da hast du jetzt zwei von.«

»Wie bist du ins Haus gekommen?«, fragte Isabel.

»Erik hat mir die Eingangstür offen gelassen«, antwortete Frey. »Das war sein Zeichen, damit ich wusste, ob ich in seinem Haus oder im Nachbarhaus nachschauen sollte. Der Rest war einfach. Der Idiot hier hat sich so laut selbst gelobt, den konnte ich gar nicht überhören.«

Frey nahm ihr Handy und rief einen Krankenwagen. Dann führte sie van Gelsen nach oben und ließ Lindberg alleine mit seiner Nachbarsfamilie.

Sie umarmten sich. »Ich wollte euch nicht in Gefahr bringen«, sagte Lindberg.

Isabel nickte und blickte ihm in die Augen. »Das war nicht deine Schuld.« Sie gab ihm einen Kuss. Es tat gut, Lindberg wollte mehr.

Doch dann wendete er sich ab. »Es ist besser, wir belassen es dabei.«

Isabel biss sich auf die Lippen. »Sorry.«

Er kümmerte sich noch ein wenig um Nina und Leon und als er merkte, dass es ihnen gut ging, lief er nach oben vor das Haus. Die Sanitäter waren schon da und legten van Gelsen auf eine Bahre.

Ein Polizeiwagen kam um die Ecke und parkte in der Straße vor Lindbergs Haus. Katharina Zach stieg aus und deutete auf van Gelsen. »Wer ist das?«, fragte sie.

»Der Täter«, antwortete Lindberg.

»Bemerkenswert, wie viel du geheim halten kannst, ohne dass es jemand merkt.« Sie lächelte Lindberg verschmitzt an.

»Ich musste ja Undercover ermitteln«, antwortete er. »Schließlich war ich suspendiert.«

»Und wie geht es deiner Freundin?«

Er blickte sie überrascht an, rieb sich das Kinn und dann verstand er. »Sie hat es überlebt«, antwortete er und nickte ihr dankbar zu.

Die Sanitäter schoben van Gelsens Bahre in den Notarztwagen, zwei Streifenpolizisten stiegen hinten ein. »Siehst du das?« Lindberg blickte zu Carla Frey und deutete auf die Polizisten. »Die Kerle haben die ganze Zeit ein Grinsen auf ihren Gesichtern.«

»Ich wollte ihm in den Bauch schießen«, antwortete Carla Frey. »Das war ein Versehen. Ehrlich, ich bin eine alte, zittrige Frau.«

»Das kann ich bestätigen«, sagte Zach. »Carla trifft nicht mal einen Öltank, wenn sie zwei Meter davor steht. Man kann gar nicht glauben, dass sie mal Schweizer Schützenmeisterin war, oder?«

Die Kollegen lachten und Lindberg fühlte sich so erleichtert wie schon lange nicht mehr. Doch dann blickte er sich um. »Wo ist eigentlich Mia?«, fragte er.

»Sie wird gerade verhört«, antwortete Zach.

»Was wird sie?«

»Hat diesen Wohlers erledigt«, grinste Zach. »Na ja, der Kerl lebt schon noch, aber die Ärzte haben noch einiges zu tun. Vielleicht kommt er ja mit van Gelsen im Gefängnisspital in ein Doppelzimmer.«

»Mia hat ihn also erwischt.«

»Ja, war wohl im letzten Moment«, sagte Zach. »Ist ein gutes Mädchen. Kriegt eine Dienstaufsichtsbeschwerde wegen Gefährdung der Luftsicherheit und eine Belobigung, sobald Gras über die Sache gewachsen ist.«

In dem Moment wusste Lindberg, dass er noch viel Spaß mit Mia Adam haben würde. »Und was ist mit Farner?«

»Ist übern Berg. Wird aber noch eine Weile dauern, bis er sich bei dir bedanken kann«, grinste Zach. »Falls das überhaupt notwendig ist, schließlich haben eine Pensionierte und eine blutige Anfängerin die ganze Männerarbeit erledigt. Ist das nicht deprimierend?«

Lindberg lachte. »Das nennt man Teamwork, oder?«

Nachdem Katharina Zach den Tatort abgesichert hatte, traf Bundespolizeidirektor Graf ein, und mit ihm die Presse. Wahrscheinlich hatte er ihnen selbst Bescheid gegeben, um sich im Glanz des Erfolgs sonnen zu können.

Die Übertragungswagen nahmen fast die gesamte Straße vor dem Haus ein. Kaum hatten die Fernsehreporter mit ihren Berichten begonnen, stand Graf schon bei ihnen.

Carla Frey blickte die Journalisten argwöhnisch an. »Ich glaube, ich geh dann mal.«

Sie kam an Graf vorbei, der vor laufender Kamera ein Interview gab, blieb stehen und schnappte sich einfach das Mikrofon, das auf Graf gerichtet war.

Die Kameras zoomten auf Carla Frey. »Ich hoffe, der Bundespolizeidirektor vergisst nicht zu erwähnen, dass eine Entlassene und ein Suspendierter den Fall gelöst haben«, sagte sie und grinste.

Die Journalisten lachten so laut, dass es selbst Lindberg hörte. Weil ihm nichts anderes übrig blieb, lachte Graf mit. So wie er aussah, war ihm aber eher zum Heulen zumute.

115

Selbst aus Paulas kleinem Zimmerfenster in der Rehaklinik konnte man sehen, dass der Frühling endlich gekommen war. Die Bäume zeigten zartes Grün, die ersten Tulpen trauten sich aus der Erde und die Sonne lugte ab und an hinter ein paar Aprilschauern hervor.

Die drei Wochen daheim, die der Polizeidirektor Erik Lindberg aufgenötigt hatte, um seine Verletzungen auszukurieren, hatten ihm gut getan. Endlich war Zeit für all das gewesen, was er vernachlässigt hatte.

Der Blick auf die Sonntagszeitung am Morgen hatte ihn ausnahmsweise erfreut: *'Remexan vom Markt genommen!'*, stand dort auf der Titelseite. Auf die Dauer ließen sich manche Dinge eben nicht verheimlichen.

Das hatte er selbst auch lernen müssen.

Inzwischen wusste jeder bei der Bundespolizei von Paula, die gutgemeinten Ratschläge hatten sich trotzdem in Grenzen gehalten.

Nachdem die gefälschten Studien publik geworden waren, hatten die Behörden Ermittlungen gegen GENEKNOV und deren Verantwortliche aufgenommen, die immer noch andauerten. Direkt nach Bekanntwerden der Vorwürfe war die GENEKNOV-Aktie an der Börse abgestürzt wie ein gestutzter Adler. Die Konkurrenz hatte sich das eine Weile angeschaut und sich dann ein kurzes, aber heftiges Bietergefecht geliefert. Am Ende hatte ein amerikanischer Pharmakonzern obsiegt, er würde GENEKNOV demnächst übernehmen, angeblich wegen deren hervorragender Produktpipeline.

Letzte Woche hatten die Arzneimittelbehörden schließlich mit dem Entzug der Zulassung für Remexan gedroht. Die zukünftigen Eigentümer hatten sich erst empört gegeben, doch dann hatten sie sich die gefälschten Studien noch einmal genauer angeschaut und das Medikament vom Markt genommen. Die Welt würde sich in Zukunft wieder ein wenig langsamer drehen.

Grafs MP-Programm war damit ebenso gestorben wie seine Nationalratskandidatur und es galten wieder die normalen Arbeitszeiten. Lindbergs Suspendierung war aufgehoben, angeblich sollte er sogar ausgezeichnet werden. Genau wie Mia Adam. Selbst Carla Frey hätte wieder anfangen dürfen zu arbeiten, aber sie lehnte ab und erstritt stattdessen eine ordentliche Abfindung.

Lindberg war erst vor zwei Tagen aufgefallen, dass er die letzten Nächte ausgezeichnet geschlafen hatte. Seine Alpträume waren verschwunden.

Auch ohne Remexan.

Er hatte akzeptiert, dass er die Vergangenheit nicht ändern konnte. Niemand konnte das. Denn dazu war es immer und zu jeder Zeit zu spät.

In den drei Wochen daheim hatte Gehirnklitschko ihn ein paarmal besucht und Lindberg hatte versucht, ihm perfektes Deutsch beizubringen.

Manche Dinge waren selbst für einen Hyperintelligenten unmöglich.

Jedenfalls wenn er kein Muttersprachler war.

Dafür hatte Gehirnklitschko ihm beigebracht, wie man das aserbaidschanische Nationalgericht Plow kocht, eine Art Reispilaw, außerdem wie man selbst die schwersten Sudokus löst und wie man Gitarre spielt.

Und heute war es soweit. Heute hatte Lindberg zum ersten Mal seine Akustikgitarre ins Krankenhaus mitgenommen.

Paulas Zustand hatte sich wieder stabilisiert, was in ihrem Fall nicht unbedingt eine positive Nachricht war.

Aber sie lebte noch und er wusste nun, dass er nie aufgeben würde.

Und sie auch nicht.

Er holte die Gitarre aus der Tasche und setzte sich auf Paulas Bett. Still lag seine Freundin da, atmete ruhig, ohne Maschine. Nur eine Magensonde war an sie angeschlossen und ein paar Kontrollsysteme, um notfalls Alarm geben zu können. Er strich Paula über den Arm, gab ihr einen Kuss und spielte dann die ersten Takte.

»Words like violence, break the silence«, begann er zu singen, ganz in sich versunken. Im Grunde hatte er in den vergangenen drei Wochen nicht viel anderes gemacht, als diesen Song zu üben.

Immer und immer wieder.

Es hatte Phasen gegeben, da hatte er ihn nicht mehr hören mögen, Phasen, in denen er am liebsten die Gitarre an die Wand geworfen hätte und Phasen, in denen er geheult hatte.

Vor Ergriffenheit.

Auch jetzt stiegen ihm Tränen in die Augen, doch irgendwie konnte er sie zurückhalten. Es war wichtig, dass seine Stimme nicht brüchig klang.

Nach all seinen verzweifelten Versuchen, Paula ins Leben zurückzuholen, wusste er selbst nicht, warum er in diesen einen Song so viel Hoffnung setzte.

Klar, es war Paulas Lieblingslied und sie hatte sich immer gewünscht, dass er es einmal am Lagerfeuer für sie, von der Gitarre begleitet, singen würde.

Obwohl er damals noch nicht mal eine Gitarre besessen hatte, geschweige denn eine spielen konnte.

Aber so waren die Menschen manchmal, sie wünschten sich das Unmögliche.

Und ab und an bekamen sie es.

In dem kalten und nüchternen Krankenhauszimmer brannte zwar kein Lagerfeuer, aber da Lindberg die Augen geschlossen hatte, stellte er sich einfach vor, sie säßen davor. Paula in seinen Armen, mit verträumtem Blick, noch warm von der untergegangenen Sonne und dem Leben an sich.

Lindberg kam zum letzten Refrain:

All I ever wanted,
all I ever needed
is here in my arms.
Words are very unnecessary,
they can only do harm.

Lindberg spielte den finalen Ton, den er viel zu lange aushielt, weil es so nicht enden sollte.

Schließlich blickte er Paula an, eine Träne fiel auf seine Gitarre.

Und dann geschah es.

Sie schlug die Augen auf.

DANKSAGUNG

Als erstes möchte ich jenen Personen danken, ohne die dieses Buch nichts wäre als ein paar Blätter Papier oder eine Datei. Denn nur sie können es mit Leben füllen. Und darum danke ich Ihnen, liebe Leser und Leserinnen!

Natürlich möchte ich auch meinem Verlag dp Digital Publishers danken, hier vor allem Marc Hiller, Stephanie Schönemann, Ruth Papacek und Anja Kalischke-Bäuerle, sowie meiner Lektorin Daniela Höhne und der Coverdesignerin Antoneta Wotringer. Ein großes Dankeschön geht auch an meine Agentur Arrowsmith Agency an Nina Arrowsmith, Astrid Schwaner, Katharina Manzke und Gesa Weiss.

Außerdem danke ich Alexander Hofmann für meine Autorenfotos, Christian Purwien von purwien.tv für das Video zum Buch-Trailer, Stefan Poiss von Mind.in.the.box für die Sprecherstimme und der Band Nine Seconds für die Vertonung.

Nicht zuletzt danke ich meiner geliebten Frau Oriana, die mir selbst auf dem Urlaub auf den Seychellen erlaubt hat, an der finalen Überarbeitung des Buches zu arbeiten. Ja, es ist nicht immer einfach mit einem Schriftsteller, dafür aber stets spannend.

Dieses Buch war übrigens der Grund, warum ich überhaupt Schriftsteller geworden bin, denn nachdem ich von dem Medikament Remexan geträumt hatte – wahrscheinlich ziemlich übernächtigt – stand für mich fest, daraus muss jemand einen Thriller machen.

Und so habe ich angefangen zu schreiben, habe in langen Jahren und vielen Kursen das notwendige Handwerkszeug erlernt, habe die Story immer wieder überarbeitet und dazwischen andere Bücher und Geschichten veröffentlicht, aber dieser eine Traum, der hat mich nicht losgelassen.

Und jetzt ist es endlich soweit.

Falls Ihnen mein Roman besonders gefallen oder auch nicht gefallen hat, schreiben Sie doch eine Rezension. Gerne bei Amazon oder bei einem der anderen Anbieter, denn so erfahren noch viel mehr Leser, ob dieses Buch lesenswert ist oder vielleicht doch ein anderes.

Sie können mir natürlich auch gerne eine E-Mail an kontakt@thomaskowa.de senden oder mich auf meiner Homepage www.thomaskowa.de besuchen oder bei Facebook unter

www.facebook.com/Thomas.Kowa.Autor.

Dasselbe gilt, wenn Sie mich für eine Lesung buchen wollen, ein Interview führen oder mir einfach nur die unvermeidlichen Rechtschreibfehler mitteilen wollen, die sich in jedes Buch einschleichen wie ein Dieb in der Nacht.

Ich hoffe, wir lesen uns bald wieder, am besten gleich mit dem Nachfolger von *Remexan: Redux – Das Erwachen der Kinder.*

Thomas Kowa

Lightning Source UK Ltd.
Milton Keynes UK
UKHW040153081118
331958UK00002B/381/P

9 783960 879992